Sophie Hardach

Unser geteilter Sommer

SOPHIE HARDACH

UNSER GETEILTER SOMMER

ROMAN

Aus dem Englischen von Ulrike Sterblich

LIST

Dieses Buch ist
meinem Sohn Aaron gewidmet.

Dies ist ein fiktiver Roman. Die Figuren in diesem Roman sind frei erfunden, die Schauplätze verfremdet, aber angelehnt an die historische Wirklichkeit.

I

DIE VORBILDLICHEN EINWANDERER

»Der Stacheldrahtzaun über die Mitte des Potsdamer Platzes – der Stacheldrahtzaun ist verschwunden und hat einem schlimmeren, einem dauerhafteren Hindernis Platz gemacht. Wir sehen hier an der Ecke Potsdamer Straße und Potsdamer Platz unmittelbar an der Bordsteinkante eine Betonmauer von etwa 70 oder 80 Zentimetern Höhe, darauf noch zwei Schichten von Hohlblocksteinen, die dafür produziert wurden, einmal irgendwo ein Wohnhaus oder ein Geschäftshaus zu bauen. Augenzeugen berichteten, dass um 1.30 Uhr heute Nacht die Arbeiten begannen, dass sechs Lastwagen kamen mit dem Baumaterial und fünf Wagen mit den Maurern, die jetzt hier am Potsdamer Platz eine neue steinerne Grenze mitten durch Berlin gezogen haben.«

RIAS Berlin, Rundfunk im amerikanischen Sektor,
18. August 1961, Reporter: Reiner Höynck

PROLOG

Sommer 1987

Sie tranken Mamas Tee, dann schliefen meine Brüder ein. Heiko war an ihre Schulter gelehnt zusammengesackt, sein Mund stand halb offen. Papa trug Tobi auf dem Arm. Der Tag neigte sich dem Abend zu, unsere Schatten wurden länger und verschmolzen mit denen der Blätter und der sich im Wind wiegenden Ähren. Vor uns dehnte sich eine Wiese aus. Zwei Störche pickten durchs Gras, reckten ihre weißen Hälse und klapperten mit ihren Schnäbeln.

Hinter der Wiese lag dunkel ein dichter Wald voller Brombeerbüsche und Nadelhölzer. Quer über die Wiese wollten wir in den Wald gelangen, durch den Stacheldraht schlüpfen und dann so lange weiterlaufen, bis wir auf Häuser stießen. Dann wären wir in Sicherheit.

Ich griff nach einem Zipfel von Mamas Pulli und flüsterte: »Und wenn sie auf uns schießen?«

»So was machen die hier nicht.« Sie sah mich nicht an.

»Es ist gar nicht gefährlich«, meinte mein Vater, »ganz viele Leute haben das schon so gemacht.« Und nach einer kurzen Pause: »Einige jedenfalls.«

»Schau mal«, Mama hockte sich neben mich, was umständlich war mit Heiko im Arm. Seine Ärmchen baumelten herab, schlaff und schwer vom Schlaf. »Es ist nicht wie in Berlin, das siehst du ja selbst. Hier gibt es keine Mauer.«

»Ich will aber nicht«, sagte ich. In diesem Moment flogen die Störche auf. Sie zogen einen weiten Bogen über das Feld und verschwanden hinter unseren Rücken.

Mama richtete sich wieder auf. Mein Bruder Heiko rutschte ihr weg. Nur ein wenig: Sie fing ihn auf, drückte ihn an ihre Brust, hielt ihn so, dass er in ihrer Hand saß. Es war das letzte Mal, dass ich sah, wie sie ihn auf diese Art festhielt, mit jener ruckeligen Nervosität, die typisch war für meine Eltern, die beide nie genau wussten, wie sie mit uns umgehen sollten. Meistens kümmerte sich meine Großmutter um uns, und ich wünschte mir, sie wäre hier, um uns allen die richtigen Anweisungen zu geben.

Mama und Papa wandten sich der Wiese zu. Meine beiden kleinen Brüder waren alles, was sie bei sich trugen. Wir hatten keine Koffer, Fahrkarten, Ausweise, Schlüssel. Andere Leute würden die Tür unserer Berliner Wohnung öffnen, nachdem wir schon lange weg waren. In unserem Trabi, der auf der anderen Seite des Felds abgestellt war, steckte noch der Schlüssel. Morgen würden ihn Leute aus dem Dorf finden. Mama verlagerte Heikos Gewicht auf ihre Hüfte, streckte ihre Hand aus und sagte:

»Komm, Ella. Hab keine Angst.«

Schnell wurde es dunkel. »Jetzt oder nie«, murmelte mein Vater. Ich griff nach der Hand meiner Mutter und folgte ihr in die Wiese hinein.

ELLA

MAMA HATTE ANGST IM DUNKELN

London 2010

Ungefähr ein Jahr nach dem Tod meiner Mutter wurde mir eine unerwartete Erbschaft zugestellt. Damals lebte ich auf einem Boot im Süden von London, unter einer Hochbahnbrücke; es war kein wirkliches Hausboot, bloß ein alter Fischkutter, der in Deptford Creek zurückgelassen worden war. Das Ufer war übersät mit leeren Chipstüten, und der Fahrtwind vorbeifahrender Züge wehte sie ins Wasser.

Seit fast einem Jahr wohnte ich nun schon auf diesem Kahn. Anfangs erschien es mir eine ideale Lösung: unabhängig, billig und autark. Weder ganz an Land noch ganz im Wasser. Ein Zwischenzustand, der mir gut zupasskam, zumindest anfangs, während der warmen Sommermonate. Im Herbst fand ich es immerhin noch auf eine knarzende und vom Sturm gepeitschte Art romantisch, aber jetzt war es Frühling, und die letzten Reste meiner Begeisterung waren mir irgendwo zwischen Februar und März abhandengekommen. Bei Regen tropfte das Wasser an den Wänden entlang. An den Fenstern hinterließen Schnecken ihre Schleimspuren. Das Bad war eher ein Schrank, in dem der Duschkopf direkt über den vorgestanzten Fußrillen für das Stehklo anmontiert war. Mein wertvollster Besitz war ein Foto von uns allen in Omas Schrebergarten in Berlin. Sie steht zwischen ein paar Sonnenblumen und winkt mit einer kleinen Fahne, wahrscheinlich anlässlich irgendeines sozialistischen Feiertags; Oma liebte diese staatlichen Feiertage und verpasste keine Parade. Neben ihr steht Mama mit dem kleinen Heiko auf dem Arm und Tobi, der an ihrem Rockzipfel hängt. Und Papa hält mich kopfüber an den Füßen fest, sodass meine Haare das Gras berühren. Das war unser Lieblingsspiel. »Wie schlafen die Fledermäuse?«, fragte er, und ich rief: »Kopfüberrr«, rannte in seine Arme, und er hob mich hoch und drehte mich herum. *So schlafen die Fledermäuse!*

Jeden Abend fuhr ich mit dem Fahrrad rüber nach Canary Wharf, wo ich in einer Investmentbank putzte. Meine Schicht begann kurz vor Mitternacht. Zu dieser Uhrzeit waren die Banken wunderschön, aufragende Leuchtkästen in der Dunkelheit. Oft waren noch einige Trader da und hämmerten hektisch in ihre Tastaturen, um letzte Geschäfte mit New York abzuschließen. Sie hoben ihre Füße hoch, ich wischte den Boden unter ihren Schreibtischen, sie setzten ihre Füße wieder auf und dankten mir, ohne jemals ihren Blick vom Bildschirm abzuwenden. Die Schicht endete, wenn die ersten Händler hereinkamen, um den Abstand zu ihren Kollegen in Singapur und Hongkong aufzuholen.

Meine Mutter hatte auch eine Zeit lang als Putzfrau gearbeitet, nachdem sie aus der Haft entlassen worden war. Später in London überließ sie uns die meisten Hausarbeiten, besonders jene, zu denen sie sich nicht überwinden konnte, wie zum Beispiel Mineralwasserflaschen aus dem Keller zu holen. Mama mochte den Keller nicht. Er war schlecht beleuchtet, und sie hatte Angst vor der Dunkelheit.

Eines Morgens kam ich von der Nachtschicht nach Hause, hatte gerade mein Fahrrad geschultert und war dabei, es über den schmalen Holzsteg auf das Boot zu tragen, als ich hörte, wie hinter mir jemand rief: »Ella Valentin? Hey! Ella Valentin?«

Ein Postbote in Signaljacke kam auf mich zugelaufen, wobei seine Krone aus hochgebundenen schwarzen Dreadlocks bei jedem Schritt gefährlich schwankte. »Paket für Sie.« Er blieb stehen und reichte mir über das Wasser hinweg den Karton.

Ich lächelte. »Respekt, dass Sie mich ausfindig gemacht haben.«

»Sie können denen mal sagen, dass sie nächstes Mal eine Postleitzahl draufschreiben sollen. Das ging beinahe zurück zum Absender.« Er richtete seine Haare, dann wies er mit einem Kopfnicken auf das Boot und fragte mit freundlicher Neugier: »Ist es nicht ein bisschen feucht da drin?«

»Es geht.« Gern hätte ich noch etwas gesagt, um das Gespräch am Laufen zu halten, denn er war nett, und ich hatte damals kaum jemanden, mit dem ich mal sprechen konnte. Aber mir fiel nichts ein, und so wünschte ich ihm einen schönen Tag, und er ging zurück zu seinem Handwagen.

In der Kajüte streifte ich meine Schuhe ab und heizte den Ofen an. Es war ein schweres Paket, dicht gepackt wie die Päckchen, die uns in meiner Kindheit manchmal aus Westdeutschland erreichten. Darin fand ich Kunstbände in lebhaftem Farbdruck und eine Notiz des neuen Besitzers der Wohnung meiner Mutter in Finsbury Park. Er war dabei, den Dachboden auszubauen, und hatte dort einen

Stapel dieser Bücher von ihr gefunden. Tobi und ich hatten sie offenbar beim Ausräumen der Wohnung übersehen. Nacheinander breitete ich sie auf meiner Matratze aus, wo sie mit ihrer freudesatten Buntheit meine Kajüte erhellten. Deutscher Expressionismus, Bauhaus, Dada, aber auch obskure ostdeutsche Strömungen. Ein schmales, abgegriffenes Taschenbuch widmete sich dem programmatischen Bitterfelder Weg, nach dem Künstler sich in Fabriken betätigen sollten, um das Gewicht eines Schraubenschlüssels zu fühlen und das »wahre Leben« kennenzulernen. Dass Mama diesen Band behalten hatte, wunderte mich. Ein Umschlag, verknitterte Rechnungen und andere Zettel fielen heraus. Typisch für meine Mutter, solche Spuren zu hinterlassen, immer hatte sie improvisierte Lesezeichen benutzt. Zwischen den Seiten des Bauhaus-Bandes fand ich ein Haargummi, und in den Dada- Katalog war hinten ein Notizheft eingeklemmt.

Das Notizheft fand ich vollgekritzelt mit langen Listen in ihrer vertrauten, hastigen Handschrift:

Bellende Hunde: Waren vorher nie
ein Problem, jetzt sind sie es.
»Privileg« (der Geruch)
Der Dresdner Dialekt, heute Morgen in der U-Bahn
gehört, musste aussteigen und zu Fuß gehen.

Ach Mama! Ich legte das Heft zur Seite und sah mir die anderen Zettel, die Rechnungen und den Umschlag an. Es war nichts Besonderes darunter, bloß Stromrechnungen und irgendein Behördenbrief aus Deutschland, aber es berührte mich, ihren Namen darauf zu lesen. In dem Umschlag befand sich ein Foto von einem Gemälde mit drei blauen Pferden. Sie standen auf einer Wiese, im Sturm aneinandergeschmiegt, die Hälse gebogen, die Hinterbeine eingezogen. Am Rand der Wiese sah man eine dunkle Gestalt, ein zusammengerollter Körper im Gras. Nein, es war doch nur ein Schatten, ein Wolkenschatten.

Es hatte also wirklich existiert, das Bild mit den blauen Pferden, auch wenn Oma versucht hatte, mich vom Gegenteil zu überzeugen.

Ich nahm den deutschen Brief zur Hand. Die Sätze waren komplex und bürokratisch, und ich musste ihn mehrmals lesen, bevor ich ihn verstand. Offenbar hatte meine Mutter mit einem Berliner Archiv korrespondiert; ich hatte eine Ahnung, worum es dabei ging.

Ein feuchter Windstoß öffnete die Tür zum Oberdeck und blies den Geruch nach Fisch, Fritten und nassem Metall herein. Ich trat hinaus und blickte hoch in den aufreißenden Londoner Himmel, auf das graue Unkraut in den Betonrissen unter der Brücke. Auf der anderen Seite des Kanals zeichnete sich das alte Deptforder Pumpwerk ab, mit seinen zerbrochenen Fensterscheiben und der stillgelegten Laderampe.

Ich kletterte auf das Dach meiner Kajüte, um besseren Empfang zu haben, und rief meinen Bruder Tobi an.

—

Von uns allen war Tobi der vorbildlichste Einwanderer. Ein richtiger Mustermigrant. Als wir in den frühen Neunzigern nach London zogen, erhoffte sich jeder von uns eine neue Chance, aber Tobi war der Einzige, der sie wirklich nutzte. Seine Assimilierung ging so weit, dass er Sommersprossen bekam. Wenn ich ihn auf Deutsch ansprach, antwortete er in Englisch. Sogar mit Mama redete er Englisch. Und wir ließen ihn, ich glaube, wir waren stolz darauf, dass wenigstens einer von uns es wirklich schaffte.

Ich musste zweimal anrufen, bevor Tobi ranging, er klang verärgert und verschlafen. »Es ist sechs Uhr morgens.«

»Zeit, aufzustehen und Rasen zu verlegen!«

»Ich verlege keinen Rasen, Ellz, das machen andere für mich.« Er gähnte. »Könntest du ein bisschen später noch mal anrufen?«

»Ich geh gleich schlafen.«

»Dann am Wochenende?«

»Es ist aber dringend. Na ja, nicht wirklich dringend, nur ...« Ich erzählte ihm von dem Notizheft, dem Foto, dem Brief. Je länger ich redete, umso lebhafter wurde ich, und umso sicherer, dass diese Dokumente bedeutsam und wichtig waren.

»Oder es sind alles nur Lesezeichen«, meinte Tobi.

»Selbst wenn, man sollte sie näher ansehen. Komm doch zum Abendessen. Dann kannst du die Bücher gleich mitnehmen. Ich will sie nicht behalten, hier wird alles feucht.«

»Du weißt, du kannst gern bei mir wohnen.«

»Weiß ich.«

»Okay, ich komme.« Er schwieg. »Und was ist das für ein Notizheft? Ein Tagebuch?«

»So was in der Art.«

Wir legten auf. Ich ging zurück in die Kajüte und zog den Wollpulli über, den ich zum Schlafen trug. Das Foto stellte ich auf eine umgedrehte Kiste und streute Salz drum herum, um die Schnecken fernzuhalten.

—

Am Nachmittag stand ich auf und machte klar Schiff für Tobis Besuch. Ich putzte die Fenster, schüttete einen Eimer Seifenwasser über das Deck, schlug mit einer Bratpfanne gegen das verstopfte Ofenrohr, bis es wieder frei durchrauchte. Zuletzt lüftete ich noch den alten grünen Gabardinemantel, den ich von Oma Trude geerbt hatte. Er war schon ganz blank gewetzt und hing an mir herunter wie ein nasses Segel, aber ich mochte ihn dennoch gern. Im Kunststudium hatte ich ihn für eine Performance getragen, bei der ich ihn über einen blauen Arbeitsoverall gezogen und dann zerbrochene Ziegelsteine übereinandergestapelt hatte. Der Dozent fragte, ob das ein Kommentar zu den Anschlägen vom 11. September sei, und ich sagte, nein, es handele von meiner Großmutter.

Oma nannte diesen Mantel immer mit Stolz ihren »OdF-Mantel«. OdF bedeutete *Opfer des Faschismus.* Viele von Omas Freunden waren OdF-Gefährten, ältere Leute, die ihre Sätze gern mit »Als ich in Buchenwald war …« begannen.

Sie bildeten einen eigenen Adel, diese Männer und Frauen, die sich im Kampf gegen Hitler bewiesen hatten. Gleichzeitig waren sie auch von einer Art Einsamkeit umgeben, was mir aber vielleicht nur rückblickend so vorkommt, weil sie doch schließlich voller Misstrauen gewesen sein müssen gegenüber den anderen Menschen um uns herum, von denen sie zuvor noch verfolgt worden waren. Sie versammelten sich um den Samowar in Omas Wohnstube, wärmten ihre Hände an bemalten dünnen Teegläsern und redeten über Gorki und Lenin, eingelegte Pilze und die Schneeschmelze in Moskau. Die Frauen strichen über die Säume ihrer russischen Tücher, die Männer ließen ihre Schnapsgläser mit Omas Schlehengeist nachfüllen.

Wenn es Zeit war, nach Hause zu gehen, setzten sie mit erheblichem Widerwillen ihre Fellmützen auf und banden sich ihre Polyester-Kopftücher um, und dann kam immer der Moment, in dem einer der Männer seine Hand auf die Türklinke legte und sie dort für einige Sekunden liegen ließ, bevor er sie runterdrückte, wie um Aufschub zu erflehen – *Müssen wir wirklich da raus? Können wir nicht hierbleiben, an diesem warmen, freundlichen Ort, und noch ein wenig über die Woche der deutsch-sowjetischen Freundschaft im Jahr 1963 plaudern?* Offiziell hatten sie die Macht übernommen. Der rote Stern regierte. Aber wenn sie durch die Straßen eilten, vorbei an leeren Geschäften und langen Warteschlangen, dann konnte ihnen nicht entgehen, wie wenig Zuneigung sie tatsächlich genossen. Die Deutschen hatten den real existierenden Sozialismus nie wirklich ins Herz geschlossen; sie hatten sich in diesem Regime einfach nur eingerichtet, genauso wie sie es mit dem vorherigen Regime getan hatten. Ich für meinen Teil war trotzdem stolz auf Omas Mut, für den unsere Regierung sie mit einer Wohnung, einer Arbeitsstelle und einem grünen Gabardinemantel belohnt hatte.

Als ich den Mantel ausschüttelte, fiel eine zusammengerollte Spinne aus einer Tasche, aber ansonsten war er noch sehr tragbar.

ICH ERINNERTE MICH, wie ich mit Oma vor einem Geschäft in Berlin Schlange gestanden hatte. Es begann zu regnen, und sie öffnete ihren grünen Gabardinemantel, damit ich darunterschlüpfen konnte. Dann erinnerte ich mich, wie sie uns morgens unter den dicken Federbetten liegen ließ, während sie die Kohlen im Kachelofen anheizte, sodass die Küche fast warm war, wenn wir aufstanden. Ich roch an dem Mantel. Er bewahrte immer noch einen Rest von ihrem Geruch, oder zumindest bildete ich mir das ein.

Es war Ebbe, und das Boot war im schmierigen Kanalschlamm gestrandet. Die Betonwände des Kanals präsentierten sich in einem unregelmäßigen Algengrün. Zwei Enten watschelten auf ein dünnes Rinnsal zu, das sich noch durch den Schlick zog, der Enterich mit dem smaragdgrünen Kopf zusammen mit seiner dezenteren braun gefiederten Partnerin. Sobald das Wasser sich zurückzog, kam allerlei Gerümpel zum Vorschein. Sieben übel zugerichtete Einkaufswagen waren aus dem Matsch auferstanden und bildeten einen schiefen Halbkreis um mein Boot. Damit, dachte ich, beginnt die Apokalypse, wenn man von Einkaufswagen im Flussbett umzingelt wird. Ich kletterte seitlich vom Boot runter und näherte mich dem ersten Wagen. Er steckte umgedreht in einer größeren Pfütze, über der er wie ein kleiner Käfig saß, und als ich in den Käfig hineinblickte, sah ich dort unten im Wasser winzige Fischlein herumzappeln. Der Einkaufswagen war zu einer Kinderstube geworden. Wie schlau von den Fischen, wie gut angepasst, aber auch deprimierend, dass dies ihre erste Sicht auf die Welt war. Ich ging rüber zum nächsten Wagen und stemmte das kleine graue Münzfach auf. Es steckte noch ein Geldstück drin. Sieg! Mit der Münze in der Faust blickte ich in den weißen Himmel und überdachte meine Lage.

War ein aufmerksamer Blick fürs Detail nicht schon immer meine Stärke gewesen? Wie viele Leute wären einfach an diesem Einkaufswagen vorbeigewatet und hätten die Fische gar nicht bemerkt? Tobi hatte skeptisch geklungen am Telefon, aber sicherlich würde er mir am Ende doch zustimmen, dass es etwas auf sich hatte mit dem Notizheft, dem Foto, dem Buch; dass es sich um Hinweise auf irgendetwas handelte.

Platzende Ballons
Laute Stimmen
Mit Blümchen bestickte Kissenbezüge

In meiner Kindheit brach meiner Mutter manchmal ohne erkennbaren Grund der Schweiß aus. Wir waren bei einer Geburtstagsparty und mussten plötzlich aufbrechen. Oder wir waren in der U-Bahn, und Mama ergriff meine Hand; sie zog mich nach draußen, zurück nach oben auf die Straße. Dort standen wir im Regen und warteten auf den Bus, während sie meine Hand fest gedrückt hielt, bis wir einstiegen und sie sich klamm vor Angst auf einen freien Sitz fallen ließ. Diese Momente bewahrten eine lebhafte Intensität, als hätte jeder meiner Finger einzeln die Erinnerung an ihre Hände gespeichert.

Schüsse (auch Türenschlagen; der Knall! von einem Auspuffrohr)

Ich sah noch einmal nach dem ersten Einkaufswagen. Die kleinen Fische waren verschwunden. Eine Sache hatte ich Tobi nie erzählt und hätte es vielleicht besser tun sollen: Als meine Mutter schon sehr krank war, musste ich ihr versprechen, nicht weiter nach meinem Bruder Heiko zu suchen. Jahrelang hatten wir ihn gesucht, es war das Einzige, was wir überhaupt gemeinsam taten, und ich hätte erwartet, dass ihre letzte Bitte genau das Gegenteil beinhalten würde: Dass ich bis zum Ende meines Lebens versuchen sollte, ihn zu finden.

Ich fragte sie, wie sie das meinte, aber sie wollte nichts erklären, und wie so oft beließen wir es dabei. Sie hatte damals bereits chronische Schmerzen. Oft war es noch schwieriger als sonst zu unterscheiden, ob sie gerade bei klarem Verstand war oder ob sie sich in ihren Erinnerungen bewegte. Zum Beispiel sagte sie, dass es keine Rolle mehr spiele, wer uns verraten hatte, dass sie so viel Energie darauf verschwendet habe, das herauszufinden, und ihr jetzt klar geworden sei, dass es keinerlei Bedeutung habe, nie eine Bedeutung hatte.

»Was meinst du mit ›uns verraten haben‹?«, fragte ich, während ich ihre Hand hielt. Sie lag im Bett, ihr knochiger Kopf auf das weiße Kissen gebettet.

»Jemand hat uns denunziert.« Sie schloss die Augen. »Es ist egal.«

»Woher weißt du das?«

Sie schüttelte den Kopf. »Ich habe nachgeforscht. Hätte ich lassen sollen. Sprechen wir über etwas anderes, Ellachen, erzähl von deiner Malerei. Arbeitest du noch an diesen Pilzbildern?« Sie öffnete die Augen und lächelte. »Ich wünschte, ich könnte sie mir ansehen. Wie sehen sie aus?«

Ich gab ihr eine Beschreibung: die großen Leinwände, präpariert mit einem besonderen Pilz, der mit der Zeit seine Farbe veränderte, erst braun war, dann tiefgrün oder sogar in Blautönen schillerte, womit ein Zyklus von lebendigen, wachsenden Bildern entstand, schön und unberechenbar. Es war nicht komplett gelogen. Tatsächlich hatte ich mit farbwechselnden Pilzen auf Leinwand experimentiert, aber die Resultate sahen aus wie eine Sammlung feuchter Putzlappen. Im Moment machte ich im Grunde gar nichts, aber das wollte ich ihr nicht erzählen. Es war einfacher, Bilder zu erfinden, die genauso aussahen, wie ich es mir vorgestellt hatte. Sie hörte mir aufmerksam zu und sagte, das klinge ganz wundervoll.

Über solche Sachen redeten wir während ihrer letzten Lebensmonate: Bilder, Skulpturen, Künstler, die wir beide bewunderten, Ausstellungen, die ich besucht hatte. Die Vergangenheit erwähnte sie nur noch ein einziges Mal.

»Weißt du noch, als dieser Balkon runterkrachte?« Sie lachte leise in sich hinein. »Wir hatten Glück, nicht getroffen zu werden.«

»Ich war nicht dabei, du warst an dem Tag allein unterwegs.«

»Nein, nein, ich sehe es noch genau vor mir, der ist uns direkt vor die Füße gefallen, *so* viel hat nur gefehlt.« Mit Zeigefinger und Daumen bemaß sie die erstaunlich knappe

Distanz, mit der wir gerade so davongekommen waren. »*So* viel. Du hast dich in Todesschrecken an meine Hand geklammert.«

»Kann sein.« Ich drückte einen Eiswürfel aus dem Behälter. Meine Mutter lutschte sie gern. Ein herabstürzender Balkon, eine Wohnung mit einer magischen Badewanne, zwei kleine Mädchen, die einer Betonmauer die Zunge rausstrecken. Manche meiner Kindheitserinnerungen klangen wie Märchen, aber sie waren genauso echt wie der Eiswürfel in meiner Hand, der kühle, durchnässte Flanell, dieses dünne Ärmchen, das aus dem Schlafanzugärmel ragte.

»Mama, erinnerst du dich an meine Freundin Sandy?«, fragte ich. Aber sie war bereits eingeschlafen.

—

Für Tobi kochte ich Eier in Senfsauce nach Omas Rezept. Wir saßen auf zwei Holzkisten, die für Tobis lange Beine zu niedrig waren. Er streckte sie aus und zog sie wieder an, immer darum bemüht, den Teller auf seinen Knien zu balancieren. Er lehnte sich an die feuchte Wand, zuckte zusammen, richtete sich diskret wieder auf. Vielleicht hatte er eine Schneckenspur getroffen.

»Sind die okay?« Ich deutete auf die Eier.

»Köstlich.« Mein Bruder bezeichnete jedes Essen, das man ihm vorsetzte, als köstlich und jede Wohnung, die er betrat, als schön.

»Fragst du dich manchmal, wie er wohl so ist?«, wollte ich wissen.

Tobi hatte das Heft unserer Mutter zur Hand genommen und wollte es gerade öffnen, hielt jetzt aber inne.

»Sollte ich deshalb herkommen?«

»Ich meine nur, ich hoffe, er ist charmant. Charme ist so

wichtig im Leben. Hoffentlich weiß er, wie man sich beliebt macht.«

»Tatsächlich steckt dahinter viel Arbeit.« Tobi knetete seine Beine. »Ich dachte, es geht um Mama.«

»Ihr beide wart euch so nah. Weißt du nicht mehr? Ihr habt euch in den Armen gehalten, und die Erwachsenen meinten: ›Och wie süß‹, und dann schrie einer von euch: ›Er hat mich gebissen! Er hat mich gebissen!‹«

»Ich bin kein Beißer.«

»Dann war er es wohl.« Ich sah sie genau vor mir, wie sie sich gegenseitig fest umschlungen hielten.

»Woran du dich so alles erinnerst.« Tobi schüttelte den Kopf. »Ich weiß gar nichts mehr. Wahrscheinlich mein Glück.«

»Aber du denkst doch auch darüber nach, oder? Ist er glücklich, geht es ihm gut? Und die ganzen kleinen Dinge: Mag er Hunde, was ist sein Lieblingsessen, hat er eine Freundin …«

»Oder einen Freund.«

»Oder einen Freund.« Und ich unterdrückte ein Lächeln, denn natürlich dachte Tobi an ihn, natürlich fragte er sich, wie er wohl war, und wahrscheinlich stellte er ihn sich als einen sympathischen Landschaftsarchitekten mit einem netten Freund vor, so wie ich ihn mir als einen leicht verlorenen Künstler vorstellte, der von der Vergangenheit besessen war. Schließlich nahm man sich immer selbst zum Ausgangspunkt.

»Vielleicht ist er sogar ein richtig guter Sportler«, sagte ich, und Tobi sagte: »Sehr unwahrscheinlich«, womit wir endlich auf eine Gemeinsamkeit gestoßen waren, über die wir lachen konnten. Mannschaftssport: keine Stärke der Valentins.

Tobi schlug das Heft auf. Seine Lippen bewegten sich mit beim Versuch, Mamas Handschrift zu entziffern.

»*Privileg*? Was ist *Privileg*?«

Ich beugte mich neben ihm über die Seiten. »Eine Art Aftershave. Kannst du dich echt nicht daran erinnern? Papa hat das immer benutzt.«

»*Privileg.*« Er schüttelte den Kopf und deutete auf die nächste Zeile. »Nein, keine Erinnerung. Und das hier? *Mit kleinen Blumen bestickte Kissenhüllen. Nicht so schlimm wie der Rest; etwas unangenehm.*«

»Keine Ahnung. Vielleicht haben sie ihr ein Kissen über den Kopf gezogen?«

»Ella! Bitte.« Er klappte das Notizbuch zu.

»Was erwartest du? Das ist ein Trigger-Tagebuch«, sagte ich.

»Was ist ein Trigger-Tagebuch?«

»Ein Tagebuch über Dinge, die ihr Angst gemacht haben. Komm, Tobi, du wirst doch wissen, was ein Trigger-Tagebuch ist.«

»Du tust so, als wäre das Allgemeinwissen.«

»Ist es.«

»Vielleicht in deiner Welt.«

»Was meinst du mit ›in meiner Welt‹?«

Er ignorierte mich und griff nach dem Foto mit den blauen Pferden.

»Tobi, wie meinst du das?«

»Ich meine, dass du dich immer in solche Sachen reinsteigerst, Listen und Chiffren und so Zeug.«

»Das stimmt nicht.«

»Ich kann es ja verstehen, Mama hat dir ja kaum eine andere Wahl gelassen.«

»Ich steigere mich nirgendwo rein. Ich bin nur aufmerksam.« Ich hörte den Frust in meiner Stimme, meine Ungeduld. »Dieses Gemälde, erinnerst du dich nicht an dieses Gemälde?«

»Nein.«

»Aber ich.« Ich entriss ihm das Foto.

»Ist das hier ein Verhör?«

»Ich sage nur, dass ich kein Einzelkind war, Tobi. Du warst dabei.«

»Und Heiko.«

»Und Heiko.«

»Ich behaupte ja nicht, nicht dabei gewesen zu sein, ich meine nur – mir leuchtet nicht ein, was er damit zu tun hat, oder warum wir hier sitzen und über Papas Aftershave reden oder was Mamas Gefühle in Bezug auf bestickte Kissenhüllen bedeuten.«

Dieser Besuch entwickelte sich nicht so wie von mir erhofft. Was keine Überraschung war. Wir hatten diese Unterhaltung schon mehrmals geführt, und er hatte sich schon mehrmals dagegen gesperrt und das Gespräch beendet. Ich hatte nur gehofft, dass es anders laufen würde, wenn ich ihm diese konkreten Dinge präsentierte.

»Sieh dir mal diesen Brief an.« Ich faltete den maschinell geschriebenen Brief auseinander, den ich zwischen ihren Büchern gefunden hatte. »Der kommt von einem Archiv.«

Er runzelte die Stirn. »Er ist ziemlich dicht geschrieben.«

»Du bist ziemlich dicht.« Ich übersetzte ihm den Brief Zeile für Zeile, was sich offen gestanden gut anfühlte. Tobi mochte lebenstauglicher sein, aber ich konnte besser Deutsch.

Der Bundesbeauftragte für die Unterlagen des Staatssicherheitsdienstes der ehemaligen Deutschen Demokratischen Republik

BETREFF: Antrag auf persönliche Akteneinsicht

Sehr geehrte Frau Valentin,
bezugnehmend auf Ihren Antrag auf Einsicht in Ihre persönlichen Stasiakten bestätigen wir Ihnen das Vorhandensein einer solchen Akte hier in der Behörde des Bundesbeauftragten für die Unterlagen des Staatssicherheitsdienstes. Leider scheint die Akte in weiten Teilen unvollständig. Auch die erfolgreich wiederhergestellten Seiten sind vielfach fragmentiert.
Natürlich können Sie die Akte bei Interesse trotzdem sehr gern einsehen.
Es tut mir sehr leid, Ihnen keine besseren Nachrichten in Bezug auf Ihr Anliegen übermitteln zu können.
Mit freundlichen Grüßen
Dr. Reinhardt Licht
Archivar

Meine Mutter war häufig zurück nach Berlin gereist, jede Reise einer ihrer vielen vergeblichen Versuche, unsere zerrissene Familie wieder zusammenzubringen. Ich versuchte mich zu erinnern, ob sie jemals ein Archiv erwähnt hatte, aber von ihrer letzten Reise fiel mir nur noch das Klassentreffen ein. Ich hatte nicht weiter nachgefragt; damals erschien es mir nicht wichtig. Aber auch zu anderen, wirklich wichtigen Dingen hatte ich ihr nie Fragen gestellt und bereute das nun bitterlich. Reden ist eine Gewohnheit wie jede andere, es muss praktiziert werden. Wenn man nie über die kleinen Dinge redet, wirkt es merkwürdig, plötzlich die großen Fragen aufs Tapet zu bringen. »Natürlich habe ich ihn das niemals gefragt«, sagte mein Vater mal über seinen Vater, der Mitglied in der NSDAP gewesen war. »Wir haben nicht mal übers Wetter geredet. Wie sollte ich ihn da plötzlich fragen, warum er in die NSDAP eingetreten ist?«

Oft hatten wir zusammen Websites durchforstet, meine Mutter und ich; hatten Suchanzeigen und Geburtsdaten in deprimierenden Foren und den üblichen verzweifelten Threads gepostet; hatten dubiose Antworten von fremden Leuten bekommen, die schnell einen Finderlohn einforderten. *Ich suche nach meinem Sohn Heiko, der uns weggenommen wurde*, hatte sie wieder und wieder geschrieben.

Wir hatten Anträge bei diversen deutschen Ministerien gestellt, nur um zu erfahren, dass man in Fällen wie unserem nichts tun könnte. Die Trennung war unter der alten Rechtsprechung der DDR legal gewesen. Details unterlagen dem Datenschutz, inklusive Heikos neuer Adresse, falls er eine hatte, und seines neuen Namens, falls er einen hatte, und das galt sogar für die grundlegende Frage, ob er überhaupt noch am Leben war. Wie sich herausstellte, war die Frage, ob mein Bruder lebte, eine sehr private Angelegenheit, die nicht mit seiner Familie geteilt werden durfte; denn rechtlich gesehen waren wir das nicht mehr: seine Familie.

»Sie sagen mir also, dass unsere Politik Verträge über Atombomben, über Grenzen und die Privatisierung eines gesamten Wirtschaftsraums aushandeln konnte, aber nicht darüber, was mit kleinen Jungs passieren soll, die ihren Familien gestohlen wurden«, sagte meine Mutter zu einem hohen Regierungsbeamten während eines ihrer Berlin-Besuche. »Sie sagen mir, dass Sie sich darüber einigen konnten, wann Moskau seine Truppen abzieht, über welche Waffen unser Land verfügen darf und welcher Wert einem volkseigenen Schweinemastbetrieb zuzumessen ist – aber nicht, ob Mütter wie ich ihre Kinder jemals wiedersehen können, der Gedanke ist wohl niemandem gekommen, was? Sich Gedanken darüber zu machen, wie ich meinen Sohn eines Tages wiedersehen könnte?«

Worauf der Beamte noch einmal geduldig erklärte, dass er unsere Enttäuschung verstehen könne, aber …

»Ich weiß«, sagte meine Mutter. »Ich weiß, ich weiß. Ich weiß.«

Aber nie hatte sie dieses Archiv erwähnt.

»Ich habe es mir angesehen«, sagte ich zu Tobi. »Guck mal.«

Ich klappte meinen Laptop auf, aber die Verbindung war abgestürzt.

»Wir versuchen es auf dem Dach«, sagte ich.

»Das kann doch nicht wahr sein.« Er ächzte. »Jedes Mal, Ella, jedes Mal, wenn ich zu dir komme …«

»… verbringen wir eine wunderschöne Zeit miteinander, stimmt's?« Ich stieß ihn an. »Ich weiß. Es ist herrlich.«

Ich kletterte aufs Dach der Kajüte und öffnete meinen Laptop. Tobi folgte mir und wischte demonstrativ ein Eckchen trocken, bevor er sich hinsetzte. Lächerlich, denn mit Sicherheit war es dort, wo er sonst arbeitete, viel schmutziger als auf meinem Dach.

»Ich hätte meine Arbeitskleidung mitbringen sollen«, sagte Tobi, als hätte er meine Gedanken gelesen.

Die Website des Archivs schien auf den ersten Blick ziemlich unübersichtlich mit ihren vielen Fotos von der gestürmten Stasizentrale und den von Archivaren in mühevoller Kleinarbeit rekonstruierten alten Akten. Es gab aber auch eine hilfreiche Seitenleiste für Leute wie mich: *Sind Sie Opfer oder Nachkomme eines Opfers der Staatssicherheit der ehemaligen DDR? So kann das Archiv Ihnen helfen.*

»Das betrifft uns!« Ich drehte den Laptop zu Tobi. »Opfer und deren Nachfahren. Das sind genau wir.«

»Du klingst fast, als müsste man darauf stolz sein.«

»Jedenfalls muss man sich nicht schämen. Wir *sind* Opfer.«

»Ich bin kein Opfer. Ich bin Landschaftsarchitekt.«

»Das eine schließt das andere nicht aus.«

Ich klickte auf den Link in der Seitenleiste. Eine neue Seite mit einem Kontaktformular öffnete sich.

Bitte wählen Sie eine der folgenden Möglichkeiten:

Ich interessiere mich für …

- die Aktivitäten des Staatssicherheitsdienstes
- die Herrschaftsmechanismen der DDR
- die Herrschaftsmechanismen der sowjetischen Besatzungszone
- die nationalsozialistische Vergangenheit

»Typisch deutsch«, sagte Tobi. »Wie ein Menü oder eine Auswahlfrage. *Für welche unserer Gräueltaten des Zwanzigsten Jahrhunderts interessieren Sie sich besonders?*«

»*Für Genozid wählen Sie die Eins …*« Ich entdeckte einen Link unten auf der Seite: *Akteneinsicht für Angehörige vermisster oder verstorbener Personen.*

Das hier war anders als die schrecklichen Onlineforen, mit denen wir so viel Zeit verschwendet hatten. Viel seriöser, offizieller, vielversprechender. Wenn es eine Überwachungsakte meiner Eltern gab, dann beinhaltete die mit

Sicherheit detaillierte Angaben über unsere Familie und deren Trennung. Und wie es schien, stand uns das Recht zu, diese Akte zu sehen. Selbst wenn sie unvollständig war, war es wenigstens *etwas*.

Wer weiß, worauf meine Mutter in Berlin noch gestoßen war. Taten wir nicht vielleicht doch genau, was sie sich von uns gewünscht hatte, traten in ihre Fußstapfen, verfolgten die dünne Spur, die sie für uns gelegt hatte? Wenn sie wirklich gewollt hätte, dass ich die Suche nach Heiko aufgab, dann hätte sie doch den Brief vom Archiv vernichtet. Stattdessen hatte sie ihn da gelassen, wo wir ihn finden würden.

Ich nahm mir den Laptop von Tobi zurück und begann damit, das Kontaktformular auszufüllen. Wir könnten einen Billigflug nehmen, nur ein paar Tage bleiben, das Archiv besuchen, gucken, was wir dort finden konnten. Ich malte mir schon aus, wie wir die Unterlagen durchsahen, Adressen und Hinweise notierten, endlich vorankamen.

»Was machst du da?« Tobi reckte den Hals.

»Meinst du, du kannst dir nächste Woche freinehmen? Ein paar Tage sollten reichen.«

»Wozu?«

»Diesen Typen treffen, den Archivar, der den Brief an Mama geschrieben hat. Der klang hilfsbereit.«

»Ellz…«

Ich seufzte. »Ich weiß schon, was du denkst. Du denkst, das ist nur wieder eine von meinen verrückten Ideen und dass du mir am Ende aus der Patsche helfen musst.«

»Wer behauptet, ich würde dir aus der Patsche helfen?«

»Sie ist nach Berlin gereist, um dieses Archiv zu besuchen.« Ich hörte meine Stimme lauter werden. »Sie ist davon ausgegangen, dass man ihr dort dabei helfen könnte, Heiko zu finden.«

»Ja, und? Sie ist auch davon ausgegangen, dass die Frau vom Kiosk ihr nachspioniert.«

»Wegen solcher punktuellen Ausfälle kannst du doch nicht alles als Unsinn abtun, was sie gemacht hat.« Einen Moment lang war ich nicht sicher, ob ich über unsere Mutter redete oder über mich selbst. »Jetzt mach sie nicht kleiner, als sie war. Sie war nicht dumm, sie wusste mehr vom Leben, als du und ich es jemals tun werden. Und sag, was du willst, aber diese Kioskfrau *war* etwas merkwürdig. Weißt du noch, wie sie Mama mal gefragt hat, wo wir herkommen?«

»Das war nicht merkwürdig«, sagte Tobi matt. »Merkwürdig war, dass sie darauf antwortete: ›Aus Kanada.‹«

»Es geht keinen was an, woher wir kommen.«

Er schüttelte den Kopf. »Meinst du nicht, es wäre besser, ihn in Ruhe zu lassen?«

»Das kann nicht dein Ernst sein.«

»Jahrelang hat sie nach ihm gesucht, aber keine Spur, kein einziger Hinweis. Wenn er wollte, dass wir ihn finden, dann wüssten wir das.«

»Warum sollte er nicht wollen, dass wir ihn finden?«, sagte ich und fühlte mich plötzlich leer und ernüchtert.

»Vielleicht weil er nicht mal weiß, dass es uns gibt? Weil es ihm ohne uns gut geht?«

»Ich bin ein freundlicher Mensch und esse alles. Ich habe ein überdurchschnittlich feines Gehör und kreative Begabungen. Wer hätte mich nicht gern zur Schwester?«

»Ach Ella.« Er legte seinen Arm um mich. »Geh nicht nach Berlin. Bleib hier und …«

»… such dir einen guten Job.«

»Ganz genau.«

»Ich bin die schlechteste Putzfrau in ganz London. Die

Schreibtische meiner Kunden sehen nach meiner Arbeit schlimmer aus als vorher. Ich glaube, ich werde bald gefeuert.«

»Wie wäre es mit Kunstunterricht?«

»Ich kann nicht gut mit Kindern.«

»Stimmt gar nicht.«

»Sie machen mich traurig. Ich sehe sie an und denke, so klein war er.«

»Dann nimm dir ein Jahr frei und konzentrier dich auf deine Kunst. Du kannst bei mir wohnen. Deine Ausstellung hat mir sehr gefallen, ich fand sie großartig.«

»Hat sich kein Mensch angesehen.«

»Doch, ich.«

»Okay, ein Mensch hat sie sich angesehen.«

»Du wirst noch Tausende Ausstellungen haben. Denk an Picasso, der hat Jahrzehnte gebraucht, um sich durchzusetzen.«

»Nein, Picasso war ein Wunderkind.«

»Du könntest auch noch als Wunderkind durchgehen.«

»Danke.«

»Mit etwas Botox.«

»Oh, Tobi.« Ich musste lachen.

»So gefällst du mir schon besser.«

Wir stiegen runter aufs Deck und sahen im dunklen Wasser des vom Regen angeschwollenen Flusses allerlei urbane Schätze vorbeirauschen. Kaputte Grills, Fahrradpumpen, Plasteflaschen. Einen weiteren Einkaufswagen.

»Da.« Tobi zeigte auf den Wagen. »Der ist von Waitrose.«

Ich grinste. »Wir gentrifizieren.«

Er fischte einen vorbeischwimmenden Zweig heraus, ließ ihn wieder los, fischte einen anderen heraus.

»Ich muss es zumindest versuchen«, sagte ich. »Ich besuche dieses Archiv, ich finde heraus, was sie dort gefunden hat, und komme dann wieder nach London. Und natürlich zahle ich dir alles so schnell wie möglich zurück.«

»Schön, wie elegant du das Thema Finanzierung da untergebracht hast.«

»Es geht nur um den Flug und eine Unterkunft.«

»Es geht nicht ums Geld. Ich fürchte eher, dass du die Wunde nur neu aufkratzt, wieder enttäuscht wirst und noch mehr Zeit damit verschwendest, jemanden zu suchen, den wir niemals finden werden.«

»Ich kann nicht anders, Tobi. Ich kann einfach nicht anders.«

Wenn ich auf dem Deck stand, musste ich oft gegen den Drang ankämpfen, ins Wasser zu springen, nicht aus einem Todestrieb heraus, sondern weil ich es mir so erfrischend vorstellte, wie eine innere Reinigung. Ich würde eintauchen und ganz neu wieder herauskommen, die alte Ella einfach weggewaschen.

»Er fehlt mir«, sagte ich. »Dir nicht?«

Momente vergingen, und dann sagte er: »Zeigst du mir noch mal das Foto, das mit den Pferden?« Ich gab es ihm, und er sah es sich eine Weile an. Schließlich nickte er. »Du hast mir mal diese Geschichte erzählt …«

Ich schüttelte den Kopf. »Das war Mama. Sie hat uns eine Geschichte von drei blauen Pferden erzählt.«

»Nein, das warst du.«

»Wirklich?«

»Es waren einmal drei Kinder, die wohnten in einer Badewanne. Eines Tages kam ein Zauberer und …« Seine Stimme wurde vom Rauschen des Flusses fast verschluckt, aber das war egal, ich kannte die Geschichte ganz genau.

»… und nahm die Kinder mit«, setzte ich fort. »Und er

trug sie in sein Schloss, und dort verwandelte er sie in drei Pferde, drei blaue Pferde.«

»Aber ihre Großmutter ging ihnen nach. Sie tötete den Zauberer, sie hob den Fluch auf und brachte die Kinder zurück nach Hause.«

»Nur dass sie nicht alle drei zurückgebracht hat, nicht wahr?« Ich beugte mich nach vorn und tauchte meine Hand ins Wasser. »Sie brachte nur zwei.«

Berlin 1987: Frühling

»STRECK MAL DIE ZUNGE RAUS«, sagte Sandy und reichte mir das Fernglas. »Los, komm schon.«

»Du zuerst.«

Sandy streckte die Zunge raus. Sie fürchtete sich vor nichts.

»Jetzt du.«

Ich lehnte mich so weit wie möglich aus dem Fenster. Direkt hinter der Mauer, die das Ende von Sandys Straße bildete, befand sich eine Aussichtsplattform, auf der Touristen herumstanden. Durch das Fernglas konnte ich sie sehr deutlich sehen. Sie drängten sich dicht zusammen, damit auch der Rest ihrer Gruppe noch auf die Plattform passte. Auf der Treppe dahinter standen sogar noch mehr an.

Ich blickte runter auf die Straße, auf die verwahrlosten Haustüren, von denen die Farbe blätterte, das Auto an der Ecke, den Grenzposten an der Mauer, die Frauen, die vor dem Lebensmittelgeschäft Schlange standen.

»Muss ganz schön langweilig sein da drüben, wenn die schon Schlange stehen, um zu gucken, wie andere Leute Schlange stehen«, sagte ich.

»Dann können wir denen ja mal was bieten.« Sandy wedelte mit den Armen. »Hallo, ihr Blödis!«

»Hör auf!« Ich sprang zur Seite, bestimmt hatte der

Grenzsoldat sie gehört. Aber als ich wieder hinausspähte, stand der immer noch genauso da wie vorher und glotzte ins Leere.

»Denkst du vielleicht, die könnten hier rüberkommen und sich beschweren?«

Da hatte sie natürlich recht, und außerdem war es ein ganz gutes Gefühl: Die Leute da drüben konnten uns überhaupt nichts anhaben, uns niemals erreichen, sich nicht mal beim Grenzposten beschweren, schließlich war es unser und nicht ihr Grenzposten.

Sandy war erst vor ein paar Wochen in meine Klasse gekommen, aber ich mochte sie jetzt schon lieber als alle anderen. Wir spielten jeden Tag zusammen auf den leeren Höfen und in den verlassenen Kellern in unserem Viertel, schlüpften durch rostige Türen mit der Beschriftung GEFAHRENSTELLE KEIN ZUTRITT und buddelten alte Patronenhülsen und Abzeichen der Roten Armee aus Schutthaufen hervor. Sandy erklärte mir, dass die Löcher in den Außenwänden meines Hauses Einschusslöcher aus dem Krieg waren. Bei unseren endlosen Straßenkämpfen vergaß ich regelmäßig, dass es nur ein Spiel war, und bekam Herzrasen, wenn ich aus meinem Versteck im Schatten eines Gebäudes ihre Schritte näher kommen hörte. In einem dieser Schutthaufen hatten wir auch das schwere alte Fernglas gefunden. Der Lederriemen war kaputt, aber nachdem wir die Linsen sauber gewischt hatten, funktionierte es einwandfrei.

»Mach noch mal«, forderte Sandy mich auf. »Echt, ich mach das ständig.«

Ich streckte meinen Kopf aus dem Fenster und die Zunge heraus.

»Bist du irre?« Sandy griff nach mir und zog mich zu Boden. »Doch nicht so!«

»Was meinst du?«

»Hast du nicht gesehen? Der Wachmann hat hochgeguckt! Jetzt bekommen wir einen Riesenärger.«

»Wirklich?«

Sandy machte eigenartige Grunzgeräusche. Ich sah sie an. Sie brach in Gelächter aus.

»Haha! Reingelegt!«

»Ich hab mich fast eingepullert.«

»War aber lustig, oder?« Sie spähte hinaus und fügte beiläufig, in die Ferne gerichtet, hinzu: »Meine Mama ist da drüben.«

»In Westberlin?«

»In Hamburg. Sie holt mich aber bald nach.«

Sandy lehnte sich zurück und schloss das Fenster.

Es war eine von Sandys offensichtlicheren Lügen. Wäre ihre Mutter wirklich im Westen gewesen, hätte Sandy niemals so nahe an der Mauer wohnen dürfen. Nicht, dass ihre Schwindeleien mich störten. Ich log selbst ziemlich viel herum, hauptsächlich, um etwas interessanter zu machen, als es eigentlich war. Letztendlich war es auch egal, wo Sandys Mutter war. Anscheinend zog Sandy sich weitgehend allein groß. Morgens, bevor er zur Arbeit ging, legte ihr Vater einen Apfel neben ihr Platzdeckchen, danach erledigte Sandy die Einkäufe, kochte und ließ das Putzen eher bleiben, weshalb es bei ihnen zu Hause fürchterlich aussah.

Jetzt zog sie ihre Schuhe an, rastlos wie üblich, immer auf dem Sprung. »Komm mit, ich zeig dir noch was.«

Wir verließen die Wohnung und gingen ein paar Straßen weiter bis zur Bösebrücke. Die Brücke war durch einen Grenzturm gesperrt, rechts befanden sich Schrebergärten, links Wohnhäuser. In einem der Gärten baute Sandys Vater Gemüse an. Dort hockten wir uns unter die Johannisbeersträucher, und in einem atemlosen, verschwörerischen Flüsterton verriet Sandy mir ihr neuestes Geheimnis:

Vor ein paar Wochen hatte sie aus dem Fenster gesehen und dabei festgestellt, dass die Aussichtsplattform geschlossen und die Straße voller Polizisten war. Sie wollte zu ihrem Vater in den Garten, um ihn zu fragen, was da los war, aber die Gartenanlage war ebenfalls abgeriegelt und die Brücke voll mit Grenzsoldaten und Polizei. Sie schaffte es, von der Rückseite her in die Gärten zu schleichen, wo sie sich in den Büschen versteckte, genau hier, mucksmäuschenstill, aber die Ohren weit offen, und deshalb konnte sie alles hören. Auf der Brücke war einer erschossen worden.

»Aus einer Laube da drüben hat er eine Leiter geklaut«, flüsterte sie dramatisch. »Und damit hat er dann versucht, über die Grenzanlage zu klettern, und dann wurde er erschossen.« Sie zeigte durch die Zweige. »Genau dort.«

»Hast du die Leiche gesehen?«, flüsterte ich zurück. Sie schüttelte den Kopf. Ich bewunderte ihren Mut. Dann überlegte ich, ob sie sich nicht wieder etwas ausdachte. Nachher wollte ich Oma Trude danach fragen, denn die wusste meistens darüber Bescheid, was in der Gegend los war. Außerdem war Oma Trude nicht so wie die anderen Erwachsenen; nie sagte sie, dass sie keine Zeit hatte, oder dass ich sie mit meinen Fragen nervte, oder dass ich jemand anderes fragen sollte.

»Ich zeig dir, wo er rüberklettern wollte«, sagte Sandy und zog mich am Ärmel. »Vielleicht finden wir noch Fußspuren.«

Aber ich hatte genug. Ich bereute bereits unseren dummen Streich mit den Leuten auf der Plattform. Und es war gleich Zeit zum Abendessen.

Sandy begleitete mich bis zu meiner Ecke, ziemlich still war sie dabei. Am Morgen hatte unsere Kunstlehrerin Frau Obst uns aufgefordert, unsere Augen zu schließen und die Gestalt des Glücks zu zeichnen, und Sandy hatte einfach dagesessen mit ihrem Stift im Schoß, und Frau Obst hatte sie gefragt, ob sie denn nichts zeichnen wollte, und Sandy hatte gesagt, dass dies die Gestalt des Glücks sei: nichts. Frau Obst hatte gesagt, dass Sandy etwas sehr Tiefsinniges und Schönes gemacht habe, denn das Glück sei ja schließlich unsichtbar. Ich wusste aber, dass sie es so nicht gemeint hatte.

Um sie aufzuheitern, erzählte ich ihr von dem gelben Päckchen, das wir letztens vom Cousin meines Vaters aus Westdeutschland bekommen hatten, mit Schokolade und einer Puppe darin. Ich bringe die Puppe mit zur Schule, dann können wir mit ihr spielen, versprach ich; dann fiel mir wieder ein, dass ja Sandys Mutter im Westen sein sollte, und ich wünschte, ich hätte nichts gesagt.

Beim Abschied an der Ecke sah sie ein bisschen traurig aus. Ihr Vater hatte wieder Spätschicht. Erst als ich schon im Flur unseres Hauses war, wo es viel schöner war als in ihrem Haus und wo es immer nach Bohnerwachs und Kuchen roch, fiel mir ein, dass ich sie hätte einladen sollen, bei uns zu Abend zu essen, mit uns zusammen.

Wie die meisten Berliner Häuser bestand auch unseres aus einem Vorderhaus und einem etwas schäbigeren, dunkleren Hinterhaus, dazwischen ein düsterer Innenhof. Im Hinterhaus wohnten hauptsächlich Studenten, und das war mein einziger Trumpf gegenüber Sandys schier endlosem Vorrat an Abenteuergeschichten, denn in ihrer Straße gab es gar keine Studenten. Sie teilte meine Faszination für sie und bemerkte Dinge, die mir nie aufgefallen wären, zum Beispiel dass einer, den wir seither den Sockenmann nannten, immer seine Socken auf dem Fensterbrett trocknete. Der Sockenmann und seine Freunde schliefen den ganzen Tag und tranken die ganze Nacht Bier auf dem Dach. Sie stritten und küssten sich und liefen nackt durch ihre Wohnungen. Einmal warf eines der Mädchen die Klamotten seines Liebhabers aus dem Fenster, der sie dann im Hof aus den Blumenbeeten pflücken musste, nur mit einem Handtuch bekleidet. Sandy und ich spielten diese Szene in Endlosschleife nach, eine stand auf dem Bett und warf Sachen durchs Zimmer, die andere rannte herum und hob sie wieder auf:

»Verzeih mir, Beate!«

»Nie im Leben! Nimm deine dreckigen Hosen und hau ab!«

Ich betrat das saubere, helle, gesittete Vorderhaus, in dem wir wohnten, und klopfte an Oma Trudes Tür im Erdgeschoss. Keine Antwort. Oma hatte als Einzige im Haus ein Telefon, was zwar beeindruckend, aber auch ein bisschen nutzlos war, denn ein Telefon hatte schließlich nur dann einen Sinn, wenn andere auch eines hatten, mit dem sie einen anrufen konnten. Stattdessen hinterließen wir also Nachrichten auf ihrem »Türtelefon« – einem Notizblock aus Altpapier, der an ihrer Wohnungstür angebracht war, daneben ein Bleistift an einer Schnur –, und sie hinterließ ihre Nachrichten auf unserem.

Liebe Oma!, kritzelte ich auf den Block, wofür ich mich auf die Zehenspitzen stellen musste, *Wir sehen uns dann oben! Alles Liebe, Ella.*

Fürs Treppensteigen bis nach oben zu unserer Wohnung im fünften Stock hatte ich ein System: eine Treppe rückwärts, eine Treppe vorwärts und so weiter. Mir gefiel, dass ich auf diese Art immer in dieselbe Richtung blickte. Ich hegte sogar seit einiger Zeit den Plan, einen ganzen Tag lang nie meinen Kopf zu drehen, indem ich mich stattdessen rückwärts oder seitwärts bewegte, je nachdem, aber damit musste ich bis zu den Ferien warten, denn in der Schule würde man mir das wohl nicht durchgehen lassen.

Rückwärts passierte ich die Tür von Frau Rachmann, die ungefähr so alt war wie Oma, aber sehr vergesslich. Manchmal mussten wir draußen nach ihr suchen, wenn sie wieder in ihrem mit Rosen gemusterten Nachthemd durch die Straßen irrte. Oma verehrte Frau Rachmann, die früher mal in Moskau Literatur gelehrt und die großen russischen Dichter übersetzt hatte. Sie sei eine »wahrhaft kultivierte Dame«, die ihre Brillanz für das Wohl des Landes eingesetzt habe, meinte Oma, anders als die Intellektuellen von heute, die sich nur dafür interessierten, wie sie Ministerialdirektoren werden und in ein großes Haus am Stadtrand ziehen könnten, wo sie Platz hätten für ihre ganzen Bücher. (»Geh halt in die Bibliothek«, brummte Oma immer, wenn mein Vater mit einem Stapel Bücher im Arm durch die Wohnung tigerte, auf der Suche nach einem Stellplatz. »Frau Rachmann ging in Bibliotheken, Gogol ging in Bibliotheken, Puschkin verbrachte sein ganzes Leben in Bibliotheken.« Worauf mein Vater gereizt erwiderte, dass Puschkin ganz sicher keine öffentlichen Bibliotheken betreten habe, Puschkin habe seine eigene Privatbibliothek gehabt mit vergoldeten Regalen; und dann quetschte er die neuen Bücher demonstrativ in die kleine Lücke zwischen den alten Büchern und der Zimmerdecke.)

Seitwärts betrat ich den Treppenabsatz und setzte meinen Weg nach oben fort, nun vorwärts, vorbei an Frau Pietsch, die auf Knien und in ihrem grünen Hauskittel die Treppe wischte. Ich hielt an, um sie zu grüßen und mit ihrem kleinen Hund Schnauzi zu spielen, dessen Pfotenabdrücke überall auf den nassen Stufen zu sehen waren. Frau Pietsch begleitete Oma oft zu Parteisitzungen und zu Märschen. Oma hatte mir erzählt, dass Frau Pietsch einen Mann geheiratet hatte, der ganz nett war, aber keine Kinder wollte, und als Frau Pietsch für Kinder zu alt war, hatte er sie verlassen und mit einer jüngeren Frau eine Familie gegründet. So was komme gar nicht selten vor, sagte Oma, und ich sollte es mir merken für später, damit mir nicht dasselbe passierte. Was ich mir auch noch merken sollte, war, nicht so zu werden wie Frau Minsky aus dem dritten Stock, von Oma »die Minsky« oder nur »Minsky« genannt.

Die Minsky war eine rundliche, rotbäckige Frau, die Herrn Minsky seiner vorherigen Frau ausgespannt hatte. Kurz nach ihrer Hochzeit hatte Herr Minsky dann einen Herzinfarkt, und jetzt war Minsky seine Pflegerin. Nun wieder rückwärts kam ich an ihrer offenen Tür vorbei. Gelangweilt stützte sie sich auf ihren Wischmopp, Zigarette im Mund, den Hintern frech herausgestreckt.

»Guck, wo du hintrittst«, sagte sie mürrisch, was Quatsch war, denn der Sinn vom Rückwärtsgehen war ja eben, nicht zu gucken, wo man hintrat. Trotzdem mochte ich Frau Minsky, auch wenn Oma es nicht tat. Sie sagte, die Minsky sei genau die Sorte Mensch, die die einzige Metallsäge in der Fabrik kaputt mache und es hinterher auf die Brigade schiebe. Frau Pietsch hingegen sei die Sorte Mensch, die dableibe, nachdem alle anderen aus der Brigade nach Hause gegangen seien, um noch die Metallsäge zu reparieren. Frau Rachmann hatte noch nie in ihrem Leben eine Metallsäge angefasst, aber das konnte man ihr nicht zum Vorwurf machen, weil sie eine sehr kultivierte Dame war. (Oma hatte lange in einer Kühlschrankfabrik gearbeitet, und das hatte ihre Ansichten sehr geprägt.)

Alle Frauen in unserem Haus hatten solche Geschichten, und Oma kannte sie genau: wer Ärger in der Brigade hatte, wer drei kleine ungeborene Babys verloren hatte, wer ein überzeugter Nazi gewesen war und jetzt dachte, dass keiner davon wüsste, wer sowohl Dr. Kaminsky aus dem vierten Stock als auch dem Postboten schöne Augen machte. Die Männer in unserem Haus hatten keine Geschichten. Wenn sie welche hatten, erzählten sie jedenfalls Oma nichts darüber. Herr Minsky hatte im Krieg fast ein Bein verloren, das war alles. Und Opa Horst war in Stalingrad gewesen, aber darüber wurde nicht geredet.

—

Vor unserer Tür hielt ich an und las die Nachricht, die mein Vater auf seinem Weg nach draußen hingekritzelt haben musste:

Wir haben nichts zu essen, wir haben nichts zu saufen.
Kann bitte jemand losgehen, etwas kaufen?

Darunter stand in der kleinen, festen Schrift meiner Mutter:

Wie wär's, wenn DU mal einkaufen gehst?

Was gegen die Regeln war: Eine gereimte Nachricht musste auch mit einem Reim beantwortet werden. Ich riss die Nachricht ab, denn ich hasste es, wenn meine Eltern auf dem Notizblock stritten, vor allen Nachbarn oder jedenfalls vor denen, die es hoch bis ins oberste Stockwerk schafften. Die Tür flog auf. Heiko kam in meine Arme gerannt: »Eia! Eia!« Er patschte mir ins Gesicht, wie immer, wenn er vor Liebe überquoll.

»El-la! Sag El-la!«

»Eia!« Er pikte mir mit seinem dicken Finger ins Auge. »Auge.«

»Aua!«

»Aua! Auge putt.« Er tat es noch mal.

»Ganz genau, jetzt ist mein Auge kaputt. Ich muss ins Geschäft gehen und mir ein neues kaufen.«

Wieder haute er mir ins Gesicht und lachte. Mit einer Stulle in der Hand kam Tobi in den Korridor und erzählte mir, dass Heiko versucht hatte, seine Brille im Klo hinunterzuspülen. Heiko griff sich die Stulle und fuhr sie an der Wand entlang, wobei er Motorgeräusche machte. Dann rannte er zurück in die Küche.

Mama saß am Küchentisch, ihr Fuß steckte in einem Eimer voller Eiswürfel. Sie trug noch ihre Arbeitskleidung, brauner Rock und beigefarbener Pulli mit hochgeschobenen Ärmeln, ihre dunklen Haare zum Dutt gebunden. Neben ihr saß Oma im lila, mit kleinen orangefarbenen Schnecken bedruckten Hauskittel und brütete über einem Kreuzworträtsel. Ich ging zu Mama und umarmte sie. »Was ist passiert?«

»Nichts, Ellachen«, sagte Oma. »Deine Mutter hat sich den Zeh angehauen.«

Mama seufzte. »So kann man es auch ausdrücken.«

»Eine Art Unterstand, fünf Buchstaben. Jemand eine Idee?« Oma kniff die Augen über ihrem Kreuzworträtsel zusammen.

»Wobei hast du deinen Zeh angestoßen?«

»Ich wollte dir eine Hose kaufen.«

Sie streckte ihre Arme, lehnte sich zurück und erzählte.

Eine von Mamas Kolleginnen an der Uni hatte gehört, dass ein Geschäft in der Nähe eine neue Lieferung Kinderhosen bekommen hatte, also waren sie los, um welche zu kaufen. Es stellte sich aber heraus, dass der entsprechende Laden gar nicht in der Nähe, sondern in einem ganz anderen Viertel lag. Sie mussten die Tram nehmen. Unterwegs begegneten sie einem anderen Kunsthistoriker, der meine Mutter danach fragte, wie sie mit ihrem Aufsatz vorankomme. Das war natürlich ein Fehler; Mama mochte es nicht, nach ihren Aufsätzen gefragt zu werden.

Schließlich fanden sie das Geschäft, verbrachten den Nachmittag in der Warteschlange, kamen endlich dran und erfuhren, dass alle Hosen ausverkauft waren, um nicht zu sagen, alle Kindersachen waren ausverkauft. Es gab nur noch ein paar geblümte Rüschenblusen, von denen Mama meinte, dass sie aussahen wie Babysachen in Erwachsenengröße. Da sie aber nun schon mal hier war, kaufte sie trotzdem eine.

»Gut gemacht«, sagte Oma. »Gib sie mir, ich werde sie eintauschen. Irgendwer braucht immer eine Bluse.«

Oma war eine Alchimistin: Aus Blusen konnte sie Wodkaflaschen machen, aus Wodkaflaschen Reifen, aus Reifen Ersatzteile für die Hollywoodschaukel in ihrem Garten, in der sie gern saß und Biografien bedeutender Frauen las.

»Genau das ist die Moral von der Geschichte. Irgendwer braucht immer eine Bluse.« Mama nahm ihre Brille ab und rieb sich die Augen. Ihr Gesicht schien nackt und müde. »In dieser Schlange standen ja keine Männer an. Kein einziger Mann. Die waren wohl mit der Errichtung des sozialistischen Traumes beschäftigt.«

»Aber wie hast du dir den Zeh angestoßen?«, fragte ich.

»Ach ja.«

Nach dem missglückten Einkauf hatte Mama die Tram zurück nach Hause genommen und sich vor einem Geschäft angestellt, das matschige Äpfel und grüne Apfelsinen verkaufte, und dann noch bei einem anderen, wo es weiche Mohrrüben und Soljanka in Dosen gab. In einem dritten Geschäft kaufte sie ein Hühnchen, das sie gerade in ihre Tasche packte, als sie einen krachenden Lärm hörte. Staub und Trümmerteile flogen in den Laden. Die Leute schrien. Nachdem die Staubwolke sich gesetzt hatte, sahen sie, dass ein Balkon, ein ganzer gemauerter Balkon, auf der Straße direkt vor dem Geschäft heruntergekommen war. Überall lagen Steine und zerbrochene Blumentöpfe herum, Erde, Schmutz, sogar ein Stuhl. In dem Laden fingen sie alle an zu lachen, worüber sich meine Mutter fürchterlich aufregte, weil sie nicht erkennen konnte, was lustig daran war, wenn ein Balkon von einer Häuserfront abbrach und sie um ein Haar unter sich begraben hätte. Beim Verlassen des Geschäfts trat sie deshalb gegen einen großen Steinbrocken.

»Und dabei habe ich mir den Zeh gebrochen«, schloss sie.

»Der ist nicht gebrochen, ich glaube, du hast ihn dir nur angestoßen«, sagte Oma. »Eine Art Unterstand, fünf Buchstaben. Ideen?«

»Waren da auch Leute unter dem Balkon?«, fragte Tobi interessiert. »Hast du mal geguckt?«

Oma klopfte mit ihrem Stift auf das Kreuzworträtsel. »Eins, zwei, drei, vier, fünf. Aber ich glaube, es müsste *Dach* sein. Das wären vier.« Sie strich das letzte Kästchen durch und schrieb in die übrigen: D-A-C-H.

»Ab jetzt gehe ich nur noch mitten auf der Straße«, sagte ich.

»Ich gehe noch mehr mitten auf der Straße«, sagte Tobi.

»Du kannst nicht mehr auf der Mitte laufen als auf der Mitte.«

»Auto«, sagte Heiko. Ich nahm einen Stift und ein Blatt Papier und zeichnete zwei Kreise. Das reichte, um ihn zu begeistern: »Auto! Auto! Auto!«

Ich zeichnete das restliche Auto. Niemand auf der Welt schätzte meine Zeichnungen so sehr wie er. Niemand. Es war magisch, als könnte ich echte Autos herbeizaubern, nur mit Papier und Farbe. Er schnappte sich den Stift aus meiner Hand und kritzelte damit quer übers Papier, über das Auto drüber, bis man es kaum mehr erkennen konnte.

»Heiko, mach nicht Ellas Auto weg!«, sagte Mama. »Das ist nicht nett.«

»Er macht das Auto nicht weg.« Ich nahm ihn in Schutz. »Er zeichnet.«

Wenn wir allein waren, ließ ich Heiko oft die Wände bemalen, unter unseren Betten, hinter der Küchenbank oder in der Ecke bei den Mülleimern. Diese Erwachsenenregel, dass Kinder nicht die Wände in ihrem eigenen Zuhause bemalen durften, erschien mir ziemlich verkehrt.

»Jedenfalls ist der Balkon runtergekommen, und ich hab dagegengetreten, und so habe ich meinen Zeh gebrochen oder angestoßen oder sonst wie verletzt. Ende der Geschichte. Auf der Lychener Straße war das.« Es klang, als wäre es eine ganz besonders große Enttäuschung gewesen, dass man jetzt selbst den Häusern auf der Lychener Straße nicht mehr über den Weg trauen könnte. »Die Verkäuferin meinte, dafür gäbe es sogar schon einen offiziellen Begriff, ›Balkonsturz‹, so häufig passiert das. Wie ein biblischer Fluch. Frösche, Hagel und Balkons.«

»Fertig!« Zufrieden faltete Oma ihr Kreuzworträtsel zusammen und stand vom Tisch auf.

»Mutti, hast du gehört, was ich gerade gesagt habe?«

Oma seufzte. »Was willst du denn hören? Meinst du, ich hab den Balkon runterfallen lassen? Meinst du, Marx hat ihn runterfallen lassen?«

»Es ist ein Skandal, dass wir so leben müssen.«

»Meinst du, Lenin hat den Balkon runterfallen lassen?«

»Ich habe gesagt, dass es ein Skandal ist.« Meine Mutter holte tief Luft. »Dass wir so.« Noch einmal tiefes Luftholen. »Leben.« Sie schlug auf den Tisch. »Müssen.«

»Mama laut«, sagte Heiko und fing an zu weinen. Oma hob ihn hoch. Er wischte seinen Rotz an ihrem Hauskittel ab. Auch Mama begann zu schluchzen. Heiko murmelte leise »Auto«, sein Trostwort, mit dem er sich bei Bedarf selbst beruhigte.

»Ach Reginchen«, sagte Oma in überraschend sanftem Ton. »Es ist nur ein Balkon. Komm schon, dafür sind wir doch zu robust. Stell dir vor, das ganze Haus wäre zusammengekracht! Darüber könntest du dich aufregen.«

»Oder die ganze Straße«, sagte ich.

»Oder das ganze Universum!« – Tobi jetzt, den Mund schon wieder voll mit Brot.

Mama lachte, trotz allem. »Ich bin nicht so wie du, Mutti, ich bin überhaupt nicht robust. Guck mal, was sie mir in dem Laden verkauft haben. Das ist wahrscheinlich nicht mal ein Huhn.«

»Natürlich ist das ein Huhn! Genau richtig für die Suppe, perfekt, *haargenau*, was ich wollte.«

Ich liebte meine Großmutter in diesem Moment sehr dafür, wie sie alles ein bisschen besser machte, wie sie den ruinierten Nachmittag rettete, indem sie darauf hinwies, was gut war: Wir hatten ihr ein Hühnchen mitgebracht, und ein Hühnchen war *haargenau* das, was sie wollte.

—

An diesem Abend passte Oma auf uns auf; mein Vater war bei einem seiner Unitreffen, die meist in einer Kneipe endeten, und Mama war zu irgendeiner mysteriösen Eröffnungsfeier eingeladen. Oma versuchte wieder und wieder herauszufinden, worum genau es sich handelte, aber Mama sagte nur, es sei eine kleine Ausstellung irgendwo auf einem Dachboden, es gebe nur ein paar Bilder zu sehen, alles organisiert von einem Freund.

Während sich meine Mutter fertig machte für ihre Feier, half ich Oma dabei, Heikos Windeln zu wechseln. Unser Bad war winzig und bestand nur aus einem Klo und einem Waschbecken hinter einer Tür, die von der Küche abging. Wenn man baden oder duschen wollte, musste man eine riesige Schublade unter der Arbeitsplatte in der Küche hervorziehen, in der sich eine Wanne befand. Das war alles sehr durchdacht und funktionierte meist nicht richtig.

Heiko hielt sich am Klodeckel fest. Er hob erst einen Fuß, dann den anderen, während Oma ihm seine Hose wieder anzog. Ich warf seine Stoffwindel zum Einweichen in einen Eimer. Tobi kommentierte alles von der Küchenbank aus.

»Ich war mit eins schon trocken«, sagte ich stolz.

»Ich war immer schon trocken«, sagte Tobi und schnitt mir eine Grimasse.

»Jeder hat andere Fähigkeiten«, sagte Oma, tätschelte Heikos Windelpopo und richtete sich auf.

»Muss er in der Krippe nicht aufs Töpfchen?«, fragte ich.

»Er weigert sich.« Sorgfältig wusch sich Oma die Hände und hob dann Heiko hoch, um seine zu waschen.

»Er darf sich nicht weigern!«

»Nass«, sagte Heiko und spritzte mit Wasser.

»Oma nass.« Sanft zog Oma ihn vom Waschbecken weg. Meine Mutter kam herein, in schwarzem Rock und Glitzerpulli.

»Hat jemand meine schwarze Handtasche gesehen?«

Oma reichte ihr die Tasche. »Willst du da ganz sicher hingehen?«

»Danke, dass du einspringst, Mutti.«

»Ich frage mich nur, wer bitte auf einem Dachboden feiern will.« Oma runzelte die Stirn. »Der ganze Staub da …«

»Parfüm, Ellachen?« Meine Mutter besprühte meine Handgelenke mit Duft. Sie öffnete ihr Rougedöschen, zog die Wangen ein und pinselte rosa Puder auf ihre Wangenknochen. Ich war froh, dass ich nicht mitmusste. Ich mochte zeichnen und malen, aber Ausstellungen fand ich schrecklich langweilig, die Bilder hingen nicht auf meiner Augenhöhe, und die Erwachsenen standen herum und redeten.

»Wer kommt denn da so?«, fragte meine Großmutter argwöhnisch.

»Die üblichen Langweiler halt.« Meine Mutter betrachtete sich im Spiegel. »Keine Sorge, ich bleib nicht so lange.«

Ich roch an meinen Handgelenken. Ein schwerer Blütenduft. Das Parfüm war in dem gelben Westpaket gekommen, zusammen mit Schokolade, Kaffee, Einmalwindeln für Heiko, einem Spielzeugauto für Tobi und einer Puppe für mich. Mama und Papa hatten sich sehr gefreut. Die ganze

Wohnung duftete nach Kaffee. Die Puppe hieß Sabrina. Wenn ich sie hinlegte, schloss sie die Augen, und sie öffnete sie wieder, wenn ich sie auf ihre kleinen Füße stellte, die in weißen Baumwollschuhen steckten. Das Beste war, dass Heiko in seinen neuen Windeln durchschlief und wir seither alle in der hochherzigen Stimmung ausgeschlafener Menschen waren.

»Oma, riech mal.« Ich hielt ihr mein Handgelenk hin.

»Ja, riecht gut, gefällt mir.« Sie hob die Schultern. »Ich habe gar nichts gegen solche Dinge.«

Als Rentner konnten Oma und Opa nach Westdeutschland reisen, dort hektoliterweise Kaffee trinken, an allen Parfüms des Universums riechen. Aber sie taten es nie. Oma wusste nicht, warum sie in den Westen reisen und sich die Häuser anderer Leute ansehen sollte, wo sie doch in ihre schöne Datsche am Stadtrand fahren und in ihrer Hollywoodschaukel entspannen konnte. In der Datsche, die sich zu einem Sommerhaus nach russischem Vorbild ausgewachsen hatte, verbrachten sie und Opa ihre gesamte Freizeit, ernteten Stachelbeeren, machten Marmelade und saßen im Schatten des großen Kirschbaumes.

Oma wischte meiner Mutter ein paar Fussel von der Schulter. »Vielleicht hast du dich verhört und die meinten eine Galerie, die ›Dachboden‹ heißt? Das klingt doch wahrscheinlicher, oder? ›Der Dachboden‹. Das wäre ein guter Name für eine Galerie.«

»Tschüss, Mutti.« Mama gab ihr einen Kuss. »Danke.«

Sie eilte davon, bevor Oma noch mehr Fragen stellen konnte. Heiko weinte ein bisschen, als sie ging. Er mochte es nicht, wenn Menschen kamen und dann wieder weggingen; es verwirrte ihn.

—

Oma nahm ein paar Eier aus dem Kühlschrank und zeigte uns, wie man sie aufschlug. Sie hatte zwei Fähigkeiten, die mich besonders faszinierten: Sie konnte eine Kartoffel mit nur einer Hand schälen, und sie konnte ein Ei aufschlagen und trennen, ebenfalls nur mit einer Hand. Das hatte sie in ihrer Jugend gelernt, als Dienstmädchen auf Gut Czarnikau in Ostpreußen. Mit einem kurzen rauen Lachen erklärte sie, dass dort alle Mädchen einhändig zu kochen gelernt hätten, weil sie die andere brauchten, um den Gutsherrn abzuwehren.

Das Gut spielte in vielen von Omas Geschichten eine Rolle, manchmal als Ort unendlicher Mühsal, manchmal aber auch der einfachen Freuden, der Erntefeiern, des Beerensammelns und Pilzepflückens in Wald. Oma hatte wie ihre Geschwister auch als Feldarbeiterin begonnen, aber mit vierzehn wurde sie ins Haus geholt, und damit, sagte sie, änderte sich alles. Die gnädige Frau, die, wie Oma sagte, sehr sozial war, übte mit Oma das Lesen. Ein noch sozialerer Stallknecht erklärte ihr den Kommunismus. Bei der ersten sich bietenden Gelegenheit fuhr Oma nach Berlin, wohnte erst bei einem Genossen, dann bei einem anderen und machte nie wieder einen Knicks.

Ich war super im Eieraufschlagen; meine Brüder vollkommen unfähig. Ich konnte so vieles, was sie nicht konnten, aber niemand schien es jemals zu bemerken.

Wir durften uns an den Eiern versuchen.

»Warum machen Mamas Freunde eine Feier auf einem Dachboden?«, fragte ich. »Da sind doch Spinnweben.«

Mir entschlüpfte das Eigelb zwischen den Fingern, und als hätte sie es schon geahnt, fing Oma es in einer Schüssel auf. Danach trennte sie in Lichtgeschwindigkeit und mit einer Hand sechs Eier. Tobi bestand darauf, auch ein Ei zu trennen, nur um das Gelbe durch seine Finger schlüpfen zu lassen und dabei zuzusehen, wie Oma es mit der Schüssel auffing.

Ich verrührte das Eigelb mit Zucker, Mehl und Milch, während Oma das Eiweiß steif schlug. Dann zeigte sie mir, wie man den Eischnee in den Teig unterhob. Niemand außer ihr machte solche schaumigen ostpreußischen Eierkuchen, die sich in der Pfanne aufplusterten.

Wieder erzählte sie von dem Gut, wie sie es in letzter Zeit immer häufiger tat. Sie erzählte von den großen Wäldern und den zugefrorenen Seen und wie ihr Vater mit den anderen Männern riesige Eisblöcke für den Keller daraus herausschlug. Sie erzählte von der dicken Hanne, der Köchin, die Schaumomelettes für zwanzig, dreißig Leute zubereiten konnte. Im Winter kamen Gäste von umliegenden Gütern mit Pferdeschlitten nach Czarnikau gefahren, und die Dienerschaft sammelte die Felldecken von den Sitzen, bürstete den Schnee weg und lagerte die Decken in einer warmen Kammer hinter der Küche, bis der Abend vorüber war und die Gäste wieder abreisten.

Sogar meine Brüder waren still, wenn Oma von ihrer Kindheit erzählte. Davon, wie die weißen und grauen Pferde in der Kälte schnaubten, von dem Silberbesteck und den weißen Porzellantellern auf dem Tisch und von dem Tag, an dem einiges von dem Tafelsilber verschwand und ein spiritistisches Medium zu Hilfe geholt wurde.

»Sie hieß Frau Günther Gefferts«, sagte meine Großmutter. »Wir mussten ihren Platz mit einem Porzellanteller und einem speziellen Satz Holzbesteck decken, denn wenn sie Metall berührte, passierte das mit ihren Händen.« Sie verkrampfte ihre Hände. »Die waren nämlich magnetisch.«

Ich verkrampfte meine Hände. Wie herrlich wäre es, ein Medium zu sein und magnetische Hände zu haben.

»Und gerade als Frau Günther Gefferts da saß und ihren Eierkuchen aß«, sagte meine Großmutter und ließ den ersten Eierkuchen auf einen Teller rutschen, »hielt sie inne und rollte mit den Augen, und wir dachten, sie hätte einen Anfall. Aber nein, es war eine Vision. Sie sagte: ›Die Person, die als Nächstes durch die Tür kommt, ist der Dieb.‹ Und die Tür ging auf, und es war der Gutsverwalter, und als er mit den Tatsachen konfrontiert wurde, brach er in Tränen aus und gab alles zu.«

Als er mit den Tatsachen konfrontiert wurde war ein Satz, den Oma jedes Mal gebrauchte, wenn sie uns diese Geschichte erzählte. Ich mochte ihn fast so sehr wie das mit dem hölzernen Besteck.

»Es war natürlich alles Aberglaube«, sagte sie und holte das Hühnchen aus der Einkaufstasche heraus. »Ganz alberner Aberglaube. Die Menschen waren damals sehr ungebildet.«

Sie bereitete die Hühnersuppe für den nächsten Tag vor, und wir setzten uns hin und aßen Eierkuchen. Ich wollte sie nach dem Mann von der Bösebrücke fragen, aber das musste warten, bis meine Brüder im Bett waren.

Nach dem Abendbrot räumten wir die Stühle von der Küche in den Korridor. Es war Badezeit. Oma und ich griffen die schwere orangefarbene Schublade unter der Arbeitsfläche. Ich zog, und meine Großmutter zog. Nichts regte sich. Meine Schultern taten weh.

»Ich wünschte, wir hätten eine richtige Badewanne«, sagte ich. »Sandy hat eine in ihrer Wohnung. Die hat Füße.«

»Eine richtige Badewanne?« Meine Großmutter wischte über ihre Stirn. »Als ich ein Kind war, hatten wir nicht mal fließend Wasser. Du hast eine eigene Badewanne, ein eigenes Bett, du hast ein eigenes Handtuch *mit deinem Namen drauf*, und immer noch gibt es was zu meckern!«

Obwohl mir klar war, dass ich jetzt besser den Mund halten sollte, konnte ich es mir nicht verkneifen herauszuplatzen: »Aber sie klemmt fest!«

»Sie klemmt nicht fest!«, rief meine Großmutter. »SIE – KLEMMT – NICHT – FEST!«

Und mit diesem letzten »fest« stemmte sie einen Fuß gegen den Unterschrank und riss die unwillige Schublade aus ihrem Unterschlupf. Dann fischte sie den Schlauch aus der Ritze hinter der Wanne und ließ uns ein Bad ein, während ich Tobi und Heiko beim Ausziehen half.

»Welch eine köstliche heiße Valentinsuppe«, sagte sie, als wir alle drin waren.

Tobi planschte mit den Händen im Wasser herum: »Rühr uns um! Los, umrühren!«

Oma nahm einen großen Holzlöffel und rührte uns um. Der Boden war hinterher vollkommen nass, aber solche Dinge kümmerten sie nie. Als wir fertig waren, drückte ich einen Knopf, und eine versteckte Pumpe saugte das Wasser aus der Wanne.

Als meine Brüder endlich in den Betten waren und ich Oma für mich hatte, beschloss ich, sie zu fragen. Wir putzten unsere Zähne über der Küchenspüle.

»Oma?«

»Ja?«

»Stimmt es, dass an der Bösebrücke jemand erschossen wurde?«

Sie unterbrach das Zähneputzen und erstarrte, ihre Lippen voller Schaum. Dann putzte sie weiter, aber langsamer als vorher.

»Wer hat dir das erzählt?«, blubberte sie durch den Schaum.

»Welche in der Schule«, sagte ich vorsichtig.

»Ah.« Sie spuckte weiße Zahnpastabrocken aus. »Welche in der Schule!«

»Stimmt es denn?«

Wie spülten unsere Münder. Meine Großmutter setzte sich und legte die Hände in den Schoß. Sie sah mich lange an, bevor sie antwortete:

»Das weiß ich nicht. Aber es stimmt, dass Leute manchmal versuchen, über die Grenze zu kommen, und dass die Wachen dann schießen müssen.«

Ich setzte mich auch und legte die Hände in meinen Schoß.

»Warum?«

»Das ist ihre Aufgabe. Sie sollen unsere Grenze schützen.«

»Aber der kam gar nicht aus dem Westen. Der wollte weglaufen.«

Ich schlenkerte meine Beine vor und zurück.

»Na, stell dir mal vor, alle würden weglaufen.« Oma legte ihren Arm um mich. »Dann wäre unser Land leer. So war es nämlich mal, weißt du, alles voller Schleuser und Schmuggler und Gangster, die die Leute zum Weglaufen überreden wollten. Jeden Tag war jemand anders weg, hat einfach die Arbeit liegen gelassen und auf die Solidarität gepfiffen. Eines Tages kam ich zur Arbeit, und die ganze Fabrik war leer, die gesamte Brigade war abgehauen. Die ganze Brigade!« Sie schüttelte den Kopf. »An diesem Tag haben wir keinen einzigen Kühlschrank produziert.«

Ich drückte mit der Zunge gegen einen losen Zahn, der mich schon seit Tagen nervte. Morgen würde ich einen

Faden daran binden, das andere Ende an eine Türklinke knoten und Sandy bitten, die Tür zu öffnen. Ich schmeckte schon ein bisschen Blut. Ich wollte nicht, dass unser Land leer wäre. Warum war der Mann nicht einfach hiergeblieben?

Oma strich mir übers Haar.

»Jemand hätte seinen Eltern Bescheid sagen sollen. Die hätten ihm das ausreden können«, sagte sie leise. »Dann wäre der Junge noch am Leben.«

»Also wurde er erschossen?«

»Ach Ellachen.« Oma schloss die Augen.

—

Als ich endlich unter meine Decke kroch, konnte ich nicht einschlafen. Etwas Dunkles und Furchterregendes lauerte unter meinem Bett. Ich zählte die Steine an der Bernsteinkette unter meinem Kissen. Wir alle drei hatten als Babys diese Ketten getragen; sie sollten das Zahnen erleichtern und Böses fernhalten. Ich zählte sie drei- oder viermal durch, dann lag ich da und hörte den vertrauten Geräuschen zu.

Tobi wälzte sich im Schlaf. Heiko schniefte und schnarchte. Ab und zu bewegte er sich und sagte mit seiner klaren, hellen Stimme »Auto« oder »Bus« und schnarchte dann weiter.

Ich musste immerzu an den Mann von der Bösebrücke denken.

Ich hatte Sabrina, meine neue Puppe aus dem Westen, mit ins Bett genommen, aber zum Kuscheln war sie aus zu harter Plaste. Ich griff nach Nuckabutz, meinem schlaffen alten Bären.

Ein Schlüssel wurde im Schloss gedreht. Ich hörte die

schweren Schritte meines Vaters. Er und Oma flüsterten ein paar Worte, dann wurden sie lauter.

»Sie ist noch nicht zurück?« Er klang besorgt. »Ich geh sie suchen.«

»Ich hab's ihr gesagt, Jochen! Ich hab ihr gesagt, dass es eine dumme Idee ist, aber sie hat nur gelacht, sie hat gelacht und gesagt …«

Wieder hörte ich die Wohnungstür. Dann ein leises Krachen aus dem Korridor, Fluchen und das Klirren eines heruntergefallenen Schlüsselbunds.

»Regine!« Mein Vater klang verärgert und erleichtert zugleich.

»Tut mir leid! Huch!« Sie kicherte. »Es tut mir so leid – ich habe völlig die Zeit vergessen! Es war so eine tolle Ausstellung, Jochen, du hättest die Bilder sehen sollen – und die ganze Atmosphäre, es war alles so …«

Oma ging dazwischen: »Wir waren krank vor Sorge.«

»… so *lebendig.* So lebendig.« Dann herrschte Stille. »Und jetzt bin ich zurück. Tut mir leid.«

»Nun, wie schön, dass du dich amüsiert hast«, sagte Oma säuerlich.

Mama öffnete die Tür zu unserem Zimmer. Sie sah bezaubernd aus im silbernen Lichtstrahl, ihr Gesicht freudig erhitzt, ihre Augen leuchteten. Auch ihre Körperhaltung war anders, aufrechter, der Kopf erhoben und die Schultern gerade. Auf Zehenspitzen schlich sie zu mir rüber.

»Du bist ja wach, warum bist du denn noch wach?« Sie strich mir übers Haar. Ihr Atem roch nach Wein.

»Ich kann nicht einschlafen.« Ich griff ihre Hand. »Ich hatte Angst.«

»Warum hattest du denn Angst, mein Schatz?«

»Weil du weg warst.«

»Aber ich habe mir nur ein paar Bilder angesehen, Ellachen! Ich habe mir nur ein paar wunderschöne Bilder angesehen.«

»Jemand hat bei der Brücke einen Mann erschossen«, murmelte ich müde, aber es kam mir nicht mehr so schlimm vor, weil Mama wieder da war. Ich hielt ihre Hand und schlief ein.

In den folgenden Tagen und Wochen redete Mama oft von der Ausstellung auf dem Dachboden. Sie fand, dass die Bilder gut genug waren, um in einer richtigen Galerie zu hängen. Vielleicht könnte sie den Maler einigen ihrer Freunde vom Künstlerverband vorstellen. Ob mein Vater behilflich sein könnte?

»Liebend gern«, sagte Papa, als sie bei einem Abendessen damit anfing. »Ich kann mir nichts Schöneres vorstellen. Ich bin gerade nur komplett mit der Korrektur von Klausuren beschäftigt.«

»Du bist immer mit der Korrektur von Klausuren beschäftigt.« Meine Mutter pikte ihm sanft mit der Gabel in dem Arm. »Was ist mit Gerhard? Könnte Gerhard nicht helfen?«

»Gerhard muss auch Klausuren korrigieren.«

»Gerhard unterrichtet überhaupt nicht!« Sie schüttelte den Kopf. »Du solltest dir seine Bilder wenigstens mal ansehen. Die sind neu, die sind anders, die verdienen Unterstützung. Sieh es als Geschenk an zukünftige Kunsthistoriker. Die sollen später nicht denken, wir hätten hier nur Mähdrescher gemalt.«

»Ich mag Mähdrescher«, sagte Oma freudig. »Ich finde sie erhebend.«

»Natürlich.« Meine Mutter lehnte sich zurück und schloss die Augen, genau wie Oma es auch tat, wenn sie ein Gespräch beenden wollte.

Oma hob den Deckel der Suppenterrine. »Noch Gulasch?«

»Danke, nein. Das war köstlich.« Mein Vater richtete sich auf und faltete seine Serviette. »Es kann ja nicht schaden, sich mal anzusehen, was der da macht. Wenn es dir so wichtig ist, Regine.«

»Ist es. Er meinte, wir könnten ihn mal in seinem Atelier auf dem Land besuchen. Das wäre doch schön. Den Kindern würde es gefallen.«

Ich wäre lieber in den Park gegangen, aber danach fragte keiner. Es wurde beschlossen, den Maler am kommenden Wochenende zu besuchen.

—

Sven bewohnte eine Datsche am See, eine Holzhütte mit wucherndem Garten, in dem Hasen und Igel herumliefen. Es sah dort aus wie auf einem Bild aus meinem Märchenbuch: Trauerweiden, ein Steg, an dem ein Boot dümpelte, das Ufer voller Narzissen. Der Maler selbst saß auf seiner Veranda, ein großer grauhaariger Mann mit einer Flasche Bier in der einen und einer Zigarette in der anderen Hand. Als er uns sah, sprang er auf, lächelte und breitete die Arme aus.

»Willkommen in der Villa Sven!«

In seinem Schnurrbart hatte sich Zigarettenasche verfangen, und er roch nach Farbe und Terpentin. Mama umarmte ihn wie einen alten Freund. Papa gab ihm frostig die Hand. Tobi, Heiko und ich machten uns auf zu einer Gartenerkundung. Innerhalb weniger Minuten hatte Heiko einen Wurm aus der Komposttonne gezogen und ihn sich in den Mund gesteckt. Tobi war auf eine der Weiden geklettert und schwang an einem Ast. Ich setzte mich auf einen umgedrehten Plasteeimer und schlug ein Schulbuch auf, *Unsere Fibel*, das ich mitgenommen hatte, um zu zeigen, dass ich Wichtigeres zu tun hatte als Würmer essen. Heiko kam zu mir und griff mit seinen schmutzigen Händen nach meinem Buch.

»Geh weg.« Ich schubste ihn leicht. »Ich hab zu tun.«

»Sind die immer so laut?« Sven zwirbelte an seinem Schnurrbart.

»Die sind nur übermüdet«, antwortete Mama mit einem nervösen Lachen. »Tobi, kommst du bitte von dem Baum runter? Wie wär's mit einem Mittagsschlaf, Jungs? Sven, wo können sie sich wohl hinlegen?«

»Im Boot vielleicht?« Sven kratzte sich am Bart. »Da mache ich jedenfalls meinen Mittagsschlaf.«

»Tobi, ich zähle bis drei. Eins …«

»Sind das Panzer?«

Alle schwiegen. Sven, der einen Blick in mein Buch geworfen hatte, wiederholte: »Sind das Panzer? Die lassen Fünfjährige Panzer zählen?«

»Ich bin acht«, sagte ich.

Sven nahm sich mein Buch und las laut daraus vor: *»Heute warten wir auf Helgas Bruder. Er ist Soldat bei der Volksarmee. Er und seine Kameraden sorgen dafür, dass wir alle in Frieden leben können.«*

Er schüttelte den Kopf.

»Um Himmels willen. Habt ihr das gesehen? *Soldat Heinz sagt: ›Unser Beruf ist schwer. Aber wir machen ihn gern, damit ihr sorglos lernen und spielen könnt. Kein Feind soll es wagen, unsere Deutsche Demokratische Republik anzugreifen.‹«*

»Beeindruckend, nicht?«, sagte Papa schnell. »So ein langer Text, und Ella kann ihn ganz allein lesen. Sie ist ihrem Alter weit voraus, weißt du.«

Sven sah auf. Er wollte noch etwas sagen, aber Papas Gesichtsausdruck hielt ihn davon ab.

»Sehr beeindruckend.« Sven klappte das Buch zu und tätschelte es ein wenig.

Es begann zu regnen. Wir gingen rein, wobei meine Mutter meine Brüder im Auge behielt. Mein Vater tippte mit einem Finger auf den Rahmen eines Gemäldes, das einen roten Tiger zeigte.

»Neoexpressionismus?«

»Ich halte nichts von solchen Kategorien«, sagte Sven.

»Na ja, ein Kunsthistoriker würde das hier jedenfalls als Neoexpressionismus kategorisieren.«

»Ich finde es wunderbar.« Meine Mutter stupste meinen Vater sanft von dem roten Tiger weg. »Es ist einfach erfrischend, mal etwas anderes zu sehen als – Tobi! Lass das bitte! – etwas anderes als Arbeiter und Fabriken.«

Das hörte Sven gern. »Ich habe diese ganze Serie gemalt, als ich in Ungarn war. Ich war total besessen; ich habe draußen in den Feldern übernachtet und gemalt wie ein Irrer.«

Mein Vater grinste. »Rote Tiger? In Ungarn?«

»Jochen ist eher Realist.« Dieser rechtfertigende Ton an Mama war mir neu. »Ich habe auch gemalt – das hab ich dir, glaube ich, schon erzählt? Bevor ich Kinder hatte …«

»Ein Maler muss sich ganz ins Leben werfen.«

»Absolut.« Meine Mutter wandte sich einem Gemälde mit einem Schwarm schwarzer Vögel zu. Auch mein Vater betrachtete es, und einen Moment lang waren sie beide still wie Menschen, die überlegen, was sie jetzt sagen könnten.

»Vögel ohne Flügel.« Sven brach das Schweigen. »Ich habe keine Angst davor zu malen, was ich denke.«

»Hm.« Mit einem gewissen Widerwillen verlagerte mein Vater sein Gewicht von einem Fuß auf den anderen. »Es gibt schon Vögel, die von Natur aus nicht fliegen können.«

»Jochen!« Meine Mutter stupste ihn noch einmal.

»Kiwivögel, zum Beispiel«, fuhr mein Vater fort. »Kiwis können nicht fliegen.«

Sven lächelte. »Du kannst die Bilder ganz nach Belieben interpretieren.«

Meine Mutter redete immer noch in diesem komischen, entschuldigenden Tonfall. »Es ist ein echtes Vergnügen, wenn man zusehen kann, wie sich das Schaffen einer Person entwickelt. Wir tun das nicht ausreichend; wir stecken so fest in unserem langweiligen kleinen Kreis.«

»Erst letzte Woche haben wir uns Barbaras Ausstellung angesehen«, verteidigte sich Papa.

»Ja, gut. Aber Barbara ist Barbara.«

»Barbara ist Barbara«, machte Papa sie nach. »So hast du das aber in dem Moment nicht gesagt.«

»Nein, Barbara weiß ja schließlich, dass sie Barbara ist, also muss ich ihr das wohl nicht sagen, oder?«

Sie ergingen sich in ihren üblichen Zankereien.

Sven zog mich zur Seite und flüsterte, dass er etwas für mich habe. Er öffnete die große flache Seitentasche seiner ausgeleierten Jacke. Darin befanden sich ein Satz schwarzer Malstifte und meine Lesefibel.

»Guck dir noch mal den Soldaten Heinz an«, sagte er.

Ich blätterte und ließ dann vor Schreck beinahe das Buch fallen.

Jemand hatte mit schwarzem Stift über die Bilder von Heinz und Helga gemalt. Dem Soldaten Heinz waren zwei schwarze Antennen gewachsen, wie bei einem Marsmenschen. Seine Nase war zu einem langen Rüssel geworden, der sich um einen Baum wickelte. Auch seine Schwester Helga war verunstaltet. Anstelle einer normalen Nase und ihrer Arme hatte sie jetzt eine Schnauze und Fledermausflügel. Ich rubbelte an der schwarzen Farbe, sie war trocken und fest. Ich bekam Bauchweh. Das Buch gehörte der Schule; ich wollte mir nicht mal vorstellen, welche Strafe es dafür geben würde.

»Was ist das denn?« Aufgebracht nahm mir mein Vater das Buch ab und wandte sich an Sven. »Bist du nicht ganz bei Trost?«

»Oh, Sven.« Mama schien beklommen. »Das war nicht unbedingt … Es ist natürlich witzig, aber …«

»Wir müssen sagen, dass sie das Buch verloren hat.« Papa atmete tief durch.

In diesem Moment fiel Heiko vom Stuhl auf eine nasse Palette und brach in Tränen aus.

»Ich war das nicht!«, rief Tobi. »Ich war's nicht!«

Heiko tapste blinzelnd und mit ausgestreckten Armen auf meine Mutter zu. Die Hände waren voll mit frischer Farbe. Bevor Mama ihn davon abhalten konnte, wischte er damit an der auf einer Staffelei stehenden Leinwand entlang, einer großen Leinwand, auf der man eine Landschaft mit drei blauen Pferden sah.

»Vorsicht!«, rief Sven.

»Auge um Auge«, brummelte mein Vater.

»Sven, das tut mir echt leid.« Meine Mutter riss Heiko hoch, aber zu spät. Ein frischer roter Streifen zog sich unten über das ganze Bild.

Sven ging in die Hocke und inspizierte den Schaden.

»Ich kann das kaufen.« Mama krümmte sich vor Scham.

»Bitte, Sven, ich wollte sowieso eines deiner Bilder kaufen – lass mich bitte dieses kaufen, bitte!«

Heiko wand sich unzufrieden in ihren Armen, Tobi schmierte noch mehr Farbe über den Boden. Mama schien den Tränen nah. Mir wurde klar, wie viel ihr dieser Besuch bedeutet hatte, wie sehr sie sich darauf gefreut hatte, in dieser Hütte zu sitzen, Bier zu trinken, über Malerei zu reden und in Erinnerungen an die Zeit zu schwelgen, als auch sie gemalt hatte.

»Es ist nur ein bisschen Rot«, sagte mein Vater. »Ein Hauch von Farbe. Es sind zum Beispiel keine bleibenden Schäden an einem Buch angerichtet worden.«

Aber meine Mutter fragte bereits nach dem Preis und zählte das Geld ab. Sven schien besänftigt. Er öffnete noch ein paar Bierflaschen. Die Anspannung im Raum legte sich etwas. Heiko setzte sich eine leere Dose auf den Kopf und rief: »HUT! HUT! HUT!« Ich fand einen gemütlichen Sessel am Fenster, starrte raus auf den See und fragte mich, wie es wäre, mit einem Ruderboot darüber zu fahren.

Wir blieben, bis der Regen aufhörte. Der Garten war voller Pfützen. Meine Brüder sprangen von Pfütze zu Pfütze zum Auto, die Haare zerzaust und Matsch im Gesicht. Ohne die Zigarette aus dem Mund zu nehmen, packte Sven das Bild ein und überreichte es meinem Vater.

»Das war ein schöner Tag.« Meine Mutter griff seine Hände und schüttelte sie.

»Wenn du irgendwann wieder mit dem Malen anfangen willst, stelle ich dir gern eine zusätzliche Staffelei hin«, sagte er. »Es ist immer eine Freude, einer schönen Frau beim Malen zuzusehen.«

Meine Mutter stieß ein scheues kleines Lachen aus.

»Warum nicht? Es ist ja nie zu spät.«

Zurück im Auto, imitierte Papa Svens raue Stimme: *»Es ist immer eine Freude, einer schönen Frau beim Malen zuzusehen. Es ist eine noch größere Freude, ihr beim Geldabzählen zuzusehen.«*

»Was bitte ist so lächerlich daran, mich ein bisschen zu ermutigen?« Sie verschränkte die Arme. »Jedenfalls können wir uns glücklich schätzen, nun eines seiner Bilder zu besitzen.«

»Glücklich? Der Mann hat seit Jahren kein einziges Bild verkauft!«

»Dafür kann er aber nichts.«

»Doch, kann er. Es ist das Ende des zwanzigsten Jahrhunderts, und er malt wie vor dem Weltkrieg. Vor dem *Ersten* Weltkrieg.«

»Ich dachte mir, wir hängen es in die Küche.«

»Ich dachte mir, wir hängen es in den Müll.«

»Du bist sehr gemein«, sagte meine Mutter. »Und bockig.«

»Tatsächlich bin ich ganz glücklich darüber, dass du nicht das mit den flügellosen Vögeln gekauft hast.« Wieder imitierte mein Vater den Maler: *»Dies schuf ich als Symbol für den universellen Zustand von Flügellosigkeit in diesem Land. Außerdem sollen Kinder davon Albträume bekommen.«*

Es war warm geworden in unserem kleinen Auto. Tobi und Heiko waren schon eingeschlafen, wie immer, wenn wir auf dem Heimweg waren, und ich schmiegte mich gegen die Tür und schloss die Augen.

»Was machen wir mit Ellas Buch?«, fragte meine Mutter mit einem Hauch von Zerknirschtheit. »Er hat das nicht böse gemeint, er ist einfach nur ein impulsiver Typ.«

»Wir werden wohl sagen, dass ich es verloren habe.« Mein Vater zuckte die Schultern. *»Bitte sehr um Entschuldigung,* *aber ich habe es aus Versehen mit zur Arbeit genommen und dann wohl in der Tram liegen lassen.«*

»Nicht in der Tram, sonst musst du es bei den Verkehrsbetrieben melden. Sag einfach, dass du es verloren hast. Die halten dich sowieso für leicht meschugge.«

»Meschugge? Wer hält mich für meschugge?«

»Ellas Lehrer.« Meine Mutter lachte. »Weil du doch immer alles verlierst.«

»Augenblick mal! Wie viele verbummelte Bücher hast du mir schon angehängt?«

»Ach, nicht bloß Bücher. Hausaufgaben, Turnschuhe, Brotbüchsen … Wir sagen immer, dass du das warst, dass du das Zeug mitnimmst in die Bibliothek und dann irgendwo vergisst, weil du so schusselig bist und immer nur an alte Kunst denkst.« Sie legte ihren Arm um seine Schulter, und er rubbelte sein Gesicht daran.

»Alberne Frau.«

»Alberner Mann.«

Ich döste weg und wachte erst wieder auf, als wir unsere Straße erreicht hatten. Es war schon fast dunkel. Wir schälten uns aus dem kleinen Auto.

»Können wir nächstes Mal mit dem Ruderboot fahren?«, fragte ich.

Meine Mutter schnalzte mit der Zunge. »Es wird kein nächstes Mal geben, nicht nach eurem Benehmen heute.«

»Ach, wie schade«, sagte mein Vater und lächelte.

—

Entgegen der Ankündigung meiner Mutter besuchten wir Sven noch oft in diesem Frühjahr, manchmal zusammen mit anderen Freunden, manchmal mit Oma Trude und Opa Horst. Mein Vater nannte ihn nur noch Maestro Svendinsky. Oma übernahm diesen Spitznamen und fragte ihn einmal, ob es Produktionsziele für Künstler gebe, und wenn nicht, warum nicht?

Meine Mutter war die Einzige, die Sven immer wieder verteidigte und sein Talent pries. Wenn es warm genug war, stellten sie zwei Staffeleien am Seeufer auf und malten. Mama war sehr schüchtern mit ihrer Kunst. Sie brachte ihre Sachen nie mit nach Hause. Ich glaube, dass sie befürchtete, mein Vater könnte sich über sie lustig machen. Sosehr meine Eltern auch die Kunst liebten, waren sie doch immer über Sonntags- und Hobbymaler hergezogen, über Leute, die in ihrer Freizeit Obstkörbe und Sonnenuntergänge malten. Jetzt war meine Mutter eine Sonntagsmalerin, und auch wenn mein Vater das niemals direkt kommentierte, verschenkte er nie eine Gelegenheit, um Sven eins auszuwischen:

»Besonders originell ist der Maestro ja wohl nicht, oder?« Er deutete auf das Bild mit den blauen Pferden, das mittlerweile in der Küche hing. »Eher ein Franz Marc für Arme. Und Jahrzehnte zu spät.«

Wo mein Vater und meine Großeltern schon kein Interesse an dem Gemälde zeigten, versuchte meine Mutter, uns Kinder dafür zu begeistern, vor allem mich. Sie erklärte, die drei blauen Pferde seien tatsächlich drei kleine Kinder, die von einem bösen Zauberer verhext und in seinem Verlies gefangen gehalten würden:

»Aber dann kam ihre Mutter auf ihren Feenflügeln herbeigeflogen, schwang ihren Zauberstab, und Abrakadabra verscheuchte sie den Fluch, und die Pferde wurden wieder zu Kindern.«

»Und was passierte mit dem Zauberer, nachdem die Mutter ihre Kinder befreit hatte?«

»Er verwandelte sich in einen Baum und versteckte sich im Wald.«

»Hat er denn gar keine Strafe bekommen?«

»Wo denkst du hin? Man hat ihn entdeckt und zu Brennholz verarbeitet.«

»Und ein schönes Lagerfeuer gemacht.« Ich kicherte.

»Ganz genau.« Sie zog mich ganz nah zu sich heran. »Und dann haben sie Würstchen in dem Feuer gegrillt.«

Damals war mein Vater viel unterwegs. Beruflich lief es gut für ihn. Er wurde von Leuten aus dem ganzen Land zu Vorträgen und Seminaren eingeladen. Einmal aber übernahm er abends das Kochen, weil Oma beim Treffen irgendeines Komitees war und Mama mal wieder zu einer Ausstellungseröffnung ging.

»Wisst ihr, was es heute Abend gibt?«, fragte er und schwang dabei den Holzlöffel durch die Luft.

»Spiegelei.«

»Spiegelei! Pah! Weit gefehlt. Heute koche ich …« – er schwang den Löffel noch einmal – *»Künstlerkartoffeln.«*

»Muss ich die Kartoffeln schälen?«

»Die Kartoffeln sind bereits geschält, junge Dame, aber das ist auch nicht die Frage, die sich hier stellen sollte. Die Frage, die sich stellen sollte, lautet: Was bitte sind Künstlerkartoffeln?«

»Was sind Künstlerkartoffeln?«

»Nun, dies ist eine Frage, die sich im Laufe der letzten Jahrhunderte sehr vielen Menschen gestellt hat.«

»Bratkartoffeln mit Ei, oder?«

»Niemals handelt es sich um Bratkartoffeln mit Ei!«

»Dann gekochte Kartoffeln mit Rollmops«, vermutete ich.

»Gekochte Kartoffeln mit ...« Papa fasste sich an den Kopf. »Nein und nein! Und noch mal nein! Würde ich so ein langweiliges Rezept mit meinem Leben verteidigen? Würde ich Spiegelei mit meinem Leben verteidigen?«

»Wieso denn mit deinem Leben verteidigen?«

»Weil es sich um ein sehr geheimes Rezept handelt, das ich nur an eine einzige Person auf der ganzen Welt weitergeben darf.«

»Mich!«

»Klar, an dich, weil du ja meine Tochter bist, und dann noch an eine weitere Person. Und zwar an einen wirklich bemerkenswerten Künstler, der sich eine Portion Künstlerkartoffeln redlich verdient hat.«

»Was heißt ›bemerkenswert‹?«

»Wenn jemand so ein guter Künstler ist, dass alle ihn bemerken.«

»Du könntest Sven das Rezept geben.«

Verächtliches Schnaufen – »Ich sagte doch ›wirklich bemerkenswert‹, oder?«

Bevor ich darüber nachdenken konnte, zog er mich zum Ofen rüber, um mir zu zeigen, wie man Künstlerkartoffeln machte. Es war ganz einfach. Wir vermischten Pulver für Zwiebelsuppe mit saurer Sahne, gossen das dann auf Hühnerfleisch in eine Auflaufform und stellten die Form in den Ofen. Die Kartoffeln kochten wie immer im Topf.

»Das sind keine echten Künstlerkartoffeln, oder?« Ich leckte den Kochlöffel ab. »Es ist Hühnchen.«

»Und genau das ist das Geheimnis der Künstlerkartoffeln.«

»Dass es eigentlich Hühnchen ist?«

»Dass es eigentlich Hühnchen ist. Mit gekochten Kartoffeln.«

»Papa, warum ist Sven immer hier?«

»Das ist eine sehr gute Frage. Er ist aber gar nicht *immer* hier, oder? Zum Beispiel ist er jetzt nicht hier.«

»Wenn du weg bist, ist er immer hier.«

Mein Vater erstarrte. Ich hätte besser nichts sagen sollen, aber die Frage brannte mir seit Wochen auf der Zunge. Warum *war* denn Sven immer hier? Warum saß er in unserer Wohnung, sobald mein Vater zu einer seiner Forschungsreisen aufgebrochen war? Warum legte er seine Füße auf unseren Küchentisch, seine schmutzigen Füße in den löchrigen Socken?

Ich überlegte noch, wie ich meine Worte wieder zurücknehmen könnte, als meine Brüder hereinkamen und mich retteten. Tobi hüpfte auf der Stelle und sagte, er sei hungrig und würde so lange hüpfen, bis er etwas zu essen bekäme.

Papa nahm Heiko auf den Arm und trug ihn auf den Schultern durch die Küche: »Ich bin Pazuzu, der Sohn des Hanbu, Schrecken der Antike!«

»Pa-Zu-Zu!«, rief Heiko. »Pa-Zu-Zu!«

»Pass auf!« Mama kam herein. »Sein Kopf!«

Ich hatte sie gar nicht kommen gehört. Ihre Haare waren nass vom Regen. Sie griff nach Heiko, um ihn festzuhalten, während der vor Vergnügen quiekte.

»Ich bin Pazuzu!« Mein Vater trottete im Kreis herum. »Ich stifte Chaos und Unheil!«

Meine Mutter seufzte, aber sie lächelte auch. »Was ist denn in dich gefahren?«

»Ein antiker Dämon. Ich kann nichts dafür.« Er setzte Heiko ab, zuckte zusammen und rieb sich den Rücken. »Ein antiker und überraschend schwerer Dämon.«

»Hier riecht's gut.« Mama öffnete die Ofentür. Mein Vater sah sie von der Seite an, sein Blick eigenartig überschattet, als versuchte er sie einzuschätzen oder als würde er nach etwas suchen.

Heiko setzte sich auf den Boden und starrte auf die blubbernde Form voll Huhn und Sahne. Mit beiden Händen hielt er seinen Hosenbund fest. Sein Gesicht leuchtete vor Glück und Erstaunen:

»Eia hat das gemacht!«

Ich strich über sein feines, weiches Haar: »Sag: *Ella* hat das gemacht.«

»Ella hat das gemacht.«

An einem Sonntagnachmittag sah ich Sven zum letzten Mal. Tobi und Heiko waren unten bei Opa Horst. Ich saß im Korridor und putzte Schuhe. Oma Trude schob den Staubsauger durch unsere Wohnung, wobei sie mit dem Rohr Fliegen und Spinnen von den Zimmerdecken saugte.

Aus der Küche drangen die wütenden Stimmen von Sven und meinen Eltern, und ich rückte näher heran, um mitzubekommen, worum es ging. Zwei Männer hatten Svens Datsche einen Besuch abgestattet. Sie hatten seine Gemälde begutachtet und entschieden, dass sie für eine Mitgliedschaft in der Berufsgenossenschaft für Künstler nicht taugten. Er müsste entweder anders malen oder er würde seine Mitgliedschaft verlieren.

»Anders malen?«, fragte meine Mutter. »Wie denn? Was haben sie gesagt?«

»Was sie gesagt haben? Komm, Regine, du kannst dir denken, was sie gesagt haben!« Sven sprach in sächsischem Dialekt: »*Genosse Maler, die eigentliche Frage hier ist, warum blaue Pferde malen? Warum nicht lieber einen* LPG-*Bauern bei der Ernte malen? Pferde sind vorrevolutionär, Pferde sind offen gesagt feudalistisch. Am Pferd haftet etwas Geknechtetes, bei Lichte besehen, ein Mangel an Klassenbewusstsein oder sogar jeglichen Bewusst-*

seins. Hat ein Pferd jemals die Arbeiter in den Kampf geführt? Hat ein Pferd jemals eine kapitalistische Fabrik sabotiert? Hat ein Pferd auch nur einen einzigen Beitrag für unseren Arbeiter-und-Bauern-Staat geleistet? Wer hat Das Kapital *geschrieben, ein Mann oder ein Pferd? ›Das Pferd ist von zaristischer Natur‹, das ist von Lenin, schreiben Sie sich das fürs nächste Mal auf. Und wer hat bitte jemals ein blaues Pferd gesehen, Genosse? Wer sah jemals einen roten Tiger? Warum sich in erbaulichen Fantasien ergehen, welche die Wirklichkeit unserer Gesellschaft ignorieren? Warum romantischen Träumereien hinterherjagen, wenn man die Ehre hat, inmitten großer revolutionärer Kämpfe zu leben, von den Umwälzungen moderner kollektiver Landwirtschaft ganz zu schweigen?«*

Während er redete, warf Sven seinen schweren Körper quer durch die Küche. Er polterte in den Tisch und die Stühle hinein, versetzte den Wandkalender in Schwingungen, stieß mit dem Ellenbogen gegen sein Gemälde mit den blauen Pferden.

»Hören Sie, Genosse Maler, wie wäre es mit einer Porträtserie von jenen Männern, die Geschichte machen? ›Die Brigade der Rahmenhersteller bei Sonnenaufgang‹, ›Die Stahlarbeiter im Abendlicht‹ … Nein, kein Abendlicht, Abendlicht ist defätistisch.«

Sven lieferte eine große Show ab. Er wütete und spottete und imitierte die monotone und bleierne Sprechweise, die selbst ich als typisch für unsere Regierenden erkennen konnte, bis er schließlich zu seiner eigenen klangvoll gerundeten Stimme zurückkehrte, die Arme ausbreitete und deklamierte, dass eine Bebilderung dieses miesen kleinen Halblandes keine Kunst sei und niemals sein werde, dieses Witzes, dieses Pseudostaats, der sich selbst so wichtig nahm und dabei doch nur ein Furz des Sowjetimperiums sei, nicht mal ein kräftiger Furz, bloß ein *Pffft* nach einer Kelle von Mütterlein Moskaus herzhafter Kohlsuppe.

»Na, na, Maestro«, sagte mein Vater und klopfte Sven auf die Schulter. »Jetzt mal nicht übertreiben.«

Meine Mutter senkte die Stimme. »Was, wenn du nicht auf sie hörst? Wenn du einfach in deiner Datsche weiter ruhig vor dich hin malst?«

»Und wovon leben? Keine Aufträge, keine Verkäufe, keine Ausstellungen, kein Geld, kein Essen auf dem Tisch, kein Dach über dem Kopf. Wenn ich essen will, muss ich tun wie mir geheißen.« Sven wandte sich meinem Vater zu. »So machst du es doch auch immer, oder, Jochen? Du tust wie dir geheißen.«

»Ich weiß nicht, wovon du redest.« Mein Vater verschränkte die Arme.

»Du schreibst, was du schreiben sollst. *Nieder mit der Dekadenz, lang lebe der Sozialistische Realismus.* Du könntest es dir auch einfach von Moskau aus diktieren lassen.«

»Sven, du hast mich nach meinem Rat gefragt, und ich gebe dir meinen Rat«, sagte mein Vater ruhig. »Wenn du zur Berufsgenossenschaft gehören willst, dann musst du deren Richtlinien befolgen.«

Während sie mit dem Staubsaugerrohr fuchtelte, rief Oma: »Wenn nicht, dann such dir eine richtige Arbeit!«

Alle sahen sie an, schockiert. Sie fuhr unbeeindruckt fort: »Ist doch wahr! Wenn du nicht ordentlich malen willst, dann such dir eine andere Arbeit. Ich kann diese ganze Aufregung um ein Gemälde nicht nachvollziehen.«

»Du!« Sven richtete seinen Finger auf Oma. »Du bist Stalin im Hauskittel!«

»Und du, du kennst überhaupt keine Not! Du hast nie gelitten! Als ich in Buchenwald war …«

»Ach bitte, nicht schon wieder Buchenwald.« Mit einer letzten Drehung warf Sven die Flasche in den Müll.

»So redest du nicht mit ihr«, sagte mein Vater in überraschender Solidarität mit Oma.

Sven wandte sich an meine Mutter: »Regine, kein Wort zu meiner Verteidigung?«

»Was soll ich sagen? Vielleicht könntest du tagsüber Traktoren malen und …« Sie suchte nach der richtigen Formulierung und entschied sich dann für: »… und den Rest als Hobby betrachten?«

Mit einem Ausdruck äußerster Verachtung starrte Sven sie an. Er schob sie zur Seite und stürmte aus der Wohnung. Meine Mutter sah aus, als wollte sie ihm hinterherrennen, aber mein Vater griff nach ihrem Arm.

»Lass ihn, Regine.«

»Wir hätten nicht so schroff sein sollen.«

»Er ist verrückt. Er wird sich eine Menge Ärger einhandeln und jeden, den er kennt, da mit reinziehen.«

Meine Mutter zögerte. Ich befürchtete, sie würde trotzdem gehen, uns zurücklassen, weil Sven malte, wie er wollte, nicht tat wie ihm geheißen, weil Sven kämpferisch und unerschrocken war, wofür sie ihn schätzte. Aber dann sagte sie: »Ist schon gut, Jochen. Ich gehe nirgendwohin. Ich bin genauso feige wie du.«

In dieser Nacht hörte ich meine Eltern in gedämpftem Ton streiten. Schuld war allein der Maler. Er hatte uns Unglück und Ärger gebracht. Ich hoffte, dass ich ihn nie wiedersehen müsste.

Die nächsten Wochen sprach niemand mehr von Sven. Mama wirkte gereizt und verschlossen. Papa bat mich, nett zu ihr zu sein. Sie habe Ärger bei der Arbeit, meinte er. Ihr Aufsatz solle nun doch nicht publiziert werden. Das sei ein harter Schlag, sagte er, aber sie werde sich schon davon erholen und dann werde alles wieder wie früher sein.

Es tat mir ein bisschen leid, dass ich Sven fortgewünscht hatte. Wenn mein Vater bei seinen Seminaren und Kursen und Konferenzen war, lag Mama nun voll bekleidet auf ihrem Bett, hielt eine Zigarette in der Hand und hörte Wolf Biermann.

Du, lass dich nicht verhärten
In dieser harten Zeit …

Weil ich dachte, sie sei krank, brachte ich ihr eine Tasse mit Hagebuttentee. Vielleicht hatte sie die Grippe. Ich stand neben dem Bett und wartete darauf, dass sie sich aufsetzte und mit mir redete, aber sie murmelte nur »Danke, Ellachen« und schloss die Augen. Oma kam herein und machte die Musik aus.

»Was ist das denn? Biermann? Willst du dir unbedingt den Ärger ins Haus holen?«

Träge streckte Mama einen Arm aus und schaltete die Musik wieder ein.

»*Du* kannst *deine* Musik hören«, sagte sie zu Oma und zündete sich eine Zigarette an, »und ich höre meine.«

»Es ist drei Uhr nachmittags, Regine. Musst du nicht was arbeiten?«

»Ich bin krank. Ich habe eine schlimme Grippe. Ich habe die Pest. Hust, hust. Ganz schön subversiv, was? Die Arbeit schwänzen, faul sein, unsere einzige Rachemöglichkeit. Was bleibt vom Arbeiterstaat, wenn die Arbeiter nicht arbeiten? Hörst du, ein Satz mit dreimal Arbeit!«

»Mach, was du willst.« Oma griff nach dem vollen Aschenbecher. »Du bist auch gar keine Arbeiterin, du gehörst zur Intelligenz. So unwahrscheinlich das auch klingt.«

»Stimmt. Klar. Kennst du den Witz mit dem Strafzettel?«

»Kein Interesse.«

»Wie viele Volkspolizisten braucht es, um einen Strafzettel auszustellen?«

»Keine Ahnung.«

»Drei. Einer schreibt, die anderen beiden halten die Intelligenz in Schach.«

Ich lachte. Oma nahm meine Hand.

»Komm, Ellachen. Mama ist albern.«

»Meinst du, dafür ist sie zu jung? Meinst du, sie weiß nicht Bescheid? Meinst du, sie hat nicht bemerkt, dass die Hälfte ihrer Klassenkameraden nicht aus den Ferien zurückgekehrt ist?«

»Mach dich nicht lächerlich.«

»Alle, die bei Sinnen sind, hauen ab.«

»Regine! Das reicht!«

Meine Mutter sah mich an. »Und weißt du auch, warum sie abhauen, Ella? Weil das Leben da drüben besser ist. Ganz einfach.«

Oma versuchte, sie zu übertönen: »Mama meint das nicht so, sie schmollt nur wegen ihres Buches.«

»Schmollen? Ich verliere meinen Job! Die wollen mich wegen eines einzigen Buches feuern, ein kleines, bescheidenes Büchlein über die Genialität der deutschen Avantgardisten, nur weil ich darin andeute, ganz leicht andeute, dass die Avantgarde besser und mutiger und tatsächlich *revolutionärer* war als alles, was wir heute haben.«

Meine Mutter sprang aus dem Bett und begann, durchs Zimmer zu tigern, und mir fiel auf, wie sehr sie nach Sven klang. Oder vielleicht klang Sven auch nach ihr. Kein Wunder, dass sie gern zusammen malten. Sie fuchtelte sogar genauso mit dem Finger durch die Luft wie er.

»Ein einziges Buch! Nur das, das reicht schon, um sie zu

verärgern. Jetzt wollen sie mich durch einen drittklassigen Marxisten ersetzen, der meint, dass Klee und Kandinsky an einer Augenkrankheit litten.«

Oma schürzte die Lippen. »Das ist alles schon ziemlich lange her, oder?«

»Was ist lange her?«

»Die Avantgarde! Du kannst ihnen doch nicht verübeln, dass sie gern etwas … Zeitgenössischeres hätten.«

Mama schloss die Augen. »Mutti …«

»Ich mein ja nur.«

»Verstehst du nicht, dass genau so etwas mich in den Wahnsinn treibt? Ich bin Kunsthistorikerin in einem Land, das die Kunst hasst. Ja, hasst! Meine Kollegen finden es richtig, dass die Sowjets Malewitschs *Schwarzes Quadrat* weggesperrt haben. Findest du das richtig, Mutti? Findest du es richtig, ein Gemälde wegzusperren, ein Stück Stoff mit schwarzer Farbe drauf?«

Oma seufzte. »Man muss um ein verloren gegangenes Bild wirklich keine große Verschwörung basteln.«

Mir war schon klar, dass ich lieber den Mund halten sollte, aber irgendetwas trieb mich dazu zu sagen: »Warum malt man ein schwarzes Bild? Das ist doch blöd.«

Meine Mutter blickte mich an mit einem Ausdruck, den ich noch nie gesehen hatte. Überrascht, bestürzt, aber auch mit einer eigenartigen Angst. Als wäre ich eine Fremde, ein Feind.

»Siehst du«, sagte sie zu Oma. »Die nächste Generation wird Zensur nicht mal mehr brauchen.«

—

Als Papa an diesem Abend nach Hause kam, nahm ich all meinen Mut zusammen und fragte ihn, ob wir noch einmal zu Svens Datsche fahren könnten. Es waren sonnige Tage. Der Garten stand sicher voller Blumen. Mama könnte ihre Staffelei aufstellen und malen. Es wäre etwas, worauf sie sich freuen könnte.

Mein Vater seufzte und stellte seine Tasche ab. Er hockte sich neben mich und legte seine Hände auf meine Schultern, seine großen Hände, die nach Tinte rochen und nach Leder. Er erklärte mir, dass ich die Datsche lieber vergessen sollte. Sven lebe nicht mehr dort. Er sei in den Westen gegangen, aber das müsse ich für mich behalten. Sollte mich jemand nach ihm fragen, dann sei es das Beste, so zu tun, als wüsste ich nicht, wo er sei, und dann zu einem unverdächtigen Thema zu wechseln, das Wetter oder was es zu Mittag gegeben hatte.

AARON

Berlin 2010

Aaron mochte das Gefühl von zerhäckseltem Papier. Leicht, fast ohne Gewicht, und weich, wenn man nicht gerade die Hand zu schnell aus dem Sack zog und sich dabei schnitt. Eine dünne rote Linie auf seiner linken Hand hatte er davon und zwei weitere auf der rechten. Er trug sie mit Stolz: der Wissenschaftler als Krieger. An seinem Schreibtisch konnte er das Summen der Scanner nebenan hören, die plötzliche Stille eines Papierstaus, dann das Fluchen von Bernd bei einem weiteren Neustart.

Auf der Fensterbank hatte er einige hübsche Stempel aufgereiht, angefangen beim ebenso kurzen und bündigen wie befriedigenden »Erledigt«, mit dem er die fertigen Stapel markierte, bis hin zu jenem mit dem entzückend langen Namen seines Arbeitgebers: »Der Bundesbeauftragte für die Unterlagen des Staatssicherheitsdienstes der ehemaligen Deutschen Demokratischen Republik (BStU)«. Manche kürzten es auch ab mit »Die Behörde« oder »Das Stasiarchiv«, aber für Aaron und seinen engsten Kollegenkreis war es immer einfach nur *Das Archiv.*

Er war der einzige ausländische Mitarbeiter, was ihm zunächst einiges an Misstrauen und Skepsis eingetragen hatte. Es kam vor, dass jemand offen bezweifelte, dass sein Deutsch überhaupt gut genug sei für diese Arbeit an komplexen historischen Dokumenten. Hin und wieder passierte es, dass ihn jemand unterbrach und einen Fall oder ein Pronomen korrigierte. Es half jedoch, dass er an seiner Promotion arbeitete. Akademische Titel hatten hier einen Wert, die Menschen hatten großen Respekt davor, und schon die bloße Erwähnung eines vagen Vorhabens in diese Richtung konnte die eigene Position deutlich verbessern. Noch wichtiger war vielleicht, dass er aufgrund seiner Doktorarbeit über archivarische Rekonstruktionen im Nachwendedeutschland schon mit einem soliden Wissen über den Stasijargon in Berlin angekommen war, diese Mischung aus kryptischen Abkürzungen, langen Monsterwörtern und beschönigenden Umschreibungen. Seinen Durchbruch in Sachen sozialer Akzeptanz verdankte er dem Scherz eines anderen Praktikanten, der ihn *zur Klärung eines Sachverhaltes* zum Mitkommen aufforderte, was er korrekt als Stasiwitz einordnen konnte; es war die Standardphrase bei Festnahmen gewesen.

Mittlerweile bescherte ihm sein Status als Ausländer sogar eine privilegierte Position. Bei Diskussionen zwischen älteren und jüngeren Archivaren, zwischen Ost- und Westdeutschen, Berlinern und Provinzlern fiel ihm oft eine Vermittlerrolle zu: »Du als Engländer, was meinst du denn zu …«, sagte dann jemand, oder: »Aaron, als jemand von der Insel, würdest du sagen, dass …«, bevor ihm eine Debatte über Wolfsjagd oder staatliche Kinderbetreuung oder irgendein anderes Thema unterbreitet wurde, das zu beurteilen ihm niemals einfallen würde.

Vorsichtig zog Aaron ein Knäuel von Papierstreifen aus dem Sack neben seinem Schreibtisch und breitete sie auf der weißen Fläche aus.

Aktuelle Sachlage in den Be-

Wie angenehm. Ein Satzanfang war wie das Eckteil bei einem Puzzle, es erleichterte, den Rest zusammenzufügen, und die Chancen standen gut, dass er bis zum Mittag das gesamte Dokument fertig haben könnte. Vom restlichen Satz war so etwas zu erwarten wie »… Sachlage in der Betriebsgewerkschaftsleitung« oder »… Sachlage in den Berufsschulen«.

Anfangs waren ihm all die ineinander verhedderten Papierstreifen als unauflösbares Gewirr aus halb zerstörtem Beweismaterial erschienen, Millionen von Puzzleteilen, unwiederbringlich verteilt auf Tausende brauner Papiertüten, aber mittlerweile konnte er ein verdecktes Muster ausmachen. Man konnte eine Handvoll herausfischen und sich einigermaßen sicher sein, dass alles zum selben Dokument gehörte, zu einem Brief an einen Minister vielleicht, zum handschriftlichen Loyalitätsversprechen eines neu rekrutierten IM oder zu der Abschrift eines Verhörs. Das Archiv befand sich im ehemaligen Hauptquartier der Stasi, einem kommunistischen Mordor aus brutalistischen Büroblocks und ausladenden grauen Innenhöfen. Den zentralen Teil mit seinem liebevoll erhaltenen alten Dekor hatte man zu einem Museum gemacht, ein Traum an Fünfzigerjahre-Raumausstattung mit orangefarbenen Lampen, olivgrünen Sesseln, weißen Bakelit-Telefonen, braunen Glaslüstern und dunklem Parkettboden. Aus der Perspektive des einundzwanzigsten Jahrhunderts sah alles recht schlicht aus – einfach und dezent –, kein Vergleich mit dem Marmor und den vergoldeten Wasserhähnen anderer Diktaturen. Sogar der fleckige Speiseplan fürs Frühstück von Stasichef Mielke, sorgfältig getippt von einer fleißigen Sekretärin, die bloß nichts vergessen wollte, zeugte mehr von Zielstrebigkeit und Disziplin als von Genuss: zwei Tassen Kaffee, ein Fünfminutenei, zwei Schrippen mit Butter und das frisch gedruckte *Neue Deutschland*.

Aarons Büro befand sich in einem anderen Gebäudeteil, aus dem sämtliches Altmobiliar entfernt worden war. Mit Ausnahme einiger alter Schreibmaschinen im Keller, die gebraucht wurden, um Schrifttypen zu vergleichen und ab und zu mal ein Ausstellungsplakat zu entwerfen, waren die Räume neu und hell ausgestattet. Wie ein leeres Blatt Papier oder, wie seine Kollegen in der Kantine lästerten, wie reingewaschen. Ein Tisch, ein Regal, zwei Stühle, ein Aktenschrank und ein paar geöffnete Säcke voller Papierschnipsel. Rechts von ihm hatte Bernd sein Büro. Auf der linken Seite lag das überraschend bescheidene Zimmer des Direktors, ein gewichtiger, schwerfälliger Mann namens Herr Dr. Licht, der stets etwas mitgenommen wirkte. Darin sah es aus wie in Aarons Londoner Arbeitszimmer, klein und vollgestellt, aber tatsächlich sah er Dr. Licht dort nie. Immer war er im Dokumentenkeller verschwunden, auf Reisen oder sprach in irgendeinem Ministerium wegen der Finanzierung vor.

Von seinem Fenster konnte Aaron einen weiteren Innenhof, eine befahrene Straße und die trostlosen Plattenbauten dahinter sehen. Oft dachte er an den Stasibeamten, der hier gesessen und seine Berichte getippt, aus diesem Fenster auf die Plattenbauten gestarrt und vielleicht von einer vorübergehenden Versetzung nach Moskau oder wenigstens einem außerplanmäßigen Wochenende in Bulgarien geträumt hatte. Und dann, als die wütende Menge das Gelände gestürmt und sich Zugang zum Gebäude verschafft hatte, verbarrikadierte sich dieser Mann mithilfe des

Schreibtisches in seinem Zimmer und begann, alle Akten durch den Reißwolf zu jagen. Vielleicht war er aber auch über den Flur zu seinem Chef gerannt, um sich Anweisungen zu holen, was nun zu tun sei, wobei seine Stimme gegen den Krach von zerbrechendem Glas anschreien musste. Oder die Aktenvernichter waren da bereits heiß gelaufen, und er musste seine Papiere per Hand zerfetzen und fertig zum Verbrennen in Papiersäcke stopfen. Allerdings war es für all das zu spät: Die Menge war bereits auf dem Weg zu ihm nach oben, und der Mann aus dem Bürozimmer ließ alles stehen und liegen und floh über den Notausgang nach draußen. Zurück blieben Säcke voll zerschnittener Akten, die Aaron Jahrzehnte später zusammenbasteln würde.

Aaron wühlte durch die Schnipsel, bis er das nächste Teilchen fand:

`-zirksverwaltungen.`

»Bingo!« Er legte die beiden Streifen am oberen Ende seines Schreibtischs nebeneinander und pfiff fröhlich vor sich hin. Nebenan kam das Summen wieder zum Stillstand. Aaron hörte einen neuerlichen Fluchanfall. Sie hatten einen Wettkampf am Laufen, wer pro Tag mehr Seiten rekonstruieren könnte, Bernd nebenan mit seinen Scannern und seinen Algorithmen oder Aaron mit seinen Augen und Händen. Es sah gut aus für ihn: Die zerhäckselte Seite setzte sich auf seinem Schreibtisch recht zügig zusammen. Streifen für Streifen löste sich das aus Papierfetzen bestehende Knäuel auf, zertrennte Wörter und Zeilen fanden zueinander, ein `verw-` wurde mit einem `-eigern` wiedervereinigt, und die untere Hälfte von `Karl-Marx-Stadt` fand die obere.

Menschen und Gebäude kamen zum Vorschein, die anschwellenden Rufe einer Menschenmenge, das Geräusch schneller Schritte auf einem Flur, splitterndes Glas, eingetretene Türen. Das Klappern der Schreibmaschinen, mit denen die Spione ihren eigenen Untergang dokumentierten:

7. 12. 1989
Aktuelle Sachlage in den Bezirksverwaltungen:
Bezirk Suhl: Personal entlassen; 2–3 leitende Beamte werden dringend benötigt.
Bezirk Erfurt: Demonstration mit 40 000 Teilnehmern nähert sich dem Gebäude; Wachposten verweigern den Schutz des Personals.
Bezirk Karl-Marx-Stadt: Verwaltungsleiter krankgemeldet. Kein Ersatz verfügbar.
Bezirk Schwerin: Verwaltungsdirektor von seinen Pflichten entlassen und unter Hausarrest gestellt; Stellvertretung nicht erreichbar.
Bezirk Leipzig: Verwaltung eingenommen.

»Verwaltung eingenommen«. Aaron seufzte. Diese Berichte der Stasi über ihren Niedergang hatten etwas Erbärmliches. Sie waren voller Fehler und leerer Zeilen, und aus ihnen tropfte die verängstigte Resignation von Leuten, die wussten, dass alles vorbei war, und die dennoch nicht aufhören konnten, in ihre Schreibmaschinen zu hämmern.

Aaron ergänzte die letzten Teile. Ganz am Schluss wandte sich der Text gegen sich selbst und ordnete seine eigene Vernichtung an:

```
Zur Geheimhaltung von Einzelhei- und
Aufgaben empfehlen wir die vollstän-
Vernichtung operativer Protoko- und
Akten.
```

»Fertig!« Mit einem kräftigen Ruck stieß Aaron sich von seinem Tisch weg, rollte quer durchs Zimmer und vollführte eine kleine Drehung mit seinem Stuhl. Er stellte den Bericht in die Datenbank ein. Bei einer Personenakte lohnte es sich immer nachzusehen, ob jemand eine Anfrage auf Einsicht gestellt hatte. Es war schön, wenn das zutraf, wenn der Computer ihn darüber informierte, dass tatsächlich schon jemand darauf wartete, jene Seiten zu lesen, die er gerade zusammengeklebt hatte. Es hätte ihn allerdings erstaunt, wenn die frühere Belegschaft der Stasi-Bezirksverwaltung Suhl unbedingt noch einmal die Protokolle ihrer letzten Arbeitstage hätte nachlesen wollen.

Er ging rüber in das Büro von Bernd, wo zwei riesige Scanner gerade dabei waren, geduldig einen weiteren Satz Papierfetzen zu verarbeiten. Bernd wirkte auf eine gereizte Art konzentriert, während er an den Geräten hantierte und zwischen dem schwarzen Gummiband, über das die Papierschnipsel in den Scanner transportiert wurden, und einem Bildschirm, auf dem die rekonstruierte Seite angezeigt wurde, hin und her sprang.

»Eine vollständige Seite noch vor Mittag! Jetzt sind nur noch fünfzig Millionen übrig!« Aaron mimte eine Explosion. »Boom! Du darfst das Mittagessen bezahlen.«

»Ich wette, es war eine Liste«, sagte Bernd, ohne aufzusehen. »Listen zählen nur halb.«

»Seit wann?«

»Seit das fair ist.«

»Es ist allerdings eine Liste der geplünderten Verwaltungen.«

»Und?«

»Und dafür sollte es einen Extrapunkt wegen historischer Bedeutung geben.«

Das Band stoppte. Ein kleines gelbes Licht am Einschubschlitz blinkte. Bernd seufzte. Aaron betrachtete den Bildschirm. Es handelte sich um ein Verhör, und Bernd hatte recht, so etwas war viel schwieriger als eine Liste. Der Anfang war für gewöhnlich recht formell: Die abgelehnte Forderung nach einem Anwalt, das müde Flehen, der Druck zum Geständnis. Danach aber nahm jedes Verhör einen eigenen Verlauf. Beweismaterial wurde präsentiert, Alibis wurden überprüft, Freunde und Familienmitglieder mit hineingezogen. Manchmal brachte man ganze Tage damit zu, den vermeintlichen Anfang zusammenzusetzen, um später festzustellen, dass es eigentlich der Mittelteil war, in dessen Verlauf der Gefangene langsam einbrach.

»Ich kann dir nach dem Essen damit helfen«, bot Aaron an.

»Ja, bitte. Hierzu liegt eine Anfrage vor. Und der wartet schon ziemlich lange.«

Aaron las noch ein bisschen weiter. Armer Mann. Die Stasileute drohten ihm mit der Verhaftung seines Sohnes, wenn er nicht redete. Aber nachdem er kooperiert und ihnen zahlreiche Namen genannt hatte, lautete die letzte Zeile:

STELLUNGNAHME: Wir bestätigen, dass wir Ihren Sohn zur Befragung vorladen werden.

»Haben wir das Verhör mit dem Sohn?«, fragte Aaron.

Bernd zeigte auf einen Behälter mit einigen größeren, von Hand zerrissenen Fetzen von der Sorte, die sich schnell zusammensetzen ließ. »Ich schätze, das ist der Sohn. War alles im selben Sack. Willst du vielleicht seine Seiten übernehmen, und ich mach den Vater fertig?«

»Klar.« Aaron zog einen größeren Zettel zu sich heran und überflog ihn.

»Komm.« Bernd schlug ihm auf die Schulter. »Zeit fürs Schnitzel.«

—

Auf dem Weg zur Kantine machten sie einen kleinen Umweg. Bernd wollte Aaron einen Gebäudeflügel zeigen, zu dem der Zutritt nicht erlaubt war. Aaron nahm es als Kompliment auf, dass er nach und nach auch die geheimeren Teile des Gebäudes kennenlernen durfte, die Kammern, in denen Akten mit uralten Militärcodes lagerten, oder auch nur den kleinen Hinterraum, in dem Bernd seine italienische Espressomaschine installiert hatte.

»Siehst du die dahinten?« Bernd deutete auf eine Gruppe von Männern und Frauen im nahen Rentenalter, die ihre Thermoskannen mit Filterkaffee füllten. »Das sind die Elefanten«, sagte er, als sie außer Hörweite waren. »Die arbeiten hier seit Ewigkeiten, noch aus Stasizeiten, und die kennen das hier alles wie ihre Westentasche. Ist sehr praktisch.«

»Oh.« Aaron blickte sich noch einmal um. »Die sitzen nicht im Gefängnis?«

Bernd dachte einen Augenblick nach.

»Na ja, die waren keine Folterknechte oder so was. Die haben hier als, weiß auch nicht genau, Archivare oder so gearbeitet.«

»Gibt es keine Bedenken, dass die vielleicht …«

»… Akten verschwinden lassen?« Sie waren in der Kantine angekommen, und Bernd trommelte mit den Fingern auf seinem Tablett. »Kann ich mir nicht vorstellen. Das würden wir doch merken, oder? Und man braucht einfach jemanden, der weiß, wo die Leichen begraben sind. Sozusagen.«

»Hm.«

Aaron schritt an der Büfetttheke entlang und wog die Vorzüge von Schnitzel mit Pommes gegen die eines griechischen Salats ab. Er stellte den Salat auf sein Tablett und bereute es sofort, aber es war bereits zu spät, er hatte ihn jetzt angefasst, und die Kantinenfrau warf ihm schon warnende Blicke zu.

Sie setzten sich an ein großes Fenster, das zum Innenhof ging. Aaron konnte sich nicht an dieses monumentale Ausmaß gewöhnen, die sich unendlich ausdehnenden Höfe, die Türen, durch die man auf Gänge gelangte, die wieder zu Türen führten, durch die man auf weitere Gänge gelangte. Manchmal träumte er von diesen Gängen, so wie er manchmal von dem Stasibeamten aus seinem Büro träumte, wie er über dem Schreibtisch kauerte, seine Berichte abheftete, den Schmutz unter seinen Fingernägeln betrachtete und überlegte, wie lange man Person X noch in Einzelhaft belassen sollte.

Mit einem vagen Schuldgefühl gestand er sich ein, dass er dieses Praktikum spannend fand wie einen Krimi. Was angesichts der auf Millionen von Seiten dokumentierten Leidensgeschichten sicherlich vollkommen unangemessen war, aber andererseits *war* es eben auch spannend; in jedem Fall spannender als die Doktorandenseminare an der Londoner Uni.

Bernd hatte sich klugerweise für das Schnitzel entschieden.

»Sie bleiben gern unter sich«, sagte er, und Aaron brauchte einen Moment, um zu begreifen, dass er noch immer von den Stasi-Elefanten sprach. »Man lässt sie am besten in Ruhe, solange man nicht gerade dringend Hilfe braucht, weil man auf der Suche ist nach einem Ordner, von dem sonst kein Mensch hier wüsste, wo er zu finden wäre.«

»Aber findest du ihre Anwesenheit nicht trotzdem etwas merkwürdig?«

Bernd lachte. »Ich komme aus Bochum. Die Ostdeutschen sind für mich sowieso etwas merkwürdig. Aber einer meiner Großväter war in der SS, und der andere hat in einer Waffenfabrik gearbeitet. Da dreh ich nicht durch wegen ein paar Leuten, die der Stasi beim Aktensortieren geholfen haben.«

—

Auf dem Weg zurück in sein Büro passierte Aaron das Lesezimmer, wo Menschen ihre eigenen Akten einsehen konnten. Eine Archivarin schob gerade einen mit Ordnerstapeln beladenen Wagen hinein. Mit gewissem Stolz erkannte Aaron den aufgedruckten Namen und die Nummer auf einem der Ordner. K / 05.671 hatte ihn über eine Woche lang beschäftigt: Fünf volle Seiten hatte er darin rekonstruiert, fotokopiert und zur Einsicht vorbereitet, wobei alle Informationen über Dritte sorgfältig geschwärzt wurden. Der Mann, der im Lesezimmer auf diese Seiten wartete, war jetzt kurz davor herauszufinden, dass sein konspiratives Treffen mit anderen Friedensaktivisten in einer kleinen Kirche in Prenzlauer Berg während eines kalten Januarmorgens in den frühen Achtzigern von mindestens drei

Informanten bespitzelt worden war. Was hatte er denn erwartet, dachte Aaron; Prenzlauer Berg lag direkt an der Mauer. Blöder Ort für ein Friedenstreffen. Trotzdem tat der Typ ihm leid. Er würde von IM Brücke erfahren, IM Schlosser und IM Luchs, und trotz der geschwärzten Stellen würde es ihm schnell dämmern, dass es sich dabei um seine Kumpel Oleg, Kalle und Detlef handelte. Plus Pfarrer Hof, dem jungen Kaplan, der unter dem Codenamen IM Sebastian firmierte. Es musste ziemlich voll gewesen sein in dieser Kirche.

Kaum jemals begegnete Aaron in seinen Berichten einem echten Spion, wirklichen Stasimännern mit Waffen und falschen Papieren. Sein Alltag waren die inoffiziellen Mitarbeiter, die IM. Der Ehemann, der seine Frau bespitzelte, der Lieblingsschüler seinen Lehrer. Es gab einen Mann, der seinen neunzehnjährigen Schwager wegen dessen Lektüre von George Orwells *1984* denunziert hatte: Drei Jahre Gefängnis wegen »Landesverrat«. Und natürlich Leute wie dieser Kaplan, der nach den Chorproben in die Krypta eilte, um dort seinen Auftraggeber zu treffen.

Er spähte durch das Fenster in der Tür. Zwischen den Tischreihen mit den Plastikstühlen saß nur ein Besucher im Lesezimmer, ein alter Mann. Die Archivarin räumte die Ordner vom Wagen. Ihre Lippen bewegten sich, aber Aaron konnte nicht hören, was sie sagte. Sie legte die Hand auf verschiedene Mappen, wahrscheinlich um im flüsternden Bibliothekarinnenton zu erklären, was hier was war und womit man beginnen sollte. Dann zog sie sich diskret zurück.

Der alte Mann schlug eine Mappe auf und begann zu lesen. Er stützte seinen Kopf in eine Hand und saß da wie ein Denkmal, wie das Schicksal, das im Buch des Lebens liest, vollkommen regungslos bis auf die blätternde Hand und die Augen, die über die Seiten huschten. Sein Gesicht war hager und faltig, und die freie Hand zitterte leicht. Als er mit seiner Akte zur Hälfte durch war, hob er den Kopf. So blieb er eine Weile sitzen. Dann stand er auf und verließ den Raum, ohne die geöffnete Mappe noch einmal anzusehen. An Aaron vorbei ging er den Flur entlang und verschwand im Hof.

—

Zurück an seinem Schreibtisch und allein mit den Papierschnipseln, spürte Aaron wieder dieses Unbehagen, das Gefühl, dass etwas nicht stimmte. Er schob es so gut es ging beiseite und versuchte, sich auf das zerfetzte Verhör zu konzentrieren. *Wir werden Ihren Sohn zur Befragung vorladen.* Das hier war es, das Protokoll vom Sohn. Stück für Stück setzte es sich aus den Fetzen zusammen. Der Sohn klang jung und verängstigt. Er fragte nicht mal nach einem Anwalt. Schon in der dritten Zeile des Protokolls war er so weit, alles tun zu wollen, jeden zu verraten, wenn man ihn nur gehen ließe. Auf Seite zwei willigte er ein, seinen Vater zu bespitzeln.

Dies hier war wichtig, rief sich Aaron ins Bewusstsein. Diese Papierstapel konnten Menschen ihr Leben erklären. Warum ihr Bruder in der Haft verstarb; warum ihre Tochter von einem Tag auf den nächsten ihren Studienplatz in Medizin verlor; warum ihr eigener Ehemann sie ausspioniert hatte. Wenn solche Dinge überhaupt erklärbar waren.

Er griff nach seinem abgenutzten *Wörterbuch der Staatssicherheit,* ein Buch mit festem weißem Einband und dem Untertitel *Definitionen zur »politisch-operativen Arbeit«.* Aaron hatte viele Stunden damit verbracht, sich in dieses Buch zu versenken, sowohl weil ihn die Orwell'schen Codewörter faszinierten als auch weil er in Berlin wenige Freunde hatte. Er blätterte darin herum.

Haß. Intensives und tiefes Gefühl, das wesentlich das Handeln von Menschen mitbestimmen kann; H. ist zugleich eine der entscheidenden Grundlagen für den leidenschaftlichen und unversöhnlichen Kampf gegen den Feind.

Das war nicht uninteressant, aber auch nicht ganz das Wort, nach dem er gerade suchte. Der Eintrag, der tatsächlich zu dem passte, was ihn seit einiger Zeit umtrieb, klang viel banaler. Es ging um *Gewohnheit.*

Gewohnheit. Eigenschaften zur Ausführung von Handlungen, die infolge ihres häufigen Auftretens als automatisierte, wenig bewußte Vorgänge ablaufen und das Bedürfnis ihrer erneuten Betätigung mit einschließen.

Gewohnheit kam von wohnen. Manchmal konnten Taten zu einer Wohnung werden, einem Schutzraum. Der Wörterbucheintrag gab Instruktionen, wie aus Bespitzelungen eine solche Gewohnheit geformt werden konnte. Der Führungsoffizier war angewiesen, eine angenehme und Trost spendende Routine zu etablieren, bis seinen Informanten die Treffen wie eine Zuflucht innerhalb ihres schwierigen Alltags erschienen, wie ein erholsamer Ausgleich, voller Lob und Zuspruch. Ziel war es, die Informanten an das Berichten über ihre Mitmenschen zu gewöhnen, bis es ihnen so natürlich und sogar angenehm erschien, dass sie es nicht mehr infrage stellten. Gewohnheit, nicht die Aussicht auf Nervenkitzel oder Belohnung, war das Geheimnis eines erfolgreichen Führungsoffiziers. *Siehe auch: »Vertrauen« zum Aufbau von Vertrauen zwischen operativem Mitarbeiter und IM; »Verrat« zur Ermittlung und den Konsequenzen von Verrat; »Doppelzüngler« zur Handhabung von unzuverlässigen Quellen.*

Schon oft hatte Aaron sich diesen Eintrag durchgelesen. Irgendetwas daran ließ ihn nicht los. *Eigenschaften zur Ausführung von Handlungen, die infolge ihres häufigen Auftretens als automatisierte, wenig bewußte Vorgänge ablaufen und das Bedürfnis ihrer erneuten Betätigung mit einschließen.* Ohne Zweifel war es aufregend, das Privatleben von Fremden auszukundschaften. Er kannte das Gefühl.

Er dachte an den alten Mann im Lesezimmer. Was hatte er gesehen, das ihm das Weiterlesen unmöglich gemacht hatte? Aaron versuchte, sich an Details des von ihm zusammengesetzten Berichts zu erinnern. Diese drei Freunde und der Kaplan. Vielleicht waren sie immer noch seine Freunde, weißhaarige Männer, die einmal in der Woche zusammen Karten spielten. Vielleicht war der Kaplan immer noch sein Kaplan.

Aaron klappte das Wörterbuch zu und ging nach nebenan zu Bernd. Die Maschinen summten vor sich hin und spuckten Seite um Seite über den Bildschirm aus.

»Dreißig Seiten in unter einer halben Stunde.« Bernd war zufrieden. »Wenn sie funktionieren, dann funktionieren sie super.«

»Kann ich dich was fragen?«

»Wenn's sein muss.«

»Entfernst du manchmal Seiten aus einer Akte, bevor du sie runter in das Lesezimmer schickst?«

»Nur wenn Dritte darin vorkommen.«

»Und wie ist es mit Sachen, die sehr verstörend sein könnten?«

»Zum Beispiel?«

»Zum Beispiel ein Sohn, der seinen Vater verrät.«

»Ah.« Bernd sah vom Bildschirm auf. »Bist du schon fertig mit diesem Verhör?«

»Nur mit dem Teil, in dem der Sohn sich gegen die Familie wendet.«

Bernd wirkte irritiert. »Aber deshalb lesen die Leute doch ihre Akten. Weil sie erfahren wollen, wer sie verraten hat.«

»Ich bezweifle, dass der Vater erfahren will, dass sein Sohn ihn verraten hat«, sagte Aaron. »Ich glaube, er will erfahren, dass irgendein Typ, den er noch nie leiden konnte, ihn verraten hat. Oder dass ihn überhaupt keiner verraten hat. Ich könnte mir vorstellen, dass er einfach nur mal wissen will, was die Stasi über ihn wusste, und damit soll's gut sein.«

»Du kennst diesen Mann nicht mal.«

»Das ist doch egal. Ich will nicht, dass er lesen muss, wie sein Sohn sich gegen ihn wendet, und dann auch noch so schnell, nach kaum einer Stunde Verhör. Kein Vater soll so was lesen müssen.«

»Worauf willst du hinaus?«

»Wir könnten das Verhör mit dem Sohn weglassen aus der Akte, die wir dem Vater geben. Da sind noch genug andere Berichte drin, die er lesen kann.«

»Aber du kennst diese Leute nicht«, wiederholte Bernd, der offenbar immer noch nicht begriff.

»Ich weiß mehr über deren Leben als sie selbst.«

»Verstehe.« Bernd lehnte sich ans Fensterbrett. »Warum nicht gleich noch ein paar mehr Seiten verschwinden lassen, wo du schon mal dabei bist?«

»So meinte ich das nicht …«

»Warum nicht alles rausnehmen, was verstörend sein könnte? Warum sollte man ihm nicht einfach eine leere Akte aushändigen – nein, Moment, warum nicht gleich eine weniger verstörende Version für ihn schreiben?«

»War nur eine Frage.«

»Der Mann wartet seit Jahren auf seine Akte. Meinst du, du kannst darüber befinden, was er über sein eigenes Leben wissen oder lieber nicht wissen soll?«

»Das ist jetzt nicht …«

»Hör mal, ich weiß ja, du meinst es gut. Aber die Arbeit hier ist ein riesiges Privileg. Und verbunden mit riesiger Verantwortung.« Bernd schüttelte den Kopf. »Wenn ich dir einen Rat geben darf, sei ein bisschen vorsichtiger mit solchen Äußerungen. Offen gesagt gibt es hier ein paar Leute – nicht, dass ich dazugehöre, aber ich sage es dir nur –, es gibt ein paar Leute, denen es grundsätzlich gar nicht gefällt, dass hier Ausländer arbeiten, und das nicht nur wegen der, du weißt schon, der Sprachprobleme.«

»Meine Großeltern kommen aus Deutschland. Ich habe gar keine Sprachprobleme.«

Noch während er das sagte, war Aaron sich klar über die Sinnlosigkeit dieser Verteidigung; darauf zu beharren, eine andere Sprache gut zu beherrschen, war, wie darauf zu beharren, dass man witzig sei oder charmant oder ein guter Zuhörer.

»Bring hier bloß niemanden auf den Gedanken – und ich sage das nur, weil ich helfen will –, bring niemanden auf den Gedanken, dass du an den Dokumenten herumpfuschen könntest.«

Darauf wollte ich nicht hinaus, dachte Aaron. Aber weitere Erklärungen waren zwecklos.

»Die Einsicht in diese Akten wurde hart erkämpft«,

sagte Bernd, bevor er sich wieder seinem Scanner zuwandte.

»Ich weiß.«

Aaron kehrte zurück in sein Büro. Er hasste Konflikte. Es wunderte ihn, dass sein Gedanke so ein Tabubruch sein sollte, aber so war es wohl; eines dieser unzähligen Archivtabus, deren er sich nicht einmal bewusst war und die zu übertreten er ständig Gefahr lief. Der nächste Konflikt war nur einen unschuldigen Fehltritt entfernt.

Er hätte sich doch besser aufs Mittelalter spezialisieren sollen. Mindestens fünf Generationen entfernt, dazu würde er befreundeten Historikern raten, fünf Generationen mindestens, und am besten ohne Nachfahren, die verkomplizieren nur alles. Man stelle sich vor, Anne Boleyn geht zu einem Archivar und will ihre Akte lesen. Wie unangenehm das wäre. Wenigstens wüsste sie schon, wer sie verraten hatte.

Es war ruhig im Haus. Alle anderen waren schon nach Hause gegangen. Er wusste, es tat nicht gut, so viel Zeit mit diesen Akten zu verbringen.

Er packte seine Sachen in die abgewetzte braune Umhängetasche aus Leder, die sein Vater ihm geschenkt hatte. *Was, wenn dieser Typ mein Vater wäre* war kein guter Ansatz in diesem Job. *Was, wenn ich das wäre. Wenn das mein Sohn wäre.* Solcherlei Gedanken brachten einen nicht weiter, sie waren bedeutungslos. Weißes Papier zu weißem Papier, gelbliches zu gelblichem. Die eingerissene Ecke zur eingerissenen Ecke. Bleistift zu Bleistift, Tinte zu Tinte. Er hängte seine Tasche über die Schulter. Suche die zusammenhängenden Seiten, die zusammenhängenden Zeilen und denk dabei nicht an die Menschen, die das lesen werden, Menschen wie der alte Mann im Lesezimmer.

Bevor er das Büro verließ, warf er einen letzten Blick auf das Verhör mit dem Sohn. Er könnte es einfach in seine Tasche stecken, es in den nächsten Gully werfen. Einem Fremden Schmerzen ersparen. Aber Bernd wäre natürlich im Bilde. Und er mochte seine Arbeit hier und wollte nicht gefeuert und wegen Vernichtung von Archiveigentum verklagt werden. Diese Entscheidungen waren schwer, und sie waren auch ganz einfach.

Aaron drehte sich herum, schaltete das Licht aus und schloss die Tür hinter sich.

—

Aaron hatte ein Zimmer zur Untermiete in Mitte, in einer Wohnung, die zwei Architekten gehörte, Petra und Cem. Sie waren in ihren Vierzigern, aber angesichts der Entschlossenheit und Ausdauer, mit der sich die beiden am Nachtleben beteiligten, kam Aaron sich vor wie ein greiser Opa, der auf seine zwei Enkel aufpasste. Manchmal kamen sie gerade von einer Afterparty, wenn er aus dem Haus zur Arbeit ging. Noch verwirrender war es, wenn sie abends alle gleichzeitig nach Hause kamen, Aaron von der Arbeit, Petra und Cem von einer After-After-Afterparty.

Sie waren nett und fragten ihn oft, ob er mitkommen wollte, aber Aaron hielt sich zurück, nachdem sie eines Nachts in einem Fetischclub gelandet waren, der wahrscheinlich nicht mal ein Fetischclub war, sondern einfach nur ein Club, in dem sich viele nackt auf der Tanzfläche bewegten und dabei Sex hatten. Theoretisch wollte Aaron ganz gern jemand sein, der in einen Club ging, ein bisschen tanzte, sich auszog und dann spontanen Sex mit der Person neben sich hatte, aber ihm war auch klar, dass er so jemand eben nicht war. In dieser Nacht hatte er sich vor allem Gedanken darüber gemacht, die Leute könnten ihn für einen Voyeur halten. Als er Cem gegenüber einen Witz darüber machte, lachte der und sagte, da gebe es nichts zu bedenken, schließlich sei er selbst ja ein Voyeur, weshalb er auch so gern in solche Clubs gehe.

»Da ist noch was zu essen für dich«, sagte Petra, als Aaron am Freitagabend von der Arbeit kam. »Cem hat gekocht.«

Rauchend saßen sie auf dem Balkon, Petra im roten Bademantel und Cem in einem grauen Leinenpyjama. Von den beiden war Petra die Wandelbare. Abends cool und eindrucksvoll, oft in komplizierten, konzeptionell gedachten Klamotten mit Faltenwürfen und Ärmeln aus Plastik. Aber tagsüber machte sie es sich gern in einem Flanellpyjama vor dem Fernseher gemütlich, die nassen Haare nach dem Baden noch verstrubbelt, das Gesicht leicht verknittert, mit einer Wärmflasche an den Füßen. Diese Behaglichkeitszugeständnisse fand Aaron rührend an ihr. Dagegen sah Cem selbst dann noch todschick aus, wenn er die Grippe hatte. Er rasierte sich mit einem Messer und stylte seine schwarzen Haare mit einer faszinierenden Substanz aus einer Tube mit der Aufschrift »Gentleman's Grooming Resin«. Einmal im Monat stieg Cem in den Zug nach Stuttgart, um seinen alten Vater zu besuchen, der in den Sechzigern als Fabrikarbeiter aus Anatolien nach Deutschland gekommen war. Nur dafür tauschte er sein graues Hemd gegen einen rot-blauen Pulli, den seine türkische Großmutter für ihn gestrickt hatte.

»Pilzrisotto«, sagte Cem. »Magst du Pilze?«

»Vielen Dank.« Aaron nahm sich von dem Essen und ein Glas Wein dazu und setzte sich zu ihnen auf den Balkon.

»Wir haben uns heute mal freigenommen.« Petra legte

einen Fuß auf Aarons Schoß. Wie so oft fragte er sich, wovon sie eigentlich lebten; wovon die Leute in Berlin allesamt lebten. Ihm fiel ein Gespräch zwischen zwei Amerikanern ein, das er in der U-Bahn aufgeschnappt hatte. Einer von ihnen sprach über eine Frau, die er kennengelernt hatte: »Sie hat Ehrgeiz und will was erreichen, was man in dieser Stadt eher selten antrifft.«

»Was habt ihr vor am Wochenende?« Wie alles, was Cem kochte, war das Risotto hervorragend.

»Wir sind zu ein paar Partys eingeladen …«, begann Cem mit einem gewissenhaften Seufzen, damit es klang wie eine moralische Verpflichtung. »Sonst weiß ich nicht. Und du?«

»Ich muss arbeiten«, sagte Aaron und fühlte sich wie der langweiligste Mensch der ganzen Stadt. Petra nahm ihren Fuß weg und dehnte ihr Bein mit einer Yogapose.

»Deine Arbeit erfüllt dich wirklich mit Sinn, oder?« Cem sagte das mit einer gewissen Bewunderung, was Aaron rührte. Es stimmte, die Arbeit erfüllte ihn mit Sinn, oder zumindest wollte er das so sehen. Gleichzeitig begann er sich zu fragen, ob das überhaupt gut war.

»Kann sein. Geht es nicht allen so? Heute habe ich mich jedenfalls echt unbeliebt gemacht bei meinem Chef, fürchte ich.«

»Ach, das passiert mir jeden Tag«, sagte Cem und grinste Petra zu.

Sie grinste zurück. »Ich bin nicht dein Chef, ich bin deine Geschäftspartnerin.«

Sie turtelten noch ein wenig hin und her. Aaron wünschte sich, mit jemandem über alles reden zu können, über den alten Mann im Lesezimmer, über den Vater und seinen Sohn, darüber, wie Bernd wegen einer einzelnen

Seite aus einer jahrzehntealten Akte explodiert war. Er könnte einen seiner Freunde in England anrufen, aber die würden alle nur sagen, er klinge wie ein Psycho.

»Und was ist passiert?«, fragte Cem.

»Hast du wieder einen Kaplan enttarnt?«, sagte Petra und lachte.

Aaron zuckte zusammen. Er hätte ihnen nicht von dem Kaplan erzählen sollen. Er hätte ihnen gar nichts erzählen sollen.

»Das war kein Kaplan, das war ein Assistent«, sagte Cem und wandte sich Aaron zu. »Stimmt's?«

Petra unterbrach ihn: »Nein, das war eine ganz andere Akte. Der Assistent hatte doch den schwulen Herausgeber bespitzelt. Entschuldige, Aaron, erzähl weiter.«

»War keine große Sache.« Aaron kippte den restlichen Wein hinunter. »Ich kam bloß zu spät zurück aus der Mittagspause, und der Chef war sauer wegen meiner Verspätung. Das war eigentlich alles.«

Er hörte ein Geräusch und blickte sich um. Aus dem Bad trat eine Frau in einem Baumwollkimono. Ihre Haare tropften. Sie hinterließ eine Spur aus kleinen Pfützen auf dem weißen Teppich.

»Aaron, das ist unsere Freundin …« Petra griff ihre Hand und kicherte. »Entschuldige, ich habe deinen Namen vergessen.«

»Ach, zu unseren Namen waren wir ja auch noch gar nicht gekommen«, sagte die Frau, setzte sich und zündete eine Zigarette an.

—

Am Montag wurde Aaron damit beauftragt, einige Ordner aus dem Lesezimmer wieder einzusortieren, zusammen mit einer älteren Archivarin, einer kleinen, stämmigen und sachlichen Frau namens Annemarie Schild. Sie sah ihn an, seufzte und sagte: »Dann brauchen wir wohl eine Leiter für die oberen Regale.«

Frau Schild reichte ihm die Ordner, während Aaron die Leiter rauf und runter kletterte, und so bildeten sie ein effizientes Team. Ein bisschen erinnerte sie ihn an seine Großmutter, auch wenn sie ein paar Jahrzehnte jünger war, wahrscheinlich in ihren Sechzigern. Etwas an ihrem unaufdringlichen Berliner Akzent, dem grauen Bobschnitt, ihrer sachlichen Art versetzte ihn zurück in jene Nachmittage in Finchley, in das vollgestellte Wohnzimmer seiner Großmutter, wo es Apfelkuchen gab und ältere Damen mit schwerem deutschem Akzent über ihre Gesundheit palaverten, während im Hintergrund Chopin lief. Obwohl er seine Großmutter kaum jemals hatte deutsch sprechen hören, fiel es ihm leicht, die Sprache zu lernen, als ob sie hinter den Kulissen schon immer präsent gewesen wäre.

»Und jetzt eine schöne heiße Tasse Kaffee«, sagte Frau Schild, als sie fertig waren. »Ich habe heute einen Mokka gekocht, nicht so einen Blümchenkaffee wie hier aus der Maschine.« Auch dies ein Begriff, den er von seiner Großmutter kannte, Blümchenkaffee, so dünn, dass man das Blumenmuster am Grund der Tasse erkennen konnte.

Aus einer Thermoskanne goss Frau Schild zwei Tassen ein. Aaron hockte sich auf die Leiter. Sie setzte sich auf einen Plastikstuhl. Man saß gemütlich dort zwischen den hohen Regalen. Fehlten nur noch ein Stück Apfelkuchen und jemand, der über seine Gallenblase klagte.

»Ihr Deutsch ist wirklich gut«, sagte Frau Schild.

»Ich schreibe eine Doktorarbeit in deutscher Geschichte. Und meine Großmutter kam in Charlottenburg zur Welt.«

»Ah. Charlottenburg.« Frau Schild nahm einen Schluck Kaffee. »Sie ist nach England gezogen?«

»Ja, in den Dreißigern. Sie war Jüdin.«

»Verstehe.« Frau Schild nickte. »Willkommen zurück.«

Das war nicht die Reaktion, die Aaron erwartet hatte, aber sie freute ihn.

»Gefällt Ihnen die Arbeit hier?«, fragte sie weiter.

»Es ist auf jeden Fall interessant.« Er überlegte. »Nur, ich weiß nicht, manchmal ist es auch ganz schön belastend, oder? Fast als würde man sich irgendwie mitschuldig machen. Vielleicht liegt es nur daran, dass das alles noch neu ist für mich. Sie haben sicher schon Tausende Akten gesehen.«

»Nein, ich mache keine Rekonstruktionen, ich sortiere nur die Regale.« Frau Schild trank ihren Kaffee aus, schraubte die Thermoskanne zu und verstaute sie sorgfältig in ihrem Wagen. »Danke für Ihre Hilfe. Es hat mich gefreut, Sie kennenzulernen.«

Über den Korridor verschwand sie in Richtung des Elefantenflügels mit den Archivaren, die hier schon seit Stasizeiten arbeiteten.

Die Elefanten. Aaron fühlte einen Schauer im Nacken. Kein Wunder, dass sie es so eilig hatte, als er von seiner persönlichen Vergangenheit sprach. Er stellte sich vor, wie sie als junge Frau in einer Bluse mit Schulterpolstern einem uniformierten Mann zuhörte, der ihr erklärte, wo diese und jene Akte hingehörte. Oder vielleicht war auch sie die Uniformierte gewesen, die andere in der Sortierung der Regale unterwiesen hatte.

Er lehnte sich an die langen, hohen Regale, jene Regale, die Frau Schild so gut kannte, dass sie während ihrer Arbeit nicht einmal auf die Etiketten achten musste. Zusammen waren sie am Ende noch einmal die Gänge abgeschritten, um sicherzugehen, dass alles korrekt eingeordnet war, und das war es. Er hatte gestaunt, wie genau sie alles kannte. Als ob – nun, als ob sie seit Ewigkeiten hier arbeitete.

—

Die nachfolgenden Wochen brachte Aaron jeden Tag mit Annemarie Schild und dem Auffüllen von Regalen zu. Kollegen schoben große Gepäckwagen voll brauner Papiertüten an ihm vorbei, aber nie wurde er um Mithilfe gebeten. Er sagte sich, dass dies sicher ein Zufall sei. Es konnte nicht sein, dass ein einziger Kommentar über eine kleine Aktenmanipulation ihn jetzt für immer zur Arbeit zwischen den Regalen verdammt hatte. Auch das war ein Problem an der Arbeit im Stasiarchiv, man wurde verdammt paranoid dabei. Trotzdem, wenn man plötzlich in Sibirien Schnee schaufeln musste, dann fragte man sich natürlich, was man getan hatte, um Moskau dermaßen zu erzürnen.

Seine Interaktionen mit Frau Schild hielt er auf einem freundlichen Minimum, was ihr augenscheinlich ganz angenehm war. Sie gingen nicht gemeinsam mittagessen und redeten allenfalls darüber, ob sich die oberen Regale besser mit der Leiter oder mit einem Hocker erreichen ließen.

Eines Tages, als er gerade einen mit Büchern vollbeladenen Wagen über den Flur schob, trat eine etwas verloren wirkende Frau aus dem Lesezimmer. Sie trug einen abgewetzten grauen Pulli, Jeans und eine gelbe Jacke; wahrscheinlich eine Studentin. Aaron blieb stehen.

»Kann ich Ihnen helfen?«

»Oh, das wäre nett.« Sie lächelte erleichtert. »Ich verstehe das hier einfach nicht so ganz.« Sie hielt einen dünnen Pappordner hoch.

»Normalerweise ist eine Archivarin anwesend. Sicher ist sie grad zum Essen.« Er warf einen Blick auf die Akte, die sie fest in der Hand hielt. Irgendwas war merkwürdig. Klar: Sie war zu jung dafür, eine eigene Akte zu haben. Neugierig geworden, fügte er hinzu: »Wenn es um ein bestimmtes Wort oder so was geht, könnte ich vielleicht weiterhelfen.«

Sie zögerte. »Ich dachte einfach, da gäbe es mehr. Es ist bloß eine Seite, und ich dachte, es wäre mehr.«

»Kann ich mal sehen?«

Sie gingen zurück in das Lesezimmer und setzten sich an einen Tisch. Noch immer hielt sie die Akte fest. Einen Moment lang überlegte er, ob es normal war, mit ihr zu sprechen, oder ob er damit schon wieder ein Tabu brach. Er hätte sie aber auch nicht einfach so im Foyer stehen lassen können. Das wäre dann seine Verteidigung: Ich konnte sie doch nicht so im Foyer stehen lassen! (Das war auch neu: Diese Angewohnheit, sich potenzielle Vorwürfe und dazu passende Antworten auszumalen.)

»Ist das Ihre Akte?« Er streckte seine Hand danach aus. Sie zog sie weg. Sie sprachen gleichzeitig. Sie sagte: »Tut mir leid, wahrscheinlich sehen Sie so was jeden Tag«, und er sagte: »Wenn es zu persönlich ist …« Sie hielten inne und lachten etwas verlegen.

»Ja, es ist persönlich. Die Akte ist von meiner Mutter«, sagte sie. Und dann wechselte sie unvermittelt ins Englische, mit einem Londoner Akzent, der ihn in seiner Vertrautheit erschreckte: »Du bist Brite, oder?«

Es erstaunte ihn, dass sie kein bisschen überrascht war. Sie wechselte von einer Sprache in die andere, als wäre es völlig normal, hier einen Briten anzutreffen, in diesem düsteren Berliner Archiv. Das war etwas, was ihm schon vorher an den Ostdeutschen aufgefallen war, die als Kinder den Fall der Mauer erlebt hatten. Nichts konnte sie überraschen. Es wirkte, als ob sie keine spezifischen Erwartungen an die Welt hätten; sie wussten, dass alles passieren konnte, und wenn es passierte, dann passten sie sich eben an. Er fand diese Eigenschaft leicht verstörend, aber auch bewundernswert. Es führte ihm vor Augen, wie naiv es war, einen Istzustand als gegeben hinzunehmen, zu denken, man wüsste, was als Nächstes passiert, erstaunt darüber zu sein, wenn die Dinge anders kamen.

»Ich bin aus London«, sagte er. »Und du?«

»Auch, so ungefähr. Aus Berlin via London.« Sie schob ihm die Akte rüber. »Ich bin extra angereist, um die Akte meiner Mutter zu sehen, aber es ist nur die eine Seite. Ist das normal?«

»Mal gucken.« Er schlug sie auf.

Es war nur ein Fragment, die zerrissene Hälfte eines Protokolls.

FRAGE: Warum, glauben Sie, dass Sie hier sind?

ANTWORT: Ich möchte einen Anwalt sprechen.

FRAGE: Was meinen Sie, wo wir hier sind, in Amerika? Ich frage Sie nochmals: Warum, glauben Sie, dass Sie hier sind?

ANTWORT: Ich weiß es nicht.

FRAGE: Wissen was nicht?

ANTWORT: (Die Beschuldigte verweigert die Antwort.)

FRAGE: Meinen Sie, dass Schweigen Ihnen hilft?

ANTWORT: (Die Beschuldigte verweigert die Antwort.)

FRAGE: Sie werden es sich schon noch anders

überlegen. Früher oder später werden Sie darum betteln, dass wir Ihnen zuhören. Sie werden darum betteln, reden zu dürfen. Sie werden uns Dinge berichten, nach denen wir nicht mal gefragt hatten. Und wenn wir damit fertig sind, dann wird es keinen Winkel Ihres Denkens mehr geben, den wir nicht kennen. Wir werden zu Hause sein in Ihrem Denken, wir werden nie mehr weggehen.

»Deine Mutter war eine Dissidentin?«, fragte er vorsichtig.

Sie wirkte verstört, und er hatte den Eindruck, dass sie zuerst nicht antworten konnte. Dann sagte sie: »Nein, nein, sie war gar nicht politisch aktiv, nicht so. Sie war Kunsthistorikerin.« Sie lachte leise und mit einer Hilflosigkeit, die ihn anrührte.

»Kann ich Ihnen helfen?«

Eine der Archivarinnen war hinter Aarons Schulter aufgetaucht. Er wollte die Geschichte dieser Frau hören, herausfinden, warum sie hier war, was sie sich erhoffte. Aber so wie die Archivarin ihn ansah, war klar, dass er besser zu seinem Rollwagen und seinen Regalen zurückkehren sollte.

»Du bist in guten Händen«, sagte er zu der Frau, wie zu einer Patientin, die gerade in den OP geschoben wurde. »Viel Glück.« Dann ging er zurück, Regale einräumen mit Frau Schild.

—

Während der Mittagspause ging Frau Schild nach draußen in den Innenhof. Aaron klopfte sich den Staub von den Händen und überlegte, ob er in die Kantine gehen sollte, wo er möglicherweise Bernd begegnen würde. Vielleicht sollte er einfach zu ihm nach oben gehen und ihn zum Mittagessen abholen, schließlich hatte es keinen offenen Streit zwischen ihnen gegeben. Er hatte vorgeschlagen, eine Seite zu entfernen; Bernd war dagegen. Das war alles gewesen. Er ging rüber zu den Fahrstühlen.

»Die Archivarin sagte mir, es würde mindestens ein Jahr dauern.«

Da war sie wieder. Die gelbe Jacke, wie ein helles Licht in diesem unwirtlichen Flur. Instinktiv winkte er sie zu einer dunkleren Ecke bei den Regalen.

»Es würde mindestens noch ein Jahr dauern, hat sie gesagt«, wiederholte sie, »aber man könnte das unmöglich genau sagen.«

»Was würde ein Jahr dauern?«

»Den Rest der Akte zu finden.« Sie klang verzweifelt. »Anscheinend ist sie verschwunden. Die nehmen an, dass sie vernichtet wurde. Es wäre reine Glückssache, wenn man den Rest überhaupt noch findet, hat sie gesagt, reine Glückssache. Könnte ein Jahr dauern, oder zehn, oder niemals passieren.«

»Das ist sehr enttäuschend«, sagte er. »Tut mir leid.«

»Am schlimmsten finde ich, dass man es nicht weiß. Die Seiten könnten hier sein, irgendwo in diesem Haus, oder sie könnten nur noch Staub und Asche sein. Einfach nur reine Glückssache.«

Sie wirkte erschüttert, und Aaron ärgerte sich ein bisschen über die Archivarin. Diese Besucherin war noch wohlauf gewesen, als er das Lesezimmer verlassen hatte, und jetzt das. So sollte man nicht miteinander umgehen. Er fühlte sich an Bernd erinnert und an die Akte von dem Vater mit seinem illoyalen Sohn. Dieses Konzept, die Leute einfach mit den Fakten zu konfrontieren und dann damit alleinzulassen: Das missfiel ihm.

»Es ist nicht nur reine Glückssache«, sagte er, eine Spur zu forsch vielleicht. »Das hätte sie wirklich etwas besser erklären sollen. Es läuft nicht ganz so zufällig. Wir haben schon eine grobe Idee davon, wo was ist.«

Ihre Stimmung hellte sich auf. »Du könntest mir also bei der Suche helfen?«

»Jemand könnte das«, sagte Aaron, in der Hoffnung, damit den Schwarzen Peter unauffällig weiterzureichen.

»Nein, ich meine, ob *du* das könntest?«

»Ich bin hier nur eine Art Praktikant. Am besten gehst du noch mal ins Lesezimmer und fragst die Archivarin.«

»Die war überhaupt nicht hilfsbereit. Und ich bin von so weit angereist.« Sie sprach mit einer Dringlichkeit, die in Kontrast stand zu dieser Umgebung, den langen Regalen, den blassbraunen und blassgrünen Pappheftern, dem beigefarbenen Teppichboden, den Schemeln aus Gummi, den Bürotüren mit den kleinen gedruckten Namensschildern. In dieser Umgebung herrschte geordnete Ruhe, langsames, methodisches Arbeiten. Ein Jahr bedeutete hier nichts. Zehn Jahre bedeuteten nichts. Schließlich waren der beigefarbene Teppich und die abgenutzten Schemel wahrscheinlich schon hier gewesen, als Mielke dort oben noch seine Frühstückseier verspeist hatte. Und jetzt wurde Aaron auch klar, dass diese Bedächtigkeit nichts mit Trödelei oder bürokratischer Schwerfälligkeit zu tun hatte. Es hatte mit Vorsicht zu tun. Das Andenken, um das es hier ging, war heikel, es konnte so leicht Schaden und Zerrüttung anrichten.

Andererseits, wenn diese Frau hier die Akte ihrer Mutter sehen wollte – und das wollte sie mit einer nahezu brachialen Verzweiflung – wer waren sie, sie zum Warten zu verdonnern? War es denn nicht ihre Aufgabe, Menschen zu helfen?

»Ich kann mal meinen Chef fragen«, sagte er. »Wenn es sich um einen besonderen Fall handelt, könnte er vorgezogen werden.«

Er hörte, wie sich die Fahrstuhltür öffnete und Leute herauskamen, die über Beförderungen, Zuwendungen, Kürzungen sprachen wie Büroangestellte überall auf der Welt.

»Es geht gar nicht so sehr um meine Mutter, weißt du«, sagte sie leise. »Es geht um meinen Bruder. Meinen kleinen Bruder, Heiko Valentin. Er wurde uns weggenommen. Und das wäre doch in der Akte, oder? Das wäre alles in ihrer Akte.«

Gespannt und vertrauensvoll sah sie ihn an, im festen Glauben, dass er das regeln könnte. Aber das konnte er nicht! Er war sich ziemlich sicher, dass er das nicht konnte.

»Möglicherweise«, sagte er. »Manchmal steht so was in den Akten.«

Ihr Gesicht entspannte sich etwas. »Wie war noch mal dein Name?«

»Aaron.«

»Aaron. Sieh mal, Aaron, alles, was ich will, ist … bitte halte Ausschau für mich. Vielleicht begegnet dir etwas. Vielleicht gibt es irgendwelche Verzeichnisse oder Datenbanken, die du dir ansehen könntest. Das ist alles, worum ich dich bitte.« Sie schrieb ihm eine Nummer, eine Mailadresse und ihren Namen auf: Ella Valentin.

»Ich habe hier noch mal einen Termin«, sagte sie, während sie ihm den Zettel reichte. »In ungefähr einer Woche. Mit jemandem namens … Licht, glaube ich.«

»Oh, das ist der Leiter.« Aaron nickte erleichtert. »Er ist

wirklich die beste Adresse für deine Anfrage, viel besser als ich. Er wird dir helfen können.«

Gedankenverloren starrte sie ihn an. »Meinst du?«

»Ganz sicher.«

»Hmmm. Ich glaube, er wird mir sagen, dass ich nicht zu viel erwarten sollte. Aber das werden wir ja sehen, nicht wahr?« Sie lächelte. »Also, bis dann vielleicht.«

»Ich kann nichts versprechen«, sagte Aaron und steckte das Papier in seine Hosentasche.

»Das erwarte ich auch nicht von dir.« Sie zog den Reißverschluss ihrer Jacke hoch. »Danke.«

—

Sie ging zum Besuchereingang hinaus, gab ihren Besucherausweis zurück, dankte der Rezeptionistin. Später fiel ihm auf, dass er nicht einmal sein Mitgefühl bekundet hatte, dass ihr kleiner Bruder der Familie weggenommen worden war, dass ihre Mutter inhaftiert gewesen war, dass ihre Familie so einen schrecklichen Verlust erleiden musste. Er hatte sich Sorgen gemacht, dass jemand sie dort sehen könnte, so verschwörerisch da in einer Ecke, aber trotzdem hätte er mehr Anteilnahme zeigen können, fand er später. Und das nagte an ihm, und er dachte, dass er doch wenigstens ein paar Listen und Datensätze durchgehen und ein bisschen stöbern könnte, selbst wenn das zu nichts führte. Wenigstens hätte er es versucht.

Lange stand er am Fahrstuhl, hörte das Klingeln und das Surren der sich öffnenden und wieder schließenden Tür, das Geschnatter ein- und aussteigender Menschen und dachte darüber nach, was er tun sollte.

»Aaron!« Bernd war aus dem Fahrstuhl gekommen und schien ehrlich erfreut, ihn zu sehen. »Schnitzelzeit?«

ELLA

DIE LINIE IST EIN PUNKT, DER SPAZIEREN GEHT

Berlin 2010

Mein Londoner Leben aufzulösen war erschreckend leicht gewesen. Das Boot überließ ich einem Kommilitonen zur Untermiete. Der Reinigungsfirma teilte ich mit, dass ich vorerst keine Schichten machen könnte. Nicht, dass ich Traurigkeit und Zähneknirschen über meine Abreise erwartet hätte oder dass man ein Ochsenpaar durch Deptford Creek treiben würde, um für meine Reise die Gnade der Götter zu erbitten. Trotzdem war es merkwürdig, dass man mich einfach so gehen ließ. Nach dem ganzen Hin und Her mit Tobi war der Aufbruch nach Berlin völlig unspektakulär und von einer Leichtigkeit, als würde ein Spatz von einem Fensterbrett hüpfen.

Eine andere Kommilitonin vermittelte mir eine billige Unterkunft in Berlin; eine kanadische Freundin war gerade auf Reisen und froh darüber, ihr Zimmer weiterzuvermieten. Natürlich befanden sich alle Künstler der Welt gerade in Berlin, sodass man sich fragte, ob Orte wie London oder New York voller Geisterateliers mit leeren Staffeleien und verwaisten Tonklumpen waren, da nun jeder seine Sachen gepackt und nach Neukölln gezogen war. Dieser Ansturm auf Berlin hatte mich eine ganze Zeit lang genervt, allein aus dem Grund, dass ich diese Stadt für mich und meine Nostalgie beanspruchte, für die Wiederbelebung meiner Erinnerungen an sozialistische Badewannen. Trotzdem, dass sich das Zimmer in einer Künstlerresidenz in Prenzlauer Berg befand, betrachtete ich als gutes Vorzeichen.

Die Residenz war eine ehemalige Regenschirmfabrik, nach hinten raus lagen einige Studios, unten Ausstellungsräume und oben die privaten Wohnräume. Über dem Eingang hing eine Box aus Plexiglas mit einem alten schwarzen Regenschirm darin, wahrscheinlich das einzige überlebende Exemplar der alten Fabrik.

In der Eingangshalle standen zwei Männer vom Typus Kurator in schwarzen Rollkragenpullis und mit Hornbrillen und unterhielten sich über ein riesiges grelles Gemälde in schreienden Pink- und Grüntönen.

»Krasse *Wall Power* hat das«, kommentierte einer von ihnen mit amerikanischem Akzent.

»Das Beste ist aber, dass es keine scheißenden oder fickenden Personen zeigt. Das kann man locker in eine Chefetage hängen.«

»Oder in eine Hotellobby.«

»Berlin ist echt so angesagt.«

»Wusstest du, dass er das mit einem Feuerwehrschlauch gemalt hat?«

Um genau solche Leute hatte ich in London immer einen Bogen gemacht, und jetzt erwischten sie mich in Berlin. *Wall Power.* Der Begriff war mir schon mehrfach bei gewissen Galeristen, Sammlern und Kunsthändlern begegnet und sollte wohl Bilder beschreiben, die vor lauter Wucht und Energie fast von der Wand sprangen. Oder von der Mauer. Warum brachte ich keine krasse *Wall Power* hervor? Warum brachte ich nichts hervor, was Typen in

Rollkragenpullis beeindruckte? Es sollte mir aber eigentlich egal sein, was andere Leute dachten. Eine Künstlerin sollte sein wie Holz, sollte sich unabhängig von Kritik und Lob von der Flamme der Kreativität entzünden lassen. *Ich bin ein Holzscheit*, das sollte ab jetzt mein tägliches Mantra sein.

Mein Zimmer war klein, aber angenehm, hatte ein Bett, einen Tisch und einen Stuhl und an der Wand ein Regenschirm-Graffito. Auch wenn das Fenster einen schönen Blick über Dächer und Höfe freigab, hatte der Raum etwas von einer Zelle. Mitgebracht hatte ich Oma Trudes grünen Gabardinemantel, das Foto von den blauen Pferden und das Tagebuch meiner Mutter.

Als ich aus dem Archiv zurückkam, schrieb ich eine Nachricht an meinen Bruder, der mich sofort anrief.

»Wie ist es gelaufen?«

»Sie haben mir ihre Akte gegeben oder das, was davon übrig ist. Ich konnte ein paar Zeilen aus einem Verhör lesen, mehr nicht. In dem kleinen Abschnitt, den ich sehen konnte, stand nichts über Heiko, aber vielleicht kommt da noch was.« Ich beschloss, diesen Teil meines Besuchs schönzureden. Mein kleines Arrangement mit Archiv-Aaron würde Tobi nicht gefallen. Mein Bruder hasste alles, was nach Mauschelei und Getrickse roch. »Über ihre Reise nach Berlin hat uns Mama vieles verschwiegen, weißt du. Sie hat nie von diesem Archiv erzählt, nichts von ihrer Akte. Ich glaube, dass sie viel mehr gefunden hat, als wir wissen.«

»Glaubst du, dass sie ihn gefunden hat?« Die Aufregung in seiner Stimme überraschte mich. Immer, immer war Tobi derjenige gewesen, der auf Zurückhaltung gepocht hatte mit seinen gemurmelten Plattitüden, sowohl die Vergangenheit als auch andere Leute in Ruhe zu lassen. Oft hatte er angedeutet, manchmal sogar direkt behauptet, dass es bei der Suche nach Heiko nur um unsere eigenen Bedürfnisse gehe, dass es auf eine Art egoistisch sei.

»Das weiß ich nicht. Aber ich bin mir sicher, dass sie irgendwas gefunden hat. Warum sonst sollte sie uns diesen Brief vom Stasiarchiv hinterlassen haben?«

Es folgte ein langes Schweigen.

»Tobi?«

»Ja.« Wieder Schweigen. »Könnte sein.«

»Es ist ja nicht so, dass er einfach verschwunden wäre. Es muss Leute geben, die wissen, was damals passiert ist, da gibt es Papiere. Ich überlege, mit wem ich noch reden könnte, während ich hier bin.«

»Ella?«

»Ja?«

»Dieses Verhör, das du gelesen hast …« Er senkte die Stimme. »War es furchtbar?«

Ich überlegte. »Nichts, was dich überraschen würde. Es war einfach merkwürdig, das so ausformuliert zu sehen. Sie sagten ihr so Sachen wie: *Sie werden das hier niemals vergessen.* Nein: *Wir werden ganz zu Hause sein in Ihrem Denken, nie wieder gehen.* Aber das wussten wir ja schon, nicht wahr?«

Es brach mir fast das Herz, als Tobi leise und auf Deutsch sagte: »Arme Mama.« Wenn Tobi Deutsch sprach, klang er wie ein kleiner Junge. Erwachsenes Deutsch konnte er gar nicht.

—

Es war Mitte der Neunziger, in London, und Mama und ich saßen auf dem Sofa und sahen uns zusammen eine Dokumentation an. Freunde in Deutschland hatten sie aufgenommen und uns das Video geschickt. Es gab damals noch kein nennenswertes Internet, keine Onlineforen, in denen Eltern sich finden und austauschen konnten. Der Film handelte von Familien wir unserer, ostdeutschen Dissidenten, die nach Spuren ihrer gestohlenen Kinder suchten. Vielen wurde gesagt, dass es zu spät sei, dass die Kinder von netten Familien adoptiert worden seien. Eine Sozialarbeiterin hatte immer noch ein Porträt von Erich Honecker in ihrem Büro hängen.

Einige wenige Eltern, die es geschafft hatten, ihre Kinder ausfindig zu machen, mussten erkennen, dass diese ihre Adoptiveltern lieb gewonnen hatten. Wenn sie sich überhaupt an die leiblichen Eltern erinnern konnten, dann als Menschen, von denen sie verlassen worden waren. Sie klammerten sich an ihre Adoptiveltern, drehten die Gesichter weg, schraken zurück vor den weinenden und verzweifelten Frauen, die ihre Arme nach ihnen ausstreckten. Besonders eindrücklich war eine Mutter, die endlich ihre kleine Tochter gefunden und ein Wiedersehen arrangiert hatte. Das Ganze lief furchtbar aus dem Ruder. Sie fing an, mit der Adoptivmutter zu streiten, und irgendwann schlug sie ihr ins Gesicht und schrie: »Du rote Sau! Du hast mein Kind geklaut, du rote Sau!« Das kleine Mädchen umschlang das Bein der Adoptivmutter und flehte sie an, die gruselige Frau bitte wegzuschicken.

Meine Mutter erstarrte während dieser Szene, sagte aber nichts. Während des Abspanns legte sie ihre Hand auf meinen Arm und fragte mit leiser, fast unhörbarer Stimme, als hoffte sie, ich würde die Frage gar nicht hören: »Meinst du, dass Heiko …«

»… uns vermisst?«, bot ich ihr an.

»Nein, nein. Ich meine … meinst du, dass er vor mir Angst hätte?« Sie schniefte, rieb sich die Nase, schniefte noch einmal.

»Ich weiß nicht, Mama«, sagte ich und starrte auf den Abspann. »Ich weiß es nicht.«

Da wäre er zehn gewesen. Ein zehn Jahre alter Junge, der Fußball spielt. Der nach Hause rennt und seiner Adoptivmutter sein aufgeschlagenes Knie zeigt und sich von ihr trösten lässt, so wie das kleine Mädchen in dem Dokumentarfilm. Ein Zehnjähriger, der auf Bäume klettert. Offenbar konnte ich mir Heiko nur in solchen prototypischen Situationen vorstellen, wie er prototypische Kleine-Jungen-Sachen machte, und hatte keine Ahnung, wie er heute wirklich war. Vielleicht hasste er Fußball und hatte Höhenangst. Und die liebevolle Adoptivmutter? Eine andere Möglichkeit konnte ich gar nicht in Betracht ziehen. Egal, wo er jetzt war, ich wollte mir nichts anderes vorstellen, als dass es dort jemanden gab, der gut für ihn sorgte, der ihn tröstete, wenn er traurig war.

Meine Mutter schüttelte den Kopf, als hätte sie meine Gedanken gelesen. »Ich bin seine Mutter! Könnte er Angst haben vor seiner eigenen Mutter?«

»Ich weiß es nicht.«

»Meinst du, es wäre besser, ihn loszulassen? Wäre es besser, nicht mehr nach ihm zu suchen?«

Sie wollte Zuspruch hören, sie wollte, dass ich sie ermutigte, nicht aufzugeben, dass sie weitersuchen sollte. Aber ich konnte mich nicht dazu durchringen, ihr das zu sagen, was sie hören wollte. Ich war müde und unfähig, ihr zu helfen, verärgert über mich selbst, über dieses Unvermögen. Und so versanken wir wieder in unser übliches Schweigen.

Etwas später ging ich in die Küche und bereitete das Abendessen vor. Meine Mutter setzte sich an ihren Schreibtisch und vergrub sich in ihren Manuskripten und ihren

Büchern. Ich wärmte einen Rest Suppe auf und schnitt einen Brotkanten in Scheiben, und während ich das Brot schnitt, erinnerte ich mich: Heiko, wie er eine Scheibe Brot kaute. Er sah mich mit seinen großen Augen an, griff sich in den Mund, holte den zerkauten Brei heraus und bot ihn mir an. »Nein, danke«, sagte ich, »ich habe schon gegessen.« Stattdessen fuhr er also mit dem Klumpen auf seinem Teller herum: »Auto!«

Ich legte das Brotmesser ab. Eine tiefe Traurigkeit legte sich über mich, ein Schmerz, den ich nicht hätte in Worte fassen können.

—

Ein paar Tage später, als ich abends nach Hause kam, öffnete ich die Tür und sah Mamas Mantel und Schuhe auf dem Boden liegen, als wäre sie hereingestürmt und hätte die Sachen einfach von sich geschleudert. Ich ging durchs Haus. Sie war nicht in ihrem Schlafzimmer, sie war nicht im Badezimmer. Die Fliesen im Bad waren nass, und auf dem Boden lagen ihre Klamotten. Sie war nicht in der Küche, sie war nicht im Wohnzimmer. Sie war nicht in meinem Zimmer, sie war nicht in Tobis Zimmer. Dann meinte ich, ein Geräusch aus dem Keller zu hören.

Dort konnte sie unmöglich sein: Mama ging nicht in den Keller. Mama hatte Angst in der Dunkelheit. Niemals ging sie in den Keller, nicht mal, um Sprudelwasser zu holen oder Kartoffeln; immer schickte sie mich oder Tobi. Einmal war Tobi ausgerastet und hatte gefragt, warum sie nicht einfach selbst ihren Sprudel holte, und ich hatte es ihm erklärt, leise, damit sie es nicht hörte: Mama mag den Keller nicht.

Ich hörte wieder ein Geräusch, ein Schluchzen. Nicht aus der Küche, nicht aus dem Wohnzimmer.

Ich öffnete die Tür zum Keller und leuchtete mit der Taschenlampe hinein.

Dort im Dunkeln kauerte meine Mutter. Bis auf das Handtuch, in das sie sich gewickelt hatte, war sie unbekleidet, ihr nasses Haar tropfte auf den Lehmboden. Sie hielt ihre Knie umschlungen und weinte. Über Gesicht und Arme zogen sich lange rote Kratzer. An ihren Fingernägeln klebte Blut.

»Mama, komm.« Ich kniete mich neben sie, nahm sie in den Arm, versuchte, sie zu wärmen. »Bitte, Mama, steh auf. Steh doch auf.«

Aber sie wollte nicht aufstehen.

»Bitte bestraf dich nicht selbst«, sagte ich, aber es war, als hörte sie mich nicht. Sie war nicht anwesend. Ich konnte nur eine Decke holen, sie darin einhüllen und sie festhalten.

—

Das Gefängnis, in dem meine Mutter gesessen hatte, war jetzt ein Museum. Ich hatte es im Internet ausfindig gemacht; zu Fuß war es vielleicht zwei Stunden entfernt. Der Spaziergang durch mein altes Viertel erschien mir nützlich, um Erinnerungslücken zu schließen, Einzelheiten wachzurufen.

Prenzlauer Berg machte einen fröhlichen Eindruck. Verschwunden war der Geruch von Kohleöfen und Kohlsuppe. Die Balkons waren fest verankert und mit Windrädern und Anti-Atomkraft-Postern geschmückt. Rote Sonne mit gereckter Faust auf gelbem Grund: ATOMKRAFT? NEIN DANKE! Väter schnallten ihre schokoladeverschmierten Kinder in Buggys fest. Frauen sausten auf Fahrrädern vorbei, die Hosenbeine mit reflektierenden Bändern verzurrt. Ein bärtiger Mann mit Hut saß vor einem Café und schnitzte ein Paar Holzclogs. Überhaupt liefen erstaunlich viele Leute in Holzclogs herum. Offensichtlich mal wieder ein Trend, den ich verpasst hatte. Alle radelten über die breiten Bürgersteige anstatt auf der Straße, die Fußgänger wurden fröhlich aus dem Weg geklingelt.

Teller voller Mezze standen auf den Tischen vor den Cafés, und auf Tafeln wurde *Cold brew coffee here* angepriesen. Die Läden öffneten um zwölf und schlossen um drei. Und es gab so viele Kinder hier: Sie balancierten auf Metallgerüsten, weinten wegen einer heruntergefallenen Eiskugel, schlingerten auf eigenen kleinen Rädern voran, ihre Köpfe riesig von den gelben Helmen. Es war fröhlich und erheiternd, und dennoch irritierte es mich, denn in diesem ganzen Szenario konnte ich weder mich noch meine Familie wiederfinden. Nicht nur wegen der Yogastudios und der restaurierten Fassaden und des Efeus, der an den Balkons entlangkletterte. Es waren die Menschen. Sie waren so jung und gesund. Keine Spur von schummrigen Kneipen, in denen die Männer saßen und ihren Schnaps tranken.

Schnell verlief ich mich. In diesem Viertel hatte ich jeden Hund und jeden Laternenpfahl gekannt. Nichts hier war mir fremd. In meinem Kopf konnte ich unser altes Zuhause blitzschnell wiederfinden, es war mir sofort wieder präsent. Ich sah Frau Rachmann, wie sie mir mit ihrer Pergamenthand meinen verlorenen Wollhandschuh entgegenhielt: »Den hat wohl ein kleiner Kobold auf der Treppe gefunden«, sagte sie mit einem Lächeln. »Sollen wir den mal suchen?« Und wir suchten ihn und fanden stattdessen ein Stück Schokolade, das der Kobold in einer Ecke vom Treppenhaus für mich hinterlassen hatte.

Ich sah Frau Minsky mit ihrem Mopp und die Einschusslöcher in der Fassade. Sie lebten vor meinem inneren Auge.

Aber in der Realität? In der Realität waren sie alle weg, und ich hatte mich verlaufen.

»Die Linie ist ein Punkt, der spazieren geht«, hatte Paul Klee gesagt. »Ein Spaziergang um seiner selbst willen, ohne Ziel.« Das war ich, ein Punkt ohne Ziel.

Ich fragte einen Bärtigen: »Entschuldigung, wo ist die Dunckerstraße?« Er antwortete in einem breiten Liverpooler Englisch: *»Sorry love, I don't speak German.«*

Ich fragte einen weiteren Bärtigen: »Entschuldigung, wo ist die Dunckerstraße?« Und er antwortete mit amerikanischem Akzent: *»Sorry, I don't speak German.«*

Das war ein Ärgernis und peinlich dazu. Wie sollte ich jemals Heiko finden, wenn ich nicht mal unsere alte Straße finden konnte? Aber ich weigerte mich, auf Englisch zu fragen. Jahre hatte ich damit verbracht, mich in London an die Engländer anzupassen, jetzt wollte ich mich nicht auch noch in Berlin an sie anpassen.

»Entschuldigung …«

»Sorry sweetheart, I don't speak German.«

Panik stieg in mir hoch. Ich fühlte mich wie in einem dieser Albträume, in denen man nach Hause kommt und keiner kennt einen. Die Familie fragt, wer denn diese Fremde da an ihrem Tisch sei, und der eigene Hund knurrt einen misstrauisch an. Schnell ging ich weiter, jetzt musste ich es doch gefunden haben, schließlich war hier schon der Helmholtzplatz mit dem Fahrradladen, der früher mal ein Lebensmittelgeschäft mit leeren Regalen gewesen war, und hier hatte sich auch Heikos Krippe befunden.

Als Oma und ich ihn dort im Winter abgeholt hatten, hatte er auf dem Nachhauseweg im Dunkeln auf all die beleuchteten Fenster gezeigt und immer »Licht, Licht, Licht, Licht« gesagt. So viele Lichter. Wenn das also die alte Krippe war – jetzt ein weiteres Yogastudio –, dann musste unsere Straße da drüben sein.

Ich trottete los, bog links ab, bog rechts ab, bog wieder nach links und landete nicht in unserer Straße, sondern an der Bösebrücke.

Die breite, gerade Brücke spannte sich von Prenzlauer Berg nach Wedding. Autos fuhren von hier nach dort. Der Wachturm, die Mauern und Zäune, die hohen Flutlichter: »Fertig!«, wie Heiko gesagt hätte. (Während er seinen Teller von sich schob: »Fertig!«)

Die Kleingärten waren noch da. Von der Brücke aus konnte ich die Tulpen und Fliederbüsche sehen. An einem Ende der Brücke war eine Gruppe von Schwarz-Weiß-Fotos aufgestellt, auf denen jubelnde Mengen zu sehen waren, wie sie durch die Berliner Mauer brachen. Ich sah mir alle Gesichter an, erkannte aber niemanden.

Ein Stück weiter wurde von einem Gedenkstein die Stelle markiert, an der ein junger Mann auf der Flucht erschossen worden war. Das hatte sich Sandy also nicht ausgedacht. Jetzt war es möglich geworden, jetzt konnte man herausfinden, wer gelogen und wer die Wahrheit gesagt hatte.

Mit Sandy hatte ich seit diesem Sommer nicht mehr gesprochen. Es dürfte aber nicht allzu schwer sein, dachte ich, sie ausfindig zu machen.

VIER BUSSE PARKTEN vor dem Gefängnis in Hohenschönhausen. Schlaksige Teenager quollen aus ihnen heraus, verstopften die Straße und starrten an den hohen, mit Stacheldraht bewehrten Betonmauern empor. Das große Metalltor war verschlossen, und einzeln mussten wir an einem Ticketschalter vorbei ein kleineres Seitentor passieren. Ich zahlte sechs Euro für eine Führung. Es war etwas merkwürdig, für eine Führung durch das Gefängnis meiner Mutter zu bezahlen. Wenigstens eine Ermäßigung hätte ich bekommen sollen!

Es war ein trüber Tag, und ein scharfer Wind schien direkt aus Sibirien zu kommen. Ich schlug meinen Mantelkragen hoch und rubbelte mir die Arme. Klirrend öffnete sich das Metalltor. Ich schrak zusammen; meine Mutter hatte dieses Geräusch von über Stein schleifendem Metall gehasst.

Dieses metallische Kreischen, wenn jemand einen schweren Kochtopf über das Kochfeld schleift.

Das war ein Eintrag in ihren Angstnotizen, und jetzt konnte ich es einer Ursache zuordnen. Das schleifende Geräusch des Tors, das schleifende Geräusch des Kochtopfs. Dieses Tor hatte sich hinter ihr geschlossen. Genau hier war sie aus dem Lieferwagen gezerrt worden. Hier in diesem Hof hatte sie gestanden und in den grauen Himmel geblickt.

»Entschuldigung?« Einer der Teenager tippte mir auf die Schulter. »Könnten Sie ein Foto von uns machen?« Er legte den Arm um seine Freundin, und so posierten sie vor dem Stacheldraht.

Die Anwesenheit von Teenagern, Gästeführern, Rentnern mit Stift und Notizblock war mir eigentlich ganz recht, denn es nahm dem Ort ein wenig vom Schrecken. Eine der Führerinnen, eine schwarzhaarige Frau in Jeans und karierter Bluse, hielt ihren roten Schirm hoch, um den Beginn des Rundgangs anzukündigen.

»Leidet jemand hier unter Platzangst?«, fragte sie fröhlich. Ein paar Leute hoben ihre Hand. »Dann sollten Sie die Gummizellen besser nicht betreten. Jemand mit Asthma?« Ein paar Hände mehr. »Allergien?«

Einer der älteren Männer lachte und murmelte etwas von Gesundheitsdiktatur und übertriebener Sicherheit.

Die Führerin runzelte die Stirn. »Ist das eine Bemerkung oder eine Frage?«

»Dürfen wir jetzt auch nicht mehr lachen?«

»Eine Bemerkung also? Danke. Wir beginnen mit dem Keller.«

Die Führerin drehte dem Mann den Rücken zu und leitete uns eine enge Treppe hinunter in ein Labyrinth aus unterirdischen Zellen und Korridoren.

Das Gefängnis hatte die übliche Berliner Geschichte: Unter den Nazis erbaut, von den Sowjets umgenutzt, in der DDR ausgebaut und modernisiert und im vereinigten Deutschland schließlich der Öffentlichkeit zugänglich gemacht. Die Nazis hatten es als Großküche für eine ihrer Wohlfahrtsorganisationen genutzt; den Sowjets war aufgefallen, dass sich diese Küche wunderbar als Gefängnis nutzen ließ. Zu den ersten Gefangenen gehörten festgenommene Nazis, gefolgt von Sozialdemokraten, Pfarrern, Dieben, Mördern, mutmaßlichen Spionen und allen, die sonst wie auffielen. Ich wusste natürlich, wer zur nächsten Häftlingsgeneration gehörte: die Pazifisten, Dissidentinnen und die mit den gescheiterten Fluchtversuchen aus der DDR. Überrascht war ich von einer kurzen Bemerkung der Führerin zum Schluss ihrer Einführung:

»… und nach der Wiedervereinigung wurden hier auch ein paar DDR-Funktionäre eingesperrt. Der Leiter der Stasi zum Beispiel.«

Der ältere Herr, der vorher über die Führerin gelacht hatte, nickte eifrig. »Sehen Sie? Pure Rache! Reine Gehässigkeit!«

Die Führerin seufzte. »Ist das eine Bemerkung oder …«

»Die Menschen sollten die Wahrheit erfahren!« Der Mann pochte mit seinem Gehstock auf den Boden. Die Führerin gab sich Mühe, ihn zu ignorieren.

»Hier also …« – sie wies auf eine der erhitzten, feuchten Zellen – »… hier hatte man die Gefangenen eingesperrt, als …«

»Aber unter den Sowjets!« Wieder pochte der Mann auf den Boden. »Dieser Teil wurde von der Stasi nie genutzt, nur von den Sowjets!«

»Möchten Sie vielleicht die Führung übernehmen?« Die Führerin bot ihm den roten Schirm an. Er griff ihn sich aus ihrer Hand.

»Ja, möchte ich, absolut! Die Menschen haben es verdient …«

»Die Wahrheit zu hören.« Die Führerin nahm sich ihren Schirm zurück. »Meine Damen und Herren, um hier wieder ein bisschen Ordnung reinzubringen, was Sie gerade gehört haben, ist etwas, das wir regelmäßig erleben. Die früheren Wachen, die Sympathisanten …«

»Das ist eine Diffamierung!«

»… kommen hierher, um unsere Führungen zu infiltrieren und sogar zu sabotieren.«

»Jetzt bin ich also ein Saboteur? Haben Sie das alle gehört? Ein Saboteur! Die weiß überhaupt nicht, wovon sie redet!«

Die Führerin verschränkte die Arme. »Zufällig weiß ich das sehr gut. Ich war eine Gefangene hier. Sieben Monate und dreizehn Tage.«

Der Rest der Gruppe sah dem Streit mit angehaltenem Atem zu. In jedem Fall bekamen wir hier etwas geboten für unser Geld. Der alte Mann brummelte etwas von Meinungsfreiheit und historischer Wahrheit, aber die Führerin beachtete ihn nicht und setzte die Tour fort, als ob nichts passiert wäre.

Wir betraten betonierte Zellen und verließen sie wieder, betrachteten kleine Objekte, von Insassen aus Holz und Erde geformt, stiegen über eine Treppe hoch zum neueren Teil des Gebäudes, in dem Menschen wie meine Mutter gefangen gehalten worden waren. Wir besuchten ein Verhörzimmer mit einem Tisch, einem grünen Metallschrank und zwei Stühlen darin; eine Zelle mit einer Stahlpritsche; eine Kantine für das Wachpersonal.

Je mehr ich sah, umso weniger konnte ich es mit meiner Mutter in Zusammenhang bringen. Es fühlte sich falsch an, ohne sie hier zu sein. Wenn sie mich hierhergeführt hätte, mir ihre Zelle gezeigt und mir erzählt hätte, wo sie verhört wurde und was gesagt wurde und wie sie sich dabei gefühlt hatte, dann hätte ich sie vielleicht besser verstanden und es hätte mich ihr nähergebracht. Oder auch nicht. Tatsache war, dass sie sich entschieden hatte, das nicht zu tun. Mein Besuch hier war ein Eindringen, eine Übertretung.

Die Führung ging zu Ende, die Gruppe löste sich auf. Unsere Führerin lehnte sich gegen die Glasbausteine, durch die ein wenig gefiltertes Licht hereinkam. Sie wirkte erschöpft. Ich ging auf sie zu.

»Entschuldigung …«

Sie gab sich einen Ruck.

»Ja?«

»Meine Mutter war hier Insassin. Vielleicht kannten Sie sie ja.«

»Der Kontakt zu anderen Insassen war untersagt.« Mit einem Taschentuch wischte sie über ihre Stirn.

»Natürlich. Ich dachte, vielleicht nach Ihrer Freilassung …«

»Wie heißt sie denn?«

»Regine Valentin.«

Sie schüttelte den Kopf und warf das Taschentuch in einen Mülleimer. »Nein. Aber ich kann mal rumfragen. Vielleicht ist sie ja zum Treffen gekommen. Ich bin übrigens Katia.«

»Treffen?«

»Vor ein paar Jahren hatten wir hier ein Treffen, hat Ihre Mutter nichts davon erzählt? Alle früheren Häftlinge sind zusammengekommen und haben sozusagen ihre Notizen verglichen.«

Bei ihrer letzten Reise nach Berlin hatte meine Mutter ein Klassentreffen erwähnt, daran konnte ich mich erinnern. Es war also gar kein Klassentreffen gewesen. Hatte sie es überhaupt als Klassentreffen bezeichnet? Oder hatte sie einfach nur gesagt: »Ich gehe zu einem Treffen«, und ich hatte mich für die Einzelheiten nicht interessiert? So könnte es wohl gewesen sein. »Ich fahre nach Berlin, zu einem Treffen«, hatte sie gesagt und darauf gewartet, dass Tobi oder ich eine Nachfrage stellten. Was wir nicht taten.

»Ja, ich glaube, sie war bei diesem Treffen«, sagte ich.

»Ich kann mich nicht an sie erinnern, aber ehrlich gesagt habe ich mich auch nicht viel mit den anderen unterhalten, ich habe mich die ganze Zeit mit einer der alten Aufpasserinnen gestritten. Aber ich frag mal die anderen.«

»Eine *Aufpasserin* ist zu dem Treffen gekommen?«

»O ja. Sie war zwar nicht eingeladen, aber irgendwie ist es ihr zu Ohren gekommen, und dann war sie da. Alle haben mit ihr gestritten.«

»Wissen Sie noch ihren Namen?«

»Ja. Jankowitz. Sie wohnt hier gleich um die Ecke. Kommt manchmal zu einer Führung, denkt, wir erkennen sie nicht. Wie der Typ von vorhin. Das sind so ihre Spielchen, sie wollen uns weiterhin im Auge behalten.«

»Kann man sie nicht rauswerfen?«

Zum ersten Mal in dieser Unterhaltung wirkte Katia erschrocken. »Rauswerfen?«

»Na ja, ihnen sagen, dass sie nicht erwünscht sind. Ihnen Hausverbot erteilen.«

Sie tat einen Schritt zurück. »Nein, nein, das wäre mir nie eingefallen. Sehen Sie, das ist alles ziemlich … kompliziert. Sie haben ja gegen keine Gesetze verstoßen. Die haben hier nur gearbeitet. Das ist hier ihre Gegend, in der sie immer schon gewohnt haben, die Wachen, der Direktor, die alle. Und wenn wir sie davon abhalten würden, ab und zu mal herzukommen, um uns zu nerven, dann würden sie uns anderweitig schikanieren.«

»Wie denn?«

»Da sind sie kreativ. Anonyme Anrufe, Sachen zu einem nach Hause bestellen, einfach lauter kleine Dinge, damit man nicht vergisst, dass sie da sind und dass sie an uns denken.«

Mir fielen wieder die merkwürdigen Dinge ein, die in dem Winter nachdem Tobi und ich aus Ungarn zurückgekommen waren, in unserer Wohnung vor sich gingen.

»Warum tun die das?«, hatte Oma gefragt. »Ich hab denen alles gesagt, was wollen die jetzt noch von uns?«

Opa hatte geantwortet: »Die wollen einfach auf Nummer sicher gehen.«

Katia sah mich an. »Sie leben nicht hier, oder?«

»Wir sind gleich nach dem Mauerfall nach England gezogen.«

»Ja, so ein kleiner Akzent ist mir aufgefallen.«

Ich war mir nicht sicher, wie viel ich ihr erzählen sollte. Aber schließlich war auch sie eine frühere Insassin. Sie würde uns bestimmt nicht verurteilen. »Ich bin hier, um meinen Bruder zu suchen. Er wurde uns nach der Verhaftung meiner Mutter weggenommen.«

Katia nickte. »Kommt mir bekannt vor.«

—

Während wir den Korridor entlanggingen, erzählte sie mir ihre Geschichte.

Damals in der DDR hatte Katia als alleinerziehende Mutter in einer Flaschenfabrik gearbeitet. Ihren fünfjährigen Sohn musste sie in eine Wochenkrippe geben, eine Krippe mit Übernachtung, wo er von Montag bis Freitag blieb, während sie ihre Schichten machte. Jeden Sonntag weinten sie beide beim Abendessen, und er bettelte, bei ihr bleiben zu dürfen, und sie musste ihm erklären, dass das nicht ging, wegen der Arbeit.

Dann erzählte ihr eine Freundin von einem westdeutschen Bekannten, der Leute mit dem Auto nach drüben brachte. Man müsste sich nur in einem kleinen Zwischenraum zwischen Rücksitz und Kofferraum verstecken.

»Ich war naiv«, sagte sie. »Ich war erst einundzwanzig, außer der Schule und der Fabrik kannte ich nichts, und es klang so einfach, eine kurze Fahrt und schon wären wir drüben. Ich malte mir aus, dass im Westen alles anders wäre und wir dieses wunderbare Leben hätten und jeden Abend zusammen essen würden. Klingt dumm, ich weiß. Ich war ein Kind, das ist alles, was ich dazu sagen kann, einfach ein Kind.«

Von einer Tante hatte Katia ein Silberbesteck geerbt, das reichte gerade aus, um den Schleuser zu bezahlen. Er schlug vor, nacheinander zu fahren, zuerst der Junge, dann die Mutter.

In dem Versteck roch es nach Benzin. Ihr Sohn weinte, als sie ihn da reinstopfte.

»Da hab ich mit ihm geschimpft.« Sie nahm sich noch ein Taschentuch und schnäuzte sich. »Ich hab mit ihm geschimpft.«

Sie blieb in Grenznähe und beobachtete das Auto. Ein paar Grenzer kontrollierten die Papiere und den Rücksitz, dann den Kofferraum. Sie schlossen den Kofferraum wieder, sie atmete auf, aber dann kamen weitere Grenzer dazu. Sie zogen den Fahrer aus dem Auto, öffneten wieder den Kofferraum, rissen die Zwischenwand heraus und zogen ihren Sohn aus dem Versteck. Sie sah, wie ihr kleiner Junge sich umblickte und verzweifelt die Straße absuchte, als hoffte er, dass sie kommen würde, um ihn zu retten.

»Aber ich kam nicht.« Sie zündete sich eine Zigarette an. »Ich guckte und guckte und tat nichts. Warum? Das frage ich mich heute noch. Ich wusste, dass sowieso alles verloren war, ich wusste, dass sie mich später noch verhaften würden, also hätte ich auch einfach zu ihm rennen können. Warum habe ich meinem Jungen nicht beigestanden? Ich hab es nicht getan. Vielleicht dachte ich, dass damit alles noch schlimmer würde oder dass sie schießen könnten. Ich weiß es nicht. Ich ging zurück in meine Wohnung und saß da und weinte und weinte, bis sie kamen, um mich mitzunehmen.«

»Haben Sie ihn jemals wiedergesehen?«

Sie nickte. »1998 habe ich ihn gefunden. Am dritten März 1998. Er war grad sechzehn geworden. Ich wollte ihn umarmen, und er zuckte weg.«

»Und jetzt?«, fragte ich vorsichtig. »Haben Sie noch Kontakt?«

»Mehr oder weniger. Er …« Sie suchte nach passenden Worten. »Er mag mich nicht besonders, wissen Sie. Ich kann es ihm nicht verübeln. Ich bin die Frau, die ihn jeden Montagmorgen weggeschickt und ihn dann eines Tages in ein stinkendes Auto verfrachtet und ihm gesagt hat, er soll still sein und den Kopf unten lassen. Das sind seine Erinnerungen an mich, und daran kann ich nichts ändern.«

Wir traten hinaus in den Regen. In der Mitte des Hofes befand sich ein Rosenbeet. Zwischen dem Asphalt boten die Rosen einen tristen Anblick.

»Wie alt war denn Ihr Bruder?«, fragte sie, ohne mich anzusehen.

»Jünger als Ihr Sohn.«

»Wollen Sie einen Rat?«

»Bitte.«

»Vergewissern Sie sich, dass er überhaupt gefunden werden *will.*«

»Das könnte ich erst wissen, nachdem ich mit ihm gesprochen hätte, oder nicht?«

»Wenn Sie ganz ehrlich zu sich sind, dann wissen Sie es schon. Ich wünschte, ich hätte mich mehr in seine Sicht hineinversetzt, verstehen Sie? Anstatt ihn einfach für mich finden zu wollen.«

»Vielleicht ist das bei mir anders. Ich bin seine Schwester, nicht die Mutter.«

»Und?«

»Und … ich trage keine Verantwortung dafür, was passiert ist.« Sofort bereute ich diesen Satz. Katia sah gequält aus.

»Könnte sein«, sagte sie und versuchte zu lächeln.

»Entschuldigung. Ich habe es nicht so gemeint, wie es klang.«

»Warum? Es stimmt ja, ich trage die Verantwortung, ich hab's vermasselt.«

»Haben Sie Ihrem Sohn erklärt, warum Sie ihn rüberschmuggeln wollten?«

»Ach, viele Male. ›Ich habe es für dich gemacht, damit du in einer freien Gesellschaft aufwachsen kannst, ich habe es gemacht, damit wir ein besseres Leben haben können‹, immer und immer wieder.«

Ich dachte einen Moment lang darüber nach.

»Ich war auch sauer auf meine Eltern«, sagte ich.

»Und jetzt?«

»Weniger.«

Zusammen standen wir in dem betonierten Hof, der Nieselregen setzte sich erst auf unser Haar und sickerte dann langsam unseren Nacken hinunter. Katia öffnete ihren Schirm und hielt ihn über unsere Köpfe.

»Interessant«, sagte sie schließlich. »Interessant.«

»Diese Aufseherin, von der Sie erzählt haben …« Ich versuchte, mich an den Namen zu erinnern.

»Jankowitz.«

»Wüssten Sie, wie ich Verbindung mit ihr aufnehmen könnte?«

»Sie wohnt in einem der Häuser da drüben.« Sie zeigte auf die Straße mit den Reisebussen hinter der Gefängnismauer. »Die kleine Seitenstraße mit den grünen Häusern. Sie wohnt, hm, im dritten oder vierten Stock rechts. Sie müssen nur auf die Klingelschilder gucken.«

»Sollte ich nicht besser vorher anrufen?«

»Sie steht sicher im Telefonbuch. Diese Leute versuchen gar nicht, sich zu verstecken.«

Am Rosenbeet hatten sich ein paar Leute versammelt und warteten auf die nächste Führung. Ein oder zwei von ihnen spähten nach Katias rotem Schirm. Sie sah auf die Uhr.

»Jetzt muss ich wohl weiter. Wir können uns gern ein andermal weiter unterhalten, wenn Sie möchten.«

Wir tauschten unsere Nummern, ich dankte ihr, und dann führte sie ihre Gruppe durch die Kellertür.

»Leidet jemand unter Platzangst?«, hörte ich sie fragen. »Asthma? Allergien?«

—

Der Regen wurde stärker, und ich stellte mich im Buchladen unter, einem hellen, modernen Raum mit Glasfront und weißen Wänden. Überhaupt spielte Glas eine immense Rolle in diesem umgestalteten Teil des Gefängnisses, wo es auch ein Forschungszentrum gab und Räume, die offenbar für Seminare und Lehrveranstaltungen genutzt wurden. Es war, als wäre es dem Architekten darum gegangen, das ganze Gefängnis niederzureißen und durch ein Terrarium zu ersetzen. Der Entwurf zur Ausschreibung hatte sicher die Worte »Transparenz« und »Offenheit« enthalten, obwohl dieser Effekt etwas konterkariert wurde durch die vielen Bücherregale im Laden, die bis zur Decke reichten und weite Teile der Glasfront verdeckten.

So viele Bücher über die Stasi! Ich blätterte durch die Memoiren eines überwachten Stabhochspringers, las von Informanten in der Schwulen- und Lesbenszene und fand auch unsere kleine Ecke von Berlin repräsentiert, sogar in einer ganzen Reihe von Büchern, vom schweren Bildband über private Kunstgalerien in Prenzlauer Berg bis zu einem dicht gedruckten Werk über Akademikerinnen in der DDR. Einige dieser Bücher beinhalteten Protokolle aus dem Stasiarchiv, oft als Faksimile der Originaldokumente in Maschinenschrift und mit Eselsohren, wie um eine zusätzliche Glaubwürdigkeit heraufzubeschwören: Seht her, das ist echt passiert, hier sind die Beweise. Plötzlich bereute ich mein Verhalten im Archiv. So ging es mir häufig: Kaum war eine Konversation zu Ende, begann ich damit, sie umzuschreiben, als hätte ich mit einer veränderten Wortwahl hier und dort die gesamte Gesprächsrichtung verändern und ein wünschenswerteres Ergebnis erreichen können. Mir wurde klar, dass ich in meinem gedämpften Austausch mit Aaron zu ungeduldig gewesen war. Anstatt ihn zu drängen, mir zu helfen, hätte ich ihm mein Dilemma subtiler suggerieren sollen, damit es sich in seinen Gedanken entfalten könnte. Er wirkte wie jemand, dem diese Art von Zudringlichkeit widerstrebte, der *Ja, ja* sagte, um sich aus der Sache rauszuwinden, und im Stillen hoffte, es würde sich ohne sein Zutun von selbst erledigen.

Ich stellte das Buch über den Stabhochspringer zurück ins Regal. Für Reue und Selbstvorwürfe hatte ich später noch genug Zeit; jetzt hatte ich erst mal ein paar praktische Probleme zu lösen. An der Kasse fand ich, wonach ich gesucht hatte, eine Auswahl an Berlin-Karten aus verschiedenen Zeiträumen, beginnend mit der Vorkriegszeit. Ich musste einige davon durchsehen, bis ich eine fand, die meiner Erinnerung entsprach, in der die Straßen so hießen, wie ich sie gekannt hatte. Mein aktueller Aufenthaltsort, das Gefängnis und seine Umgebung, erschienen auf dieser Karte als weiße Kontur, eine Lücke in der oberen rechten Ecke, umgeben von bunten Straßen, Gebäuden, Parks und Gewässern, wobei die Herausgeber versucht hatten, diese Lücke ein wenig zu kaschieren, indem in einer fröhlichen Schrifttype *Berliner Stadtplan* darüber gedruckt worden war. Auch die Teile westlich der Mauer waren leer, was aber nicht weiter auffiel, weil Westberlin sowieso kaum abgebildet war. Es war das Berlin meiner Kindheit, mit Friedrichshain in der Mitte und Mitte und Prenzlauer Berg am Rand.

Die Stadt hier ordnungsgemäß zentriert und alle Straßen und Orientierungspunkte in Übereinstimmung mit meiner Erinnerung zu finden, war erleichternder, als ich es mir eingestehen wollte. Nur die Straßen nahe der Mauer sahen anders aus. Sandys Straße zum Beispiel tauchte gar nicht auf. Einen Moment lang wunderte ich mich darüber, denn ich konnte mir nicht vorstellen, dass unsere Kartografen so eine schlampige Arbeit hätten abliefern können, aber dann wurde mir klar, dass es Absicht war, natürlich, damit niemand diese Karte für eventuelle Fluchtpläne nutzen konnte. Alles lief immer wieder auf die Mauer hinaus, und für mich fühlte sich das komisch an, denn die Mauer war für mich als Kind nicht besonders wichtig gewesen. Ohne Sandy und ihre Geschichten hätte ich sie vielleicht kaum registriert, jedenfalls nicht mehr, als Kinder in Grenzgebieten überall auf der Welt eben Wachen und Scheinwerfer wahrnehmen. Zumindest hätte ich mich nicht daran gestört. Genau, das war der richtige Begriff: Ich hätte mich nicht daran gestört; nicht mehr, als Kinder sich an Alarmanlagen, Polizisten, Sicherheitsschleusen am Flughafen stören – die ja alle nur unserem Schutz dienen.

Auf dieser Karte fand ich mein altes Zuhause sofort. Hier war die nächste U-Bahn-Station, Dimitroffstraße. Da drüben ein nach Felix Dzierzynski benannter Platz, und diese Straße hier links hieß wie das große Idol und Vorbild meiner Großmutter, die Kommunistin Lena Fabelhaft. Ich bewegte meinen Finger zu unserer Straße, die damals wie heute Dunckerstraße hieß. Und dieses kleine Quadrat von der Größe eines halben Fingernagels, das war unser altes Haus, und wenn ich die Karte weiter hätte vergrößern können, dann hätte ich ein kleines Mädchen erkennen können, das die Treppen rückwärts und dann vorwärts und dann wieder rückwärts hochstieg, bis nach ganz oben in den fünften Stock, wo eine kleine Küche mit einer Badewanne unter der Arbeitsfläche auf es wartete.

Ich kaufte die Karte und noch eine von 2005, die nicht zu mir sprach, keine sanften Erinnerungen an Treppenhäuser und den Geruch nach Bohnerwachs weckte, aber nützlich war, weil darin die ganzen neuen Namen standen, die ja eigentlich alte Namen waren, aus der Zeit vor der Teilung. So war die Dimitroffstraße wieder die Danziger, die Fabelhaftstraße war wieder die Schlesische und so weiter. Diese Fußnoten ließen sich leicht in meinen eigenen gedanklichen Stadtplan einfügen, genauso wie es – so dachte ich – wohl bei meiner Mutter gewesen sein könnte, die ebenfalls hier oder in einer anderen Buchhandlung stand und zwei Pläne zusammenführte. Denn auch sie wäre von den verschiedenen Straßennamen irritiert und verwirrt gewesen, und so wie ich hätte sie keine Lust gehabt, Fremde darum zu bitten, ihr in der eigenen Stadt den Weg zu weisen.

Die Buchhändlerin hatte mir erzählt, dass Dimitroff ein bulgarischer Kommunist gewesen war, was mich überraschte, denn bei einer so großen und wichtigen Straße hätte man gedacht, dass sie an einen Russen hätte gehen müssen.

Im Forschungszentrum nebenan fand ich eine kürzlich veröffentlichte Enzyklopädie zur Malerei in der DDR, mit Farbdrucken von landwirtschaftlichem Gerät in Öl auf Leinwand und einigen überraschend gelungenen Skizzen von Frauen mit kräftigen, derben nackten Beinen. Auf einer flickten die Frauen Netze an der Ostsee, auf einer anderen hängten sie Wäsche in einem Hof auf. Der Eintrag zu den »Neoexpressionisten« war sehr knapp und enthielt nur ein paar wenige Namen, zwischen ihnen fand ich, verbunden mit einer schlagartigen Erinnerung, Sven Hartwig, neoexpressionistischer Maler, 1987 in den Westen geflohen und bis zu seinem Lungenkrebstod im Folgejahr in Dortmund ansässig. (Er hatte also nicht einmal mehr das Ende der DDR erlebt, dachte ich. Hätte er es mal lieber ausgesessen. Hätten wir es doch mal lieber ausgesessen! Aber wie hätten wir es auch wissen sollen?)

Laut Enzyklopädie trugen Svens berühmteste Werke die Titel *Arbeiter und Bauer* und *Katze am See*; Letzteres war klein abgebildet, die Katze in sattem Rostrot, der See leuchtend blau. Wie die meisten Bilder ostdeutscher Künstler waren sie in keinem Museum mehr ausgestellt. Zu stark verbunden mit dem verschwundenen Regime. Ich erfuhr, dass Sven von unseren Regierenden zeitweilig sehr geschätzt worden war und allerlei sozialistische Preise gewonnen hatte. Wie Oma gesagt hätte: *Der Wein von heute ist der Essig von morgen.*

Ich zog das Foto von den blauen Pferden aus meiner Tasche und hielt es neben die aufgeschlagene Seite. Mein Vater hatte sich lustig gemacht über Sven und seinen märchenhaften Stil, aber darüber war ich anderer Ansicht. Ich mochte die Pferde, ich mochte die Katze am See, und auch den Tiger hatte ich gemocht. Ich lächelte. Vielleicht hatte Mama Sven ebenfalls irgendwo nachgeschlagen, hier in diesem Forschungszentrum oder einer Buchhandlung oder Bibliothek. Diese Enzyklopädie hätte ihr gefallen; es war genau so gekommen, wie sie es gehofft hatte: Die Leute konnten sehen, dass es nicht nur Mähdrescher und Fabriken gegeben hatte. Wir hatten auch rote Tiger und blaue Pferde hervorgebracht.

»Kitsch«, hörte ich Papa noch sagen, »Kitsch und Albernheit und Franz Marc für Arme, und diese Kunststoffblautöne, aua, die tun meinen Augen weh!« Und es beglückte mich, ihn so ausgelassen schimpfen zu hören, so lebendig. »Aber Papa!«, gab ich zurück. »Das sind doch bloß Bilder!« Worüber er noch ärgerlicher wurde, bis er sah, dass ich lachte, dass ich ihn nur reizen und aufziehen wollte – ich blickte auf, jemand, der an einem der Tische saß und las, starrte mich an. Ich hatte laut gelacht.

Ich klappte die Enzyklopädie zu, stellte sie zurück ins Regal, strich noch einmal über den Buchrücken. Stück für Stück setzte sich das Puzzle zusammen, und auch wenn ich dieses Teil vorerst noch nicht einfügen konnte, speicherte ich es in meinem Gedächtnis, bis es so weit wäre.

Meine Unterhaltung mit Aaron war im Grunde doch nicht so schlecht gewesen. Er schien freundlich, bestimmt würde er mir helfen. Und mit Katia hatte ich eine neue Verbündete, die angeboten hatte, Augen und Ohren für mich offen zu halten. Einigermaßen zuversichtlich verließ ich das Forschungszentrum.

Draußen war es heller geworden. Katia führte gerade eine Gruppe von Touristen ins Hauptgebäude. Wir winkten uns zu. In einem entfernten Winkel bemerkte ich eine offen stehende Garage, die mir vorher nicht aufgefallen war, vielleicht war sie aber auch erst geöffnet worden, nachdem sich der Regen verzogen hatte. Darin stand ein Lieferwagen. Ich ging näher heran. Er war seitlich mit Bildern von Backwaren beklebt, knusprige Schrippen, braune Brotlaibe, geflochtener Teig, der im Ofen aufging, solche Sachen. Dazu ein schwungvoller Spruch: *Immer frisch, immer lecker,* so was in der Art. Ich achtete nicht genau auf die Brote oder den Spruch, weil mein Blick von den geöffneten Hintertüren des Wagens angezogen wurde. Mit einem flauen Gefühl im Magen passierte ich die beklebte Wagenseite und blickte durch die geöffneten Türen ins Innere, wo, genau wie ich es erwartet hatte, keine Kisten voll knuspriger Schrippen oder Kartons mit Zuckerschnecken lagen, sondern in zwei Reihen angeordnete Metallkäfige.

Berlin 1987, im Sommer

Oma Trude und mein Vater mochten einander nicht besonders, und lange dachte ich, das hätte historische Gründe.

Ich besitze ein altes Fotoalbum, das meine Eltern anlässlich ihrer Hochzeit gemacht haben. Auf der einen Seite ist die Familie meines Vaters, angefangen mit den grimmigen Porträts von Vorfahren in Korsetts und mit hohen Stehkragen. Dreht man das Album und beginnt auf der anderen Seite, sieht man die Familiengeschichte meiner Mutter, über ganze zwei Seiten.

Auf den Seiten meines Vaters finden sich formelle Schwarz-Weiß-Fotografien von Frauen mit breitkrempigen Hüten und Sonnenschirmen, Männern in Militäruniform, Kindern in Matrosenanzügen. Seine Familie kommt aus Stolpmünde an der Ostsee, einer abgelegenen Region im damaligen Hinterpommern. Mit dem Einzug des Fortschritts in Hinterpommern treten Schnappschüsse von der Promenade an die Stelle steifer Studiofotografien: Die Frauen halten ihre Hüte fest, den Kindern zaust der Wind durchs Haar. Man sieht meinen Urgroßvater, der als königlicher Dünenmeister zuständig war für die Küste zwischen Stolpmünde und Danzig. Als Kind dachte ich, dass er alle Dünen auf dieser Strecke zählen und dafür sorgen musste, dass keine fehlte; und, so komisch es auch klingt, das war tatsächlich mehr oder weniger, was er tat, denn wenn Dünen nicht ordentlich von Gras und Gebüsch zusammengehalten werden, dann wandern sie und können plötzlich in Vorgärten oder auf dem Marktplatz auftauchen und dort alles mit Sand bedecken, bis sich die Einwohner die Augen wund und rot reiben.

»Stolpmünde – das Paris Hinterpommerns!«, hat jemand über das Bild einer Dame mit besonders gewagtem Hut gekritzelt.

Auf dem nächsten Bild sieht man meinen Großvater väterlicherseits, einen Ladenbesitzer, wie er während der Olympischen Spiele 1936 durch Berlin spaziert, vorbei an einer Reihe von Hakenkreuzflaggen. Auf einem anderen Foto trägt er seine Wehrmachtsuniform; um den Laden hat sich, während er im Krieg war, seine Frau gekümmert. Dann das Foto eines pummeligen Babys im weißen Spitzenkittel – mein Vater! Meine Großmutter väterlicherseits, Oma Henriette, hat in Sütterlin »Dem Führer wurde ein Sohn geboren« unten auf das Bild geschrieben.

Dann wieder Oma Henriette, wie sie mit einem Spaten posiert. Mit anderen Frauen zusammen hat sie am »Pommernwall« gebuddelt, einem Graben, der die Russen aufhalten sollte. Bald ging ein Gerücht herum, das Buddeln sei Gift für den Unterkörper und mache unfruchtbar. Darauf bekam Henriette Angst und schlug sich mit ihrem Spaten eine Kerbe ins Bein, tief genug, um von weiteren Buddelverpflichtungen freigestellt zu werden. (*Schau, Ellachen, das bin ich. Die Russen sahen unseren Graben, lachten, legten ein paar Bretter drauf und fuhren mit ihren Panzern drüber weg.*)

Zurück in Stolpmünde, verbrachte Oma Henriette die letzten Tage vor dem Einmarsch der Russen damit,

mit ihrem bandagierten Bein auf dem Fahrrad die Dünen hoch und runter zu fahren und »Keine Kapitulation! Keine Kapitulation!« zu rufen. Als das Krachen und Dröhnen der russischen Artillerie in Hörweite kam, warf sie ihr Rad in die Dünen, schnappte sich meinen Vater und bestieg das erste Fluchtschiff nach Westen. Ihre Schwester verpasste das Schiff und musste sich mit ihrem Baby an der Brust zu Fuß über gefrorene Flüsse und Seen in Sicherheit bringen.

Es war meine Mutter, die mir von diesem Fußmarsch erzählte, nicht mein Vater, was merkwürdig war, da es sich ja nicht um ihre Familie handelte. Aber mein Vater interessierte sich nicht so sehr für Familienkram, wie er es nannte. Also erzählte mir meine Mutter von Oma Henriettes Schwester, die mit dem Baby unter dem Mantel über den gefrorenen See floh. Sie schaffte es auf die andere Seite und setzte ihren Marsch an einer Straße entlang fort, und während sie dort lief, sah sie am Straßenrand lauter Dinge, die von den Menschen auf der Flucht zurückgelassen worden waren – Koffer, Kleidung, eine Hutschachtel, und dann dachte sie: Aber warum sind da so viele Puppen? Warum liegen so viele Puppen am Straßenrand? Und als sie eine von ihnen näher betrachtete, sah sie, dass es ein Baby war, ein menschliches Baby, das die Kälte nicht überlebt hatte und an der Straße zurückgelassen worden war.

»Und ihr eigenes Baby?« Das fragte ich jedes Mal, wenn sie mir diese Geschichte erzählte, auch wenn ich das Ende schon kannte. »Was wurde aus ihrem Baby?«

»Ihr Baby hat überlebt, mein Schatz«, sagte meine Mutter und strich mir übers Haar. »Ihr Baby hat überlebt.«

Weil die Familie meiner Mutter so viel ärmer war, enthält ihr Teil vom Buch viel weniger Fotos. Ein Bild der Eltern von Opa Horst mit einem Kinderwagen, dann eines von Opa Horst bei irgendeiner kommunistischen Feierlichkeit in den Fünfzigerjahren. Die Seite von Oma Trude ist noch dürftiger. Einmal fragte ich Oma Trude, warum es von ihrer Familie keine Fotos gab.

»Wir waren arm, mein Kind, wir waren sehr arm, alle Bediensteten in Czarnikau waren arm, Bedienstete überall auf der Welt sind arm.« Sie streichelte mein Haar. »Wir hatten kein Geld dafür, in ein Fotostudio zu gehen und uns fotografieren zu lassen. Das erste Foto von mir wurde bei der Befreiung von Buchenwald gemacht. Nach den Soldaten kamen Fotografen – Fotoreporter nannte man sie wohl –, und das war das erste Mal, dass mich jemand fotografiert hat. Aber wer würde so ein Bild schon behalten wollen?«

Das erste Bild von ihr ist das Hochzeitsfoto mit Opa Horst. Er wirkt darauf immer noch etwas unterkühlt von seinem Winter in Stalingrad. Auf einem Foto trägt Oma auch ihren grünen Gabardinemantel. Mit einem Baby im Arm steht sie in einem Schrebergarten. Das Baby ist meine Mutter. Ihr Friedensmantel und ihr Friedensbaby.

In den Nachkriegsjahren war Oma Trude so arm, dass sie meine Mutter mit einer leeren Büchse zu den Bahnschienen schicken musste, um Kohlesplitter zu sammeln, die von den vorbeifahrenden Güterzügen gefallen waren. Zusammen mit Dutzenden anderen Berliner Kindern hockte meine Mutter dann im Geröll, wo sie wie alle anderen die schwarzen Krümel aus dem Schmutz pickte, bis die Büchse voll war und sie nach Hause zu Oma rannte, die mit den Kohlen den ewig hungrigen Ofen fütterte. Einmal als sie an den Schienen war, sah meine Mutter einen Zug, keinen Güterzug, sondern einen Zug voll amerikanischer Soldaten; sie warfen den Kindern Orangen und Weißbrotscheiben zu.

Wo hatten sie das her? Warum waren amerikanische Soldaten im sowjetisch besetzten Teil der Stadt? War meine Mutter in den amerikanischen Sektor geraten? Sie hat es nie herausgefunden. Sie fing eine Orange und eine Scheibe Weißbrot, was ihr ganz neu war; sie kannte nur graues, braunes und schwarzes Brot. Die Orange war sauer. Das Brot war etwas geschmacklos, aber süßer und weicher als dunkles Brot. Sie nahm zwei kleine Bissen und gab den Rest ihren Eltern. So gingen alle Kindheitsgeschichten meiner Mutter: Das Leid bestand in Hunger und Kälte, das Glück in Wärme und einem vollen Bauch. Und ich fragte mich immer, wann sich das änderte; wann genau sie beschloss, dass das Leben mehr zu bieten hatte als Brot und Kohle.

Die beiden Seiten meiner Familie konnten einander nicht ausstehen. Einmal als sie zusammen im Bus saßen, brüstete sich die Mutter meines Vaters, Oma Henriette, mit seinem neuesten Buch: »Das hat er von mir, ich habe die Kunst schon immer geliebt!«

Worauf Oma Trude so laut, dass der ganze Bus es hören konnte, antwortete: »Hast du deshalb einen gescheiterten Maler gewählt?«

Später waren sich alle darüber einig, dass die Bemerkung geschmacklos gewesen war.

Das war also einer der Gründe, warum Oma und mein Vater nicht miteinander klarkamen: Trotz ihrer mickrigen zwei Seiten im Fotoalbum, trotz der Armut ihrer Familie, trotz ihrer Vergangenheit als Dienstmädchen, trotz ihrer früheren Inhaftierung machte Oma kein Geheimnis daraus, dass sie meine Mutter zu gut fand für meinen Vater; dass meine Mutter jemanden mit besserer Herkunft verdient hätte; dass meine Mutter, kurz gesagt, eine schlechte Partie gemacht hatte.

»Ich werde kein Wort gegen sie sagen, Ellachen, denn sie sind ja auch deine Familie«, murmelte sie manchmal, während sie mir die Haare bürstete. »Aber es ist schwer, darüber hinwegzusehen, dass sie ein Haufen alter Nazis sind.«

Im Sommer 1987 verbrachten wir die Ferien in Ungarn, einem sozialistischen Bruderland. Das war wirklich etwas Besonderes: Noch nie zuvor war ich im Ausland gewesen. Normalerweise fuhren wir nur bis zu Omas Datsche oder zu einem Feriendomizil der Universität an der Ostsee.

Am Tag unserer Abreise hatte Oma Trude unsere Koffer versteckt. Zuerst wusste ich nicht, dass sie es gewesen war. Wegen der langen Fahrt waren wir besonders früh aufgestanden. Ich wünschte, ich hätte deutlichere Erinnerungen an meinen Vater von diesem Morgen, aber alles, was ich noch weiß, ist, wie wir im trüben Schein der Küchenlampe Frühstück aßen und meine Mutter hin und her rannte und sagte, sie könnte schwören, die beiden Koffer und die große Tasche in der Küche abgestellt zu haben, wo sollten sie denn auch sonst sein? Sie wäre doch nicht verrückt, oder?

»Ist das ein Streich, Ella? Ist das ein Witz? Wenn ja, dann ist es ein schlechter Witz. Wo sind die Koffer? Jetzt komm schon!«

»Ich schwöre, ich war's nicht! Ich hab keine Ahnung, wo die Koffer sind, ich schwöre!« Ich suchte unter unseren Betten, nur für den Fall, dass jemand sie dorthin getan haben könnte. Nichts. Als ich wieder hervorgekrochen kam, hatte ich weißen Staub an den Händen, zusammen mit Putz und Farbe. »Heiko!«, rief ich, und er kam angerannt. Das tat er gerade seit einer Weile, überallhin rennen, anstatt zu gehen.

»Heiko, was ist das da unter meinem Bett?«

Mit angezogenen Knien und Hintern nach oben legte er sich bäuchlings auf den Boden und spähte in den Hohlraum hinein. Heiko betrachtete Dinge immer mit seinem ganzen Körper, wenn er etwas entdeckte, spannte sich jeder Muskel mit an. So auch, wenn er in Eimer oder Kisten hineinguckte – mit dem Kopf voran, so weit, dass er fast hineinfiel. Jetzt streckte er den Hals, um besser zu sehen, und griff mit seinen kleinen Händen nach dem Teppich.

»Binne.«

»Das ist keine Spinne, du Dummchen, das ist Dreck. Wie um Himmels willen hast du das geschafft? Hast du wieder gemalt?«

»Binne.«

»Hör mal, es ist mir ja egal, wenn du die Wände bemalst.« Ich flüsterte, damit unsere Eltern nichts hörten. »Ist mir egal, okay? Du kannst ruhig malen, aber du sollst nicht die Farbe von der Wand pulen, ja? Malen, Heiko. Nur malen, nicht kaputt machen.«

»Putt machen.«

»Nicht putt machen.«

»Dreck.« Er griff sich einiges von der abgeblätterten Farbe und untersuchte es. »Dreck, Dreck, Dreck«, wiederholte er ungehalten und versuchte, die Farbpartikel wieder abzuschütteln. Ich wischte sie mit dem Ärmel weg.

»Ella!« Meine Mutter kam mit einem Koffer in der Hand herein. »Wo ist deine Jacke? Wo ist Tobi? Komm jetzt, wir wollen los.«

»Wo war der Koffer?«

»Oma hat sie versteckt.«

»Oma!«

»Ich weiß, das war albern von ihr, nicht wahr? Jetzt komm.«

»War es ein Streich?« Ich nahm meine Puppe und meinen Teddy.

»Du kannst Sabrina nicht mitnehmen«, sagte meine Mutter schnell. »Tut mir leid, Schatz, aber sie muss zu Hause bleiben.«

Meine Eltern waren immer sehr streng in Bezug auf die Puppe, und ich wusste, dass es daran lag, dass sie aus Westdeutschland kam. Ich durfte sie nicht mal mit zur Schule nehmen, aber manchmal tat ich es trotzdem.

»Nicht schlimm, dann nehme ich nur Nuckabutz.«

»Nein, nein, du kannst sie beide nicht mitnehmen.« Nervös wandte sie sich meinem Vater zu, der gerade hereinkam. »Oder was meinst du? An die Spielsachen hatte ich nicht gedacht.«

»Es wirkt eigenartiger, wenn sie die hierlassen.«

»Die Puppe oder den Teddy?«

Mein Vater blickte zwischen Sabrina und Nuckabutz hin und her. »Den Teddy.«

»Aber dann finden sie die Puppe hier …«

»Lass uns nicht zu viel darüber nachdenken. Wir packen einfach für einen Urlaub.« Er lächelte und klatschte in die Hände. »Na dann, alle Bären an Bord, alle Kinder an Bord, der Zug ist fertig zum Abfahren.«

»Töff-töff!«, sagte Heiko und rannte in den Flur. Ich setzte Sabrina aufrecht auf mein Kissen, ihre blauen Augen standen weit offen, und entschuldigte mich dafür, sie zurückzulassen.

»Nächstes Mal bist du an der Reihe«, sagte ich, und das war gelogen, denn niemals würde ich ohne Nuckabutz verreisen.

—

Wir kamen viel später los als geplant. Als wir uns unten im Flur von meinen Großeltern verabschiedeten, fing Oma an zu weinen.

»Mutti, nein.« Meine Mutter sah sich um, ob irgendwer uns beobachtete. »Ich wünschte, ich hätte dir nichts gesagt.«

»Lasst die Kinder bei mir«, sagte Oma und zog mich zu sich heran. »Bitte.«

Welch eigenartiger Satz! Meine Mutter wurde dadurch noch nervöser. Sie schob uns alle in Omas Wohnung und schloss die Tür hinter sich.

»Bist du nicht ganz bei Trost?«, zischte sie meine Großmutter an. »Was, wenn das jemand gehört hat?«

»Du bist nicht ganz bei Trost. Ihr beide, ihr seid nicht ganz bei Trost, ihr wisst nicht, was ihr da tut.«

»Wir wissen es, Mutti. Wir haben gründlich darüber nachgedacht.«

»Nein, das habt ihr nicht! Es ist nur wegen diesem blöden Buch, Regine, weil du sauer bist, du schmollst, über nichts und wieder nichts. Hat unser Staat dir nicht alles ermöglicht, was man nur wollen kann? Eine gute Ausbildung, eine sichere Anstellung, bei der ihr beide den ganzen Tag im schönen warmen Büro sitzen und Bilderbücher angucken könnt …«

»Kunstbände«, zischte mein Vater.

»Ihr musstet nie Hunger leiden, hattet nie Mangel. Ist euch nicht klar, wie gut ihr es habt?«

»Trude, wir sind schon spät dran«, sagte mein Vater und nahm die Koffer.

»Regine, guck mal über deinen Tellerrand. Ich war ein Dienstmädchen, du bist Professorin. In welchem anderen Land wäre so etwas möglich?«

»Dozentin«, korrigierte meine Mutter. »Nicht Professorin, nur eine Dozentin.«

»Dozentin, Professorin, was ich sagen will, ist, dass du nicht auf dem Feld oder in der Küche arbeitest und dass du dein Gesicht noch nie mit Schnee waschen musstest. Was ich in Buchenwald durchgemacht habe …«

»Mutti …«

»Und erinnerst du dich gar nicht mehr an die Zeit, als wir bitterarm waren? Als du Kohlesplitter von den Gleisen sammeln musstest, hast du das ganz vergessen?«

»Ich habe es nicht vergessen.« Meine Mutter legte einen Arm um Omas Schulter. »Mutti, wir verlassen nicht dich. Du und Papa, ihr dürft reisen, ihr könnt uns jederzeit besuchen.«

»Lauf nicht weg, Reginchen. Es waren die Genossen, mit deren Hilfe wir überleben konnten.«

Meine Mutter sah meine Großmutter an und sagte leise, aber fest:

»Überleben? Ich will nicht einfach nur überleben, Mutti. Ich möchte leben.«

Sie umarmte meine Großmutter. So blieben sie lange stehen, aneinandergelehnt. Ich dachte an die Umarmungen zwischen Tobi und Heiko, enge Umarmungen, die mit Kneifen oder Beißen endeten, weil die Gefühle zu heftig, Liebe und Zorn zu dicht beieinander oder sogar dasselbe waren. Meine Mutter flüsterte meiner Großmutter etwas ins Ohr, und nach einer Weile trennten sie sich, und wir verließen die Wohnung. Draußen verstaute mein Vater schon die Koffer im Auto.

—

Es war unser erster Familienurlaub außerhalb von Ostdeutschland. Wir wollten campen und Eintopf und Kartoffeln aus Gläsern essen, die wir vor der Reise abgekocht, abgefüllt und fest verschraubt hatten. Wir mussten ein paarmal am Straßenrand haltmachen, weil mir schlecht war oder einem meiner Brüder. So lange Fahrten in unserem Trabi waren wir nicht gewohnt. Ich stellte mir ein Luftbild unserer Reise vor, auf dem die Route durch kleine Kotzepfützen am Straßenrand markiert war.

In Ungarn aßen wir in einem Gasthaus zu Abend, als besonderes Ferienereignis. Die Gläser wollten wir erst am nächsten Tag öffnen. Ich hatte mein erstes und letztes ungarisches Gulasch, das man hier *Pörkölt* nannte. Dazu wurden riesige weiche Klöße serviert. Mein Vater schnitt mir die Klöße in kleine Stücke. Ich war alt genug, um das selbst zu erledigen, aber trotzdem beugte er sich über meinen Teller und zerschnitt die Klöße mit seinem Messer.

Der Campingplatz lag in einem Wald. Die ganze Nacht über wurde ich von kleinen Fliegen und Mücken in die Hände und ins Gesicht gestochen. Tobi wachte weinend auf und sagte, er wolle nach Hause und in seinem Bett schlafen. Heiko pullerte ins Zelt. Am nächsten Morgen zündete mein Vater einen kleinen Gaskocher an und kochte wässrigen Kakao für uns.

Das ist alles, was mir vom Ferienteil dieser Ferien im Gedächtnis geblieben ist.

—

Am zweiten Tag hatten meine Eltern im Auto Streit. Es ging um Oma. Ich war eingeschlafen, und als ich aufwachte, hörte ich, wie Papa sagte:

»Du hättest ihr nichts erzählen sollen, Regine. Du weißt doch, wie sie ist. Ich wundere mich, dass wir noch nicht angehalten wurden.«

»Wie kannst du so was sagen? Sie ist meine Mutter.«

»Ich meine ja nur.« Mein Vater zog an seiner Zigarette und warf sie dann angeraucht aus dem Fenster. Sie schwiegen. Meine Mutter biss auf ihren Nägeln herum. Klick, klick, klick.

Nach einer Weile fragte mein Vater: »Was ist mit Sven?«

»Was soll mit ihm sein?«

Papa griff nach den Zigaretten und überlegte es sich dann anders.

»Sven.« Er trommelte mit den Fingern auf dem Lenkrad herum. »Mit seinen lila Tigern.«

»Rot.«

»Rote Tiger.«

»Jochen, wir haben schon tausendmal darüber gesprochen. Warum sollte Sven uns verraten wollen? Er ist im Westen.« Sie blickte zur Seite. »Und außerdem ist er unser Freund.«

»*Dein* Freund.«

»Er ist auch dein Freund. Er mag dich. Ansonsten hätte er uns niemals geholfen.«

»Wer weiß.« Mein Vater griff wieder nach den Zigaretten und schüttelte zwei aus der Schachtel, eine für sich und eine für meine Mutter. Sie zündete sie beide an. Wir befanden uns weit draußen auf dem Land. Auf der Straße waren keine anderen Autos zu sehen.

»Ich meine bloß, es klingt einfach zu schön, um wahr zu sein«, fuhr er fort. »Wenn es tatsächlich so einfach ist, warum sind dann nicht alle schon weg?«

»Weil sonst keiner von diesem speziellen Ort weiß.«

»Trotzdem. Es ist sehr nett von Sven, aber meiner Meinung nach ein bisschen zu nett. Er wohnt immer noch im Aufnahmelager, oder? Und trotzdem kümmert er sich nur darum, dich rüberzubekommen …«

»*Uns* rüberzubekommen.« Meine Mutter drehte sich zu meinem Vater und strich ihm mit den Fingern durchs Haar. »Es wird alles gut, Schatz. Ich weiß, dass du Angst hast, und ich habe auch Angst. Aber alles wird gut.«

»Kannst du das noch mal machen?«, fragte er und hielt den Blick auf der Straße. Aber in seiner Stimme war ein Lächeln. Sie strich ihm mit den Fingern durchs Haar, dann massierte sie seinen Nacken.

»Es kommt darauf an, jetzt nicht über den nächsten Schritt nachzudenken«, sagte sie. »So wie beim Hürdenlauf, man muss auf das Stück *nach* der Hürde blicken.«

»Als ob du jemals Hürdenlauf gemacht hättest.«

»Hab ich, in der Schule! Davon abgesehen war das nur eine Metapher. Was ich meine – wo wollen wir zuerst hin? Los. Das erste Land, das du bereisen willst.«

»Jetzt? Österreich.«

»Komm schon, überrasch mich. Wenn wir uns zurechtgefunden haben, wenn wir zur Normalität zurückgekehrt sind, wohin geht unsere erste Familienreise? Überleg mal, Jochen! Nicht mit einer langweiligen Delegation, nicht beschattet von fünf Kollegen, die über dich berichten sollen, sondern als ganz normaler Mann mit Familie.«

Die Stimme meiner Mutter war voller Fernweh. Die Sehnsucht in ihrer Stimme war so groß, dass ich dachte, sie würde das Fenster öffnen und sich aus ihrem Sitz erheben, um ihrem Sehnen zu folgen, immer weiter weg, bis sie nur noch ein Punkt am Himmel wäre, der sich vom Wind treiben ließ.

»Als kleines Mädchen«, sagte sie mit dieser sehnsuchtsvollen Stimme, »als kleines Mädchen wollte ich Entdeckerin sein. Habe ich dir das jemals erzählt, Jochen? Ich habe meine Tasche gepackt und bin die Straße entlanggegangen und hatte mir vorgenommen, solange zu laufen, bis ich auf einen Urwald mit Affen drin stoße.«

»Hast du es geschafft?«

»Ich bin bis zum Park gekommen. Kein Urwald, keine Affen. Jedenfalls, unser erstes Reiseland, schnell.«

»Italien. Die Sixtinische Kapelle und alles andere. Das ist ja wohl eigentlich keine Frage.«

Meine Mutter musste lachen. »Durch und durch ein Kunsthistoriker. Du hättest auch sagen können, dass du an einem Strand in Spanien liegen möchtest, ich hätte es nicht gegen dich verwendet.«

»Na ja, Spanien ist schon auch auf der Liste. Der Prado, Goya, Velázquez.« Bei jedem Namen tippte er einmal gegen das Lenkrad. »*Der Hund* – das ist mal ein herrliches Bild. Hätte nichts dagegen, das zu sehen.«

»Ich möchte nach London«, sagte meine Mutter.

»London? Warum, wegen Turner?«

Meine Mutter lachte wieder. »Ehrlich gesagt hat das mit Kunst gar nichts zu tun. Ich mag einfach die Kultur, sie sind so eigen und exzentrisch.«

»Ja, das passt zu dir.« Eine Weile konzentrierte er sich auf die Straße, und dann sagte er: »Trotzdem, deine Mutter …«

»Insgeheim ist meine Mutter froh, dass ich das tue. Nein – mehr als das –, sie ist stolz auf mich dafür.«

»Dieses Detail ist mir entgangen.«

»Das verstehst du nicht.«

»Also, als sie uns angefleht hat, nicht zu fahren …«

»Das wirst du nie verstehen, das gehört einfach zu diesen Sachen – eine von diesen Sachen, die du nie verstehen wirst. Sie ist ja nicht blind, Jochen, sie sieht schon, was los ist, sie sieht schon, dass sie dafür nicht gekämpft hat.«

»Ich glaube, da überschätzt du sie.« Er seufzte. »Hoffentlich hast du recht.«

Sie beugte sich vor und gab ihm einen Kuss.

»Danke.«

»Wofür?«

»Dass du dich von mir hast überzeugen lassen.«

Mein Vater warf einen Blick in den Rückspiegel. Sein Blick traf meinen. »Hallo, Mäuschen, bist du grad aufgewacht?«

»Ja«, sagte ich schnell. »Wo sind wir?«

»Gleich da«, sagte mein Vater und bemühte sich um ein tapferes Lächeln.

—

Wir hielten am Straßenrand und aßen zu Mittag aus unseren Gläsern, kalten Eintopf und kalte Kartoffeln. Meine Brüder wachten auf, und meine Mutter gab ihnen Tee aus einer Thermosflasche.

Ich wollte auch von dem Tee, aber sie meinte, der sei nicht für mich. Später nahm sie mich zur Seite und sagte, der Tee solle die Jungs beruhigen, damit sie leise seien. Sie müsste mir etwas Wichtiges sagen, meinte sie – ich sei ja schon ein großes Mädchen, dem man wichtige Dinge sagen könnte. Wir würden nicht weiter durch Ungarn fahren und nicht den Plattensee besuchen. Wir würden das Auto bei einem Feld stehen lassen und zu Fuß ein Waldstück in einer ungesicherten Grenzregion durchqueren, die Grenze zwischen Ungarn und Österreich. Sobald wir in Österreich wären, würden wir uns beim Cousin meines Vaters melden, der, von dem ich die blonde Puppe hatte, und er würde uns dabei helfen, nach Westdeutschland zu kommen.

WIE BEI SO VIELEN ANDEREN Flüchtlingsströmen waren auch die meisten Menschen, die aus Ostdeutschland flohen, alleinstehende junge Männer. Aber es flüchteten auch ganze Familien, und oft kamen dabei die spektakulärsten Geschichten heraus. Einmal war eine vierköpfige Familie in einem Schlauchboot Richtung Westen gepaddelt und hatte es geschafft, die ostdeutschen Wasserwachen zu umschiffen. Nach neun Stunden verloren sie ein Paddel und mussten an der nächstgelegenen Insel an Land gehen, ohne zu wissen, ob sie sich im Osten oder im Westen befanden, bis sie auf eine Reihe von großen, blitzenden Mercedes stießen.

Zwei Familien mit vier Erwachsenen und vier Kindern flüchteten in einem selbst gebauten Heißluftballon, den sie mithilfe eines Physikbuches und eines amerikanischen Ballonfahrermagazins konstruiert hatten. Um zu testen, welcher Stoff besonders luftdicht war, hatte einer der Väter aus einem Staubsauger und einem wassergefüllten Glasrohr ein Gerät gebaut und verschiedene Stoffe davorgespannt. Regenschirmstoff funktionierte gut, ebenso wie der Nylonstoff, aus dem Zelte gemacht waren, aber am Ende benutzten sie Taft, aus dem einfachen Grund, dass es nur das auch zu kaufen gab.

Ein Vater tauchte durch einen Kanal und sägte dort unter Wasser vier Eisengitter auf, damit seine Frau, seine Tochter und sein Vater später hindurchschwimmen konnten.

Was alle diese Familien gemeinsam hatten, war ein gewisses technisches Know-how. Um in der DDR, wo selbst das Gleitschirmfliegen verboten war, damit niemand auf diese Weise in die Freiheit gleiten könnte, heimlich einen Heißluftballon zu bauen, brauchte es eine unwahrscheinliche Kombination von Ingenieurs- und Geheimhaltungsfähigkeiten. Solche Familien, dachte ich mir immer, konnten auch Bücherregale bauen oder den Stecker eines Föhns austauschen.

Meine Familie dagegen war hoffnungslos unpraktisch veranlagt. Zwei Kunsthistoriker. Wer von den beiden kam dem gittersägenden, ballonbauenden Genie näher? Meine Mutter? Sagen wir so: Wenn man einen verstopften Abfluss befreien könnte, indem man über Expressionismus doziert, dann wäre meine Mutter eine Starklempnerin gewesen. Mein Vater? Mein Vater konnte echte Barockmöbel von falschen blind und von hinten unterscheiden, aber unser Küchentisch war ewig wackelig.

Wenn bei uns die Heizung ausfiel oder eine Sicherung durchbrannte, dann musste ich bei Nachbarn klingeln oder Oma Trude holen.

Und dennoch hätte gerade ihr Status als zerstreute, im Elfenbeinturm sitzende Mitglieder der Intelligenz eine Flucht erleichtern können. Meine Mutter hatte schon an Fachbereichsreisen nach München und Paris teilgenommen. Mein Vater war in Stockholm und sogar in New York gewesen. Meine Eltern hatten es nicht nötig, sich mit Klimmzügen an der Küchentür den Bizeps für eine große Paddeltour anzutrainieren. Sie mussten auch kein

Loch in Oma Trudes Wohnzimmer graben und von dort aus weiterbuddeln, bis sie eine Küche mit elektrischem Brotmesser, einer Fruchtschale voller Bananen und einem Exemplar vom *Spiegel* auf dem Tisch erreicht hätten. Das alles hatten sie nicht nötig: Mit ihren Berufen hätte es für eine Flucht ausgereicht, sich von der offiziellen Delegation zu entfernen, einen Fuß vor den anderen zu setzen und dabei das falsche Botschaftsgebäude zu meiden.

Sie hätten es sich leicht machen können – leicht wie ein Sonntagsspaziergang. Raus aus der New Yorker Met, raus aus dem Hörsaal in der Sorbonne, und dann einfach weitergehen bis zu dem Gebäude mit der westdeutschen Flagge hoch oben am Fahnenmast.

Aber es gab Tobi, und es gab Heiko, und es gab mich. Die Fußfessel mit der Kette und der Eisenkugel. Die Mole, der Anker und das Tau. Egal, wie weit weg Mama und Papa auch reisten, wir blieben immer zurück.

Vielleicht kam ihnen mal der Gedanke, sich einfach aus dem Staub zu machen. Vielleicht blickte meine Mutter auf den Eiffelturm und dachte sich, zum Teufel mit ihnen, ich habe nur dieses eine Leben, und ich gehe nicht zurück. So wie es Sandys Mutter anscheinend getan hatte. Vielleicht saß mein Vater in seinem Hotelzimmer auf der Upper West Side und dachte sich, mir reicht's, sie werden mir schon verzeihen, ich wäre nicht der erste Mann, der jemals seine Lieben verlassen hätte.

Sie hätten auch die Ausreise für uns alle beantragen können. Manche Leute taten das. Allerdings wurde der Antrag oft nach jahrelangem Warten abgelehnt, und in der Zwischenzeit wurde die gesamte Familie schikaniert, beruflich degradiert, nicht zum Studium zugelassen.

Als Familie war unsere realistischste Hoffnung die vollkommen unrealistische. Unsere realistischste Hoffnung lag im Fantastischen, im Unerhörten, im Hätte-ich-mir-nicht-träumen-Lassen. Das Äquivalent zu einem U-Boot aus Sardinenbüchsen, einem Katapult, das uns über die Mauer schoss, einer Valentin-Rakete, die ins All flog und im Westen wieder runterkam. Das stärkste Trampolin der Welt, ein Hydraulikbohrer, der Menschen transportieren konnte, ein abgerichteter Riesenmaulwurf. Oder, wenn diese Möglichkeiten ausschieden, eine Urlaubsreise nach Ungarn, die mit einem Ausflug nach Österreich endete.

MEINE MUTTER ERKLÄRTE MIR den Plan, und ich war entsetzt. Wir machten hier Urlaub. Heiko, Tobi und ich hatten gerade so viel Spaß. Warum mussten meine Eltern uns das verderben?

Ich versuchte, mit ihnen zu diskutieren. Ich bat sie, wenigstens bis nach meiner Jugendweihe zu warten. Die ältere Schwester einer Freundin hatte gerade Jugendweihe gehabt, und ich konnte an nichts anderes mehr denken. Wen ich einladen wollte, welche Geschenke ich bekäme; es beschäftigte meine Fantasie, auch wenn es noch Jahre hin war.

»Und was ist mit *ihnen?*«, flüsterte ich und deutete auf meine jüngeren Brüder, die eingeschlafen waren. Zwei Hänsel aus dem Märchen.

»Ich trage Heiko«, sagte meine Mutter. »Und dein Vater trägt Tobi.«

»Es wird niemals klappen.«

»Ella, wer hat dir beigebracht, so mit mir zu reden?«

»Bitte, Mama, lass uns einfach einen schönen Urlaub machen, bitte.« Ich bettelte mit erbärmlich gefalteten Händen; wenn es geholfen hätte, wäre ich auch auf die Knie gefallen.

»Ella! Das ist jetzt der allerschlechteste Moment für einen Wutanfall.«

Es war nicht so, dass ich nichts mitbekam von den Problemen in unserer Welt. Schließlich wusste ich auch Bescheid über Sven und seine Fehde mit dem Künstlerverband. Ich wusste Bescheid über den Mann an der Bösebrücke. Ich wusste, dass der ältere Bruder meiner Freundin Lisa Ärger in der Schule hatte, weil er nicht zur Jugendweihe gehen wollte und – zur Überraschung aller und besonders seiner Familie – mitten in einer Schulstunde verkündete, dass er Christ sei.

Aber ich liebte auch unsere Wohnung, unsere Straße, Oma Trude, Opa Horst, meine Freunde. Ich liebte den Kunstunterricht bei Frau Obst, die immer lange dreieckige oder blitzförmige Plasteohrringe trug und uns aufforderte, das Klassenzimmer mit getrockneten Blättern zu dekorieren oder uns die Form eines Geräusches vorzustellen. Ich liebte es, mit Sandy durch leer stehende Kellergewölbe zu stromern.

Wer würde uns helfen, da auf der anderen Seite? Wer wäre dort mit uns befreundet? Wer würde meine Mutter beim Verlassen des Hauses darauf hinweisen, dass sie noch einen Bleistift in den Haaren hatte? Wer würde meinen Vater daran erinnern, dass er losmüsste zu seinem Vortrag, während er gerade in ein Buch vertieft war?

Immer wenn wir mal kein Salz oder Öl im Haus hatten, was oft vorkam, musste ich nur bei Frau Pietsch nebenan klingeln, und sie gab mir, was ich brauchte, in einer Tasse und dazu immer noch ein Stück Schokolade. Erst kürzlich hatte unser Haus die goldene Hausnummer gewonnen für unsere beispielhaften kollektiven Reinigungseinsätze. Ich hatte Frau Minsky eines Samstags bei ihrem *Subbotnik* geholfen, und sie hatte mir für meinen Arbeitseinsatz eine Belohnung versprochen. Jetzt würde ich nie erfahren, worin die Belohnung bestand, davon, dass ich sie überhaupt bekäme, ganz zu schweigen!

Ich sah überhaupt nicht ein, warum ich dazu gezwungen werden sollte, von all diesen Menschen wegzulaufen. Ohne sie zu leben, erschien mir unvorstellbar. Und dass ich Westeuropa oder die Vereinigten Staaten nicht bereisen könnte, Spanien und Italien vielleicht niemals sehen würde: Nun ja, meine Welt war sowieso klein. Die Autorität, an der ich mich rieb, war nicht der Staat, sondern meine Eltern.

»Weißt du, es stimmt auch gar nicht, dass im Westen alle reich sind«, erklärte ich meiner Mutter. »Die Kinder gehen da barfuß.«

»Das ist nicht der Grund, warum wir gehen«, blaffte sie zurück. »Das hat nichts mit reich und arm und barfuß zu tun. Und überhaupt, was für ein Quatsch. Barfuß! Was die unseren Kindern erzählen! Das enttäuscht mich wirklich, Ella. Ich dachte, du seist ein großes Mädchen.«

»Aber viele Kinder im Westen nehmen Drogen, das stimmt doch, oder?«

»Hör mal zu, wenn wir drüben sind, dann kannst du so viel fragen, wie du willst, aber nicht jetzt.«

So viel zum Thema Redefreiheit. Ich war mir ziemlich sicher, dass die Berichte über eine Drogenepidemie im Westen stimmten. Sogar die Westdeutschen schrieben darüber. Die älteren Geschwister meiner Freunde lasen in der Schule alle die Erinnerungen von Christiane F. mit den Geschichten von Kinderprostituierten am Bahnhof Zoo in Westberlin. Unsere Lehrer liebten das Buch, sie sagten immer, darin dokumentierten die Imperialisten ihre eigene Misere. Ich wollte nicht bei den Imperialisten leben, in einem Land voll mit drogensüchtigen Kindern und amerikanischen Atomraketen.

»Wir könnten auch zurück nach Hause fahren und es dann beim nächsten Mal versuchen«, schlug ich in einem neuen Anlauf vor. »Dann könnte ich mich wenigstens bei Oma und bei meinen Freunden verabschieden.«

»Es würde vielleicht kein nächstes Mal geben. Und was, meinst du, passiert, wenn du deinen Freunden davon erzählst, und die erzählen es ihren Eltern, die es dann der Polizei erzählen?«

»Das machen die nicht«, sagte ich schwach.

Mama ging in die Hocke und sah mich an.

»Es gibt jetzt kein Zurück mehr«, sagte sie. »Wir haben alles vorbereitet. Wir sind bereit.«

Wir stiegen wieder ins Auto und fuhren eine Weile, dann bogen wir in eine gepflasterte Straße ein, die zu einem engen Sandweg wurde und bei einem Maisfeld aufhörte. Meine Brüder räkelten sich, während meine Eltern sie vorsichtig aus ihren Sitzen zogen. Draußen schliefen sie wieder ein. Ich weiß noch, dass Heiko ein rot-schwarzes T-Shirt anhatte.

—

Wir hielten uns in dem Maisfeld versteckt, bis meine Eltern meinten, dass der Augenblick für die Überquerung gekommen war. Hoch und gerade standen die grünen Stängel, saftig und mit langen, schmalen, hängenden Blättern, die über mein Gesicht strichen. Ich war ein Stadtkind, ich hatte noch nie eine Maispflanze von Nahem gesehen. Die Kolben wuchsen nicht oben heraus, wie ich es mir vorgestellt hatte, sondern lagen, fest eingewickelt in ihre grünen Blätter, dicht an den Stängeln an. Es war merkwürdig, meine Eltern so im Mais kauern zu sehen. Sie wirkten vollkommen deplatziert. Jedes Mal wenn sie ein Bein justierten oder einen

Arm streckten, stießen sie gegen eine von den Pflanzen. Das hier würde niemals funktionieren; wir waren zu viele und viel zu ungeschickt, bestimmt bewegte sich das ganze Feld mit uns. Es war völlig aussichtslos.

Während wir uns zurück auf den Sandweg schlichen, hatte ich einen neuen Gedanken. Wenn ich mich jetzt absetzte, könnte ich einfach zwischen den Pflanzen verschwinden und mich nach Berlin durchschlagen. Ich war klein und schnell, viel schneller als sie, es wäre ganz leicht. Außerdem wollten sie ja weg, da würden sie mir also nicht nachsetzen. Dann fiel mir der Mann ein, der an der Bösebrücke erschossen worden war.

»Und wenn sie auf uns schießen?«, flüsterte ich.

»So was machen die hier nicht«, sagte meine Mutter. »Schau mal, es ist nicht so wie in Berlin, das siehst du ja selbst. Hier gibt es keine Mauer.«

Dann sagte sie, dass ihr Sven von diesem Übergang erzählt hatte. Er hatte ihnen über einen Kunsthändler, den sie alle kannten, einen Plan geschickt, versteckt in einem Gemälde. Alles war sorgfältig geplant, alles genau durchgesprochen, nur eben nicht mit mir. Und da wurde mir klar, dass ich nicht durch das Maisfeld hindurch wegrennen konnte. Ich konnte ihren Entschluss nicht ändern, ich konnte sie nicht zum Umkehren bewegen, ich konnte mich nicht von ihnen trennen. Ich gehörte zu ihnen und musste mit ihnen gehen. In gewisser Weise überquerte ich bereits die Wiese, kämpfte ich mich bereits durch den Wald und die unsichtbare Mauer.

Die Zukunft war mir immer grenzenlos erschienen, ein leerer Raum, der mit Leben gefüllt werden konnte. Aber so war es nicht. Andere füllten ihn für mich aus. Andere hatten entschieden, dass ich diese Wiese überqueren, durch diesen Wald laufen und in Westdeutschland leben müsste. Ihre Entscheidungen wurden zu meiner Wirklichkeit. So wie alles andere in meinem Leben auch – Schule, Vereine, Hausaufgaben, helfen im Haushalt, schlafen gehen, aufstehen. Alles von anderen geregelt. Ich konnte über nichts bestimmen – nicht in der Gegenwart und nicht für die Zukunft.

Es wurde dunkel, und meine Eltern sagten, dass es Zeit sei zu gehen. Dunkel genug, um nicht gesehen zu werden, aber noch ausreichend hell, um selbst etwas zu sehen.

»Komm, Ella«, sagte meine Mutter.

Ich nahm ihre Hand und folgte ihr über die Wiese.

—

Sie trug Heiko, und mein Vater trug Tobi. Meine Eltern knickten etwas ein unter dem Gewicht, sie mussten ihre Balance halten. Es ging nur langsam voran. Die Wiese war holprig, tückisch. Die tiefe nächtliche Stille auf dem Land machte mir Angst. Es war, als hätte jemand eine schützende Decke von mir gezogen und mich allein und ungeschützt zurückgelassen.

Schließlich nahm die schwarze Wand vor uns die Gestalt von Bäumen, Sträuchern und Unterholz an. Wir hatten den Waldrand erreicht. Er war dicht und unwirtlich und von stacheligem Gebüsch umgeben. Meine Eltern hielten an und setzten meine Brüder ab. Mein Vater suchte nach einer Lücke zwischen den Büschen, durch die wir hindurchschlüpfen könnten. Er hatte sich nur ein paar wenige Schritte von uns entfernt, als ein heller Lichtstrahl auf ihn fiel.

Ich erstarrte, dann duckte ich mich zwischen zwei Büsche. Dornen zerkratzten mein Gesicht und meine Arme. Ich sah, wie der Scheinwerfer von meinem Vater zu meiner

Mutter und meinen Brüdern wanderte. Nur ich befand mich außerhalb des hellen Kreises im Dunkel versteckt. Von irgendwoher rief eine männliche Stimme etwas in fremder Sprache. Ich konnte niemanden sehen; es war zu dunkel und er zu weit entfernt.

»Nimm die Jungs!«, rief mein Vater und drückte Tobi meiner Mutter in den Arm. »Rennt!«

Meine Mutter umschlang Tobi mit einem Arm und versuchte, mit dem anderen Heiko hochzuheben. Halb trug und halb schleifte sie meine Brüder in den Wald, stieg über die dornigen Büsche, schlug sich durchs Unterholz. Ich stolperte hinterher, fiel über Wurzeln und am Boden liegende Äste, trat in Pfützen und Löcher. Wo war mein Vater? Wieder hörte ich ihn rufen, jetzt schon weiter weg: »Rennt! Wartet nicht auf mich, rennt!«

Ein Schuss fiel. Meine Mutter erstarrte und drehte sich um.

»Jochen?«, rief sie, aber es kam keine Antwort.

»Jochen?« Sie versuchte es noch einmal. Die Jungs glitten ihr aus den Armen. Tobi rührte sich. Der Stacheldrahtzaun war nur ein paar Schritte entfernt.

Meine Mutter achtete nicht auf den Zaun oder auf mich oder die Jungs. Sie bewegte sich zurück zu meinem Vater, erst wie in Trance, dann rannte sie los.

—

Mein Vater lag auf der Wiese. Neben ihm stand der Grenzsoldat. Als er uns sah, schaltete er die Taschenlampe aus. Es war jetzt noch dunkler geworden. Meine Mutter kniete sich neben meinen Vater und berührte seinen Kopf, sein Gesicht, seine Brust. Ein metallischer Geruch lag in der Luft. Der Grenzer redete in seiner fremden Sprache auf uns ein.

Meine Mutter schrie auf Deutsch: »Rufen Sie Hilfe! Rufen Sie sofort nach Hilfe! Wir brauchen einen Arzt!«

»Er kämpfen«, antwortete der Grenzer in gebrochenem Deutsch. »Er kämpfen, was kann ich tun, er mich kämpfen.« Er schaltete die Taschenlampe wieder ein. Es war ein junger, milchgesichtiger Mann mit einem flaumigen Schnurrbart, wie einer von diesen Teenagern, die auf ihren Mopeds in Prenzlauer Berg herumhingen. Seine Augen waren weit vor Angst.

Ich kniete mich neben meine Mutter und berührte die Brust meines Vaters. Sie war nass. Ich zog die Hand weg.

Von der Wiese her bewegten sich dunkle Schatten auf uns zu. Meine Mutter hielt meinen Vater in ihren Armen und flüsterte etwas in sein Ohr.

Der Grenzsoldat presste seinen Handballen gegen die Augen. Er schien zu weinen, er wirkte furchtbar verängstigt, und ich war furchtbar verängstigt, und meine Mutter flüsterte weiter Worte, die ich nicht hören konnte.

Meine Brüder mussten aufgewacht sein, denn aus dem Dunkel des Waldes, zwischen den aufgebrachten Stimmen der Grenzer, die sich jetzt um uns versammelt hatten, konnte ich ihr Weinen hören.

Meine Mutter, meine Brüder und ich flogen zurück nach Berlin. Das Flugzeug war voll mit anderen festgenommenen Ostdeutschen, jeder mit Handschellen an einen Aufpasser gekettet. Auch wir trugen Handschellen. Ich blickte herum und suchte meinen Vater. Als hätte sie meine Gedanken gelesen, lehnte sich meine Mutter zu mir herüber und flüsterte mir zu, dass Papa im Krankenhaus liege. Ihr Aufpasser zerrte an den Handschellen und befahl ihr, den Mund zu halten.

Eine Frau setzte sich neben mich. Sie stellte mir Fragen, die ich nicht beantworten konnte, weil ich plötzlich nur noch stottern konnte. Ich gab mir alle Mühe, ihr richtige Antworten zu geben, weil ich fürchtete, bestraft zu werden, falls ich es nicht tat. Je mehr ich mich bemühte, desto stärker wurde mein Stottern.

Als wir aus dem Flugzeug ausstiegen, griff ich nach der Hand meiner Mutter, aber eine Frau in Uniform hob mich hoch und trug mich zu einem Auto. Ich sah, wie zwei Männer meine Mutter von beiden Seiten an den Armen packten. Sie schoben sie in einen Lieferwagen, keinen Gefängniswagen, sondern einen normalen Bäckereiwagen mit Bildern von Schrippen und Broten an der Seite. Die Hintertür wurde geöffnet. Innen befanden sich Metallkäfige. Das Auto machte einen Schlenker, und ich verlor den Lieferwagen mit meiner Mutter aus dem Blick.

—

Man brachte mich in einen kargen Raum, in dem nur ein Tisch und ein grüner Metallspind standen. Eine andere Frau in Uniform brachte mir Saft und ein Schinkenbrot, aber ich hatte keinen Appetit. Ich fragte nach meinen Eltern, und man sagte mir, ich solle ein braves Mädchen sein und abwarten.

Der Linoleumboden war feucht. Jemand hatte ihn in weiten Kreisen gewischt. Wo er gewischt worden war, glänzte der Boden. Wo der Wischmopp ein Stück ausgelassen hatte, war er matt. Wenn ich die Zehen ausstreckte, berührten meine Schuhspitzen gerade den Boden. Ich zog sie an. Streckte sie wieder aus. Das Wasser trocknete, die glänzenden Stellen verschwanden. Jetzt war der ganze Boden matt. Erst nass, jetzt trocken. Ich fragte mich, wie man mich bestrafen würde. Sandys Vater schlug sie manchmal mit seinem Pantoffel. Es war ein Geheimnis; sie hatte es mir verraten, und ich hatte geschworen, es keinem zu erzählen. Unsere Mutter gab uns manchmal Ohrfeigen. Erwachsene waren dumm, sie hauten Kinder und sagten ihnen dann, dass die Kinder sich aber nicht gegenseitig hauen dürften. Sobald mein Vater sich erholt hätte, würden wir wieder alle in unserer Wohnung sein. Oma würde ausführlich mit uns schimpfen. Nie wieder würde ich etwas Ungezogenes tun und meine Eltern auch nicht. Wenn ich meinen Atem anhielte und bis dreißig zählte, würde Papa wieder gesund werden.

Die Tür ging auf.

»Oma!«

»Ellachen.«

Sie hielt die Arme ganz weit auf. Ich rannte auf sie zu, drückte mich an ihren großen, weichen Bauch und fühlte ihre Arme eng um mich geschlungen. Ihre Arme rochen nach Parfüm, nicht nach unserem besonderen Parfüm aus dem Westen, sondern nach dem normalen Zeug, das roch wie ein frisch gewischter Boden. Sie lockerte die Arme gerade so weit, dass noch ein anderer Flüchtling mit in die Umarmung schlüpfen und sich an mich drücken konnte, nass, schniefend, zitternd.

Es war Tobi.

»Wo ist Heiko?«, fragte ich gedämpft unter Omas Jackett.

»Nicht jetzt, Ellachen«, sagte Oma und drückte uns ganz fest. »Wir gehen jetzt nach Hause.«

AARON

Berlin 2010

Die Bar in der Nähe vom Rosenthaler Platz war voll mit Pornobrillenträgern, Männern mit großen und auffälligen Brillen in Schildpattoptik, die aussahen wie Produzenten von Erwachsenenfilmen, wie sie um das Jahr 1970 herum an einem Swimmingpool abhingen. Hinter der Bar mixte eine weibliche Pornobrillenträgerin Cocktails. Ihr schwarzes Haar trug sie auf einer Seite raspelkurz rasiert und auf der anderen zu einem Zopf geflochten. Ein spezieller Begriff für so einen Seitenzopf war Aaron nicht bekannt, aber es gab einen für das Tattoo, das über ihrem Hosenbund hervorragte. Zwei tätowierte Zweige, die sich in Richtung ihrer Nieren kringelten, man nannte es Arschgeweih.

Bernd hatte einen Ausgehabend für die Praktikanten und Hilfskräfte organisiert, eine nette Geste. Sie schlürften Cocktails aus angestoßenen weißen Teetassen mit rosa Blümchenmuster.

»Wie läuft's?« Bernd stellte sich neben ihn, die Teetasse in der Hand. Es sah lächerlich aus, wie er das zarte Henkelchen mit seinen großen Händen festhielt, aber den Eindruck machten sie alle, Statisten aus einer Szene mit dem verrückten Hutmacher aus *Alice im Wunderland*. Aaron hob seine Tasse.

»Gut, danke.«

»Noch nicht von den Regalen zermürbt?«

»Ach, weißt du, als Machiavelli aus Florenz vertrieben worden war, zog er jeden Abend seine feinsten Sachen an, setzte sich an seinen Studiertisch, breitete seine Philosophiebücher aus und machte sich einen schönen Abend mit den größten Köpfen der Geistesgeschichte.« Er nahm einen Schluck. »So wie ich und Frau Schild.«

»Du wurdest nicht vertrieben.«

»Was ich sagen will, ist, man kann aus jeder Situation das Beste machen.« Der Caipirinha musste stärker sein als gedacht. Es war sonst nicht Aarons Art, Kollegen herauszufordern und sich zu beklagen. Und doch war es genau das, was er hier gerade tat, aber Bernd schien sich daran nicht zu stören, er fand es offenbar sogar ganz amüsant.

»Wir dachten, es könnte dir ganz guttun, ein bisschen Zeit im Magazin zu verbringen. Manche Leute machen das jahrelang, bevor sie mal eine Akte rekonstruieren dürfen.«

»Und manche leben da auch, wie Frau Schild.«

»Ich dachte mir, dass du sie interessant finden würdest.«

»Sie trinkt gern starken Kaffee. Das ist wahrscheinlich das Einzige, was ich über sie herausfinden konnte. Mein Eindruck ist, dass es auch dabei bleiben wird.«

»Sie ist eine der Besten. Wenn du erst mal wieder bei uns bist, wirst du es zu schätzen wissen, bei ihr auf offene Ohren zu stoßen.«

Wieder bei uns! Ein leichter Taumel überkam Aaron bei dem Gedanken, wieder oben in seinem Büro mit Blick auf die Plattenbauten und einem vielversprechenden Korb voller Papierschnipsel vor sich zu sein.

»Man hat mir verziehen?«, fragte er.

»Wenn du so willst. Deine Arbeit aus den geräumten Büros hat Licht gefallen. Vielleicht will er die Seiten sogar im Rahmen einer geplanten Ausstellung über die letzten Tage der Stasi zeigen.«

»Stasi: Der Endkampf.«

»So was in der Art.«

Sie hatten wieder zu ihren Flachsereien zurückgefunden, und es schien unvorstellbar, dass Bernd wütend geworden war, ihn angepflaumt und zu den Regalen verbannt hatte. Von diesem Tauwetter ermutigt, fragte Aaron: »Nur mal aus Interesse, angenommen, es gäbe eine Ausstellung dieser Art und man bräuchte dafür Akten zu einem bestimmten Thema – kann man dann die Säcke irgendwie danach durchsuchen, ohne jeden einzelnen zusammenzusetzen? Also, anstatt zufällige Schnipsel zusammenzufügen und dann herauszufinden, dass sie die Erfurter Dienststelle betreffen, könnte man auch von vornherein nach Akten suchen, die mit der Erfurter Dienststelle zu tun haben?«

Jemand hatte die Musik lauter gedreht, und ein paar Leute begannen zu tanzen. Aaron befürchtete, wieder etwas Falsches gesagt zu haben, und eine Unterhaltung zu führen war angesichts der Lautstärke kaum mehr möglich. Er hätte einfach die Gelegenheit nutzen sollen, sich mit Bernd einen schönen Abend zu machen.

»Nicht so richtig«, sagte Bernd. »Ja und nein. Wir haben schon so ein paar Verzeichnisse, Datenbanken, solche Sachen. Ich hol mir mal eben noch ein Getränk.«

Damit verschwand er Richtung Bar. Erst nachdem Aaron eine Weile so dagestanden hatte mit seiner fast leeren Tasse in der Hand, wurde ihm klar, dass Bernd ihn höflich stehen gelassen hatte.

—

Ein paar Tage später war er schließlich wieder ganz rehabilitiert, endlich zurück in dem ruhigen weißen Zimmer, wo nebenan Bernds Maschinen surrten. Er versuchte, nicht zu viel darüber nachzudenken, wie es sich für Frau Schild anfühlte, von dieser Arbeit hier dauerhaft ausgeschlossen zu sein. Vielleicht ging es dabei nur um die Öffentlichkeit da draußen, denn wie sehr sie ihr hier auch vertrauen könnten, würde es doch eigenartig wirken, eine ehemalige Stasimitarbeiterin mit den Rekonstruktionen zu betrauen. Andererseits war es auch merkwürdig, dass sie im Magazin arbeiten konnte. So ganz würde er diesen Laden hier nie verstehen.

Vor ihm lagen die Schnipsel der Teilnehmerliste irgendeines Treffens von Metallarbeitern. Vor seiner Begegnung mit Ella Valentin hätte er sich begeistert dafür interessiert, so wie er sich begeistert für die Räumungsaufzeichnungen der früheren Dienststellen interessiert hatte. Aber jetzt dachte er immer wieder an ihre heimliche Unterhaltung dort vor den Regalen. Er hatte sich eine Kopie von der Seite aus der Akte ihrer Mutter gemacht, um einen Anhaltspunkt dafür zu haben, nach welcher Schrifttype und welchem Format zu suchen war. Er hatte nur keine Ahnung, wo er damit anfangen sollte. Tatsächlich gab es die von Bernd erwähnten Verzeichnisse und Datenbanken, aber die Suche darin hatte fast nichts ergeben. In einer Liste Inhaftierter, die von einem Gefängnis in ein anderes verlegt worden waren, war eine Regine Valentin aufgeführt. Auch in verschiedenen Berichten über Autoren und Herausgeber kam ihr Name vor. Einige ihrer Bücher wurden gelobt, andere stark kritisiert. Weil er meinte, dass es Ella Valentin interessieren könnte, machte er Kopien von diesen kurzen Passagen. Auf die eigentliche Akte mit den persönlichen Überwachungsberichten und den Verhören gab es aber keinerlei Hinweis.

Auf diesem Weg, da war Aaron sich sicher, würde Ella Valentin ihren Bruder niemals finden. Er wollte ihr aber helfen, auch wenn es nur ein kleiner Beitrag wäre – ihr ein paar Seiten mehr beschaffen, ein kleines bisschen mehr Klarheit. Wie er es bei all seinen Fragmenten tat, hatte er sich bereits den Rest des Verhörs mit ihrer Mutter ausgemalt. Sie war eine gebildete und in gewissem Ausmaß einflussreiche Frau, Kunsthistorikerin, Akademikerin. Er versuchte, sich ihre Stimme vorzustellen. Wie sie sich unter Druck wohl verhalten hatte.

Da war sie wieder, seine wohlbekannte Zwanghaftigkeit, mit der er versuchte, Lücken zu füllen. Es war stärker als die reine Neugier, dieser Drang, das Fehlende zu rekonstruieren. Aber natürlich spielte auch die Neugier eine Rolle: Der Wunsch danach zu wissen, alles zu wissen.

Im Stasiwörterbuch war Neugier als etwas definiert, das es zu vermeiden galt:

Die Neugier als emotional motivierte Gier nach geheimen Informationen und Neuigkeiten kann den Prozess der Informationserhebung beeinträchtigen. Der operative Mitarbeiter hat seine Überwachungsarbeit stets nüchtern und unpersönlich auszuführen, ohne jegliche emotionale Anteilnahme am Ergebnis der Operation.

Aaron kam zu dem Schluss, dass die Stasi nicht verstand, was Menschen wirklich bewegte.

Bernd hatte ihm erzählt, dass der Vater, der von seinem Sohn verraten worden war, nicht erschienen war, um seine Akte einzusehen. Am Tag des Termins rief er an und sagte, er habe es sich anders überlegt.

—

Bis zum Mittag hatte er kaum eine halbe Seite geschafft. Zudem hatte er sich in Verdacht, falsche Teile zusammengesetzt zu haben. Die Namen der Metallarbeiter passten nicht recht zusammen. Er schlich sich aus dem Büro raus in den Hof und machte einen Bogen um die Kantine und Bernd mit seinen fröhlichen Nachfragen zum Stand der Dinge. Es war ein kalter Tag. Auf einer Bank neben einem Blumenbeet saß eine Frau und aß eine in Alufolie gepackte Roggenbrotstulle. Als er näher kam, erkannte er Annemarie Schild.

Aaron setzte sich neben sie und packte sein eigenes Brot aus.

»Hallo, Frau Schild.« Freundlich nickte er ihr zu. »Darf ich Sie was fragen?«

»Ich habe jetzt Pause.« Sie sah auf die Uhr. »Noch zwanzig Minuten. Kommen Sie später in mein Büro.«

Dass sie ein eigenes Büro hatte, hatte er nicht gewusst. Er war davon ausgegangen, dass sie einfach im Magazin arbeitete. Das würde jetzt unangenehm werden. Aber er konnte auch nicht sein Sandwich wieder einpacken und gehen.

»Stört es Sie, wenn ich hier esse?«

»Sie können essen, wo Sie wollen. Es ist ein freies Land.« Sie klang dabei gar nicht abweisend, einfach neutral, und so beschloss er, dies als Einladung aufzufassen. Er aß sein belegtes Brot.

»Hm. Gouda mit Gewürzgurke. Und was ist bei Ihnen drauf?«

Sie wirkte überrascht. »Salami.«

»Lecker.«

»Ist in Ordnung.«

Er überlegte, wie er das Gespräch am Laufen halten

könnte. *Wie war es denn so, für die Stasi zu arbeiten?* Besser nicht.

»Ganz schön frisch heute«, sagte er.

Sie stieß einen Seufzer aus und bewegte ihre Finger. »Mir ist sowieso immer kalt. Schwacher Kreislauf.«

»Haben Sie es mal mit diesen fingerlosen Handschuhen versucht?«

»Ich habe alles versucht. Das Einzige, was hilft, ist ein heißes Bad mit Rosmarinöl, aber es muss wirklich richtig heiß sein.«

»Meine Großmutter reibt sich immer Pinienöl auf die Gelenke.«

»Pinienöl.« Ihrer Tasche entnahm sie einen Apfel und wischte ihn mit dem Ärmel sauber. »Ihre Berliner Großmutter, ja?«

»Genau die. Sie benutzt auch Salbei, aber ich glaube, eher als Tee.«

Damit waren seine Kenntnisse der Kräutermedizin zu Ende. Aber schon dieser bescheidene Beitrag hatte etwas bewirkt. Vorher hatte Frau Schild ihm noch leicht den Rücken zugewandt, jetzt war sie sichtlich entspannter. Sie veränderte ihre Position und wandte sich ihm zu, während sie gemeinsam ihre Gesundheit erörterten.

»Sie meinten, Sie hätten eine Frage?«, sagte sie schließlich.

»Es geht eigentlich um einen persönlichen Gefallen.«

»Ich höre.«

»Ich suche nach jemandes Akte. Ich habe schon alle Listen und solche Sachen durchgesehen. Sie müsste aus den Achtzigerjahren sein.«

»Sie können einen Antrag bei Dr. Licht stellen, der leitet es dann an uns weiter.«

»Danke, aber das würde eine Ewigkeit dauern.« Er wünschte, er hätte ein diskretes, aber emotional ansprechendes Bestechungsgeschenk für sie, einen Handwärmer, ein Fläschchen Rosmarinöl. Er hatte nur ein angebissenes Gouda-Sandwich.

»Ich bin nur noch den Sommer über hier«, sprach er weiter. »Es würde mir viel bedeuten, wenn ich sie finden könnte.«

»Gehört diese Akte einer Freundin?«

»Es geht um ihre Mutter. Sie muss sie unbedingt finden. Und ich würde gern jemandem helfen, wissen Sie, nicht nur Listen zusammenkleben und dann wieder abhauen.«

»Sie möchten es richtig machen«, sagte sie.

»Genau.«

»Sie möchten etwas zu Ende bringen.«

»So ist es.«

»Das ist eine gute Haltung. Wir sollten alle fertigstellen, womit wir begonnen haben.« Sie ließ den Apfelgriebsch in den Mülleimer neben sich fallen und wischte sich die Hände mit einem Papiertuch ab. »Geben Sie mir den Namen. Ich gucke mal, was ich tun kann.«

»Das ist wirklich sehr nett von Ihnen. Eine Bitte dazu – könnten Sie wohl nicht mit Dr. Licht darüber reden?«

»Ich gucke, was ich tun kann«, wiederholte sie. Sie sah ihn an. »Und vielleicht eines Tages, wenn es so weit ist, erinnern Sie sich daran, dass ich Ihnen geholfen habe.«

Sie wollte irgendeine Zusage von ihm haben – ein Gelöbnis, ein Versprechen. Ein Versprechen wofür? Er hatte keine Ahnung, und er war sich auch nicht sicher, ob er hier irgendwas versprechen wollte. Aber er sagte:

»Das werde ich, Frau Schild. Ich werde mich daran erinnern.«

—

Eine Woche verging. Keine Nachricht von Frau Schild. Am Wochenende ging er mit Cem und Petra zu einer Party, wo er ausreichend trank, um sich nach langer Zeit mal wieder sorglos und unbeschwert zu fühlen. Er schrieb Ella eine Nachricht zu den Dingen, die er ausfindig gemacht hatte – die Buchberichte, die Inhaftiertenliste. *Ist nicht viel*, schrieb er, *und könnte alles sein, was ich für dich finde.*

Montag saß er wieder an seinem Schreibtisch. Die Metallarbeiter waren längst noch nicht fertig. Vorwurfsvoll starrten die übrig gebliebenen Schnipsel ihn an. Er setzte sich, und seine Füße berührten etwas Weiches. Er guckte unter den Tisch und sah eine braune Papiertüte. Halb voll.

Er stand auf, schloss leise die Tür und schob einen Stuhl davor.

Dann kniete er sich hin, kroch unter seinen Tisch und fischte mit großer Vorsicht ein Papierknäuel aus der Tüte.

—

Alle Fetzen waren mit Maschinenschrift bedruckt.

INFORMATION
Das Folgende wurde uns durch IM Erna übermittelt:

erlauben Sie mir, lieber Genosse Minister, Ihnen zu danken und t-

ANTWORT: Ich verstehe nicht, warum Sie mir diese ganzen Fragen stellen, wo Sie doch schon alles wissen.

Aaron betrachtete die Fetzen, weiß und gelblich, suchte nach Unterschieden und versuchte, sie anhand dieser Unterschiede zu sortieren.

An den Rand des ersten Schnipsels, direkt neben den Decknamen IM Erna, hatte jemand geschrieben: »IM Erna – Doppelzüngler?«

Diesem Begriff war er schon vorher begegnet, Doppelzüngler, sollte das nicht so etwas wie Lügner bedeuten? Da war er wieder, auf einem anderen Fetzen, nur ein paar Zeilen lang:

> Diese Information sollte mit Vorsicht behandelt werden, da es verschiedene Hinweise darauf gibt, dass IM Erna sich als Doppelzüngler erwiesen hat.

Er griff nach seinem mittlerweile stark beanspruchten Stasiwörterbuch:

Doppelzüngler. Unehrliche Person, die gegenüber zwei oder mehreren anderen Personen über ein und denselben Sachverhalt unterschiedliche Ansichten äußert. D. stellen eine besondere Gefahr dar, da sie z. B. durch erfundene oder falsche Beschuldigungen die operative Arbeit desorientieren und andere Bürger in Mißkredit bringen können.

Es war nicht Aarons Aufgabe, diese Dokumente zu beurteilen, sie auszuwerten, Theorien oder Rückschlüsse daraus abzuleiten. Aber schon jetzt blickte er mit einiger Skepsis auf IM Ernas Berichte, denn wenn IM Erna eine Lügnerin war und all diese Fetzen mit Lügen beschriftet waren, was hätte es dann für einen Sinn, sie zusammenzusetzen?

Er schielte zur Tür. Das hier war ganz schön leichtsinnig. Jeden Augenblick konnte Bernd hereinkommen und ihn wieder direkt nach Sibirien zurückschicken. Vorsichtig, als handelte es sich um ein Vogelnest, nahm er das Papierknäuel und legte es ganz nach hinten auf seinen Tisch. Dann, so schnell und behutsam wie möglich, entwirrte er Streifen um Streifen, glättete sie ein wenig und legte sie in seine Tasche. Sie war geräumig und aus festem Leder; darin konnte er sie gut und ohne Schäden nach Hause transportieren. Aber was war mit dem Rest? Er konnte ja schlecht die ganze Tüte an der Rezeption vorbeischmuggeln!

Am Abend blieb er lange im Büro und nutzte die stillen Abendstunden dafür, ein paar Streifen mehr herauszulösen. Um den Inhalt der gesamten Tüte nach Hause zu bekommen, würde er ein paar Tage brauchen, immer in kleinen Schüben und in der Hoffnung, dass er auf dem Weg nach draußen nicht kontrolliert würde. Ja, so könnte es funktionieren. Er nahm die Tasche und eilte nach unten. Der Rezeptionist war schon gegangen. Der Nachtwächter wünschte ihm einen guten Heimweg. Das ist kein Diebstahl, sagte er zu sich selbst. Er würde Kopien machen, mit denen er zu Hause in Ruhe arbeiten könnte, und die Schnipsel wieder in der Tüte verstauen. Nichts würde sich dadurch verändern, absolut gar nichts.

—

Cem und Petra wohnten in einem eleganten Gründerzeitbau. Auf seinem Weg nach oben stoppte Aaron vor einer der breiten Doppeltüren. Der Rahmen war weiß gestrichen und hatte zwei um eine Fingerlänge voneinander entfernte kaum sichtbare Einkerbungen auf Augenhöhe. Aaron strich darüber. Die Löcher von zwei leicht diagonal eingeschlagenen Nägeln waren zugekittet. Es gab nur eine Sache, die genau solche Löcher in genau dieser Position hinterließ: eine Mesusa – der kleine, schmale Behälter aus Holz oder Metall mit einem gerollten Papier darin, auf dem ein Segen für das Haus geschrieben stand. Aaron betrachtete sich nicht als religiös – er aß Garnelen und Schinkenbrote, aber er mochte es, derlei verblichene Spuren unter den Farbschichten erkennen zu können, die den meisten anderen Menschen, die hier vorbeikamen, nicht auffallen würden. In ein paar Jahren würden sie ganz verschwunden sein.

Als Kind hatte Aaron oft genug am sonntäglichen Religionsunterricht der jüdischen Gemeinde teilgenommen, um sich an die uralte Debatte über die ideale Position einer Mesusa zu erinnern. In einer talmudischen Sage hieß es, sie solle vertikal hängen, in einer anderen horizontal, und in einem Kompromiss einigte man sich auf die Diagonale. Genauso wichtig war die Schriftrolle. Man sollte sie regelmäßig einem Experten vorlegen, der sie auf Flecken und andere Schäden untersuchte, um sicherzugehen, dass der Segen fürs Haus weiterhin gut funktionierte. Wenn sie nicht mehr zu reparieren war, musste man einen Schreiber finden, der die Schriftrolle erneuerte, oder in einem spezialisierten Geschäft eine neue Mesusa kaufen. Um diese beinahe unsichtbaren Nagellöcher herum hatte sich ein ganzes kleines Wirtschaftssystem gebildet, das mit der Mesusa zusammen verschwunden war.

Aarons Großmutter hatte ihn gebeten, für sie den Berliner Zoo zu besuchen, denn als Kind hatte sie in der Nähe gewohnt. Jedes Wochenende war sie mit ihren Eltern dorthin gegangen, um die Affen zu sehen und ihnen Erdnüsse zu geben. Aaron hatte ihr diesen Wunsch erfüllt, war tatsächlich mehrere Male im Zoo gewesen, hatte Fotos gemacht und an seine Großmutter geschickt. Wenn sie miteinander telefonierten, redeten sie jetzt immer über den Zoo. Andere Fragen über Berlin stellte sie nicht, nicht über ihr altes Wohnviertel oder ihre alte Schule, nur über den Zoo; zum Beispiel wollte sie wissen, ob man die Affen dort immer noch füttern durfte. Am Ende war das, was ungesagt blieb, genauso bedeutsam wie das, was gesagt wurde.

Aaron wusste, dass er seiner Großmutter nicht von den Mesusa-Löchern erzählen würde, denn dazu gab es nichts zu sagen, was sie nicht längst gewusst hätte – dass etwas, das vorher da gewesen war, jetzt nicht mehr da war.

—

Aus der Küche roch es nach Wein und Fisch. Auf dem Herd stand ein schwarzer Topf mit Muscheln in Brühe.

»Nimm dir was!«, rief Petra aus dem Schlafzimmer. »Wir haben schon gegessen.«

»Danke, aber ich bin allergisch gegen Krustentiere.«

In einer Art brauner Mönchskutte und mit einer Kette um den Hals, die aussah wie aus einem aufgeschlitzten Fahrradreifen gemacht, trat sie aus dem Zimmer.

»Es ist auch noch Brot da und Käse.«

»Danke. Das ist lieb. Morgen koche ich.« Er hatte es eilig, in sein Zimmer zu kommen und die Papiere zu inspizieren, aber Petra war offenbar in Plauderstimmung.

»Wir haben gerade einen superschwierigen Kunden.« Sie fischte sich eine Muschel aus dem Topf und knackte sie. »Superschwierig. Cem hat eine ziemliche Laune.«

»Das tut mir leid.«

»Was willst du kochen?«

»Muss ich mir noch überlegen.« Er schnitt sich eine Scheibe Brot ab und legte sie auf einen Teller.

»Mehr isst du nicht?« Sie angelte sich eine weitere Muschel.

»Keinen Hunger.« Er hasste es, unhöflich zu sein. »Tut mir leid, aber wie es aussieht, muss ich an meinem Schreibtisch essen. Noch viel zu tun.«

»Mein Gott, die triezen dich ja echt, oder? Und wahrscheinlich bezahlen sie dich nicht einmal.«

»Hm.« Er winkte ihr kurz zu. »Wir sprechen später, ja?«

—

Inzwischen beherrschte er die Sache ziemlich gut. Man musste mit den Ecken beginnen und dann den Rest füllen, wie bei einem Puzzlespiel. Und ein bisschen was wusste er über Regine Valentin, über ihre generelle Lage. Das machte es einfacher. Er überlegte, Ella anzurufen und sie zu fragen, ob sie dabei sein wollte. Aber nein, das würde die Sache nur verzögern. Und ehrlicherweise wollte er das hier selbst tun. Er wollte die Sache richtig machen, wie Frau Schild es ausgedrückt hatte; er wollte es zu Ende bringen.

Je mehr er über die Valentins erfuhr, umso schneller kam er voran. Bündel für Bündel verließen die Papierstreifen das Archiv. Die kleinen Stapel auf dem Schreibtisch in seinem Schlafzimmer vermehrten sich. Er verteilte sie auf dem Holzboden und schlich auf Zehenspitzen um die kleinen Textinseln herum.

Eine Familie kam zum Vorschein. Jochen, Regine und ihre drei Kinder. Eine Großmutter kam vor und ein Großvater. Ein Cousin. Ein paar Freunde der Familie, ein Maler. Ein Kreis von Künstlern, so stellte er es sich vor, die durch Prenzlauer Berg streiften. Vernissagen, Lesungen, Anträge auf Zuschüsse, Buchrezensionen. Aus diesem Lebensbereich von Regine Valentin lagen ihm viele Teile vor – Zeitungsausschnitte, Seminarprogramme. Er legte sie vorerst zur Seite, weil es nicht das war, wofür sich Ella in erster Linie interessierte.

Dann waren da die Protokolle. Die legte er auch zur Seite. Sie bildeten das Gerüst der Akte. Er hatte den unteren Teil eines vorläufigen Berichts beieinander, in dem dargelegt wurde, warum die Familie unter Beobachtung zu stellen sei, von dem aber der obere Rest fehlte. Es gab IM Erna, die potenzielle Doppelzünglerin, und diverse andere Informanten. Es würde eine Weile dauern, sich durch dieses Dickicht zu kämpfen, denn Berichte waren nicht so normiert wie Listen oder Verhöre. Man musste sie etwas subtiler betrachten, die stilistischen Eigenheiten der jeweiligen Informanten kennenlernen und ihr Verhältnis zur Familie verstehen, zuordnen, wer über das Fachbereichstreffen geschrieben hatte, bei dem Regine Valentin anscheinend ein paar unbedachte Bemerkungen hatte fallen lassen, und wer an der Ecke herumstand, um zu beobachten, wer bei ihnen ein und aus ging. Auch dies eine Aufgabe für später.

Es waren auch Fotos dabei, Fotos von drei Kindern, jedes an ein Formular geheftet. Er las ihre Namen, Ella, Tobias und Heiko, und einen weiteren Namen, der an den Rand gekritzelt war. Diese Unterlagen waren sicher wichtig für Ella, und so reparierte er diese Berichte als Erstes, die Berichte über die drei Valentin-Kinder.

Wieder überlegte er, Ella eine Nachricht zu schreiben. Aber jetzt steckte er schon mittendrin in der Akte, und wäre es da nicht sinnvoller, ihr die Formulare zusammen mit dem Rest vorzulegen? Wer würde schon gern seine Vergangenheit in Serienform verabreicht bekommen, sodass man immer nach der nächsten Folge lechzte? Niemand.

Weiter ging es mit einem neuerlichen schnellen Erfolg.

Ein Brief, geschrieben auf schwerem, geprägtem Papier, der einfach nur in zwei Teile gerissen war. Unterschrieben war er von Mielke persönlich. Aaron ließ das Blatt sinken und überlegte. Hatte irgendein Stasiknecht dieses Schriftstück absichtlich so unzerstört gelassen, um dem Chef eins auszuwischen? Man konnte es unmöglich wissen. Vielleicht schien es in dem Moment auch nicht besonders belastend. Eines von vielen Mielke-Dokumenten eben, genau wie der Frühstücksplan mit den Brötchen und dem gekochten Ei.

Lieber Genosse Minister!
Bitte erlauben Sie mir, lieber Genosse Minister, Ihnen und den relevanten Abteilungen Ihres Ministeriums für die wertvolle Unterstützung zu danken, die Sie dem Ministerium für Staatssicherheit infolge unserer Bitte um Maßnahmen betreffend die DDR-Bürger VALENTIN, Regine und Jochen, geleistet haben.
Nur durch Ihre wirksame Kooperation konnte erstgenannte Täterin mit ihren drei Kindern festgenommen und von Ungarn in die DDR überführt werden.
Erlauben Sie mir auch, lieber Genosse Minister, Ihnen meine Anteilnahme für den Angriff auf Ihren Grenzsoldaten auszusprechen. Ich ehre seine mutige und entschlossene Reaktion und wünsche ihm gute Besserung.
Mit sozialistischen Grüßen
Mielke

Aha. Interessant. In groben Zügen konnte er ausmachen, was passiert war, wie die bürgerlichen Valentins ins Unglück gestolpert waren. Was ihn daran überraschte, war die hochrangige Behandlung ihres Falls, dieser förmliche Brief zwischen zwei Staaten. Darüber musste er noch einmal gründlich nachdenken. Er legte den Brief in eine Ecke des Raums neben die Yuccapalme, und erklärte diese damit zur Ecke zwischenstaatlicher Angelegenheiten.

Nach dem Brief und den Formularen machte er sich an die Verhöre. Dafür hatte er bereits einen Schlüssel: Die eine Seite aus dem Lesezimmer, die aus irgendeinem Haufen gefischt und repariert worden war.

Diese Seite benutzte er, um seine Augen auf die visuellen Aspekte des Textes einzustellen. Die Form der Buchstaben, die Anordnung der Worte auf dem Papier. Auf dieser Grundlage war es nicht schwer, die Fetzen zu finden, die dazu passen konnten, und sie beiseitezulegen.

Jeden Abend arbeitete er, bis ihm die Augen wehtaten, ein trockener, juckender Schmerz. Morgens schleppte er sich ins Archiv, gab sein Bestes und zählte die Stunden, bis er wieder zu Hause sein und sich den Valentins widmen konnte. Als er mit den Verhören fertig war, fühlte er sich stolz.

FRAGE: Sie wirken jetzt kooperationsbereiter.

ANTWORT: Ich habe nichts verbrochen. Alles, was ich getan habe, war, nach Ungarn in den Urlaub zu fahren.

FRAGE: Wollen Sie damit sagen, dass unser Staat unschuldige Menschen drangsaliert? Staatsfeindliche Hetze, dafür gibt es bis zu fünf Jahre. Ehrlich gesagt sind wir Ihre Lügen und Ihre Sturheit langsam leid. Ein staatlicher Mitarbeiter wurde in einem sozialistischen Bruderland angegriffen, das ist eine schwere Straftat.

ANTWORT: Ich verstehe nicht, warum Sie mir

diese ganzen Fragen stellen, wo Sie doch schon alles wissen.

FRAGE: In ihren Koffern haben wir eine Landkarte gefunden. Wer hat Ihnen die gegeben?

Die verstreuten Papierinseln auf seinem Fußboden verbanden sich nach und nach zu Kontinenten. Aus Tausenden kleinsten Impressionen von den Valentins hatte er ein aussagekräftiges Bild geformt. Hier an der Tür befand sich ihr Leben vor Ungarn, die Buchbesprechungen und die zugegebenermaßen immer noch nicht ganz vollständigen Berichte. Da die Formulare und Protokolle der Festnahme. Drüben bei der Yuccapalme der zwischenstaatliche Aspekt. Dann die Verhöre und die dazugehörigen Dokumente.

In der Mitte lagen jetzt noch jene Fetzen, auf die er sich keinen Reim machen konnte. Eine handschriftliche Notiz auf Ungarisch, die er leider nicht verstehen konnte. Eine Auflistung von Kunstwerken mit vernichtenden Beurteilungen ihres künstlerischen Wertes. Und ein abgerissenes Stück Papier:

Das Kind Ella Valentin, geb. 4.2.1979

Das Merkwürdige war, dass es zu keinem der Formulare gehörte. Das Schriftbild war dasselbe wie das der Berichte von IM Erna und der Überwachungsprotokolle, deshalb war er ziemlich sicher, dass es zu diesem Teil gehörte. Was ihn wunderte, denn Kinder kamen in Überwachungsprotokollen nur selten vor. Es passierte, aber eben selten. Was konnte man über ein Kind schon mitteilen? Sie ging zur Schule, sie kam zurück nach Hause, sie bohrte in der Nase.

Vielleicht könnte er Ella dazu befragen; andererseits wollte er sie nicht beunruhigen.

An diesem Abend schlief Aaron mit schwarzer Tinte an den Fingern ein.

FRAGE: Wer ist auf die Idee gekommen, aus unserer Republik zu flüchten, Sie oder Ihr Mann?

ANTWORT: Das weiß ich nicht mehr.

FRAGE: Wir haben Hinweise darauf, dass es Ihre Idee war und dass Sie Hilfe durch einen früheren DDR-Bürger hatten, der jetzt in Westberlin lebt. Wie hat er Sie kontaktiert?

ANTWORT: Wer hat Ihnen das erzählt? Haben Sie uns ausspioniert? Wer hat Ihnen solche Sachen erzählt?

FRAGE: Beantworten Sie die Frage.

ANTWORT: Ich weiß nicht, ich kann mich nicht erinnern, ich weiß es nicht.

FRAGE: Wir kommen später wieder darauf zurück. Ihre Nachbarn beschreiben Sie als sehr liebevolle Mutter. Stimmt das?

ANTWORT: Natürlich liebe ich meine Kinder.

FRAGE: Und Sie wollen nur das Beste für sie?

ANTWORT: Drohen Sie mir?

FRAGE: Beschuldigen Sie uns, Ihnen zu drohen?

ANTWORT: Was Sie auch tun, bitte bestrafen Sie nicht meine Kinder. Ich bitte Sie.

FRAGE: Sie haben sie selbst bestraft, als Sie den Entschluss gefasst haben, unsere Gesetze zu brechen. Es hängt von Ihnen ab, wann Sie sie wiedersehen werden. Wir belohnen Kooperation. Sind Sie bereit zur Kooperation?

II

WALL POWER

Sie hat uns alles gegeben.
Sonne und Wind. Und sie geizte nie.
Wo sie war, war das Leben.
Was wir sind, sind wir durch sie.

Sie hat uns niemals verlassen.
Fror auch die Welt, uns war warm.
Uns schützt die Mutter der Massen.
Uns trägt ihr mächtiger Arm.

Die Partei, die Partei, die hat immer recht.
Und, Genossen, es bleibe dabei;
Denn wer kämpft für das Recht,
Der hat immer recht
Gegen Lüge und Ausbeuterei.

»Lied der Partei«;
Parteihymne der Sozialistischen Einheitspartei Deutschlands.
Text und Komposition: Louis Fürnberg, 1949

ELLA

EINE OFFENE TÜR

Berlin 2010

Ich sass in meinem Zimmer in der Künstlerresidenz. Aus der Küche hörte ich Lachen und Stimmen, hauptsächlich spanische. Jemand spielte Gitarre und sang:

Solo le pido a Dios
Que el dolor no me sea indiferente …

Es klopfte an meiner Tür.

»Ja?«

Die Tür öffnete sich mit einem Knacken, und eine Frau lugte herein, in der Hand eine Schüssel mit einem Eintopfgericht. Ihr Haar trug sie unter einem gelben Tuch, das mit roten Schiffen bedruckt war. »Möchtest du etwas zum Abendessen?«

»Oh. Danke.«

»Ist vegan. Mit Kichererbsen und Mangold.«

Gerührt nahm ich die Schüssel. »Ich würde wirklich gern mit euch zusammen in der Küche essen. Es ist nur …«

»Nein, nein, fühl dich nicht verpflichtet. Jeder braucht mal Zeit für sich.« Sie hob ihre flache Hand, als würde sie die Dämonen des Sozialdrucks damit abwehren wollen.

Ich mochte sie sofort, mit ihren Kichererbsen und ihrer Freundlichkeit. Wir redeten ein bisschen. Sie war Argentinierin und arbeitete an einer Topografie des Berliner Asphalts.

»Und du?« Sie sah sich um.

»Ich?« *Ach, ich bin bloß hier, um nach meinem verlorenen Bruder zu suchen und die Stasiakte meiner Mutter zu sehen. Ja, es gibt eine ganze Akte über sie; hat mich auch überrascht.* »Ich arbeite an einer Topografie des …« Ich versuchte, mir etwas auszudenken. »Des Gedächtnisses. Ich arbeite an einer Topografie des Gedächtnisses.« Es war nicht mal gelogen, und sie gab sich damit zufrieden. Wir sprachen noch ein bisschen, dann ging sie zurück zu ihrer Party.

—

Am nächsten Tag nahm ich die S-Bahn zur Frankfurter Allee und ging dann durch den östlichen Bezirk Lichtenberg weiter bis zum Stasiarchiv. Das Archiv lag auf einem weitläufigen grauen Gelände, groß genug, um Tausende Mitarbeiter der Stasi dort zu beherbergen, umgeben von ebenso weitläufigen grauen Plattenbauten. Ich dachte an Katias Kommentar darüber, dass die ehemaligen Aufseher immer noch in der Nähe des Gefängnisses lebten. Möglicherweise waren auch die Stasispitzel in ihren Wohnungen geblieben und saßen jetzt auf den Balkons über mir oder kamen mir mit ihren Einkaufstaschen entgegen.

Im Foyer war eine kleine Ausstellung über den Alltag in der DDR aufgebaut. Ich kam an Schaukästen mit beigefarbenen Hauskitteln vorbei, Magazinen mit Reisetipps für die Sowjetunion, Bottichen zum Selbstbrauen von russischem Kwas, einem Rasenmäher aus alten Autoteilen, einem zum Schaukelpferd umgebauten Stuhl. Manifeste, langlebige

Beweise, nicht nur für unser Erfindungs- und Improvisationstalent, sondern auch dafür, dass wir und unsere Welt inzwischen zu Kuriositäten geworden waren. Im letzten Schaukasten war eine original DDR-Küche nachgebaut worden, samt Badewanne unter der Arbeitsfläche. Ich hatte gute Lust, sie herauszuziehen und mich hineinzulegen.

An der Rezeption fragte ich nach Dr. Licht. Die Frau kratzte sich am Kinn. »Er hat in letzter Zeit häufiger das Büro gewechselt. Ich schau mal nach.« Sie tippte auf ihrer Tastatur herum. »Er ist ein bisschen wie diese wandernden Lachse, wissen Sie, hin und wieder überkommt ihn dieser Bewegungsdrang. Okay, habe ihn.«

Sie beschrieb mir den Weg über mehrere Höfe hinweg zu einem Anbau. Ich verließ das Gebäude, überquerte die Höfe, suchte den Eingang zu dem Gebäudeteil von Licht und muss danach falsch abgebogen sein. Ich war in einem verlassenen, scheinbar endlosen Teil des Geländes gelandet, einer Stadt in der Stadt. Das Ganze wirkte, als wäre es extra so konstruiert, dass man sich darin verlief. Wie konnten die Stasimitarbeiter jemals von der Toilette zurückfinden? Durch die Fenster hindurch sah ich Büroräume, die aussahen, als wären sie seit den 1990ern unberührt geblieben, und lange leere Flure, auf denen Berliner Jugendliche sich in Graffitikunst geübt hatten. Ein Stockwerk wurde von Hausbesetzern in zerrissenen T-Shirts und Armeestiefeln okkupiert. Sie erklärten mir, das Archiv befinde sich auf der anderen Seite des Geländes, hierher käme sonst niemand.

»Nur die Gespenster«, sagte einer in breitestem Berlinerisch und bohrte sich dabei mit den Fingernägeln zwischen den Zähnen herum. »Und wir.«

»Ich suche Dr. Licht«, sagte ich, einfach weil mir gerade

nichts mehr unmöglich erschien und weil er ja vielleicht diese Abgeschiedenheit mochte und sich dazu entschlossen hatte, hier zu sein, bei den Besetzern und den Gespenstern.

»Der einzige Doktor, den ich kenne, ist der, der mir meine Pillen verkauft«, sagte der Typ. Er hatte schwarz gefärbte Haare und eine Seite vom Kopf rasiert; eine Frisur, die ich so lange nicht mehr gesehen hatte, dass es mich ganz nostalgisch stimmte. Und mir wurde plötzlich klar, dass ich mir genau so meine alte Freundin Sandy vorstellte. Ich hatte mir immer vorgestellt, dass sie mal zu einer knallharten alternativen Aktivistin werden würde.

»Nur mal ganz willkürlich gefragt, kennst du zufällig eine Sandy?« Das fragte ich meinen neuen Freund mit den asymmetrischen Haaren. Er lachte, und die anderen lachten mit.

»Bin ich das Telefonbuch?« Er sagte das aber freundlich, und sowieso, Telefonbuch, das war so bizarr und altmodisch, genau wie der Haarschnitt, dass wir wohl ungefähr im gleichen Alter sein mussten. Ich war mir ziemlich sicher, dass sie Ostberliner waren, jedenfalls der, mit dem ich gerade redete, mit seinem starken Akzent. Gern hätte ich mich ihnen irgendwie erklärt, um diesem Gefühl von Verbindung Ausdruck zu geben, hatten wir doch alle den Soldaten Heinz in unserem Schulbuch gehabt, in dem auf einer Seite Panzer und auf der nächsten Äpfel zusammengerechnet werden sollten, und vielleicht hatten wir auch alle die eine Lehrerin gehabt, die etwas anders war und bei der wir die Augen schließen und etwas malen sollten zu einem Musikstück, das sie für uns spielte.

Der mit der auffälligen Frisur hatte sicherlich eine schrecklich schwere Schulzeit gehabt. Unser Land war kein gutes Land gewesen für Leute mit eigenwilligen Frisuren.

Weil ich nicht wusste, wie ich diese Dinge hätte sagen können, und weil ich einen Termin bei Dr. Licht hatte, bedankte ich mich für ihre Hilfe, gab ihnen etwas Geld für ein Bier und ging mit einem vagen Gefühl des Bedauerns weiter.

—

Ich musste wieder bis ganz zurück zur Rezeption gehen, den Anweisungen genauer zuhören und erneut die beiden Höfe durchqueren. Am Ende hatte es mich zehn bis fünfzehn Minuten gekostet, was mich nervös machte, denn Verspätungen waren hier nicht wohlgelitten, und als ich das Büro von Licht endlich gefunden hatte, stand seine Tür offen. Ich fasste das als einen stummen Vorwurf auf, und anstatt mich in den Wartebereich zu setzen, trat ich gleich ein.

»Frau Valentin?« Hinter dem Schreibtisch erhob sich ein massiger Mann mit Bart und runder Brille und kam auf mich zu. »Wie schön, Sie zu sehen. Ich hätte Ihnen gern Kaffee angeboten, aber leider streikt die Maschine.«

Ich wollte die Tür hinter mir schließen, aber er griff hinter mich und hielt sie in leicht geöffneter Position.

»Sie haben die Akte Ihrer Mutter eingesehen?«, fragte er. »Britta sagte mir, dass Sie im Lesezimmer waren.«

»Nur das, was davon übrig ist. Sie sagte, es könnte – also, es könnte ewig dauern, den Rest ausfindig zu machen.«

»Ich glaube, da war sie zu vorsichtig. Ich habe in einem der alten Verzeichnisse nachgesehen und denke, wir sollten sie relativ schnell finden können. Sie befand sich in einem Teil des Gebäudes, in dem nicht zu stark gewütet wurde, und auch wenn ich Ihnen nichts garantieren kann, würde ich doch meinen, dass die Chancen gut stehen.«

»Können wir sie jetzt ansehen?«, fragte ich, und erst da fiel mir Aaron wieder ein. Was, wenn er die Akte bereits gefunden hatte?

»Das wäre leider gegen unsere Regeln«, sagte Licht.

So langsam verstand ich, wie frustrierend diese Suche für meine Mutter gewesen sein musste. Es war alles sehr schön und sauber hier, all diese geordneten Akten und langen weißen Regale, die umtriebigen Rechercheure, die in ihren Cordhosen und Strickjacken über die Flure eilten; die Besucher, die höflich darauf warteten, ins Lesezimmer eintreten zu dürfen. Wie wohlerzogen wir alle waren; aber nur ein Fehler, eine achtlos bearbeitete Akte, und schon würden wir uns gegenseitig an die Gurgel gehen.

»Es geht mir gar nicht um die Akte an sich«, fuhr ich fort. »Ich muss nur wissen, ob darin irgendetwas über meinen Bruder steht. Ich weiß nicht, ob meine Mutter ihn erwähnt hatte …«

Er nickte. »Deswegen war sie hier. Es ist schrecklich, was Ihrer Familie passiert ist, absolut schrecklich.«

Und warum helfen Sie uns dann nicht?, wollte ich fragen, und diese Ungeduld muss sich in meiner Miene gespiegelt haben. Licht hob die Hände in einer Geste der Hilflosigkeit.

»Wir haben uns lange unterhalten, Ihre Mutter und ich. Am Ende sind wir sogar zusammen mittagessen gegangen, was ich sonst nicht mache, aber wir kommen wohl aus ähnlichen Verhältnissen. Sie war sehr offen mit mir, bemerkenswert offen.« Er nahm die Brille ab und rieb sich die Augen. »Es ist nicht ganz leicht zu erklären, Frau Valentin. Wenn man an einem solchen Ort hier arbeitet, dann muss man sich sehr disziplinieren. Man darf sich keine Spekulationen erlauben, verstehen Sie, sonst verliert man schnell den Bezug zur Realität. Aber Ihre Mutter wollte genau das,

Sie wollte, dass ich alle möglichen spekulativen Szenarien für sie durchgehen sollte, und das war … das war schwierig für mich.«

»Was für Szenarien?«

»Ach, sie hatte durchaus dieselben Anliegen wie alle anderen, die hierherkommen – nicht nur Ihren Bruder betreffend, auch das Üblichere. Ob jemand sie bei der Stasi verpfiffen hat, und wenn ja, wer und wann und wie. Anscheinend hatte ihr Vernehmungsoffizier einige Details der Reise und aus ihrem Leben erwähnt – Details, die nicht von ihr gekommen waren. Sie sagte, Ihre Wohnung muss verwanzt gewesen sein.«

»Wozu?« Ich versuchte zu lächeln. »Um das Allerneueste über den Kubismus zu erfahren?«

»Nun, es könnte einen Vorfall gegeben haben, vielleicht einen Bericht von jemandem oder eine verdächtige Beobachtung, und das hätte dann eine offizielle Überwachungsoperation ausgelöst.«

»Hatte sie speziell jemanden in Verdacht?«

Er schüttelte den Kopf. »Es war eher andersherum. Sie wollte immer von mir wissen, was *ich* in unseren Beständen gefunden hätte oder in dem, was davon übrig war. Gab es Namen, Decknamen, Berichte, irgendwelche Kooperationsvereinbarungen … Sie blieb sehr hartnäckig.«

»Man könnte aber nachsehen, oder nicht?«, fragte ich. »Auch wenn die Akte zerstört wäre, könnte man nachsehen, ob es in den Wänden von unserer alten Wohnung irgendwelche Stasiwanzen gibt.«

Er lachte und wurde schnell wieder ernst, als er mein Gesicht sah. »Sie haben recht, die Wanzen wären höchstwahrscheinlich noch da, vielleicht hinter einer neuen Tapete. Also, falls da jemals Wanzen waren. Aber das hier ist ein Archiv, wir gehen nicht in Wohnungen und holen da den Putz herunter.«

Putz. Sie hätten die Wohnung in unserer Abwesenheit verkabelt. Morgens, wenn die Nachbarn bei der Arbeit waren und die Studenten noch schliefen. Vielleicht hinter den Fußleisten: Das wäre ein Leichtes gewesen, abnehmen und wieder anschrauben. In den Vorhangstangen. Hinter der Tapete, irgendwie. Ein paar unauffällige Löcher in der Wand.

»Unter meinem Bett habe ich mal weißen Staub gefunden«, sagte ich langsam. »Als wir nach Ungarn aufbrechen wollten, da bin ich einmal unters Bett gekrochen und hab gesehen, dass etwas mit der Wand war, als hätte sie jemand aufgekratzt.«

Jetzt war er es, der mich skeptisch ansah. »*Möglicherweise* ist das bei der Installation eines Abhörsystems entstanden, ja. Das ist theoretisch denkbar. Man war dabei aber äußerst sorgfältig, man ging sicher, dass keiner da war, und man beseitigte alle Spuren.«

»Aber *möglicherweise* waren sie es.«

»Frau Valentin …«

»Jaja, ich weiß, es ist sinnlos, darüber zu spekulieren.« Wieder übermannte mich der Frust. »Wenn Sie in meiner Lage wären, könnten Sie das verstehen.«

»Ich war in Ihrer Lage«, sagte er sanftmütig und betrachtete dabei seine Hände. »Und ich habe Verständnis.«

»Oh.« Ich lehnte mich zurück. »Entschuldigen Sie.«

»Ich stand gerade unter der Dusche, als es klingelte, und da waren sie. Und ich werde nie erfahren, wer ihnen etwas erzählt hat. Von meiner Akte fehlt jede Spur, und glauben Sie mir, wir haben gesucht. Einer unserer älteren Mitarbeiter meinte, sie befand sich mit in einem Haufen, der weggeschafft und verbrannt worden war. Sehen Sie, Ihre Lage ist besser als die vieler anderer. Sie werden Ihre Antworten bekommen. In meinem Fall hingegen …« Er hob die Hände. »Vorbei.«

Wie naiv ich war. Das Gespräch mit Katia hätte mir eine Lehre sein sollen; ich hätte wissen können, dass diese Welt hier voll war mit Leuten wie uns. All die Jahre hatte ich es vermieden, Berlin zu besuchen, in der Annahme, unser Makel würde hier noch offener zutage liegen, wo doch das Gegenteil der Fall war. Hier fühlte ich mich viel weniger als Sonderling als in London. Noch eine Woche, dachte ich, und es wird mich überraschen, jemanden zu treffen, der *kein* Ex-Häftling ist.

Ich stand auf und dankte Herrn Licht für seine Hilfe. Er begleitete mich hinaus in den Flur.

»Ihre Mutter und ich hatten einiges gemeinsam.« Er warf einen Blick zurück auf die offene Bürotür. »In geschlossenen Räumen fühle ich mich unwohl, wissen Sie, deshalb bleibt meine Tür immer offen. Sie wusste das zu schätzen.«

—

Auf dem Weg nach draußen hielt ich kurz an, um eine Nachricht an Tobi zu schreiben.

Hab den Leiter vom Archiv getroffen. Kann uns vielleicht helfen. Bis später. x

Ich war mir nicht sicher, wie viel ich ihm erzählen sollte. Tobi wollte einen immer beschützen. Würde ich die Kommentare von Licht über die Sache mit der Verkabelung erwähnen, würde er sich nur unnötig sorgen. Der große Innenhof hatte sich mittlerweile geleert, die letzten Touristen waren weitergezogen. Ich fröstelte, schlang die Jacke enger um mich und war auf dem Weg zur Straße.

»Ella?« Jemand tippte mir auf die Schulter. Überrascht fuhr ich herum.

»Aaron!« Ich wunderte mich selbst darüber, wie froh ich war, ihn zu sehen, hier einem vertrauten Gesicht und einer bekannten Stimme zu begegnen, einem Ruhepol inmitten des Chaos.

»Können wir woanders hingehen?« Er schien sehr viel nervöser als bei unserer letzten Begegnung.

»Klar.«

»Wäre Mitte okay? Hier in der Gegend traue ich keinem Ort.«

»Stimmt. Natürlich. Diese ganze Gegend …« Ich machte eine schneidende Handbewegung. »Komplett verseucht. Vergiftet, für immer stasifiziert.«

Er lachte. »Okay, nicht ganz so vielleicht, aber ich wohne in Mitte und kenne da eine Kneipe, die immer leer ist. Entschuldige, wenn ich paranoid klinge.«

»Paranoid stört mich gar nicht – erinnert mich an zu Hause.«

Er lächelte. »Also nach Mitte?«

»Wie du magst.« Ich wollte keine Entscheidungen mehr treffen.

»Und dann kann ich dir deine Akte geben.«

Ich schrak zusammen. »Du hast sie?«

»Lass uns bitte abhauen. Mein Chef kann jeden Augenblick hier auftauchen.«

»Hast du sie aus dem Archiv rausgenommen?«

»Ich habe sie kopiert.« Er lief schnell, und ich bemühte mich, Schritt zu halten. »Ich wollte sie ja nicht entwenden, ich habe einfach Kopien gemacht, weil ich zu Hause daran arbeiten wollte.«

»Das ist sehr ehrenwert von dir.«

»Ich hoffe, es macht dir nichts aus.«

»Gar nicht.«

Es machte mir schon ein bisschen was aus. Es wäre nett gewesen, wenn er mich vorher gefragt hätte. Aber er riskierte seinen Job damit, und ich wollte nicht undankbar erscheinen.

Er sah mich an. »Wie lief es mit Licht?«

»Er war hilfsbereiter, als ich es erwartet hatte. Vielleicht weil er auch mal im Gefängnis war.«

»Licht war im Gefängnis?« Aaron blieb stehen. »Woher weißt du solche Sachen?«

»Ich halte die Ohren offen!« Ich tippte an mein Ohr, mein offenes Ohr.

Aaron zögerte. »Ich wollte nur sagen, es tut mir sehr leid, was mit deinem Papa passiert ist.«

»Oh.« Ich war leicht verdattert. »Du weißt also über alles Bescheid? Es steht alles in der Akte?«

»Nicht alles«, sagte er. »Du wirst sehen.«

—

In der Bahn nach Mitte schwiegen wir. Ich musste die ganze Zeit auf Aarons Umhängetasche aus rissigem Leder starren, die ein bisschen Fürsorge gut hätte vertragen können. Ob es sich bei dem Stück Pappe, das da herausragte, wohl um die Akte handelte? Was, wenn jetzt jemand die Tasche stehlen würde? Aaron schien meine Nervosität zu spüren. Er nahm die Tasche auf den Schoß und schlang fast zärtlich seine Arme darum.

In Mitte führte er mich in eine dunkle, altmodische, holzgetäfelte Bierkneipe, die den Hipsterbars trotzte. Die Männer an der Bar sahen aus, als hätten sie dort schon gesessen, als Honecker und Breschnew sich küssten. Graue

Schnurrbärte, Bierbäuche, Schnapsgläser neben den Biergläsern. Irgendwie erinnerte mich der Ort an Sven, den armen Sven, der nicht lange genug gelebt hatte, um sein Leben im Westen zu genießen. Hier konnte ich ihn mir gut vorstellen, mit Bier und Zigarette, wie er eine Diskussion über Kunst und Politik anzettelte.

Wir bestellen zwei Bier und trugen sie zu einem Tisch in einer ruhigen Ecke. Aaron blickte sich wieder um. Er trug Jeans und einen Kapuzenpulli und sah darin aus wie ein Hacker, nicht nur wegen der Kombination dieser Klamotten mit seiner Brille, sondern auch wegen seines geheimnistuerischen Gehabes.

»Wenn du so weitermachst, denken die Leute noch, dass du etwas zu verbergen hast«, sagte ich.

»Ich kann nicht anders, ist schon Gewohnheit.«

»Wegen deiner Arbeit?«

»Vielleicht.« Ein Lächeln, ein entschuldigendes Schulterzucken. »Irgendwann fühlt man sich dadurch wohl etwas beobachtet. Wie wenn man etwas über Läuse liest und sich dann gleich am Kopf kratzt.«

»Vielen Dank, dass du das machst.« Ich lächelte. »Wie kommst du überhaupt zu diesem Praktikum?«

»Ich dachte mir, ein Sommer in Berlin wäre schön.« Er zog eine Grimasse. »Klang das zu flapsig? Natürlich ist es ein großes Privileg …«

»Sommer in Berlin klingt super. Besser, als einen Stasifetisch zu haben.«

»Das gibt es tatsächlich.«

»Was, Stasifetischisten? Zwei Leute telefonieren, und ein Dritter hört mit?«

»Nein, im Ernst, wir bekommen haufenweise Anfragen von Leuten, die Mielkes Büro für eine Party buchen wollen.«

Er stellte seine Tasche auf den Stuhl zwischen uns. Beide starrten wir sie einen Moment lang an.

»Hoffentlich bekommst du wegen mir keinen Ärger«, sagte ich und wusste, dass es dafür bereits zu spät war. Wir Valentins waren hoch ansteckend; brüteten halb gare Pläne aus und zogen alle anderen mit hinein. Ich hätte ihn besser niemals um seine Hilfe bitten sollen, und trotzdem würde ich es immer wieder tun.

»Kein Ding.« Er rutschte ein bisschen auf seinem Stuhl herum. »Das muss unter uns bleiben, okay?«

»Na klar.«

»Prima. Also …« Er zog drei dicke Pappordner aus seiner Tasche heraus, jeder von einem dicken gelben Gummiband umschlungen. »Das ist sie. Es fehlen immer noch ein paar Seiten, aber das ist der größte Teil. Wo ich nicht sicher war, ob ich es richtig zusammengesetzt habe, habe ich eine entsprechende Notiz dran gemacht.«

»All diese Seiten hast du tatsächlich allein zusammengeklebt?«

»Mit der Zeit wird man schneller, wenn man das Material erst mal besser kennt. Und die Einzelteile waren eher groß.«

»Trotzdem – damit hatte ich gar nicht gerechnet – ich dachte, du weißt schon, du hättest einfach nur die Akte ausfindig gemacht.«

»Wie gesagt, deshalb musste ich sie mit nach Hause nehmen, um daran zu arbeiten.«

»Ich dachte nur …« Gar nichts hatte ich gedacht. Keinen Gedanken hatte ich daran verschwendet, wie genau Aaron an die Akte gelangen könnte und welche Regeln er damit brechen würde. Ich schämte mich für meinen Egoismus, meinen irren Tunnelblick.

»Das ist unfassbar nett von dir«, war das Einzige, was mir einfiel.

»Ich hatte meine Zweifel. Aber, ich weiß auch nicht, ich dachte, wenn ich dir nicht helfe …« Er räusperte sich. »Ich dachte, das könnte ich mein Leben lang bereuen.«

Ich wusste nicht, was ich sagen sollte, und so sagte ich nichts. Es rührte mich, dass dieser fremde Mensch seine Zeit damit zugebracht hatte, unsere Geschichte zusammenzupuzzeln.

»Guck mal.« Wieder blickte er sich um, dann öffnete er den oberen Hefter. »Ich habe versucht, es möglichst übersichtlich zu machen. Die Vernehmungen sind in dem blauen Register, rot ist für Haftdokumente, und die Überwachungsprotokolle sind …« Er sah mich an. »Ich hoffe, das ist nicht zu unheimlich für dich?«

»Nein, schon gut.«

Und das war es. Die Gespräche mit Katia und Licht waren wie gegenseitige Geständnisse gewesen, intim und schambehaftet, aber das hier war anders, leichter, fast schwerelos, losgelöst von irgendwelchen tief sitzenden Gefühlen.

Es muss daran liegen, dass wir englisch reden, dachte ich. Die englischen Wörter für *Vernehmung, Haft* und *Überwachung* waren nur Registerkarten in einem Ordner; sie bezogen sich auf Dinge und Erfahrungen, ohne dabei etwas wachzurufen. Sie hatten keine Macht über mich, sie waren leblos. Die deutschen Wörter hingegen, besonders Begriffe, wie man sie in Ostdeutschland benutzte, schnürten mir die Kehle zu. Wenn ich sie hörte oder auch nur dachte, war ich schon in einem feuchten Keller mit Stacheldraht über mir, und in der Ecke kauerte ein namenloses Ding. Dunkelheit, raschelnde Blätter, meine Atemgeräusche und dann plötzlich ein Scheinwerfer.

Ich blätterte. »Und der grüne Teil?«

»Das ist über deinen Bruder.«

Ich blickte auf. »Du weißt also, was mit ihm passiert ist.«

»Es geht daraus nur hervor, dass er adoptiert wurde.«

»Was? Wo?« Hektisch blätterte ich durch die dicht bedruckten Protokolle, bis ich ein Foto sah.

Heiko Valentin.

Unser Heiko, unser Baby. Amtlich registriert, fotografiert, abgeheftet. Unsere süße Schmollschnute mit den dicken runden Bäckchen. Jahre, jahrzehntelang haben wir nach ihm gesucht, und hier war er. Sein kleines Gesicht, ganz allein auf einem Blatt Papier. Große Augen, diese großen, großen Augen.

Ich konnte nicht hinsehen, ich konnte mir das Foto nicht ansehen. Ich schob es weg, und fast wäre der ganze Hefter vom Tisch gefallen, wenn Aaron ihn nicht aufgefangen hätte. Ich wollte schreien. Heiko in einem kalten Bett in irgendeinem Kinderheim, das Gesicht rot geweint, »Mama! Papa! Mama! Papa!« Nein, das war zu viel. Es zerriss mich, war körperlich nicht zu ertragen, so wie schon all die Jahre zuvor. Damals war es unerträglich gewesen, und ich hatte einen Weg gefunden, damit zu leben, aber hier – dieses Foto!

Heikolein, Liebling, kleiner Süßer, Bärchen. Mein frecher Affe, mein kleiner Schatz.

Sie haben ihn weggenommen, und wir haben es zugelassen. Wir haben es zugelassen! Das war die Wahrheit, wir haben es zugelassen, wir haben es zugelassen, wir haben es zugelassen. Unser pausbäckiger kleiner Junge, der Brei an die Wand wirft. Mir pürierte Möhren in die Haare schmiert. Auf mich zurennt, wenn ich ins Zimmer komme, mit ausgebreiteten Armen und strahlendem Gesicht:

Eia! Eia!

Sag Ella.

Eia.

Ich weinte. Mein Körper brach zusammen, ich sackte an Aarons Schulter. Schluchzend erzählte ich ihm von unserer Rückkehr aus Ungarn. *Und Heiko? Wo ist Heiko?* Das leere Bettchen, sein Kinderbesteck in der Küchenschublade, ein Paar Socken auf der Heizung. Immer hatte er seine Socken verloren. Seine kleinen braunen Heiko-Socken.

»Aber das weißt du schon alles.« Ich atmete tief durch. »Das steht ja alles in der Akte.«

»Nein, das wusste ich nicht.« Aaron strich mir sanft über den Rücken. »In der Akte steht nur, dass er adoptiert wurde. Da steht nichts über … Besteck. Oder Socken.«

»Entschuldige, natürlich nicht. Das ist ja alles nicht wichtig.« Ich schnäuzte mich.

»Im Gegenteil, Socken sind sehr wichtig«, sagte er, und ich fand es überraschend und wunderbar, dass er es verstand.

Im Wohnheim lief eine riesige Party, Leute tanzten in der Küche und stolperten in den Ateliers ein und aus. Ich schlüpfte in mein Zimmer und breitete die Hefter auf meinem Tisch aus.

Ich hatte mich beruhigt, hatte mich wieder besser im Griff. Mit Aaron hatte ich vereinbart, dass ich alles in Ruhe durchlesen und ihn anrufen würde, wenn ich Fragen hätte. Der Trick war, eine Distanz zu den Protokollen und Berichten herzustellen, sie so zu lesen, als ginge es dabei um eine andere Familie, ansonsten würde ich es niemals schaffen, da durchzukommen. Und das musste ich, denn ich musste Heiko finden. So einfach war das. Schluss mit: *Oh, aber was, wenn er gar nicht gefunden werden will, oh, aber die Privatsphäre, oh, aber die ganze vergangene Zeit.* Scheiß auf die vergangene Zeit. Dieses Foto! Er war unser Junge, unser kleiner Junge. Es war ganz egal, wie alt er inzwischen war. Es war egal, ob er inzwischen Drogendealer war oder Skinhead, ein glücklicher Familienmensch oder ein genauso glücklicher gehirngewaschener Stasi-Apologet – in ihm drin steckte immer noch unser kleiner Junge, der kleine Junge auf dem Foto. Es war wirklich passiert. Dieser kleine Junge war entführt worden. Und es wäre sinnlos, über der Akte zusammenzubrechen oder den Verlust zu beweinen.

Ich war seine große Schwester. Ich musste ihn zurückholen.

Mein Telefon fiepte. Drei verpasste Anrufe von Tobi und eine Nachricht:

Wo bist du???

Ich fing an, eine Antwort zu tippen, aber ich wusste nicht, wie. Ich wollte Tobi nicht von der Akte erzählen, bevor ich nicht wusste, was drinstand. Das Telefon klingelte wieder, und ich stopfte es unter mein Kissen.

—

In ihrem letzten Buch beschrieb Christa Wolf, die Lieblingsschriftstellerin meiner Großmutter, wie sie nach dem Fall der Mauer ihre Stasiunterlagen eingesehen hat. In Ostdeutschland war sie eine Starautorin gewesen; der Archivar schaffte mehr als zweiundvierzig dicke Ordner über sie heran, plus Telefonprotokolle, alles in einer großen grünen Holzkiste verstaut, die Wolf schließlich als »Seemannskiste« betitelte. Jeden Tag fischte ein freundlicher Mitarbeiter ihre Akten aus der Seemannskiste und breitete sie vor Wolf aus, die sich darin vertiefte und dabei herausfand, welche ihrer Herausgeber, Mentoren und Freunde sie während der vergangenen Jahrzehnte verraten hatten. Sie überlegte, wie befreiend es wäre, dieses ganze Papier auf einem großen Scheiterhaufen zu verbrennen. Das Studium ihrer Akte hatte ihre Vergangenheit zerstört und ihre Gegenwart vergiftet. Es lag an der Stasisprache. Sie entstellte die Wirklichkeit, wie Wolf sie erinnerte, und zog alles in den Schmutz, bis sie selbst sich beschmutzt fühlte. Dann kam der letzte Tag im Archiv. Sie war mit allem durch, sie war hinter die Namen der Verräter gekommen und hatte sich dazu gezwungen, sie gleich wieder zu vergessen. Es war endlich vorbei. Der freundliche Mitarbeiter zögerte ein bisschen und sagte dann, ohne sie anzusehen:

»Da ist noch etwas.«

»Was?«

»Da ist noch Ihre Täterakte.«

Der Archivar holte eine separate Akte mit Berichten für die Stasi herbei und sagte leise: »Das ist doch Ihre Handschrift, nicht wahr?«

Und es *war* ihre Handschrift. Es war Christa Wolf gewesen, die einige Jahrzehnte zuvor für die Stasi diese Berichte über ihre Kollegen geschrieben hatte. Sie war bespitzelt worden, und sie hatte andere bespitzelt.

»Das hatte ich vollkommen vergessen«, sagte sie. Der Mitarbeiter antwortete: »Das hören wir hier oft.«

Ich glaubte Christa Wolf. Ich glaubte, dass sie ihre kurze Stasiaffäre als junge Frau vergessen hatte, denn das Leben eines Menschen ist lang, und unterwegs können viele Erinnerungen verloren gehen, besonders die unbequemeren.

Was hatte meine Mutter im Archiv wirklich zu finden gehofft? Eine Spur von meinem Bruder? Informationen zum Verräter? Oder das Gegenteil: Die Gewissheit, dass es keine Beweise gab, dass niemand ihr irgendwelche Vorwürfe machen könnte, dass die Vergangenheit für immer ruhen würde? Meine Mutter war ein Opfer gewesen, natürlich war sie ein Opfer. Aber es musste einen Grund dafür gegeben haben, warum sie uns nichts von der Akte erzählt hatte. Sie hatte ambivalente Gefühle deswegen, vielleicht fürchtete sie sich sogar davor. Vielleicht war auch ihr Gewissen nicht frei von Schuld.

Davor hatte Licht mich also gewarnt, die Gefahr der Spekulation. Aber es war unmöglich, nicht zu spekulieren.

—

Ich zwang mich dazu, die Fotos anzusehen. Mein eigenes übellauniges Gesicht, der arme verschreckte Tobi, Heiko mit seinen großen verwunderten Augen. Er blickte mich direkt an. An den Seitenrand war ein Name gekritzelt: Peter Bauer oder Peer Bauer oder Petra Baner. Wahrscheinlich nur der Name irgendeines Beamten, aber ich suchte online trotzdem nach allen Versionen des Namens.

Ich bekam Millionen von Ergebnissen, Bilder von Männern und Frauen, die mir nicht einmal entfernt bekannt vorkamen. Wenig überraschend; niemand würde den Adoptivnamen eines kleinen Jungen an den Rand eines Formulars kritzeln, schon gar nicht ein ostdeutscher Beamter. Dafür hätte es eine eigene Prozedur gegeben, eine Urkunde, ein extra Papier, auf dem die Umbenennung von Heiko Valentin in – wie auch immer er heute hieß – dokumentiert wäre. Wie hatten die Deutschen jemals ohne Papiere existieren können? Ich stellte mir den ersten mittelalterlichen Schreiber vor, wie er in einem feuchten Schloss in Nürnberg saß und ein Blatt aus gewebtem Hanf vor sich hielt: *Auf diesem platten und erstaunlich stabilen Material werden wir von nun an alles niederschreiben – Musik, Religion, Philosophie, Lyrik und all die Namen der Leute, die wir gefoltert und auf dem Scheiterhaufen verbrannt haben, und spätere Generationen werden es lesen und uns dafür bewundern.*

Müdigkeit übermannte mich. In den letzten vierundzwanzig Stunden hatte ich mehr über meine Familie gesprochen als in den vierundzwanzig Jahren davor, und dennoch verwirrte es mich genauso wie immer. Ich legte Heikos Formular auf die Seite und betrachtete den Teil mit den Protokollen.

Die Seiten sahen aus wie ein Theaterstück für zwei Darsteller. Beim Lesen erkannte ich schnell die Stimme meiner Mutter: zuerst stur und trotzig, später flehend und ängstlich. Die zweite Stimme, die des Vernehmungsbeamten, änderte sich von Seite zu Seite. Sie war freundlich, sie war drohend, sie war brutal, sie war beruhigend, sie war unerbittlich, sie war voller Mitgefühl, sie war so kalt, dass es beinahe unmenschlich war. *Frage. Antwort. Frage. Antwort. Frage. Frage. Frage.*

Und wenn wir damit fertig sind, dann wird es keinen Winkel Ihres Denkens mehr geben, den wir nicht kennen. Wir werden zu Hause sein in Ihrem Denken, wir werden nie mehr weggehen.

Ich versuchte, mir den Vernehmungsbeamten meiner Mutter vorzustellen. War es eine Person oder mehrere? Hatte er, hatten sie Namen? Ich konsultierte ihr Notizbuch und überflog die langen, ausufernden Listen auf der Suche nach einer Beschreibung, einem Hinweis auf eine Identität. Ich fand eine hingekritzelte Bemerkung:

In gewisser Weise freute ich mich auf die Verhöre. Ich war so lange allein eingesperrt, und er war wenigstens ein anderer Mensch.

Und ein paar Seiten weiter:

Vor ein paar Jahren war ich mit Ellachen in einem Supermarkt und sah dort einen Mann, der aussah wie mein Vernehmungsbeamter. Ich drehte mich um und ging aus dem Laden, und erst als ich schon die nächste Straßenecke erreicht hatte, fiel mir ein, dass Ellachen noch in dem Laden war. Ich hatte sie einfach da stehen lassen.

An diese Geschichte konnte ich mich erinnern, ich wusste noch, wie ich von Gang zu Gang lief und fremde Leute danach fragte, ob sie meine Mutter gesehen hätten, ich erinnerte mich an das Büro der Filialleiterin, ihr freundliches Gesicht, als sie sich vor das Mikrofon lehnte und die Mutter der kleinen Ella aufforderte, in das Büro neben Kasse fünf zu kommen, bitte.

Ich weiß noch, wie ich wartete und immer nervöser wurde und wie Mama schließlich in der Tür stand, bleich, verschwitzt und in Tränen.

An einen Mann, der aussah wie ein ostdeutscher Vernehmungsbeamter, erinnere ich mich hingegen nicht. Wie sehen ostdeutsche Vernehmungsbeamte überhaupt aus?

Seite um Seite las ich mich durch die Akte. Ich kam nur langsam voran, mein Deutsch war schlechter als gedacht. Ich öffnete ein Onlinelexikon, dann noch ein anderes. Ich suchte nach Abkürzungen, bürokratischen Begriffen, beschönigenden Umschreibungen von Haftbedingungen. Am Ende eines Ordners stieß ich auf die Kopie eines stark beschädigten Dokuments. Wo sie geklebt worden war, verliefen dünne schwarze Linien quer über die Seite. Es war eine Liste mit Daten und Namen: Wachen auf Nachtschicht, Wachen auf Tagschicht, Wachen, von denen die Inhaftierte zum Verhör begleitet wurde, Wachen, die sie zurückbrachten in ihre Zelle. Und dann:

> 17.9.1987 Befragung durchgeführt von:
> Hptm. Kuboweit

Hptm. Ich zermarterte mir das Hirn, abermals frustriert von meinen limitierten Deutschkenntnissen. Eines der Lexika konnte mir helfen. Hptm. stand für Hauptmann.

Ich fand Hauptmann Kuboweit auf weiteren vier oder fünf Seiten. Er hatte jedes Protokoll gewissenhaft korrigiert und unterzeichnet. Kleinere Fehler waren eingekringelt oder durchgestrichen. Jede Änderung sorgfältig mit seinen Initialen gekennzeichnet. Es war gewagt, sich aus gedruckten Dialogen und ein paar handschriftlichen Zeilen ein Phantombild zusammenzubasteln, aber ich konnte es mir nicht verkneifen. Ich stellte ihn mir als einen kleinen, pedantischen, frettchenhaften Mann vor; schnell, schlau und sarkastisch; stets nach Aftershave riechend, nach Privileg. Vielleicht konnte er manchmal sogar charmant sein.

In gewisser Weise freute ich mich auf die Verhöre.

Ich gab »Stasi Kuboweit« in eine Suchmaschine ein und erwartete nicht viel, fand aber einige Foren von ehemaligen DDR-Inhaftierten, in denen er erwähnt wurde. Sein Name fand sich auf Listen mit Stasimitarbeitern, die nach der Wiedervereinigung von Protestierenden illegal fotokopiert und verbreitet und später gescannt und hochgeladen worden waren. Anscheinend hatten Leute diese Listen aus Archiven gestohlen und sie auf der Straße, in den Universitäten und an Fabriktoren weitergegeben wie Werbezettel für ein Konzert. Diese Art von virtuellem Lynchmob behagte mir nicht, aber gleichzeitig profitierte ich gerade davon. Was mich eher überraschte, war, wie aktiv diese Foren immer noch waren. Nicht nur ehemalige Häftlinge waren dabei, auch frühere Stasimitarbeiter beteiligten sich.

Görlitz62: Stasischweine: Wir kriegen euch.
FähnrichP: JAMMERLAPPEN. Kommt ihr denn niemals darüber hinweg?!!

Es gab einen ganzen Themenstrang über Kuboweit, in dem sich seine gesamte schwankende Karriere nachvollziehen ließ. Nach der Wiedervereinigung hatte er schnell neue Arbeit gefunden, zuerst als privater Sicherheitsberater, dann im Immobiliensektor. Jetzt machte er Coaching für Führungskräfte.

Die Leute in dem Forum, die Kuboweit kennengelernt hatten, die seine Gefangenen gewesen waren, sagten nicht viel darüber, wie er so war oder was er getan hatte. Tatsächlich gab nicht eine Person in diesem Thread genauere Auskunft über eigene Erfahrungen. Aber gerade das machte einen besonders authentischen Eindruck auf mich, ich konnte meine Mutter vor ihrem Rechner sehen, wie sie jeden Satz genau bedachte, bevor sie ihn hinschrieb, wie sie nicht zu viel von sich preisgeben wollte oder eher wie sie lieber nichts von sich preisgeben wollte. Alles drehte sich nur um Kuboweit, wo er was gemacht hatte während der letzten Jahrzehnte, seine geschätzten Pensionsbezüge und wie unfassbar es war, dass er da draußen einfach frei herumlief.

Unten im Thread hatte jemand einen Link zu Kuboweits neuer Coachingfirma gepostet. Ich klickte drauf und kam auf eine nichtssagende, schmucklose Website mit ein paar Zeilen über Kraft und Strategien und einem Kontaktformular. Nicht mal ein Foto; ich fragte mich, ob das Unternehmen nur zum Schein existierte. Ich ging zurück in das Forum, zu dem Posting mit dem Link, wo auch eine Adresse stand.

Selbstjustiz war falsch. Menschen im Netz zu exponieren war falsch. Spione auszuspionieren war falsch. Ich wusste, dass es nicht korrekt war, aber trotzdem notierte ich mir die Adresse und überlegte schon, was ich Hauptmann Kuboweit fragen wollte und was er wohl antworten würde.

—

Ich wandte mich wieder den Protokollen zu. Im Lesezimmer war es mir nicht gelungen, mir das Verhör vorzustellen, aber nach dem Besuch in Hohenschönhausen hatte ich nun eine klare Idee von der Umgebung. Ein kleiner Raum ohne Fenster, nur mit ein paar Glasbausteinen. Auf einem der beiden Stühle meine Mutter, in Handschellen, erschöpft vom Schlafmangel. In der Ecke ein Metallregal, ein leerer Tisch, ein zweiter Stuhl. Er stand neben dem Tisch und schaute auf sie herab. Hin und wieder kippte sie zur Seite weg, dann erschien ein Wächter aus dem Hintergrund und richtete sie wieder auf.

Nacheinander las ich Seite um Seite. Zuerst langsam und genau, dann fing ich an, sie zu überfliegen und vorzublättern, wobei ich immer dachte, dass ich ja jederzeit wieder zu diesem und jenem zurückblättern könnte. Ich wollte zuerst wissen, was diese Akte mir über Heiko verraten konnte, denn darauf kam es an.

Lange nach Mitternacht hatte ich das Ganze einmal durchgeblättert. Schlafen konnte ich jetzt sowieso nicht. Ich griff zum Handy.

Gerade durch, schrieb ich an Aaron.

Er antwortete sofort. *Die ganze Akte?*

Ja.

Das ging schnell. Geht's dir gut?

Ich könnte einen Drink vertragen.

Klar. Selber Ort?

Lieber nicht. Prenzl Berg? Kleine Bar oben in der Lychener Str.? »Rosalind«.

Ich fügte noch hinzu: *Keine Ahnung, warum es »Rosalind« heißt.*

Er antwortete: *Bin unterwegs.*

Ich blätterte zu einem der Protokolle zurück und nahm

es vorsichtig aus dem Ordner. Dann heftete ich Heikos Foto daran. Ich dachte, falls ich während dieser Suche jemals ermüde, wenn ich jemals denke, dass es zu lange dauert oder zu viel Raum in meinem Leben einnimmt oder den Aufwand einfach nicht lohnt, dann nehme ich dieses Protokoll, lese es noch einmal, und dann mache ich wieder weiter.

Vernehmungsprotokoll der Angeklagten
Dr VALENTIN, Regine

2/3

ANTWORT: Es gibt keinen Grund dafür, meine Kinder in ein Heim zu stecken! Meine Mutter hat versprochen, sich um sie zu kümmern.

FRAGE: Ihre Mutter kannte Ihren Plan?

ANTWORT: Nein, nein, wir hatten nur besprochen, dass sie sich um sie kümmert, wenn uns mal irgendwas passiert. Ich bin sehr müde, ich glaube, ich kann Ihre Fragen nicht weiter beantworten.

FRAGE: Sie meinen, sie würde sich um sie kümmern, wenn Sie verhaftet werden?

ANTWORT: Sie würde sich um sie kümmern, falls wir mal einen Unfall hätten oder krank wären. Das sind normale Fragen, die in allen Familien besprochen werden, oder? Ich weiß nicht, ich bin so müde, ich kann mich kaum konzentrieren.

FRAGE: War Ihr Fluchtversuch auch Teil dieser normalen Familiengespräche?

ANTWORT: Ich habe es schon erklärt, meine Mutter wusste nichts davon. Wenn wir es ihr erzählt hätten, hätte sie versucht, uns davon abzuhalten. Meine Mutter ist diesem Land und der Partei gegenüber absolut loyal, und das muss ich Ihnen nicht erklären, das wissen Sie auch so. Müssen wir das noch mal besprechen? Ich bin so müde.

FRAGE: Und Sie sind diesem Land gegenüber nicht loyal?

ANTWORT: Natürlich bin ich loyal, mir gefällt nur nicht, was man aus diesem Land gemacht hat.

ERKLÄRUNG: Das ist staatsfeindliche Hetze.

ANTWORT: Ich entschuldige mich. Ich bin müde, ich weiß nicht mehr, was ich rede.

ERKLÄRUNG: Wir haben mit Ihrer Mutter gesprochen. Sie schämt sich seit Langem für Ihre staatsfeindliche Haltung und gab an, dass Sie Ihre Kinder häufig vernachlässigt hatten, um an illegalen Versammlungen in der Nachbarschaft teilzunehmen. Ihre genauen Worte waren, und ich zitiere hier: »Was soll ich sagen, sie hat sich das eingebrockt, und nun muss sie die Suppe auslöffeln. Ich kann mich nicht um die Kinder kümmern und glaube, dass sie in einem Heim, wo sie eine sozialistische Erziehung bekommen, besser aufgehoben sind.«

ANTWORT: Ich glaube nicht, dass meine Mutter das gesagt hat.

FRAGE: Beschuldigen Sie uns, die Aussage Ihrer Mutter gefälscht zu haben?

ANTWORT: Verzeihung, natürlich nicht, es klingt nur einfach nicht nach ihr, sicher können Sie verstehen, dass es jedenfalls für mich nicht, es klingt nicht ... Ich weiß es nicht. Ja, vielleicht hat sie es gesagt, ich weiß es nicht. Wenn Sie es sagen. Dann muss es ja stimmen. Richtig? Ist das eine gute Antwort? Ich bin sehr müde. Bitte, ich kann kaum einen klaren Gedanken fassen. Ich bin wirklich sehr müde.

FRAGE: Vom wem haben Sie das Beruhigungsmittel für die Kinder bekommen?

ANTWORT: Wie ich Ihnen bereits gesagt habe, ich habe es selbst gemacht, ich habe auf dem Fensterbrett Baldrian gepflanzt und dann daraus einen Tee gemacht, den ich ihnen gegeben habe. Niemand hat mir geholfen.

FRAGE: Ein paar Schluck mehr, und Sie säßen hier als Kindermörderin.

ANTWORT: Es war ein selbst gemachter Tee, ich bezweifle, dass er so stark war.

ERKLÄRUNG: Wenn wir Sie des versuchten Mordes anklagen, dann sind Sie erledigt. Dann verbringen Sie den Rest Ihres Lebens im Gefängnis. Und glauben Sie mir, Kindermörder haben es im Gefängnis nicht leicht. Warum kooperieren Sie nicht? Sie könnten hier ruckzuck wieder raus sein, zurück bei Ihren Kindern. Sind die Ihnen egal? Ella, Tobias und Heiko. Heiko ist erst zwei, nicht wahr? Ich habe gehört, dass er nichts mehr isst, wollen Sie das?

UNTERBRECHUNG: Er isst nicht mehr?

ERKLÄRUNG: Seine Betreuer müssen ihn zwangsernähren, sie haben keine Wahl.

UNTERBRECHUNG: Welche Betreuer? Warum ist er nicht bei meiner Mutter? Sie können meinen kleinen Jungen nicht zwangsernähren, bitte nicht, er isst, wenn man geduldig mit ihm ist, bitte seien Sie gut zu ihm.

ERKLÄRUNG: Sie können morgen schon bei Ihrem kleinen Jungen sein, wenn Sie kooperieren. Sie müssen uns nur sagen, wessen Idee das Ganze war, wer Bescheid wusste und wer Ihnen geholfen hat. Wir sehen, dass Sie reden wollen. Sie wollen es sich von der Seele reden, das wollen Sie doch. Sich davon befreien, von dem ganzen Ballast, und dann in Ihr Bett zurückkehren und schlafen. Kommen Sie, fangen wir noch mal von vorn an.

Berlin 1987: Herbst

Wie könnte ich unsere Rückkehr nach Hause beschreiben, zu Oma, in unsere kleine Wohnung mit der Badewanne in der Küche? Während der ersten Tage lag ich mit einer schlimmen Grippe flach, ich schwitzte Schlafanzüge und Laken durch, zitterte bis zum Zähneklappern, stöhnte über den tiefen Schmerz in meinen Armen und Beinen. Auch Tobi wurde krank, so sehr, dass Oma einen Arzt rufen musste. Er empfahl kalte Leinenwickel um die Waden und einen heißen Kartoffelwickel um den Hals.

Ich lag im Bett und dachte an Heiko. Wo war er? War er bei Mama und Papa? Und wo waren die? Vielleicht hatte man sie in ein Gefängnis gebracht. Und Heiko in ein Kindergefängnis. Vielleicht lag er ganz allein in einem Bett. Umklammerte sein Kissen und flüsterte »Auto«. Der Gedanke war unerträglich. Der Gedanke daran, dass Heiko allein sein könnte, war unerträglich. Er war nie von uns getrennt gewesen, nicht für eine einzige Nacht. Er kannte nur unser Zuhause und Omas Wohnung und seine Krippe. Unter fremden Leuten hätte er große Angst. Und weil es so unerträglich war, sagte ich mir, dass es nicht sein konnte. Es konnte einfach nicht so sein. Er musste wenigstens bei Mama sein. Papa erholte sich langsam im Krankenhaus. Heiko war bei Mama. Er vermisste uns, er war verwirrt, er wollte nach Hause, aber wenigstens war er bei Mama. Sie hielt ihn im Arm, und er wischte sich die Nase an ihrer Schulter ab.

Opa baute das leere Kinderbett auseinander und verstaute es.

Nachts im Dunkeln sang kein kleiner Junge mehr irgendwas vor sich hin. Kein kleines Stimmchen brabbelte »Auto«, »Busss«, »Zug«, als würde er sich alles, was schön war in der Welt, in Erinnerung rufen.

Manchmal riss mich eine kalte kleine Hand auf meinem Gesicht oder Arm aus dem Schlaf. Es war Tobi, der zu mir ins Bett wollte, damit die Einbrecher sein Bett leer vorfinden würden.

—

Die Wohnung wirkte wie ein Wartezimmer. Niemand tobte kreischend und lärmend herum. Wir warteten und warteten darauf, dass irgendwer uns einbestellte, um uns mitzuteilen, dass hier ein Fehler vorlag, hier habt ihr eure Familie zurück, und alles ist wieder so, wie es vorher war.

Oma machte Pfannkuchen und Milchreis, herzförmige Waffeln mit Puderzucker und Sahne, Buletten mit Zwiebelsoße, golden gebratene Schnitzel, Kartoffelsalat mit Mayonnaise und Schnittlauch, Gulasch mit Klößen, süße Bratäpfel in einem See von Vanillesoße.

»Iss, Tobi! Ellachen, iss!«

»Ich hab keinen Hunger«, sagte ich.

Tobi schob seinen Teller weg. »Wo ist Mama?«

Eines Morgens fragte ich Oma, wie lange Papa noch im Krankenhaus bleiben müsste. Sie zuckte zusammen.

»Geht es ihm besser?«, fragte ich. »Können wir ihn mal besuchen?«

»Nein«, sagte sie langsam. »Nein, wir können ihn nicht besuchen.«

Sie nahm ein Brot aus dem Kasten, schnitt zwei Scheiben ab und bestrich sie mit Margarine.

»Ellachen.« Sie wedelte mit einer der Scheiben vor meinem Gesicht herum. »Ellachen, bitte, du musst was essen.«

»Wann kommt Papa zurück?«

»Ich weiß es nicht.«

»Und Mama?«

»Ich weiß es nicht. Magst du Brot nicht mehr? Willst du lieber etwas Käse?«

»Und Heiko? Wo ist Heiko?«

»Jemand kümmert sich um Heiko.«

»Wo denn? Wer kümmert sich um ihn?«

»Frag mich nicht danach, Ellachen. Ich kann es dir nicht sagen. Ich weiß noch weniger als du, ich war ja nicht dabei.« Sie wich meinem Blick aus, nahm einen Lappen und fing an, die Arbeitsflächen in der Küche abzuwischen. »Was wird deine Mutter denn sagen, wenn sie hört, dass du nichts isst.«

»Wo ist sie denn?«

»Ella, ich weiß es nicht. Ich weiß es nicht genau. Aber ich glaube, die Polizei stellt ihr Fragen darüber, was passiert ist, das ist das, was ich glaube.«

Es war das aufrichtigste Gespräch, das ich während dieser Zeit mit Oma hatte. Danach muss jemand mit ihr geredet und sie davon überzeugt haben, einem anderen Drehbuch zu folgen, denn in den späteren Wochen erklärte sie mir, dass Heiko bei Freunden meiner Eltern auf dem Land sei, zu weit entfernt für einen Besuch. Wir sollten ihn auch nicht anrufen, er sei zu klein, um das zu verstehen, und meine Stimme zu hören würde ihn nur durcheinanderbringen. Über meine Mutter sagte sie, dass sie an einem Ort sei, wo sie Zeit habe, über ihr Tun nachzudenken. Und nein, sie könnte uns vorerst nicht besuchen.

»Du meinst, sie ist im Gefängnis?«, fragte ich.

»Schsch!«

Ein paar Tage später meinte sie dann, ich könnte meiner Mutter einen Brief schreiben, darüber würde sie sich sehr freuen.

»Also ist sie doch im Gefängnis?«

»Das habe ich nicht gesagt.«

»Was isst man im Gefängnis?«, fragte ich. »Nur Wasser und Brot?«

»Es ist kein richtiges Gefängnis, jedenfalls nicht so eins wie früher«, sagte sie. »Wenn dich jemand fragt, dann sag, dass deine Eltern beruflich unterwegs sind.«

Ein anderes Mal schimpfte sie: »Kein Wort mehr darüber. Du bringst uns alle in Gefahr. Willst du das?«

Eine Woche lang schrieb ich an dem Brief, und als ich ihn Oma brachte, legte sie die Arme um mich und küsste mich auf meine Haare.

»So viel können wir ihr nicht schicken, mein Schatz.«

»Warum nicht?«

»Das ist kein Brief, das ist ein Buch.«

»Bitte, bitte schick es an Mama.«

Ich hatte alles für sie gezeichnet – unsere Straße, unser Haus, unsere Wohnung. Ich hatte mir riesige Mühe damit gegeben, alles ganz detailgetreu wiederzugeben – das Huhn im Ofen, Heiko in seinem Kinderbett, seine Socken auf der Heizung, das Bild mit den blauen Pferden an der Wand. Mein Vater in der Küche mit dem Holzlöffel in der Hand.

Mama könnte es sich an ihre Zellenwand hängen und sich fühlen, als wäre sie bei uns.

»Ellachen, du musst jetzt mal ganz stark sein.« Oma drückte mich ganz fest. »Papa ist nicht im Krankenhaus.«

»Wo ist er denn?«

»Er ist tot, mein Kind.«

»Aber wo ist er?«

»Auf einem Friedhof.«

»Aber wo *ist* er denn?«

Lange Zeit konnte ich an nichts anderes denken. Wo war mein Vater? Wenn er weder hier noch im Krankenhaus war, wo *war* er dann?

Oma ging mit mir zu einem Friedhof und zeigte mir einen Stein, auf dem der Name meines Vaters stand, aber auch danach glaubte ich ihr nicht.

Papa ist durch den Stacheldraht geschlüpft, dachte ich; er ist drüben auf der anderen Seite, und bald wird er uns schreiben und uns zu sich holen.

—

»Oma, können wir Mama mal besuchen?«

»Das geht leider nicht, mein Schatz, aber sie kommt ganz bald zurück.«

»Wie bald ist ganz bald?«

»Das weiß ich nicht.«

»In einem Monat?«

Ein Monat schien unerträglich weit entfernt. Ich hatte das nur aus Provokation gesagt, damit sie antwortete: *Natürlich früher!*

Aber sie sah mich traurig an und schüttelte den Kopf und sagte, nein, in einem Monat bestimmt noch nicht.

—

Eine Erinnerung aus dieser Zeit sticht heraus. In der Schule lasen wir eine Geschichte, eine moderne Version von dem Märchen vom Fischer, der einen Fisch fängt, der ihn anbettelt, ihn am Leben zu lassen. Zum Dank hat der Fischer einen Wunsch frei. Die Frau des Fischers schickt ihn immer wieder mit neuen Wünschen zurück zu dem Fisch, sie will ein größeres Haus, schöne Kleider und immer so weiter, bis der Fisch schließlich so sehr in Ärger gerät über ihre Habgier, dass er ihnen alles wegnimmt und sie wieder so arm sind, wie sie es vorher waren. Ich weiß noch, wie ich immer gereizter wurde, während wir über die Geschichte sprachen. Der Lehrer wollte, dass wir auf der Seite des großzügigen Fisches stünden und die Schuld bei der materialistischen, unvernünftigen Frau suchten, die nicht wusste, wann es genug war.

Da überkam mich das unbändige Gefühl, dass ich nichts zu verlieren hatte. Ich sagte, den Fischer treffe keine Schuld, seine Frau treffe keine Schuld. Nein, der Fisch habe sich schäbig verhalten, als er ihnen alles weggenommen hat. Die Frau hatte nur getan, was jeder tun würde: zugreifen, mehr wollen, nach mehr fragen. Wie gemein zu behaupten, diese Frau hätte zu viel gewollt, sie hätte ihr Unglück selbst zu verantworten.

Als ich fertig war, wurde es still. Man konnte das verschleimte Atemgeräusch von dem Jungen in der letzten Reihe hören, der immer erkältet war.

»Das ist eine eigenwillige Auffassung«, sagte unser Lehrer schließlich, »denn im echten Leben ist es schon so, dass man Probleme bekommt, wenn man zu viel haben will. Die glücklichsten Menschen sind die, die dankbar dafür sind, was sie haben.«

Auf dem Weg nach draußen holte mich ein Junge ein

und sagte: »Weißt du, was man hinter deinem Rücken über dich sagt?«

»Nein«, gab ich zurück und fand mich sehr schlau. »Wie sollte ich das wissen, wenn es hinter meinem Rücken passiert?«

»Man sagt, wenn deine Großmutter nicht mit welchen ganz oben verhandelt hätte, dann wärt ihr jetzt alle im Kinderheim, ihr alle, nicht bloß dein Bruder.«

Ich haute ihm mit Wucht eine runter. Vollkommen überrascht sah er mich an. Seine Hand wanderte an die gerötete Haut. Dann drehte er sich auf dem Absatz um und rannte weg.

Auf dem Nachhauseweg versuchte ich, mich davon nicht beeindrucken zu lassen. Wer war schon dieser Junge da? Seine Familie kam von jwd, aus irgendeinem Kuhdorf an der polnischen Grenze. Diesen Teil des Landes nannten wir das Tal der Ahnungslosen, weil man dort kein Westfernsehen empfangen konnte, nicht mal mit einer baumhohen Antenne.

—

Während dieser Zeit war ich sehr einsam. Meine Schulfreunde mieden mich. Am schlimmsten war Sandy, meine beste Freundin. Von ihr hatte ich bedingungslose Solidarität erwartet. Schließlich hatte sie sich nie etwas daraus gemacht, was andere dachten. Aber als ich aus Ungarn zurückkam, wollte Sandy mich nicht mehr. Sie saß jetzt neben einem anderen Mädchen, und der Platz neben mir blieb leer. Nach der Schule sah ich, wie sie inmitten einer Schar von Freundinnen die Straße hinunter entschwand. Mäuseschwänze, geflochtene Zöpfe, Topfschnitte, Bubiköpfe. Die Köpfe eng zusammengesteckt, Geheimnisse, die von Ohr zu Ohr wanderten. In den Pausen spielten sie Hopse und Gummitwist. Mit den Händen zusammen Fäden abnehmen, mit zusammengebundenen Knöcheln im Dreibeinlauf. Ich saß allein auf einer Betonbank neben den Mülleimern und aß meine Stulle. Der Hauswart kam vorbei und sammelte Salamischeiben und Schokoladenpapier mit einer langen Metallzange auf. Kleine Vögel tauchten in die Mülleimer und wieder heraus. Ich versuchte, ganz versunken in ihr Herumgeflatter zu wirken. Ich hatte Besseres zu tun als Hopse spielen.

Sogar meine geliebte Lehrerin Frau Obst schloss sich den anderen an. Immer hatte sie mein Talent gelobt und mir kleine Extraaufgaben erteilt, was verpönt war in der Schule, da wir ja alle gleich waren. Jetzt vermied sie es, mit mir zu sprechen, und als ich sie eines Tages fragte, ob ich ein paar Wasserfarben ausleihen dürfte, um damit nach der Schule zu Hause zu malen, reagierte sie einfach nicht. Es war, als würde ich nicht existieren.

Auch die Nachbarn im Vorderhaus mieden uns. Immer wenn ich der Minsky begegnete, wie sie bei geöffneter Tür auf ihren Mopp gestützt gähnte vor Langeweile, trat sie einen Schritt zurück und schloss die Tür. Frau Pietsch gab uns manchmal noch einen Riegel weiße Süßtafel-Schokolade, aber sie nahm Oma nicht mehr mit zu den Parteisitzungen. Unsere einzige wirkliche Freundin im Haus war die alte Frau Rachmann. Manchmal besuchten wir sie in ihrer muffigen Wohnung, wo eine Pflegerin und ein Helfer sie mit kalter Kohlsuppe fütterten, weil man sich nicht mehr darauf verlassen konnte, dass sie Bescheid gab, wenn die Suppe zu heiß war. Wenn wir ihr im Hausflur begegneten, lächelte sie und streckte uns ihre dünne Hand entgegen. Die Haut war lose und trocken. Sie streckte jedem die Hand entgegen – es war kein Zeichen besonderer Zuneigung, aber trotzdem war ich froh, dass sie sich nicht von uns abwandte.

Oma zog zu uns in den fünften Stock, damit wir die Wohnung nicht aufgeben mussten. Opa Horst blieb unten im Erdgeschoss. Oma schlief im Bett meiner Eltern, und ich sah, dass sie sich damit nicht wohlfühlte, aber anders ging es nicht. Eines Tages kam ich aus der Schule und sah, dass sie die Kleidung meiner Eltern in große Kartons geräumt hatte. Ein paar Kleider von meiner Mutter hingen noch über den Bügeln. Oma saß auf dem Bett und hielt das schwarze Abendkleid meiner Mutter in den Händen, das Kleid, das sie zu der Ausstellungseröffnung getragen hatte, bei der sie den Maler kennengelernt hatte. Zum ersten Mal sah ich meine Großmutter weinen.

In der Welt draussen vergingen zwei Jahre. In unserer Wohnung nahm die Zeit andere Formen an. Manchmal schien sie rückwärts zu laufen. Dann wachte ich morgens glücklich auf, weil ich mir sicher war, Mama und Papa würden in der Küche sitzen und Kaffee trinken.

Bei anderen Gelegenheiten konnte ich sie fast aus dem Augenwinkel erblicken. Wenn ich mir ein Glas Wasser aus dem Wasserhahn in der Küche holte, fühlte ich Papa hinter mir, wie er mit einem geöffneten Buch vor sich am Tisch saß. Er hielt seine Stirn auf Daumen und Zeigefinger gestützt. Mit einem Bleistift schrieb er schnelle leichte Notizen in sein Heft, so behutsam, als fürchtete er, der Seite wehzutun. Manchmal machte er ein eigenartiges kleines Geräusch wie bei einem Schluckauf, ein kleines Halblachen, aus Belustigung oder Überraschung. So saß er da hinter mir, ganz genau so, aber wenn ich mich herumdrehte, dann war da niemand. Es war, als wäre er gerade erst verschwunden, wäre gerade eben aufgesprungen und hinausgegangen.

In einem Regal neben seinen Büchern und Manuskripten hatte mein Vater eine Sammlung von alten landwirtschaftlichen Geräten in Miniaturgröße aufgereiht: einen winzigen Pflug, eine Hacke, ein Sieb zur Trennung der Spreu. Andenken an die ländliche Herkunft einiger seiner Vorfahren, Bauern aus Pommern und Schlesien mit Händen wie Heuharken. Meine Großmutter hatte die Kleidung meiner Eltern eingemottet, aber die Bücher und den Kleinkram hatte sie bislang nicht angerührt. Die bäuerlichen Kleingeräte waren noch da, das Hochzeitsfoto, das mit Anstreichungen durchzogene Manuskript meiner Mutter, sogar ein Stapel alter Zettel, die irgendwann mal an unserer Tür hingen, mit gereimten Einkaufslisten beschriftet.

Ich hütete diese Dinge mit großer Sorgfalt. Alles musste an seinem Platz sein für den Moment der Rückkehr meiner Eltern, damit sie wussten, dass wir an sie gedacht und dafür gesorgt hatten, dass sie sich gleich wieder wohlfühlen. Egal, wie oft man mir sagte, dass Papa nicht mehr zurückkäme. Ich hielt seine Notizen und seine Bücher in Ordnung, genau so, wie er sie hinterlassen hatte.

Einmal pro Woche entstaubte ich die Hacke, das Sieb, das feine Metallblatt der Sense. Wenn Oma eine Bemerkung darüber machte, dass wir einige Bücher zusammenpacken könnten, protestierte ich. Mein Vater hatte an einem Buch über das Bauhaus gearbeitet: Ein ganzes Regal stand voller Bücher zu diesem Thema, dicke Bände voll mit Bleistiftnotizen, Kommentaren, Querverweisen, Fragezeichen. Er würde diese Bücher brauchen, wenn er wieder hier war. Und nicht nur das: Es würde ihn sehr verletzen, wenn wir sie einfach rausgeschmissen hätten, als wären sie überflüssig geworden.

An die Wand hatte er Karteikarten mit Zitaten für sein Buch geheftet. Eines von Klee nahm ich ab und heftete es über mein Bett.

Diesseitig bin ich gar nicht fassbar
Denn ich wohne grad so gut bei den Toten
Wie bei den Ungeborenen
Etwas näher dem Herzen der Schöpfung als üblich
Und noch lange nicht nahe genug

Es klang tröstlich und größer als meine täglichen Sorgen: die Betonbank, der leere Küchentisch, die Momente, in denen ich am Rand eines Spielfelds saß und darauf wartete, dass mich jemand in seine Mannschaft wählte. Er war dort, wo ich wohnen wollte, bei den Toten und bei den Ungeborenen. Nahe am Herzen der Schöpfung.

Ich versuchte, die Bauhaus-Bücher meines Vaters zu lesen, aber sie waren zu kompliziert. Das Einzige, womit ich etwas anfangen konnte, war die Geschichte von Friedl Dicker-Brandeis, die Kindern im Getto von Theresienstadt die Grundsätze des Bauhauses vermittelt hatte. Die Kinder malten Bilder von ihren Familien und den Haustieren, die sie zurückgelassen hatten, sie malten weite Landschaften und die beengten Räume im Getto. Und ich dachte, wenn die Kunst diesen Kindern helfen konnte, die mit weit grausameren Umständen konfrontiert waren als ich, dann könnte sie auch mir helfen. Daraufhin begann ich, jeden Abend Skizzen mit Bleistift zu zeichnen und Bilder mit Wasserfarben zu malen. Es war mein Gedanke, dass die Malerei Friedl und die Kinder irgendwie gerettet hatte, dass sie sich ihren Weg aus dem Getto hinaus in sanfte Aquarelllandschaften und farbenfrohe Häuser gemalt hatten, auch wenn sie in Wahrheit natürlich alle irgendwann deportiert und in Auschwitz ermordet wurden und die Kunst das ganz und gar nicht verhindern konnte.

—

Eines Morgens saß ich in der Küche und aß mein Roggenbrot mit Marmelade. Neben mir saß Tobi, der sein Brot nicht anrührte. Er aß wenig in dieser Zeit. Nachts weinte er unter seiner Decke und dachte, ich könnte ihn nicht hören. In der Schule stritt er sich mit den Lehrern. Wir beide hinkten in allen Fächern hinterher, aber während mir meine eigenen Leistungen egal waren, machte ich mir Sorgen um Tobi. Immer war er beliebt, begabt und fröhlich gewesen und hatte viele Freunde gehabt. Aber zu jener Zeit war er genauso einsam und zurückgezogen wie ich. Er nahm ab und war blass und blutleer.

Mit meinem Brot zeigte ich auf das Bild mit den blauen Pferden, das nun in der Küche hing. »Über dieses Bild hat Mama mir ein Geheimnis verraten«, begann ich. »Sie meinte, ich soll es dir sagen, wenn du alt genug dafür bist.«

Er sah mit einem seltenen interessierten Blick zu mir hoch.

»Pass auf«, fuhr ich fort. »Die blauen Pferde, das sollen wir sein, du und ich und Heiko. Es ist eine Art Zeichen.«

Und dann erzählte ich ihm die Geschichte von den drei Kindern, die in einer Wohnung mit einer Badewanne wohnten, so wie wir, bis eines Tages der böse Zauberer kam und sie in blaue Pferde verwandelte. Er hielt sie in einem Verlies gefangen, wo sie nur Wasser und Brot bekamen. Wir haben alles verloren, dachten sie, wir werden für immer hierbleiben müssen. Aber dann! Der Himmel riss auf, ein lauter Donner brach herein, und vom Himmel herab schwang sich ihre Großmutter wie ein Adler, ihre Arme waren wie Flügel. Sie kämpfte gegen den Zauberer und tötete ihn; sie schwang ihren Zauberstab und verwandelte die Pferde zurück in Kinder. Und so wie in der Geschichte würden auch *wir* befreit werden. Oma würde Heiko zurückholen. Wir würden alle wieder zusammen sein. Alles würde wieder so sein wie früher oder fast so.

»Aber ich habe Oma gefragt«, sagte Tobi. »Und sie meinte, sie kann Heiko nicht zurückholen.«

»Dann hole *ich* ihn zurück.«

»Versprochen?«

»Versprochen«, sagte ich.

—

Oft sah ich das Bild an, und jedes Mal entdeckte ich etwas Neues darauf. Die blauen Pferde standen auf einer blumengesprenkelten Wiese. Rechts war ein Maisfeld mit hohen sich wiegenden Ähren. Weiter hinten am Horizont lag ein dichter Wald.

Es waren *die* Wiese und *der* Wald. Der Ort, an dem wir versucht hatten rüberzumachen.

Sven musste diese Wiese bei einem seiner Malurlaube in Ungarn entdeckt haben. Ein ruhiges Gelände ohne Wachtürme und Grenzpatrouillen in Sicht. Er hatte es gemalt, und Monate später war er dorthin zurückgekehrt, hatte die Wiese durchquert und war über den Stacheldraht gestiegen.

Sven ist hier über die Grenze gegangen, hatte meine Mutter zu mir gesagt. *Das geht, es ist sicher.*

Ich wollte jemandem von diesem Bild erzählen, auf dem man sicher sehen konnte, dass es alles Svens Idee gewesen war. Meine Eltern trugen keine Schuld; er musste sie dazu überredet haben.

»Oma«, sagte ich, »Oma, guck mal. Das ist die Wiese, das ist der Wald, da wurde Papa von dem Soldaten erschossen.«

»Ellachen, was du dir ausdenkst.«

»Aber Oma, Sven muss Mama einen Plan geschickt haben oder einen geheimen Brief, in dem stand, fahr in dieses Dorf in Ungarn, such nach dieser Wiese, es sieht alles genauso aus wie auf dem Bild …«

»Es reicht, Ella! Es reicht!« Sie hielt sich die Ohren zu.

Am nächsten Tag war das Bild weg. Stattdessen hing da ein Bild mit einem Dutzend rotbäckiger Jungen und Mädchen drauf, die goldenen Weizen ernteten. Und wenn ich Oma fragte, wo das Bild mit den blauen Pferden geblieben war, dann sagte sie, sie hätte keine Ahnung, wovon ich rede, so ein Bild hätte es nie gegeben.

Merkwürdige Dinge passierten in diesem Jahr.

Es gab den Winter der Haustiere. An mehreren Wochenenden im Januar klingelte es so oft an unserer Haustür, dass die Nachbarn sich schon beschwerten. Draußen standen Gruppen von Männern und Frauen mit Körben voller junger Kätzchen, angeleinten Hunden, Schachteln mit raschelnden Meerschweinchen und Kaninchen. Sie alle behaupteten, wir hätten auf ihre Anzeigen geantwortet, in denen sie kurz nach Weihnachten ihre ungebetenen Tiergeschenke annonciert hatten. Oma blieb standhaft: Weder sie noch ihr Mann hatten irgendeine Anzeige beantwortet. Es musste sich um ein Missverständnis handeln. Manche Leute wurden wütend: Sie hatten einen weiten Weg gehabt; sie verlangten, dass wir wenigstens für ihre Benzinkosten aufkämen. Opa Horst wurde gereizt und unbeherrscht. An einem Tag brüllte er die ganze Meute an, sie sollten sich um Himmels willen verziehen, das sei ja schlimmer als Stalingrad. Meine resolute, unerschütterliche Großmutter entwickelte ein leichtes Händezittern.

Die Haustierbesuche hörten auf. Es folgten andere Merkwürdigkeiten, plötzlicher Schabernack, Hexerei. Eines Tages waren alle gelben Handtücher verschwunden. Eine Woche später waren sie wieder da. Dasselbe passierte mit unseren Bettbezügen. Die gestreiften waren da wie immer. Die mit Blumenmustern verschwanden und tauchten später wieder auf.

Ich hörte, wie Oma und Opa spätabends über die Merkwürdigkeiten sprachen, als sie in der Küche saßen und dachten, dass ich schliefe.

»Was hast du denn erwartet?«, sagte mein Großvater. »Damit wollen sie erreichen, dass wir keinen Aufstand machen wegen Jochen. Sie beweisen uns, dass sie nach Belieben bei uns ein und aus gehen können. Und obendrein erreichen sie, dass alle anderen uns für verrückt halten. Zwei Fliegen mit einer Klappe.«

Oma klang nicht wie sie selbst, schwach und zerbrechlich: »Aber warum machen sie das? Ich habe noch nie einen Aufstand gemacht, ich habe nie geschwankt. Ich habe ihnen mein ganzes Leben gewidmet. Horst, *ich war doch für sie in Buchenwald*. Warum sollten sie mich so schikanieren?«

»Um sicherzugehen.« Seine Stimme klang unendlich sanft und traurig. »Einfach nur um sicherzugehen.«

Ich schlüpfte aus meinem Bett und beobachtete sie durch einen Spalt in der Tür. Oma goss sich einen Schnaps ein.

»Ich lasse mich nicht von denen einschüchtern.« Ihre Stimme klang etwas fester, nachdem sie das Glas geleert hatte. »Ich sag dir, meine Parteifreunde wären entsetzt, wenn sie das alles wüssten. Das ist einfach irgendein Abschaum, der sich hier so was mit uns erlaubt. Ich werde mich beschweren, Horst. Ich lasse mir das nicht bieten, ich sorge dafür, dass die zur Ordnung gerufen werden.«

»Du meinst, in der Partei weiß man nichts davon? Das *ist* die Partei, Trude.«

»Das kann nicht sein! Du wirst sehen, du wirst sehen, dass sie zu mir halten werden.«

»Sie werden die anderen beiden auch noch wegnehmen, das werden sie tun. Eine Beschwerde, ein falsches Wort, eine Frage zu Regine und Jochen, und sie nehmen uns die anderen weg, das weißt du.«

»Das würden sie nicht tun.«

»O doch, das würden sie. Einen haben sie schon, oder nicht? Und wir wissen nicht einmal, wo er ist.«

Damit wandte mein stoischer Großvater sein Gesicht ab zum Fenster, und nun war es meine Großmutter, die ihn mit leise gemurmelten Worten und einer hilflos über seinen Rücken streichenden Hand zu trösten versuchte.

Nach einem Jahr bekam ich den ersten Brief von Mama. Sie sagte, es gehe ihr sehr gut. Wir fehlten ihr, und sie hoffe, dass es uns auch gut gehe. Anscheinend fiel meiner Mutter, die Jahre damit zugebracht hatte, Hunderte von Seiten mit schönsten Worten und Sätzen zu füllen, nichts mehr zu sagen ein. Ihre Briefe kamen unregelmäßig; mal hörten wir wochenlang nichts, dann kamen zwei auf einmal. Sie rief uns dazu auf, brav zu sein und unsere Hausaufgaben zu machen, auf Oma zu hören, gut zu essen und gesund zu bleiben. Sie erwähnte weder Heiko noch einen Vater, aber in einem der Briefe zeichnete sie ein Bild von drei kleinen blauen Pferden.

Ich schrieb ihr zurück und zeichnete ebenfalls ein kleines Bild mit drei blauen Pferden auf meinen Brief, aber ich wusste nie, ob er sie erreichte.

Im Sommer 1989, zwei Jahre nach unserer Ungarnreise, bekamen wir ein gelbes Paket. Ich hatte keine Ahnung, von wem es sein könnte. Unsere Freunde in Westdeutschland hatten uns ewig nichts mehr geschickt, womöglich um uns nicht noch mehr Probleme zu bereiten.

Oma stellte das Paket auf den Küchentisch und verkündete, dass sie uns etwas zu sagen habe.

»Es gibt gute Nachrichten«, sagte sie bedächtig. »Also,

gute und nicht so gute. Die gute Nachricht ist, dass eure Mutter nicht mehr im Gefängnis sitzt.«

Ich musste mich am Tisch festhalten, um nicht vom Stuhl zu fallen. »Kommt sie zu uns?« Fieberhaft überlegte ich, was wir tun könnten, um ihr einen schönen Empfang zu bereiten: Papiergirlanden aufhängen, unsere Zimmer aufräumen, einen Kuchen backen. Ich konnte nicht anders, als mir vorzustellen, wie sie beide zur Tür hereinplatzten, Mama und Papa, und wie sie darüber lachten, dass wir gedacht hatten, Papa würde nicht mehr zurückkehren.

»Nein.« Meine Großmutter strich die Tischdecke glatt. »Nein. Der Westen hat sie freigekauft.«

»Der Westen hat sie *gekauft?*«, fragte Tobi.

»Ja, sozusagen. Sie haben unserer Regierung Geld bezahlt und sie nach Westberlin geflogen.«

Das war ein Schock. Ich hatte gehört, dass auf einer Brücke zwischen Ost- und Westberlin manchmal Spione ausgetauscht wurden, aber ich konnte mir nicht vorstellen, dass meine Mutter so wichtig war.

»Soll sie eine Spionin werden für die?«, flüsterte ich.

»Nein, so ist das nicht. So was wird einfach manchmal gemacht – sie geben unserer Regierung Geld für Gefangene, die unsere Regierung nicht haben will.« Und sie blickte auf den Tisch, während sie das sagte. Es verletzte mich, dass so über meine Mutter gesprochen wurde. Ich wollte sie haben. Tobi wollte sie haben. Warum hatte man uns nicht gefragt?

»Und darum ist dieses Paket hier«, fuhr meine Großmutter fort, »darum glaube ich, dass dieses Paket hier von Regine ist.«

»Aber wenn sie da drüben ist, dann sehen wir sie niemals wieder!«

»Kann sie uns wenigstens mal besuchen kommen?«, fragte Tobi bange.

Oma atmete tief durch. »Ich glaube nicht. Ich glaube, man würde sie nicht hereinlassen. Das ist also die nicht so gute Nachricht. Aber sie – sie kann unsere Regierung darum bitten, dass sie euch beide zu sich holen kann.« Noch mal tief durchatmen. »Es wird noch eine Weile dauern, aber ich vermute, so wird es schließlich kommen.«

In meinem Kopf drehte sich alles. Die einzige Gewissheit, die mir nach dieser Reise nach Ungarn geblieben war, war, dass Tobi und ich noch hier waren, in unserer Wohnung, in unserem Viertel. Hier an diesem Küchentisch hatte mein Vater in seinen Büchern gelesen, und hier las er in meiner Vorstellung immer noch in seinen Büchern. Am Kühlschrank klebte eine gereimte Einkaufsliste in seiner Handschrift, und niemand wagte es, sie da wegzunehmen. Saure Sahne stand darauf, Hühnchen und Kartoffeln: Die Zutaten für seine ganz besonderen Künstlerkartoffeln. In dieser Wohnung stand der Tisch, an dem meine Mutter sich vor dem Ausgehen geschminkt hatte. Im Wohnzimmer hatten sie ihre Freunde empfangen, Musik angemacht und Schnäpse weggekippt. Im Schlafzimmer hatte mein Vater beim Bügeln seiner Hemden ein Lied gepfiffen und Sprüche darüber gemacht, dass er so gut bügeln konnte, weil er lang genug Junggeselle gewesen war, bevor er meine Mutter geheiratet hatte. In meiner Schublade lag eine Bürste, die nach seinem Haar roch; er hatte sie für seinen Bart benutzt. Und überhaupt, was war mit Heiko? Konnte meine Mutter die Regierung auch darum bitten, ihn zu sich kommen zu lassen?

»Grübel nicht zu viel drüber nach, mein Schatz«, sagte meine Großmutter und strich mir übers Haar. »Wie gesagt, es wird sowieso noch etwas dauern. Das Wichtigste ist, dass sie jetzt aus dem Gefängnis raus ist. Sollen wir mal das Paket aufmachen?«

Das Paket war voller Kindersachen: Für mich ein gelbes T-Shirt und eine Jeans, und ein rotes Shirt und eine Jeans für Tobi. Es waren tolle Sachen. Besonders die Jeans war topmodern und sah sehr westdeutsch aus. Aber die Sachen waren mir zu klein. Meine Mutter hatte sich bei meiner Größe vertan. Ich probierte sie an und bekam die Jeans kaum bis übers Knie. Das T-Shirt zog sich eng über meinen Bauch und ließ eine Handbreit der Taille unbedeckt. Tobis Sachen waren ebenfalls zu klein. Ich gab ihm meine. Seine hätten Heiko gepasst, dachte ich.

Im Paket lag auch ein Brief. Meine Mutter schrieb, dass sie in Westberlin war. Sie war noch dabei, Fuß zu fassen, aber sobald sie eine Anstellung hätte, wollte sie eine Wohnung im Wedding mieten. Der Wedding lag direkt neben Prenzlauer Berg, auf der anderen Seite der Bösebrücke. Sie wollte eine Wohnung in der obersten Etage mit einem Fenster nach Osten finden, dann würde sie jeden Abend mit einem Lichtsignal dreimal leuchten. Das sollte unser Zeichen sein. Wir würden das Licht vielleicht nicht direkt sehen, weil ein breiter Streifen von Schienen und Niemandsland zwischen Prenzlauer Berg und dem Wedding lag und wir auch nicht wüssten, auf welches Fenster wir achten sollten. Aber sie wollte es trotzdem so machen und hoffte, dass wir diese Idee mögen und tröstlich finden würden.

—

Danach sah ich abends oft aus dem Fenster und hoffte, das vereinbarte Lichtsignal zu sehen. Ich wusste, dass meine Mutter recht damit hatte, dass ich es nie wirklich sehen würde; unsere Straße lag nicht nahe genug an der Mauer. Aber es stimmte auch, dass ich die Idee tröstlich fand. Dreimal leuchten im Dunkeln, einmal für jedes von uns Kindern.

AARON

Berlin 2010

In dem leeren weissen Zimmer lagen ungefähr ein Dutzend fotokopierte Seiten in einer Reihe auf dem leeren weißen Tisch. Wie Narben zogen sich Knitter und geklebte Risse über das Papier. Aaron war fertig. Zwar war Regine Valentins Akte nicht vollständig. Immer noch fehlten einige Seiten, und vielleicht würden sie für immer fehlen. Aber die vorhandenen Seiten hatte er alle zusammengesetzt.

Er war der Meinung, etwas Sinnvolles getan zu haben. Aber nun hatte er ein ziemlich großes Problem. Er hätte Ella niemals seine Hilfe zusichern sollen. Er kam sich vor wie in einem dieser Filme, wo jemand aus Versehen einen anderen tötet und die Leiche versteckt, aber der Nachbar die Leiche findet, sodass nun der Nachbar umgebracht werden muss, worauf der Postbote den Nachbarn und die andere Leiche entdeckt, weshalb dann wiederum der Postbote getötet werden muss. Nach zwanzig Filmminuten ist er schon ein Serienmörder und weiß gar nicht, wie ihm geschieht.

Aaron stand auf und ging zu der geheimen Kaffeemaschine. Er nahm die Treppe, bewegte sich langsam, bereitete sorgfältig seinen Espresso. Es war eine vertrackte Lage, eine sehr vertrackte Lage. Sein Handy klingelte.

»Ella!«

»Störe ich dich?«

»Nein, kein Problem. Ich mache Mittagspause. Oder Kaffeepause.«

»Woran arbeitest du?«

»Immer noch am Treffen der Metallarbeiter.«

»Habe ich dir ja gesagt, das wird noch interessant. Du wirst staunen. Sie planen einen illegalen Streik oder so was.«

»Ein Hoch auf deinen angeborenen Optimismus.« Er lächelte. »Hey, eine meiner Akten wird in einer Ausstellung gezeigt; also, nicht meine Akte, sondern die über die Dienststellen.«

»Siehst du? Interessant!«

Er konnte hören, wie sie versuchte, fröhlich und normal zu klingen. Als ob man so was eben machte, sich zum Zeitvertreib gegenseitig anzurufen und ein bisschen über den Überwachungsstaat zu quatschen. Sogar nachdem sie die Akte ihrer Mutter gelesen hatte, war sie so gewesen. Sie hatten sich auf einen Drink getroffen, und er hatte sie aufgelöst erwartet, so wie sie es war, als sie das Foto ihres Bruders entdeckt hatte, aber dann erschien sie in der Bar und wirkte vollkommen unerschüttert. Er hätte ihr gern gesagt, dass sie das nicht tun müsste, dass sie ihre Traurigkeit offen zeigen könnte, wenn sie es wollte, aber das wäre vielleicht bevormundend gewesen. Vielleicht konnte sie auch einfach nicht anders.

»Weißt du, ich hatte gestern Kontakt zu einer alten Freundin«, sagte sie. »Ein Mädchen namens Sandy. Ich hatte immer große Erwartungen in sie gesetzt, echt große Erwartungen. Sie war so ein Kind, das überall zu sein und alles mitzubekommen schien.«

»Und?«

»Und nichts. Sie lebt in einem indischen Aschram. Wir haben geskypt. Sie meinte, sie erinnere sich an mich, natürlich erinnere sie sich, aber sagte auch, dass sie ja nicht lange auf meiner Schule gewesen sei.«

»Ist das die, die gleich an der Mauer gewohnt hat?«

»Genau die! Sie war meine beste Freundin. Sie war so, so wichtig für mich. Aber während unseres Gesprächs klang sie so, als wären wir uns vielleicht mal auf dem Spielplatz begegnet. Ich habe deshalb schon an mir gezweifelt, also habe ich meine Erinnerung mal getestet. Ich habe sie nach spezifischen Dingen gefragt, die wir gemacht haben, wie wir zum Beispiel mal unsere Zungen rausgestreckt haben – egal, es ist alles von ihr abgeprallt, und sie meinte, ja, stimmt, so war das. Und dann sagte sie so was wie: Ja, wir haben einiges zusammen gemacht in diesem Sommer. So was in der Art. *Ja, wir waren dicke Freundinnen in dem Sommer.* Aber das klang so – als wäre das eben etwas, was Kinder halt so machen; sie sind dicke Freundinnen, und dann vergeht die Zeit, und man vergisst es wieder, und dann ist es auch egal. Aber für mich war es so wichtig! Es ist immer noch wichtig!«

»Wahrscheinlich hat sie ein schlechtes Gewissen wegen dem, was mit deiner Familie passiert ist.«

»Auch das. Du hast recht. Ich glaube, sie hatte ein schlechtes Gewissen.« Ella klang ruhig, ganz sachlich. »Nachdem wir aus Ungarn zurück waren, hat sie mich geschnitten, das weiß ich noch sehr gut; sie hat mich einfach ignoriert. Aber das würde ich ihr nicht mehr vorwerfen, nach so vielen Jahren.«

O doch, das würdest du, dachte Aaron. Und sie weiß, dass du es tust. Und sie macht sich diesen Vorwurf auch selbst. Sie tat ihm fast leid, diese Sandy in ihrem Aschram, wie sie da jetzt gerade saß, mit gekreuzten Beinen wahrscheinlich, und sich Mühe gab, nicht an den Sommer 1987 zu denken.

»Ich habe ihr gesagt, dass mir klar ist, dass sie ihre eigenen Probleme hatte. Ihre Mutter war in den Westen abgehauen, weißt du. Aber sie wollte darauf überhaupt nicht eingehen.« Sie stockte. »Hey, ich dachte, dass sie mir wenigstens einen Rabatt auf ihren nächsten Meditationsworkshop anbietet. Oder mir eine Yogamatte spendiert.«

»Bestimmt verschifft sie diese Matte gerade.«

»Sie sollte keine Schuldgefühle haben. Ich habe sie nicht angerufen, um eine Entschuldigung zu bekommen, ich habe angerufen, weil ich dachte, sie könnte vielleicht helfen, oder auch einfach nur, um wieder den Kontakt aufzunehmen. Na ja. Sie hat es sich aus dem Kopf wegmeditiert. Jedenfalls wollte ich bloß mal hören, wie es dir geht, und jetzt habe ich schon wieder nur über mich gesprochen.«

»Mir geht's gut. Nichts Neues los hier. Ich lege weiß an weiß.«

»Alles klar mit deinem Chef?«

»Ich denke, ja. Er hat mich nicht mehr angemotzt in letzter Zeit.« Aaron warf einen Blick zur Tür. »Hör mal, ich muss weitermachen. Aber lass uns treffen – ich weiß nicht – am Wochenende?«

Nachdem er aufgelegt hatte, wurde ihm klar, dass er sich darauf freute, sie wiederzusehen. Pfeifend ging er zurück in sein Büro. Da auf dem Tisch lag die Problemseite. Er legte sie auf ein hohes Regal und versuchte, sich auf Produktionsziele für Metallblech zu konzentrieren.

»Mittagessen?« In der Tür stand Bernd.

»Klar.« Mein Gott, wie todmüde er war.

»Alles okay?« Ein fürsorglicher Bernd war irgendwie

noch schlimmer als ein verärgerter Bernd. Andererseits war er gut in dem, was er tat, das musste Aaron ihm lassen; er recherchierte gewissenhaft und war sehr klug. Wenn er ihn doch nur um Rat fragen könnte, ohne eine erneute Explosion zu riskieren.

»Ich überlege nur gerade«, begann Aaron vorsichtig. »Lag die Stasi immer richtig? Natürlich nicht in moralischer Hinsicht. Ich meine, faktisch richtig. Waren sie immer genau mit den Fakten? Also, wenn jemand diese Protokolle liest und als tatsächlichen Hergang der Dinge auffasst, nur so als Beispiel, wäre das gerechtfertigt oder sollte man es besser anzweifeln? Immerhin handelt es sich in manchen Fällen ja anscheinend um wörtliche Mitschriften und sachliche Beschreibungen von Dingen, also …«

»Exzellente Frage.« Bernd betrachtete Aarons Schreibtisch mit den Metallblechberichten. »Geht es dir um irgendwas Konkretes?«

»Nicht unbedingt.« Aaron versuchte, unschuldig zu gucken. »Nur so als genereller Gedanke.«

»Kommt drauf an. Spitzel sind nur Menschen, und Menschen sind unzuverlässig. Die Stasi hatte eine Bezeichnung für sie …«

»Doppelzüngler«, sagte Aaron.

»Sehr gut!« Bernd lächelte. »Beachtlich, wie sich dein Deutsch entwickelt hat.«

Mein Deutsch ist AUSGEZEICHNET, wollte Aaron rufen, ES IST AUSGEZEICHNET, aber jetzt brauchte er Bernd, und so sagte er einfach: »Danke.«

»Aber wenn man es bedenkt, wäre es auch sehr riskant gewesen, Dinge zu erfinden. Man wäre wahrscheinlich als Doppelagent angeklagt worden.« Er kam dem hohen Regal gefährlich nahe. »Also, innerhalb eines gewissen Rahmens können wir sicher davon ausgehen, dass die Leute hier tatsächlich darüber diskutiert haben, wie viel Metallblech sie trotz Kohleknappheit ausrollen konnten, ja. Das hat es wohl gegeben.«

»Danke, das hilft mir weiter.«

»Es würde weiterhelfen, wenn du mir sagen würdest, worum es hier geht.«

»Es geht um meine nicht endende Mission, ein guter Praktikant zu sein.« Aaron griff seine Tasche. »Was sagst du zu einer neuen Wette? Ich bin grad richtig schnell mit meinen Seiten.«

Sie gingen den Flur entlang. Aaron merkte, dass er Bernd nicht überzeugt hatte, natürlich nicht. Bernd verbrachte sein Leben mit der Begutachtung von Stasiunterlagen; wenn etwas faul war, dann merkte er es. Dennoch drang Bernd nicht weiter in ihn, nicht während sie Spinatknödel mit Käse aßen und auch nicht während ihres geheimen Kaffees danach.

Sie trugen ihre kleinen Tassen und Untertassen am Lesezimmer vorbei in ihre Büros.

»Als ich hier angefangen habe, dachte ich, ich würde Menschen helfen. Ich dachte, ich würde lauter tolle Sachen machen und alle wären mir dankbar«, sagte Aaron.

»Wir helfen den Menschen.«

»Aber schlussendlich wollte dieser Vater seine Akte nicht lesen.«

»Aber wir haben ihm die Möglichkeit dazu gegeben.«

»Vielleicht hat er geahnt, dass sein Sohn darin verwickelt war.« Jetzt standen sie in Bernds Büro. Dort war es immer sehr warm wegen der Abwärme der leise vor sich hin summenden Geräte. Auf einmal dachte sich Aaron, was soll der Mist, dann ist er halt sauer auf mich. Dann schickt er mich halt wieder zurück ins Magazin. Er konnte die Sache nicht ewig verheimlichen.

»Wenn es über mich eine Abhörakte gäbe, dann würde ich nicht wollen, dass sie in einem Archiv liegt«, sagte Aaron. »Es ist schließlich ein privates Dokument. Es geht um eine Person und vielleicht deren Familie, und sonst geht es keinen was an.«

»Es geht leider die anderen auch was an.« Bernd bewegte seine Maus, und ein schwarzer Bildschirm erwachte wieder zum Leben. »Aber ich weiß, was du meinst.«

—

Der Zoo war beinahe menschenleer, wenig überraschend nachmittags an einem Wochentag. Es war einer von Aarons Berliner Lieblingsorten geworden, auch wenn er sich wegen der Tierrechtsaspekte manchmal schuldig fühlte. Er versuchte, die Anzeichen von Not durch die Gefangenschaft zu übersehen, das Pendeln von einem Bein aufs andere, das monotone Schütteln der Köpfe und Knabbern an den Tatzen, das tiefe hoffnungslose Stöhnen und Grunzen. Trotz dieser Anflüge von Mitleid war es ein guter Ort, um zur Ruhe zu kommen. Grün und beschaulich mit verschiedenen orientalisch anmutenden Vergnügungsbauten, bewohnt von Giraffen und Elefanten. Besonders gern betrachtete Aaron die Pinguine. Wie menschlich sie wirkten, wenn sie über ihre Plastikrutsche schossen und ins Wasser platschten.

Er steckte die Hand in seine Hosentasche und fühlte das gefaltete Papier darin.

Er wusste jetzt, wer die Valentins verraten hatte, und er wünschte, er täte es nicht. Dieser alte Mann, der nach der Hälfte seiner Akte abrupt aufgestanden und gegangen war, ohne sich den Rest anzusehen: Aaron verstand ihn jetzt.

Die Pinguine standen Schlange an der Rutsche und schlugen selbstgefällig mit den Flügeln. Aaron blieb noch eine Weile bei ihnen, dann ging er weiter zu den Eisbären.

ELLA

DIE WASCHFRAU

Berlin 2010

»**WAS ICH NICHT MAG**, ist der Begriff ›psychologische Foltermethoden‹«, sagte Frau Jankowitz und goss mir Kaffee nach. »Für mich bedeutet Folter, jemandem die Nägel auszureißen.«

Tatsächlich hatte ich Frau Jankowitz im Telefonbuch gefunden. Wir saßen in ihrem Wohnzimmer, in dem Dutzende Kakteengewächse aus Makramee-Übertöpfen baumelten. An den Wänden hingen Fotos von Kindern und Enkelkindern, von Kollegen bei einer sozialistischen Veranstaltung, von Frau Jankowitz in Uniform. Von 1985 bis 1989 hatte sie in Hohenschönhausen gearbeitet. Sie war wirklich eine der Wärterinnen meiner Mutter gewesen. Nicht für Verhöre, wie der parfümierte Hauptmann Kuboweit, sondern eine von denen, die Stahltüren auf- und zuschlossen, die Häftlinge in den Verhörraum brachten und hinterher wieder in ihre Zellen schleiften. Ich hatte keine Ahnung, wie man sich bei so einem Treffen zu verhalten hatte.

Am Telefon hatte Frau Jankowitz vorsichtig geklungen, aber jetzt, persönlich, in ihren eigenen vier Wänden, wuchs ihr Selbstbewusstsein. Sie hatte sich zurechtgemacht: blauer Rock, fliederfarbene Bluse, Bernsteinkette. Die Lippen waren sorgfältig mit rosa Lippenstift und die Augen mit blauem Lidschatten geschminkt. Ein süßlicher Veilchengeruch hing in der Luft. Den Beistelltisch hatte sie ordentlich mit blau-weißen Tassen, Untertassen, Tellern und einer passenden Kaffeekanne gedeckt, mit kleinen Teelöffeln und Kuchengabeln und einer großen weißen Porzellanplatte voll selbst gebackener Marmeladenplätzchen. Traditionelle deutsche Plätzchen waren das, pfriemelig in der Herstellung, mit roter Kirschmarmelade, die durch eine herzförmige Aussparung in der oberen Gebäckschicht schimmerte.

»Nägel ausreißen ist nicht die einzige Form von Folter«, sagte ich vorsichtig.

»Wie auch immer Sie es definieren, wir haben niemals einen Häftling gefoltert. Der bloße Gedanke ist lächerlich.« Sie zog die Tischdecke glatt und strich einige Krümel vom Tisch in ihre Handfläche. »Aber über uns kann heute vermutlich jeder behaupten, was er möchte. Die Öffentlichkeit wird es glauben, wenn es nur bösartig genug ist.«

Ich holte das Notizbuch meiner Mutter hervor und schlug es auf.

»Was ist hiermit?« Ich drehte es herum, sodass Frau Jankowitz die von mir angestrichene Passage sehen konnte.

Die Wachen hatten mich mit Handschellen in der Dusche angekettet und das Wasser angestellt. Es war Winter, und das Wasser war sehr kalt. Dort ließen sie mich stundenlang stehen und forderten mich anschließend erneut dazu auf, das Formular zu unterzeichnen, mit dem mein Sohn zur Adoption freigegeben werden sollte. Ich weigerte mich. Sie steckten mich in eine Betonzelle im Keller und schlossen die Tür. Während ich mich noch fragte, wie lange sie mich dort wohl einsperren würden, hörte ich ein zischendes Geräusch. Ich sah nach unten und entdeckte, dass aus kleinen Löchern in der Wand gleich über dem Boden Wasser hereinsprudelte. Langsam füllte sich der Boden mit Wasser, und es stieg weiter an.

Ich dachte, sie würden mich ertränken. Aber ungefähr auf Kniehöhe oder etwas darunter hörte es auf.

Irgendwann holten sie mich wieder raus und forderten die Unterschrift.

Frau Jankowitz las den Absatz langsam und genau, dann gab sie mir das Heft zurück.

»Das muss in einer anderen Anstalt gewesen sein, nicht bei uns. Bei uns wäre Ihre Mutter nur bis zu ihrem Geständnis gewesen, wissen Sie.« Sie wirkte zufrieden, voll Genugtuung darüber, meinen Fehler berichtigen zu können.

»Aber ich habe es selbst gesehen«, sagte ich. »In Hohenschönhausen habe ich eine fensterlose schwarze Gummizelle gesehen.«

»Das war, wie Sie selbst sagen, eine *Gummizelle*. Die brauchten wir manchmal, damit Häftlinge sich nicht selbst verletzten. Was Ihre Mutter hier beschreibt, ist etwas anderes, nämlich eine sogenannte Wasserzelle, aber in Hohenschönhausen hatten wir keine Wasserzellen.«

Ich war froh, dass wir nicht vor Gericht waren; denn so musste es sich anfühlen, wenn eine Verhandlung scheiterte.

»Warum sind Sie zum Treffen der Inhaftierten gegangen?«, fragte ich, um das Thema zu wechseln.

»Ich wollte mir Gehör verschaffen.« Sie rückte das Zierdeckchen auf dem Tisch zurecht. »Ja, ich wollte gehört werden. Warum, meinen Sie, war ich bereit, mit Ihnen zu sprechen? Aus demselben Grund, um gehört zu werden. Sie sollten sich mal die Gerüchte ansehen, die heute über uns verbreitet werden, dabei war es nicht halb so schlimm, wie die es darstellen. Sie haben es selbst gerade getan, haben voreilige Schlüsse gezogen über diese Wasserzelle.«

»Vielleicht war es für Sie nicht so schlimm, weil Sie keine Gefangene waren.«

»Und warum war ich keine Gefangene? Weil ich mich an die Gesetze gehalten habe! Das traut sich heute keiner mehr zu sagen, und wenn man es tut, wird man gleich an den Pranger gestellt. Republikflucht war ein Verbrechen, die Leute wussten das, sie kannten die Konsequenzen. Manche denken einfach, sie wären was Besseres. Hören Sie mal, wie viel hat der Westen für Ihre Mutter bezahlt? Mehr als mein Jahresgehalt vermutlich. So gesehen hat sie letztendlich das bekommen, was sie wollte: einen Fahrschein nach drüben, erster Klasse wahrscheinlich.«

Diesen Köder wollte ich nicht schlucken. Es war sinnlos, mit Frau Jankowitz zu diskutieren, und würde nur darauf hinauslaufen, dass sie mich aus der Wohnung warf.

»Und was passierte bei dem Treffen?«

»Nun, sie haben sich alle sehr über mich echauffiert.«

»Auch meine Mutter?«

»Nein, Ihre Mutter benahm sich sehr höflich, sehr respektvoll.«

Meine Mutter höflich und respektvoll! Das dachte Frau Jankowitz sich eindeutig aus.

»Hat sie sich an Sie erinnert?«, fragte ich.

Sie wich meinem Blick aus. »In Hohenschönhausen durfte man ja gar nicht mit den Insassen sprechen.«

Man durfte ja gar nicht mit den Insassen sprechen. Die letzten Gespräche hatten mein Gehör für die deutsche Sprache geschärft. Langsam erfasste ich Nuancen, die mir vorher entgangen waren, so wie gerade diesen glitschigen Wechsel ins Neutrale, Objektive, Generelle und Absolute bei Frau Jankowitz. Als ginge es hier weder um sie noch um meine Mutter oder das Gefängnis, sondern um ein fernes und unabänderliches Gesetz, das Nicht-mit-Insassen-sprechen-Gesetz. Hatten wir die deutsche Sprache extra so geformt, um solche moralischen Schlupflöcher zu ermöglichen, oder waren sie schon immer da gewesen? Hannah Arendt hatte Ähnliches über Eichmanns Hang zu standardisierten Phrasen bemerkt, aber mir war klar, dass eine Bemerkung zu Eichmann dieses Treffen schnell beendet hätte.

»Für ein Pläuschchen wäre man auch viel zu beschäftigt gewesen«, fuhr Frau Jankowitz fort. »Aber sie war auch ein wenig berühmt, Ihre Mutter. Die anderen nannte man nur nach ihren Zellennummern, aber sie nannten wir die Waschfrau.«

»Warum?«

»Aus irgendeinem Grund kannte Ihre Mutter die Regeln des Gefängnisses. Keine Ahnung, woher. Sie wusste, dass Insassen auf Wunsch ihre eigene Garderobe tragen durften. Sie bestand also darauf, ihre eigenen Sachen zu tragen, aber die Gefängniswäscherei akzeptierte nur die Gefängniswäsche. Deshalb musste sie ihre Kleidung in dem Waschbecken ihrer Zelle selbst waschen.«

Dieser kleine Akt zur Bewahrung von Individualität gefiel mir. Darin erkannte ich meine Mutter, ihren Eigensinn, ihr Beharren darauf, anders zu sein, und ja, vielleicht ihre Meinung, etwas Besseres zu sein als die anderen.

Ohne nachzudenken, griff ich nach einem Marmeladenplätzchen und aß es, was mir ein spitzes kleines Lächeln von Frau Jankowitz einbrachte, als hätte sie von Anfang an gewusst, dass ich ihre Plätzchen schließlich doch noch essen würde.

»Was hat sie sonst noch gemacht in ihrer Zelle?«, fragte ich.

»Was alle machten, schätze ich. Tagsüber mussten sie auf dem Stuhl sitzen, mit den Händen so auf dem Tisch, und abends mussten sie auf dem Rücken liegen mit den Händen so über der Decke. Deshalb mussten wir nachts das Licht ein- und ausschalten, um zu sehen, ob sie die Vorschrift befolgten. Heute bezeichnen sie es als Schlafentzug, aber wir brauchten das Licht ja nur, um sicherzugehen, dass sie in der korrekten Position lagen, das war alles.«

»Meine Mutter schlief auch später zu Hause manchmal noch so.«

»Wie eigenartig.« Frau Jankowitz schien fasziniert. »Ich hätte gedacht, dass sie zu Hause eine bequemere Position einnehmen würden.«

»Ich glaube, das wagte sie nicht.« Es war unmöglich, diese Frau zu berühren; sie fühlte offenbar gar keine Reue. Ich nahm einen Schluck kalten Kaffee. »Und tagsüber? Was machten sie tagsüber?«

»Eigentlich nichts. Sie saßen nur da und warteten auf das nächste Verhör.«

»Verstehe.« Ich rutschte auf meinem Stuhl herum. Mit der Schulter streifte ich eine Kaktee, ein gedrungenes, stacheliges kleines Gewächs, das einige Nadeln in meinem Pulli hinterließ. Das Zimmer war überheizt und erdrückend vollgestellt mit diesen Töpfen und Hängepflanzen. Der süße Veilchengeruch war überwältigend, widerlich, wie ein Duftbaum in einem heißen Auto. In dem feinen Flaum über Frau Jankowitz' dünner Oberlippe glitzerten Schweißperlen. Mit einer weißen Serviette tupfte sie sich das Gesicht. Ich widerstand der Versuchung, das Fenster zu öffnen oder dieses ganze Makramee niederzureißen.

»Mein Bruder wurde uns nach der Festnahme meiner Mutter weggenommen«, sagte ich. »Meine Mutter hat ihn gesucht. Hat sie darüber irgendetwas gesagt bei diesem Treffen?«

»Nein, nicht zu mir, nein.« Sie knüllte die Serviette zwischen ihren Fingern und verschränkte die Arme. Auf ihrer Lippe bildeten sich neue Schweißperlen.

»Das kam oft vor, oder?«, fragte ich, jetzt etwas mutiger. »Dass politischen Gefangenen ihre Kinder weggenommen wurden?«

»Nein, Fräulein Valentin, das ist überhaupt nicht vorgekommen, weil wir in der DDR keine politischen Gefangenen hatten. Die Leute sind ins Gefängnis gekommen, weil sie gegen Gesetze verstoßen haben, so wie in jedem anderen Land, und wenn das passierte, dann hat der Staat dafür gesorgt, dass jemand sich um die Kinder kümmerte.«

Mir fiel das »Fräulein« auf, als wollte sie mein relativ junges Alter betonen, meine Unerfahrenheit. Und ich fragte mich, ob Heiko wohl von jemandem wie Frau Jankowitz adoptiert worden war, einer normalen, gesetzestreuen Ostdeutschen mit vielen Zimmerpflanzen. Eine Erinnerung an ihn in seinem Hochstühlchen kam in mir auf. Er aß gern mit beiden Händen, wie ein kleiner Gorilla, der sich mit doppelter Geschwindigkeit das Essen in den Mund stopft. Wenn er etwas nicht mochte, ließ er es auf den Boden fallen, als wäre dies die einzige Möglichkeit, sich dessen zu entledigen. Oma zeigte ihm mit unendlicher Geduld, wie er es anders machen sollte. *Leg es schön neben deinen Teller, leg es da auf den Tisch, wenn du es nicht willst, schau, so.* Und eines Tages, als er gerade ein Stück Karotte zu Boden werfen wollte, hielt er inne und legte es neben den Teller.

Bestimmt erinnerte er sich noch an mich, und wenn auch nur an meine Stimme oder meinen Geruch. *Eia! Eia!*

»Fräulein Valentin?«

»Ja. Ja, Verzeihung.«

»Nehmen Sie noch.« Sie schob die Plätzchen zu mir rüber. »Ich darf das nicht essen. Kein Zucker mehr, hat der Arzt gesagt.«

Pflichtschuldig aß ich noch ein Plätzchen.

»Geschichte wird von Erwachsenen geschrieben, nicht wahr?«, sagte ich.

Sie lächelte freundlich. »Ja, natürlich. Auch wenn manche der Autoren noch sehr jung sind.«

»Was ich meine, ist, dass Erwachsene alles aus ihrer Perspektive darstellen und dann Sachen sagen wie, ach, Kinder vergessen das, oder, ach, Kinder leben ja immer nur im Moment, Kinder kommen da drüber weg. Sogar so ein Wort wie ›Trotzanfall‹, das ist ein fieses Wort, wenn man es sich mal überlegt. Mein Bruder ist manchmal sehr wütend geworden über etwas, das für ihn sehr wichtig war, aber das tun wir doch alle, oder nicht? Und er war so klein, dass er sich noch nicht verstellen konnte für die Welt da draußen. Er war einfach nur ehrlich.«

Ich rechnete damit, dass Frau Jankowitz nun die Vorteile irgendwelcher althergebrachter preußischer Erziehungsmethoden loben und empfehlen würde, solche Ehrlichkeiten mit einer Tracht Prügel zu belohnen. Doch sie nickte, und zum ersten Mal hatten wir in diesem Gespräch eine Gemeinsamkeit gefunden.

»Kinder haben in dieser Welt nichts zu sagen. Das ist die Wahrheit, die schreckliche Wahrheit.« Und fast wie nebenbei fügte sie hinzu: »Ich hoffe, man hat für Ihren Bruder ein gutes Zuhause gefunden.«

Die Verhandlung war vorbei, und kein Urteil wurde gesprochen. Vielleicht war Frau Jankowitz eine besonders strenge oder eine relativ milde Aufseherin gewesen, vielleicht hatte sie meine Mutter schlecht, vielleicht besser als andere behandelt; ich sollte es nie erfahren. Sie sprach über die Baustelle an der großen Straße und wie sich dadurch der Verkehr staute. Dann erklärte sie mir das Rezept für die Plätzchen, und dann hatten wir uns nichts mehr zu sagen.

Nach einer Weile griff ich meine Jacke und meine Tasche. Ich dankte ihr für ihre Offenheit. Sie antwortete mit einem erleichterten Nicken. Ihre Schultern entspannten sich, ihre Finger hörten auf, sich mit dem Servierteller zu beschäftigen. Letztendlich war sie nicht so viel anders als ich. Sie hatte Angst gehabt und war jetzt erleichtert, weil es nicht so schlimm gewesen war.

»Haben Sie in Hohenschönhausen jemals einen gewissen Hauptmann Kuboweit gekannt?« Die Frage sollte möglichst beiläufig klingen. »Er war einer, der die Verhöre durchgeführt hat.«

»Nein«, sagte sie, eine Spur zu schnell. »Nein. Mit den Vernehmungsbeamten habe ich nie gesprochen, das war eine andere Sphäre.«

»Aber Sie hätten die Namen gekannt, oder? Sie hätten gewusst, ob …«

»Tut mir leid, damit kann ich wirklich nicht behilflich sein.« Unerwartet bestimmt legte sie mir eine Hand auf den Rücken, führte mich hinaus in den Flur und öffnete die Tür. Aus dem linoleumbeschlagenen Treppenhaus kam kalte, frische Luft.

»Warum haben Sie es getan?«, fragte ich.

»Was getan?«

»Warum haben Sie in so einem Gefängnis als Wärterin gearbeitet?«

»Von irgendwas musste ich ja leben.« Sie spielte an ihrer Bernsteinkette. »Nicht jeder kann ein glamouröses Künstlerdasein in London führen.«

Es folgte ein langes Schweigen.

»Ich habe Ihnen nichts davon erzählt, dass ich Künstlerin bin«, sagte ich. »Oder dass ich in London wohne.«

Sie lächelte. »Doch, Sie haben es gleich zu Beginn erwähnt.«

Hatte ich nicht.

Ich wollte sie noch fragen, ob sie wie von Katia beschrieben jeden Dienstag auf ein Pläuschchen in dieses Lokal ging; ob es ein gutes Gefühl war, immer noch Dinge über andere zu wissen und sie mit diesem Wissen zu überraschen. Aber Frau Jankowitz hatte bereits die Tür hinter mir geschlossen.

ICH SASS GERADE in der Straßenbahn zurück nach Prenzlauer Berg, als Katia anrief. Sie hatte eine Frau ausfindig gemacht, die meine Mutter von ihrem zweiten Gefängnis her kannte, Hoheneck. Dieses Gefängnis lag in den Bergen oder in der Nähe der Berge: im Erzgebirge, weit weg von Berlin. Sie hieß Frau Benedikt, und Katia sagte, dass sie mich treffen würde.

»Und noch etwas.« Ihre Stimme klang noch rauer als sonst schon. »Vor ein paar Tagen habe ich meinen Sohn gesehen.«

»Das ist wunderbar.« Ich zögerte. »Also, hoffentlich?«

»Es war schön. Nicht, dass er die Arme um mich geschlungen und *Ich vergebe dir alles, Mutti* gesagt hätte. Aber er hat auch nicht sein übliches Programm, dass ich sein Leben ruiniert hätte, vom Stapel gelassen.«

»Das freut mich.«

»Obwohl ich ja sein Leben ruiniert habe, das streite ich gar nicht ab. Jedenfalls habe ich ihm gesagt, dass ich ihn gern öfter sehen würde. Man kann das nicht forcieren. Mal gucken.«

»Vielleicht können wir uns alle irgendwann mal gemeinsam treffen.«

»Hm. Das wäre eine Idee.« Sie hustete, und ich hörte,

wie sie sich eine neue Zigarette anzündete. »Viel Glück mit Frau Benedikt, okay?«

—

Zu Hause schrieb ich Tobi eine Nachricht über die neuesten Entwicklungen. Er antwortete sofort und klang verärgert. Ich hätte nicht nach Hohenschönhausen gehen sollen, ohne ihm Bescheid zu sagen, schrieb er; das hatten wir nicht verabredet. War ich in Berlin, um unseren Bruder zu finden oder um in den Geheimnissen unserer Mutter herumzuwühlen? Ich schrieb zurück, dass es so nicht gewesen war. Ich steuerte die Suche nicht mehr; die Suche steuerte mich.

Das Handy klingelte.

»Du hast ihre *Gefängniswärterin* getroffen?« Ich konnte förmlich hören, wie Tobis Nüstern dampften.

»Hör mal, Tobi …«

»Ohne mir vorher davon zu erzählen? Bist du irre geworden?«

»Es ging ganz schnell. Ich habe sie angerufen, und sie hatte am nächsten Tag Zeit.«

»Du hast mich nicht mal angerufen.«

»Ich wollte erst etwas Handfestes wissen.«

»Von Mamas Folterknecht?«

»Entschuldige. Ich weiß, ich hätte erst mit dir reden sollen. Ich wünschte, du wärst hier.«

»Ich kann nicht. Manche Leute müssen arbeiten.«

»Wenn ich nur mit den Guten rede, schrumpft meine Auswahl auf einen sehr kleinen Kreis zusammen«, sagte ich.

»Was ist mit dem Typ aus dem Archiv?«

Ich zögerte. »Er hat mir sehr, sehr geholfen.«

»Hat er etwa die Akte gefunden? Und du hast mir nichts erzählt?«

»Ich wollte sie selbst erst mal lesen. Da stehen ein paar schreckliche Sachen drin, Tobi. Ich glaube nicht … Ich kann es dir auch einfach erzählen, wenn du möchtest.«

Eine Weile sagte er nichts.

»Ich sollte sie lesen, oder?«

»Musst du nicht.«

»Nein, ich möchte.« Seine Stimme klang leicht brüchig. »Es ist nur, und das soll keine Entschuldigung sein, eher ein Eingeständnis. Ich weiß nicht, ob ich das alles verstehen könnte.«

»Wir können uns das irgendwann mal zusammen ansehen. Wie wäre das? Wenn ich wieder in London bin. Es steht nichts drin, was du nicht bereits wüsstest, Tobi.«

»Was ist mit Heiko? Steht da irgendwas über Heiko?«

»Ja und nein.« Wieder zögerte ich, ihm die ganze Wahrheit zu sagen. »Ein Foto von ihm ist drin, und von uns auch. Aber, ach Tobi, das hat mir das Herz zerrissen. Ich kann es abfotografieren und dir schicken, aber es würde deins auch zerreißen.«

Wieder Stille.

»Vielleicht sehen wir es uns irgendwann mal zusammen an«, sagte er, und ich hatte den Eindruck, dass es bedeutete: niemals. *Nie, niemals möchte ich mir diese schreckliche Akte ansehen; bitte, Ella, zeig sie mir nicht. Sag mir, was ich wissen muss, und halte den Rest bitte fern von mir.*

War das nicht immer unsere unausgesprochene Vereinbarung gewesen? War ich nicht immer sein Schutzschild gewesen, sein Filter? Für meine Freunde in London war Tobi immer mein kleiner-großer Bruder gewesen, der vernünftige, der mit einem Job und mit Geld, der, der mich raushaute, den ich anrief, wenn ich in Schwierigkeiten war. Sie wussten nie, wie es wirklich war. So wie jetzt war es wirklich. Natürlich würde Tobi niemals die Akte lesen. Ich würde ihm mitteilen, was er wissen sollte, und ihn vor dem Rest schützen, damit er weiterhin unbeschadet durchs Leben gehen könnte.

—

Ute, die Verwalterin meiner Unterkunft, bot an, meine Miete zu reduzieren, wenn ich die Gemeinschaftsräume und das Café putzen und neue Gäste in Empfang nehmen würde. Allmählich entspannte ich mich von der Londoner Hektik und passte mich an das gemächliche Berliner Tempo an.

Die ehemalige Inhaftierte Frau Benedikt auf einen Termin festzulegen, war nicht leicht. Zweimal sagte sie ab, hinterließ dann aber eine lange Nachricht auf der Mailbox, in der sie beklagte, dass ich sie versetzt hätte. Zuerst schlug ich als Treffpunkt zentrale, öffentliche Orte vor, wie eines der Museen auf der Museumsinsel. Nach den Absagen bot ich ihr an, sie in einem Café in Heiligensee zu treffen. Dort wohnte sie, in einem Westberliner Randbezirk, an einem dieser entlegeneren Abschnitte des Mauerverlaufs, der rund um die Stadt herumführte. Ich dachte mir, je kürzer der Weg, umso eher wird sie kommen.

Aber selbst dann blieb sie schwer zu fassen. Mit der S-Bahn fuhr ich den weiten Weg raus nach Heiligensee, aber zwanzig Minuten nach unserer Verabredung bekam ich eine Nachricht, in der stand, dass sie es nicht schaffen würde. Ich mahnte mich zur Geduld. Offenbar zögerte sie, über ihre Erfahrungen zu sprechen, und würde sich öffnen, wenn die Zeit gekommen war.

Im Café servierte ich den Freiberuflern jeden Morgen ihre Latte macchiatos und Kräutertees, an denen sie über ihren Laptops den ganzen Tag lang schlürften. Die besonders schamlosen von ihnen brachten ihre eigene Gemüsesuppe in der Thermosflasche mit, trotz des Hinweisschilds mit der Aufschrift BITTE KEIN MITGEBRACHTES ESSEN HIER DRIN, WIR MÜSSEN AUCH VON ETWAS LEBEN!

Die Abende verbrachte ich mit Onlinestalking von Hauptmann Kuboweit. Ich las alles über sein Coachingunternehmen und kannte jedes Forum, in dem seine Stasivergangenheit diskutiert wurde. Ich konnte mich nicht dazu entschließen, Kontakt mit ihm aufzunehmen. Ja, er hatte wahrscheinlich Informationen über meinen Bruder. Aber ich wollte ihm nicht das Gefühl geben, dass er immer noch Macht hatte über uns, dass sein Schweigen oder seine Hilfe das Schicksal unserer Familie beeinflussen könnte. Ich wollte meine Suche nicht seiner Willkür ausliefern.

—

An einem Samstag fuhr ich mit dem Bus in ein kleines Dorf auf dem Land. Es war ein warmer Tag, und der alte Bus roch nach sonnengewärmtem Gummi. Wir kamen an Seen, einigen stillgelegten Fabriken und an vereinzelten preußischen Herrenhäusern vorbei. An einer Station stieg eine Gruppe älterer Leute ein. An der nächsten stiegen sie wieder aus, und ich war allein mit dem Fahrer. Als wir in dem Dorf ankamen, wünschte ich ihm einen schönen Tag, und er sah mich überrascht an und bedankte sich.

Der Weg vom Ort zum See dauerte eine gute halbe Stunde. Es war Sommer gewesen, als ich das letzte Mal in Svens Atelier war. Ich hoffte, dass es mich weiterbringen würde, selbst wenn alle menschlichen Spuren von der Zeit verwischt worden waren, würden mir die Bäume und Büsche Orientierung geben.

Der See war viel kleiner als gedacht, er hatte nicht die weite, wilde Ausdehnung wic in meiner Erinnerung, sondern war eher ein ruhiger Teich mit ein paar Trauerweiden. Ich umwanderte ihn, bis ich den Steg fand oder jedenfalls einen Steg. Anstelle von Svens Datsche stand dort ein Hotel. Ein Schild verkündete Wellness und Kneippbäder. An der Rezeption saß eine Frau, die sich als Besitzerin herausstellte. Sie kam aus München, hatte das Hotel vor ein paar Jahren gekauft und wusste nichts davon, dass hier mal ein Maler sein verwildertes Atelier hatte. Aber sie winkte eine der Putzhilfen herbei, eine Frau in meinem Alter, die aus dem Dorf kam. Nach kurzem Überlegen sagte sie, ja, sie erinnere sich an einen Maler; manchmal sei er ins Dorf gekommen und hätte seine Bilder gegen Eier und Milch und dergleichen eingetauscht. Das war alles, was sie wusste. Ihre Eltern hatten kein Interesse an Kunst und hatten sich an diesen Tauschgeschäften nie beteiligt.

Im Dorf selbst waren die meisten Häuser wie auch der einzige Laden vernagelt. Ich fand einen kleinen Bahnhof, aber die Schienen waren verschwunden, verschrottet wahrscheinlich, und hohes gelbes Gras und Wildblumen wuchsen zwischen den Bahnsteigen. Neben dem verlassenen Bahnhof hingen ein altes Wahlplakat und ein Werbeschild für das Wellnesshotel. Ich wartete auf den Bus zurück nach Berlin, einer von zweien am Tag. Die Luft roch nach Heu und erhitztem Asphalt. In meiner Tasche hatte ich ein paar einfache billige Farbstifte und ein unbenutztes Skizzenbuch. Ich setzte mich auf das warme Pflaster und zeichnete einen Maler, der mit einem Bauern Eier gegen bemalte Leinwände tauschte. Dann machte ich noch eine

Zeichnung von drei blauen Pferden. Dann noch eine, von einer Datsche am See, und eine von drei Kindern, die durch ein Atelier lärmten. Ich zeichnete schnell, lustig und comichaft, und bevor ich mich's versah, war das ganze Skizzenbuch voll. Drei Kinder planschen in einer wunderlichen Ausziehbadewanne. Ein kleiner Junge tapst mit einem Farbeimer auf dem Kopf herum.

Aus der Ferne hörte ich den Bus kommen. Ich riss die Zeichnung von dem Maler mit dem Bauern heraus und schob sie unter der Tür des vernagelten Ladens hinter mir durch.

—

Ich wollte dem lang verstorbenen Maler nichts unterstellen. Vielleicht war das plötzliche Auftauchen des Grenzsoldaten auf der Wiese einfach nur Pech gewesen. Vielleicht auch nicht. Gerade als wir in den Wald hineinwollten, war er auf uns zugekommen, und die Verstärkung war schnell da gewesen. Es war fast, als hätten sie auf uns gewartet. Dass man Bilder gegen Eier tauschte, hieß noch lange nicht, dass man auch seine Freunde gegen Freiheit tauschte. Während ich da im Bus saß und die Sonne hinter den verlassenen Fabriken untergehen sah, fühlte ich eine unerwartete Wärme in mir, und Dankbarkeit, dass Sven uns in seinem Reich am See hatte herumlaufen lassen. Sollte ich Heiko jemals finden, müsste ich ihm mehr als nur bittere Erinnerungen bieten können. Ich sollte ihm von all den schönen Dingen berichten – den ausgelassenen Tagen auf dem Land, dem heiteren Alltag bei uns zu Hause. Vielleicht könnte ich ihm das Skizzenbuch zeigen, vielleicht würde ihm das gefallen. Es wäre ein Anfang.

—

Zu Hause fand ich auf dem Laptop eine Mail meiner alten Freundin Sandy vor. Sie war kurz und sorgfältig formuliert, die Art von E-Mail, die man mehrmals korrigierte, bevor man auf »Absenden« klickte. Darin stand:

Liebe Ella,
solange ich denken kann, sind mir die Leute mit Misstrauen begegnet. Zuerst, weil Mutter in den Westen gegangen war. Später, nach dem Mauerfall, weil man meinen Vater, und darüber auch mich, einiger unschöner Geschäfte mit gewissen Leuten beschuldigte.
Du hast mich kontaktiert in der Hoffnung, ich könnte etwas über deinen Bruder wissen. Ich weiß nichts über deinen Bruder. Ich erinnere mich aber noch an den Sommer, auf den du mich angesprochen hast. Ich erinnere mich an den Schmerz darüber, dass du weggehen wolltest, ohne dass du mir davon erzählt oder dich verabschiedet hättest. Nach unserem Gespräch ist mir klar, dass du ähnlich enttäuscht von meinem Verhalten nach deiner Rückkehr warst, obwohl es einfach zu erklären war. Ich konnte nicht auch noch mit der Tochter weiterer Flüchtlinge in Verbindung gebracht werden. Ich dachte immer, das wäre dir klar gewesen.
Nach meiner Erfahrung können Reisen, Achtsamkeit und eine regelmäßige spirituelle Praxis sehr hilfreich dabei sein, sich mit der Vergangenheit zu versöhnen. Ich habe keinerlei Interesse, nach Deutschland zurückzukehren, und es hat mich überrascht, dass du in Berlin bist. Aber wir müssen alle unsere eigenen Wege finden im Leben.
Es tut mir leid, dass ich keine bessere Freundin war.
Viele liebe Grüße

Mir fiel auf, dass sie nicht unterzeichnet hatte, vielleicht weil sie nicht als Sandy unterschreiben wollte, sich aber auch nicht durchringen konnte, ihren Aschram-Namen darunterzusetzen. Zuerst sträubte ich mich gegen den Ton, diesen irgendwie betäubten Klang, der immer von Yoga-Retreats und Meditationszentren ausging. Es stimmte mich traurig, dass meine wilde, rebellische Freundin derart befriedet war. Aber dann fand ich es sehr nett von ihr. Sie hätte es nicht machen müssen. Sie war bis nach Indien geflohen, und nun kam ich und verfolgte sie im Internet. Ich schrieb zurück, dankte ihr und versprach, ihren Frieden nicht mehr zu stören.

—

Die Künstler saßen in der Küche herum und unterhielten sich über die steigenden Mieten in Berlin. Musste man sich nach einer Alternative umsehen? Aber wo sonst bekam man diese Kombination von großzügigen postindustriellen Atelierräumen und niedrigen Lebenshaltungskosten geboten? Detroit? Minsk? Tschernobyl? (Bitteres Gelächter über Letzteres.)

Eine Frau hatte einen Rollkoffer mit einem Bildschirm ausgestattet, der Funksignale auffangen konnte: Videos von Sicherheitskameras aus den Geschäften und sogar körnige Bilder von schlafenden Babys und Kleinkindern aus den Babyfonen der umliegenden Wohnungen. Die Bilder von den Babys und den Kindern versetzten mir einen Stich. Dieselben Geräte, die für ihre Sicherheit sorgten, sendeten ihre Signale hinaus in die Stadt, lösten alle Barrieren auf und gaben sie der Öffentlichkeit preis.

Ich verhielt mich reserviert gegenüber den Künstlern aus dem Wohnheim. So erzählte ich ihnen nichts von meinen Recherchen. Ich wollte nicht, dass mein Leben über ihre Bildschirme flackerte und zu Kunst gemacht wurde. Ich erzählte ihnen, dass ich wegen einer kreativen Blockade nach Berlin gekommen war und auf einen Neubeginn hoffte, was immerhin nicht ganz gelogen war. Wenn ich gefragt wurde, woran ich arbeite, murmelte ich etwas von der Topografie der Erinnerung.

Die Einzige, mit der ich einen etwas vertraulicheren Umgang pflegte, war die Argentinierin, deren eigene Eltern als Gewerkschafter unter der dortigen Diktatur gelitten hatten. Manchmal redeten wir über Eltern und Politik, und dabei erzählte sie einmal, dass die Kinder vieler Dissidenten in Chile und Argentinien zwangsadoptiert worden waren. Als sie das sagte, sah sie mich nicht an. Dort in Südamerika waren es die Großmütter, die sich auf die Suche nach ihren verlorenen Enkelkindern machten.

»Und wenn sie die Enkel finden«, sagte ich, und mein Puls ging dabei schneller, »sind die dann froh darüber oder wären sie lieber in Frieden gelassen worden?«

»Manche sind froh.« Sie berührte meinen Arm. »Und die sind dann auch wirklich froh.«

—

Am Sonntag traf ich mich mit Aaron im Mauerpark. Wir wichen Fußbällen und unkontrolliert herumsausenden Dreirädern aus und spazierten dann über einen schmalen überwucherten Weg entlang der Bahngleise. Ich erzählte ihm von meinem Treffen mit Frau Jankowitz, und er hörte genau zu, ohne mich zu unterbrechen.

Wir gingen im selben Tempo, ziemlich schnell, aber ohne Eile. Seit Ewigkeiten hatte ich nichts mehr zu zweit getan, und mir fiel auf, wie angenehm es sich anfühlte, neben jemandem zu gehen, und wie anders es war, als allein herumzulaufen. Aaron wies mich auf Dinge hin, die ich nie bemerkt hätte, einen winzigen Eiffelturm aus Plaste zum Beispiel, der halb verdeckt im Gras lag, oder einen zerknüllten Zettel mit einem durchgestrichenen Gedicht. Er sammelte diese Teile in einer kleinen Metallbüchse, die er in seiner Gesäßtasche trug.

»Wenn man in einem Archiv arbeitet, fängt man irgendwann an, die ganze Welt als Archiv zu betrachten.« Er formte einen Kreis mit seinen Händen. »Wenn man es recht bedenkt, könnte man alles archivieren. Und dann kommt man an einen Punkt, an dem man es ungerecht findet, etwas *nicht* zu archivieren.«

»Als würde man sagen, für diesen kleinen Plasteeiffelturm wird sich niemals mehr irgendwer interessieren.«

»Genau. Und wer könnte so eine Entscheidung treffen?«

»In einer Ausstellung bei euch im Archiv habe ich eine Badewanne gesehen, wie wir sie damals hatten.«

»Das meine ich! Eines Tages könnte jemand dieses Gedicht in einem Schaukasten ausstellen. Und den Turm.«

»Und uns.«

»Und diese ganze Stadt.«

Ich stupste ihn an. »Und mittendrin du mit deiner Büchse voller Schätze.«

»In fünfzig Jahren ist dieser Eiffelturm vielleicht Millionen wert.«

»So würden Messies es auch begründen.«

»Archivare sind im Wesentlichen sammelwütige Messies.« Er hob einen Stein auf, drehte ihn in der Hand herum, legte ihn wieder zurück.

»Was stimmte nicht mit dem?«, fragte ich.

»Nichts.«

»Aber er hat es nicht in deine Sammlung geschafft!«

»Natürlich nicht. Es war nur ein Stein.«

»Armer Stein.« Ich hob ihn auf und steckte ihn ein. »Ich werde eine separate Sammlung gründen mit allem, was von dir verschmäht wurde.« Ich wollte gerade noch etwas dazu sagen, als ich aufblickte und die Bösebrücke sah.

»Da wurde dieser Mann erschossen«, sagte ich und zeigte auf die Brücke. »Der über die Schrebergärten fliehen wollte.«

Wir gingen zu den Schautafeln mit den Demonstranten, wie sie die Mauer überwanden. Heute wirkte das absolut seltsam. Eines Tages würden nur noch ein paar Hinweisschilder an die Mauer erinnern, denen die Leute dann kaum mehr Aufmerksamkeit widmeten als irgendwelchen mittelalterlichen Stadtmauern oder Toren. Ich zeigte Aaron die kleine Gedenktafel für den erschossenen Mann.

»Gibt es auch eine für deinen Papa?«, fragte er.

»Eine Gedenktafel? In Ungarn? Das glaube ich kaum. Das war auch eine … andere Situation.« Ich fühlte die vertraute Anspannung in Kiefer und Hals, den körperlichen Druck im Ringen um die passenden Worte. »Ich glaube, was passiert ist … er hat mit dem Grenzer gerungen, und ein Schuss hat sich gelöst. Es war ein Unfall. Ich weiß nicht, ich weiß es nicht.« Ich drückte mir gegen die Schläfen. »Ich weiß nicht, was passiert ist. Ich war in dem Wald, ich habe nichts gesehen. Ich glaube, es war ein Unfall.«

Die Anspannung hatte sich bis in meinen Brustkorb ausgebreitet. Eben hatte ich mich noch so leicht und zufrieden gefühlt. Jetzt war die alte Schwere wieder da.

»Er war so ein lieber Papa«, sagte ich. Es klang banal. Ich würde nie die Worte finden, um ihm gerecht zu werden. Aaron sagte nichts, hörte nur zu, was schön war.

Wir setzten uns auf eine Bank unter einen weißen Fliederbusch.

»Als du mir diese Akte gegeben hast, dachte ich wirklich, da wären alle Antworten drin«, fuhr ich fort. »Aber das stimmt nicht, oder vielleicht finde ich sie bloß nicht.«

»Diese andere Gefangene könnte hilfreich sein. Frau Benn?«

»Frau Benedikt. Ich bin mir nicht sicher. Sie scheint mir aus dem Weg zu gehen.« Ich seufzte. »Es gibt aber noch wen. Ich weiß nicht, ob es dir aufgefallen ist, aber in der Akte ist der Name ihres Verhörbeamten vermerkt. Ich habe nur Sekunden gebraucht, um ihn im Netz zu finden.«

»Ihr *Verhörbeamter*?« Er starrte mich an. »Bist du dir sicher, dass das gut wäre?«

»Er müsste über alles im Bilde sein, oder?«

»Möchtest du, dass ich dich begleite?«

Das hatte ich nicht erwartet. »Würdest du?«

»Wenn es dir helfen würde?«

»Das ist sehr nett.«

Ich lehnte mich zurück und schloss die Augen.

»Ich bin so froh, dass du dich bei mir gemeldet hast«, sagte ich.

»Wirklich?« Er klang unsicher.

Ich schlug die Augen auf. »Ja, klar! Wie könnte ich das nicht sein?«

»Ach, ich weiß nicht.«

»Hier, ich zeig dir mal was.« Aus meiner Tasche zog ich das Foto mit den blauen Pferden hervor. Es war etwas knittrig vom vielen Herumtragen und Anfassen. Er nahm sich Zeit und betrachtete es ruhig und konzentriert.

»Das ist sehr schön«, sagte er schließlich. »Frühes zwanzigstes Jahrhundert?«

»Ha, nein, es ist aus den Achtzigern. Neoexpressionismus oder auch Pseudoexpressionismus, wenn man es böse ausdrückt.«

»Ist es von deiner Mutter?«

»Von einem Freund. Aber meine Mutter hat diese drei Pferde in ihre Briefe an mich gezeichnet. Und dann habe ich dieses Foto zwischen den Seiten eines Kunstbandes gefunden, den sie mir hinterlassen hat. Das kann doch kein Zufall sein, oder?«

»Wer weiß.« Leicht betroffen sah er mich an. »Manchmal lassen Menschen einfach Fotos zwischen Buchseiten.«

»Meinst du, ich lese da zu viel hinein?«

»Mich brauchst du nicht fragen.« Er schüttelte den Kopf. »Ich lese wahrscheinlich *überall* zu viel hinein.«

»Hier.« Ich hielt ihm das Foto hin. »Nimm es, für deine Büchse.«

»Sicher?«

»Es hat mir kein Glück gebracht, oder?«

Er zögerte, dann verstaute er es sorgfältig in seiner Ledertasche. Ich spürte eine unerwartete Erleichterung.

Eines Morgens meldete sich Frau Benedikt bei mir und fragte, ob ich sofort nach Heiligensee kommen könnte. Sie würde mich in dem Café am Bahnhof treffen.

Als ich dort ankam, war ich nicht sicher, ob sie auch tatsächlich erscheinen würde. Ein Pärchen, beide Mitte zwanzig, saß an einem Fenstertisch, sie tauchten lange Löffel in ihre tiefen Eisbecher mit Schokosoße und fütterten sich gegenseitig. Draußen schob eine Gruppe von Müttern ihre Kinderwagen mit einer Hand vor und zurück.

Ich bestellte einen schwarzen Kaffee und beobachtete die Tür. Eine obdachlose Frau schlurfte auf die Mütter zu. Einige fummelten unbeholfen ihre Portemonnaies hervor und gaben mit abgewandtem Blick ein paar Münzen. Die Frau war vielleicht in ihren Sechzigern, was aber schwer bestimmbar war; die tiefen Furchen, das aufgedunsene Gesicht und die ledrige Haut konnten auch vom Alkohol kommen anstatt vom Alter. Sie war mir schon am Bahnhof aufgefallen; rauchend hatte sie auf der Bordsteinkante gesessen, die Ellenbogen auf den Knien. Die Haare hingen ihr in schmutzigen blonden Locken über die Schultern, ihr Trainingsanzug war fleckig und abgewetzt.

Solche Frauen erschienen mir immer wie eine geisterhafte Warnung, Gespenster aus einer meiner möglichen

Zukünfte, die mir zur Hälfte leidtaten und mich zur anderen Hälfte erschreckten. In einer Menschenmenge war immer ich es, auf die sie zukamen, als würden sie eine Seelenverwandte oder eine Art Lehrling in mir erkennen. Deshalb überraschte es mich nicht, als die obdachlose Frau auf meinen Tisch zukam. Ich nahm ein paar Münzen aus meinem Portemonnaie und hoffte, sie wieder los zu sein, bevor Frau Benedikt käme.

Mit einer ablehnenden Geste für das Geld stellte sie ihre lädierte Plastetüte auf dem Stuhl neben mir ab, öffnete den Mund und lispelte durch eine Reihe grauer, schiefer Vorderzähne: »Entschuldigen Sie die Verspätung. Ich wurde aufgehalten.«

Ich errötete. Ich hielt noch die Münzen in der Hand und legte sie schnell auf die Untertasse, als hätte ich gerade das Trinkgeld abgezählt.

»Danke, dass Sie sich die Zeit nehmen«, stammelte ich. »Was kann ich Ihnen bestellen?«

»Ein Bier und einen Schnaps, Liebes, das wäre nett. Und ein Päckchen Zigaretten, wenn es dir nichts ausmacht.«

Die Zigaretten holte ich aus dem Laden nebenan. Als ich zurückkam, hatte sie schon ihren zweiten Schnaps vor sich.

»In der DDR waren die Schnapsgläser größer«, sagte sie und tippte gegen ihr Glas. »Das war das einzig Gute da. Wir haben mehr gesoffen als die Ungarn, wir haben mehr gesoffen als die Polen!«

Sie kippte ihren Schnaps und bestellte noch einen. Der Rhythmus der kommenden Stunde wurde von Zigarettenpausen und Schnapsgläsern bestimmt. Ich stellte ihr Fragen zu meiner Mutter und ihrer Zeit in der Haft, sie versorgte mich mit ein paar wertvollen Details und schweifte dann hinüber in eine umfassende Klage über den Zustand

Deutschlands damals und heute, über ihre diversen Ex-Ehemänner, über die Einwanderer, die das Land zugrunde richteten. Der nächste Schnaps richtete den Fokus wieder neu aus und ermöglichte mir ein paar mehr Fragen, bis sie von Neuem abschweifte. Dennoch schien sie nicht betrunken. Ich fühlte keine Schuld, ihre Sucht zu bedienen, nur die Gier nach allem, was sie über meine Mutter wusste.

»Ich habe sie in der Arbeitsbrigade in Hoheneck kennengelernt«, sagte sie und wischte sich den Mund mit dem Handrücken. »Eigentlich *Schloss* Hoheneck; das war ein richtiges Schloss, weißt du. Das Wasser in den Bädern kam direkt aus den Bergen, dem Erzgebirge mit seinen Zinn- und Silberminen, und ich schwöre, es schmeckte auch nach Metall. Und so kalt! Als würde man den Kopf ins Tiefkühlfach halten. Da spukte es auch, Gefangene aus dem letzten Jahrhundert vor allem, es war nämlich schon im Kaiserreich ein Knast und dann unter den Nazis, und dann kamen unsere Leute an die Macht, und rate mal, was die gemacht haben, natürlich haben sie ihre eigenen Gefangenen da eingesperrt. War bequem, nehme ich an; die ganzen Kerker waren noch da und die Zellen. Huch.« Sie hustete. »Trockener Hals, würdest du mir …«

Ich bestellte ihr ein Glas Wasser, aber sie hustete noch mal und sagte, sie hätte lieber noch ein Bier.

»Also, manche glaubten an diese Gespenster, aber ich nicht. Ehrlich gesagt brauchten wir gar keine umherwandernden Toten, um Angst zu haben, die Lebenden waren schlimm genug. Ein Dutzend oder mehr in einer Zelle, die Kindermörderinnen zusammen mit den politischen, die Diebinnen mit den Brandstifterinnen. Eine hatte ihr Kleinkind in der Badewanne ertränkt, eine andere ihr Baby in die Waschmaschine gesteckt und sie eingeschaltet. Eine andere hat ihre Kinder in der Wohnung eingeschlossen und ist einen Monat lang zu ihrem Liebhaber verschwunden, und als sie zurückkam, waren sie verhungert. Charmante Gesellschaft allesamt. Danke, Liebes.«

Sie trank ihr Bier.

»Aber das Gruselige daran war, dass die ganzen Kindermörderinnen total besessen waren von Kindern. Die solltest du mal gesehen haben – sobald wir Bilder von unseren Kindern rausgeholt haben, waren die nicht mehr zu halten. *Guck mal die, ist die nicht süß, ist die nicht niedlich?* So haben die geredet. Läuft mir immer noch kalt den Rücken runter.«

»Es gab keinen eigenen Trakt für politische Häftlinge?«

»Was für ein eigener Trakt? Alle waren zusammengepfercht. Wir hatten sogar zwei ehemalige Wächterinnen aus einem Konzentrationslager dabei: den blonden Engel und die Bestie von Ravensbrück. Nicht, dass der Engel noch blond gewesen wäre, sie war grau und weiß; sie saß schon seit Jahrzehnten da drin. Die Politischen verabscheute sie. Immer wenn ein paar vom Westen freigekauft wurden, zischte sie: ›In die Urne mit euch, in die Suppe rein!‹, und solche Sachen. Aber die Bestie war ganz nett, wenn du mich fragst. Sie war in unserer Näheinheit, das war die Einheit, wo auch deine Mutter drin war. Mit der Bestie bin ich gut klargekommen. Sie hat immer gearbeitet, obwohl sie fast blind war, und wenn wir sie fragten, was sie gern tun wollte, wenn sie jemals rauskäme, sagte sie, an einen Ort mit Wald und Wasser ziehen, wo ich arbeiten kann. Das war alles, was sie wollte, arbeiten, arbeiten, arbeiten. Ob sie wohl noch lebt? Wahrscheinlich nicht, sie wäre jetzt über hundert. Wo war ich? Deine Mutter. Genau, deine Mutter war in meiner Näheinheit. Das war eine erträgliche Einheit, nicht wie manche andere, wo sie sich andauernd gegenseitig bekriegt haben. Bei uns gab es aber einige, die versucht haben, Nadeln zu schlucken, oder die, ich weiß auch nicht, sich Nadeln in die Haut gesteckt haben, so hier, um ein paar Tage in der Krankenstation zu kriegen oder weil sie sich umbringen wollten, oder vielleicht wollten sie auch nur Aufmerksamkeit. Und dann versuchten viele auch noch, Gabeln und Messer zu schlucken, das passierte eigentlich immer mal. Aber meistens saßen wir einfach da und haben Kissen bestickt, das war auszuhalten, jedenfalls nicht schlimmer als andere Einheiten.«

Ich streckte mich. »Kissen? Was für Kissen?«

»Nichts Besonderes, so kleine blaue Blümchen, Vergissmeinnicht«, sagte Frau Benedikt.

Mit Blümchen bestickte Kissenbezüge. Nicht so schlimm wie die anderen; etwas unangenehm.

»Sie hasste bestickte Kissen.«

»Ja, das wundert mich nicht. Ich kann die auch nicht mehr sehen. Noch ein Bier, Liebes, würdest du? Meine Kehle ist staubtrocken von dem ganzen Gerede.« Sie hob ihr leeres Glas, und die Kellnerin nickte bedächtig.

»Hat sie auch mal über sich gesprochen? Oder ihre Familie?«

»Ständig; sie redete ständig über ihre Familie.« Frau Benedikt wischte sich über den Mund. »Wir haben da harte Arbeit geleistet, weißt du. Heutzutage lässt es sich jeder auf Staatskosten gut gehen, aber damals …«

»Was hat sie denn über uns erzählt?«

»Das weiß ich wirklich nicht mehr, es ist alles so lange her. Danke, Liebes. Und gern noch einen Schnaps, bitte.«

»Während ihrer Zeit in Hoheneck hat meine Mutter meinen Bruder zur Adoption freigegeben«, sagte ich. »Wussten Sie das?«

Frau Benedikt kaute auf ihrer feuchten Unterlippe. Sie schien abzuwägen. Nach einer Weile sagte sie: »Ja, also, das war ein bisschen kompliziert. Ich hatte da so ein bisschen meine Hände mit im Spiel. Guck mal, wir haben ja nebeneinander gearbeitet, da lernt man sich ganz gut kennen. Also habe ich ihr davon erzählt, wie ich im Kinderheim aufgewachsen bin. Ich sagte ihr, überleg mal, hier bist du der letzte Dreck, stimmt's? In einem Kinderheim ist das genauso, nur schlimmer, hab ich gesagt. Kinderheime sind genauso wie Hoheneck, aber für kleine Leute, und man wird da noch mehr geschlagen, und abends umzingeln die älteren Jungs dich in der Dusche und ziehen dir die Hose runter und so weiter, das hab ich ihr gesagt, weil es stimmte. Und deine Mutter sagte, das ist ja furchtbar, mein Junge ist im Heim. Und ich sagte, dann viel Glück, denn wenn man das Kind einer Staatsfeindin ist, dann ist es noch viel schlimmer. Andere Kinder bekommen einen Geburtstagskuchen, du bekommst gar nichts. Andere Kinder dürfen in den Zoo gehen, du musst dableiben. Du freust dich auf einen Wanderausflug in den Wald, kannst kaum schlafen vor Aufregung, rate mal, du darfst gar nicht mit. Warum? Weil Mama eine Verräterin ist, weil Mama eine Staatsfeindin ist. Und du musst dafür büßen, bis du Mama mehr hasst als die Leute, die dich von ihr weggenommen haben.«

»All das haben Sie meiner Mutter erzählt?«

»Es war die Wahrheit, und außerdem hatte ich keine Wahl.«

»Warum das?«

»Ich werde dich hier nicht anlügen, und es ist sowieso alles längst vergangen. Vielleicht hab ich ein paar Vergünstigungen bekommen, wenn ich sie davon zu überzeugen half, deinen Bruder loszulassen. Was soll daran falsch sein?

Es war alles wahr; alles, was ich übers Heim gesagt habe, war wahr. Dein Bruder sollte mir danken. Ohne mich hätte er seine ganze Kindheit in der Hölle verbracht.«

»Oder meine Mutter hätte ihn rausgeholt, nachdem sie vom Westen freigekauft wurde.« Mir brach die Stimme.

»Trink einen Schnaps«, sagte Frau Benedikt und rief die Bedienung: »Noch zwei, Liebes.«

Ich trank den Schnaps und hätte gleich noch einen vertragen können.

»Wurden Sie auch freigekauft?«, fragte ich.

»Was meinst du?« Sie starrte mich aus ihren wässrigen, blutunterlaufenen Augen an, und dann lachte sie in feuchtfröhlicher Heiterkeit. »Moment, dachtest du, dass ich auch eine Politische war? War ich nicht, Liebes. Ich war gar nichts Besonderes, ich war nur ein normaler Nullachtfuffzehn-Knacki. Für mich hat keiner seine schöne Westmark hingeblättert. Ich war einfach eine dumme Kuh, die man verraten hat, alles, was ich gemacht habe – ich hab nicht mal was gemacht, mich bloß immer mit den falschen Männern eingelassen, immer die falschen. Was wollte ich sagen?«

Bislang hatte sie noch nüchtern gewirkt, jetzt fing sie an zu lallen.

»Die Wahrheit ist, Leute wie deine Mutter haben wir gehasst«, fuhr sie fort. »›Intelligenz‹ hat man sie genannt. Intelligenz! Zu dumm, um durch einen Stacheldraht zu kriechen, zu dumm, um einfach zu bleiben, wo sie waren, aber dachten immer noch, sie wären was Besseres.«

»Ich dachte, Sie waren ihre Freundin?«

»Ihre *Freundin*? Draußen hätte jemand wie deine Mutter mich keines Blickes gewürdigt. Ich hab ihr gesagt, ich hab gesagt, an deiner Stelle hätte ich so was nicht riskiert. Sieh dich doch mal an, hab ich gesagt, du hattest alles, was man sich wünschen kann – gute Stelle, Ehemann, Kinder, Wohnung – und jetzt guck dich mal an, was hast du jetzt, nichts, und es ist deine eigene Schuld, das hab ich ihr gesagt. Du bist ganz allein schuld dran.«

»Das reicht!« Ich sprang auf. »Hören Sie auf! Es war nicht ihre Schuld! Wie können Sie das sagen!«

Das ganze Café war still geworden, und alle starrten uns an. Die Bedienung spitzte missbilligend ihre Lippen. Ich setzte mich wieder.

»Musst nicht gleich rumschreien …« Frau Benedikt versagte die Stimme. Sie schien ängstlich und wirr. Sie setzte wieder an: »Musst nicht gleich rumschreien. Ich wollte nur …« Dann ließ ihr Kopf sie wieder im Stich. Am Ende fragte sie mich noch mal nach Geld für Zigaretten. Ich gab ihr zehn Euro, und mit ihrer Plastetüte in der Hand verließ sie das Café. Der Zigarettenladen war links. Sie ging nach rechts. Ich wartete zwanzig Minuten, eine halbe Stunde und wunderte mich nicht, dass sie nicht mehr wiederkam.

AN DIESEM ABEND rief Tobi wie üblich an. »Wie läuft's?«

»Es läuft ins Leere. Ich weiß nicht, wen ich noch treffen könnte.« Ich stand auf und trat vors Fenster. Auf einem der Dächer gegenüber tranken Leute Bier und tanzten. »Du hattest recht. Mama hat keine Spur für uns ausgelegt. Sie ist einfach nur sprunghaft wie immer durch Berlin geirrt.«

»Sag das nicht. Du machst das gut.«

»Ich wollte ihn unbedingt finden, Heiko – entschuldige, Tobi. Tobi, ich will ihn wirklich finden. Aber das reicht wohl nicht. Diese ganze Reise ist ein einziger Reinfall. Ich habe erfahren, dass Mamas Gefängnisaufenthalt fürchterlich war, dass sie daran zerbrochen ist, dass sie sich für alles die Schuld gegeben hat. Was ist neu daran? Das wissen wir seit unserer Kindheit.«

»Du hast so viel herausgefunden, was wir noch nicht wussten – so viel. Und ich dachte, ich könnte am Wochenende nach Berlin kommen«, sagte Tobi. »Ich bin gerade mit einem Projekt fertig geworden und habe bis Dienstag frei. Du solltest das nicht alles allein machen müssen.«

»Ich glaube, das kannst du dir sparen.«

»Es muss doch noch jemanden geben, mit dem du sprechen könntest.«

»Nein, wirklich nicht.« Ich unterbrach mich. »Na ja. Einer wäre da noch.«

»Wusste ich es doch!« Und er klang so zuversichtlich und optimistisch, dass ich es nicht übers Herz brachte, ihm zu sagen, dass dieser Jemand unsere Mutter einst verhört hatte und in einem schönen Haus am Stadtrand wohnte, einem Haus, das ich mir aus verschiedenen Perspektiven auf diversen Karten und Immobilienportalen im Netz angesehen hatte. Im Vorgarten hatte er ein Vogelbad, und vor seiner Eingangstür lag eine Fußmatte in Katzenform. Eines der Fenster war mit Klebefolien verziert, die aussahen wie von Kindern bemalt; vielleicht von seinen Enkelkindern.

Berlin 1989: Winter

EINIGE MONATE NACHDEM WIR Mamas gelbes Päckchen aus Westberlin bekommen hatten, füllte sich unsere ruhige Straße mit Demonstranten. Es war November, kalt und dunkel. Wir saßen im Wohnzimmer von Oma Trudes Erdgeschosswohnung. Dutzende, vielleicht auch Hunderte von Menschen zogen am Fenster vorüber. Dass es längst Zeit zum Schlafengehen war, hatten meine Großeltern offenbar vergessen; es war schon fast Mitternacht. Ein Mann guckte zu uns rein, klopfte ans Fenster und rief: »Kommt raus! Die Mauer ist weg! Die Mauer ist weg!«

Die Menge bewegte sich schneller, die Leute warfen ihre Transparente weg und rannten die Straße hinunter.

»Wie kann die denn *weg* sein?«, fragte ich Oma.

»Natürlich ist sie nicht weg«, sagte Opa Horst langsam und bedächtig. »Er meint damit, dass der Grenzübergang geöffnet ist.«

Opa war ein schweigsamer Mensch, der das Reden meistens Oma überließ. Aber Oma war unfähig zu einer Antwort. Sie ließ sich aufs Sofa fallen. Der personifizierte antifaschistische Schutzwall Oma Trude gab endlich nach. Es war vorbei. Sie legte ihren Kopf in die Hände und weinte.

Opa Horst setzte sich neben sie, dieser stoische Mann, der jeden Abend Buttermilch mit gehackter Zwiebel und

Leinöl trank und meinte, damit würde er hundert Jahre alt werden. Er sagte: »Ja, gut. Also denn.« Und dann ließ auch er den Kopf hängen.

Wenn die Mauer weg war – oder gerade verschwand –, dann hieß das, dass wir meine Mutter sehen würden. Wir könnten sie morgen schon sehen. Wenn die Mauer weg wäre, könnten wir alle wieder zusammenleben und Heiko könnte wieder zu uns zurückkommen. Nein, nie wieder könnten wir alle zusammenleben. Mein Vater kam nicht mehr zurück, nie mehr, nicht mal, wenn man dafür hundert Mauern einrisse.

Mich überkam eine Wut. Meine Eltern hätten nur ein bisschen warten müssen! Was hatten sie immer zu uns gesagt? Jetzt nicht, warte noch, drängle nicht, hab Geduld. Nein, jetzt gibt es keinen Nachtisch, den gibt es nach dem Essen. Nein, du kannst dein Geschenk jetzt noch nicht öffnen, das kannst du später machen, wenn die anderen hier sind. Aber sie selbst, sie hatten nicht warten können – sie waren direkt auf diesen Stacheldraht zugeeilt, in die Arme dieses Grenzsoldaten.

—

Meine Oma konnte nicht aufhören zu weinen. Sie drückte uns in ihre Arme, als ob sie uns trösten müsste. Für ein paar Atemzüge brachte sie die Tränen unter Kontrolle, dann brach sie wieder in hemmungsloses Schluchzen aus. »Es war nicht alles schlecht«, sagte sie. »Das weißt du, stimmt's, Ella? Du bist schon groß genug. Du weißt, dass nicht alles schlecht war.«

»Na komm.« Opa rieb ihr den Rücken. »Wir wissen doch noch gar nicht, was passieren wird. Lass sie alle nach Westberlin gehen und sich ein bisschen umsehen. Dann sehen die schon, dass da auch nicht alles aus Rosen und Schokolade besteht, und dann sind sie bald wieder zurück. Es wird ein paar Reformen geben, was nicht das Schlechteste ist, oder Trude? Das sagst du doch selbst.«

»Ein paar Reformen!« Sie schnäuzte sich. »Verstehst du nicht? Das war's. Das lässt sich jetzt nicht mehr aufhalten. Dieses Land ist weg, es ist vorbei; sie werden uns mit einem großen Happs schlucken.«

»Ach Trudi.« Opa lächelte. »Das sehe ich so nicht kommen. Es gibt genug Leute, die unser Land lieben und es erhalten wollen. Es wird Veränderungen geben, und das ist auch gut, wir haben uns schon oft genug am eigenen Schopf aus dem Sumpf gezerrt.«

Oma schüttelte den Kopf. »Es ist vorbei, Horst. Die ganzen Jahre haben wir umsonst gekämpft; und ich kann mich nicht mal darüber wundern. Meinst du, ich weiß nicht, wie die Leute hinter meinem Rücken reden? Habe ich etwa ihre Häme nicht bemerkt, nachdem das mit Jochen und Regine passiert ist? Dass ausgerechnet *meine* Tochter wegmachen wollte, dass *mein* Schwiegersohn einen Grenzsoldaten angegriffen hat, dass die alte rote Trude ihren Enkelsohn verloren hat – sie haben sich ja fast überschlagen vor Schadenfreude.«

»Es tut mir leid, dass du traurig bist, Oma«, sagte ich. Tobi kamen die Tränen, aber ohne zu wissen, weshalb, glaube ich, er weinte nur mit Oma mit.

»Ich bin eigentlich nicht traurig, Ellachen«, sagte sie und trocknete sich die Augen. »Dass ich von Anfang an dabei war, mit dabei, ein sozialistisches Land aus den Trümmern aufzubauen – nein, darüber bin ich nicht traurig. Das war eine wunderbare Sache.«

»Andererseits waren manche Sachen gar nicht wunderbar«, sagte Opa leise. »Auf diese Sachen aus unserem Leben können wir gern verzichten, oder? Gut, dass wir die schlechten Dinge los sind.«

Oma starrte ihn an.

»Horst, die Partei macht Fehler, und die Partei korrigiert sich. Das *weißt* du. Die Sowjets schicken nicht mehr halb Moskau in den Gulag, oder? Die Partei lernt, darum geht es ja bei der Dialektik. Man muss ein bisschen Vertrauen haben.«

Und dann begann sie zu singen, erst leise, dann immer lauter:

Sie hat uns niemals verlassen.
Fror auch die Welt, uns war warm.
Uns schützt die Mutter der Massen.
Uns trägt ihr mächtiger Arm …

»Können wir Mama bald sehen?«, fragte ich. »Jetzt, wo alles anders ist, kommt sie da zu uns zurück?«

»Natürlich, mein Schatz«, sagte Oma. Sie wuschelte mir durchs Haar und drückte mich an sich. »Bestimmt findest du meine Lieder langweilig, aber so ist es nun mal, es war ein langes Leben.«

—

Oma und Opa wollten sich den Menschenmassen, die zur Mauer strebten, nicht anschließen. Auf ihrem Sofa machten sie das Bett für Tobi und mich und gingen dann in ihr eigenes Schlafzimmer. Meine Großeltern erschienen mir sehr würdevoll in ihrem Eigensinn, würdevoller als die singenden und brüllenden Massen da draußen. Es wäre eine Enttäuschung gewesen, sie nach all den Jahren, in denen sie gepredigt hatten, dass wir doch hier alles hatten, was wir brauchten, plötzlich in den Westen rennen zu sehen. Aber während ich auf dem Sofa lag und meinen Bruder schnarchen und draußen die Stimmen hörte, wurde ich sehr unruhig.

Meine Mutter musste direkt auf der anderen Seite der Bösebrücke sein. Sie wohnte im Wedding – das hatte sie in ihrem Brief geschrieben –, direkt auf der anderen Seite der Bahngleise, gegenüber von Prenzlauer Berg. Ich stellte mir vor, wie sie aus ihrem Fenster lehnte und dreimal mit einer Taschenlampe leuchtete wie jeden Abend und plötzlich von der Grenze her den Lärm Tausender hörte. Sicher würde sie alles stehen und liegen lassen und runter auf die Straße laufen, hin zur Brücke, und dann würde sie sehen, dass die Brücke geöffnet war und Menschen aus dem Osten sich darüberdrängten. Und dann? Jedenfalls könnte sie nicht auf unsere Seite rüberkommen. Das Gedränge nach Westen hin wäre zu groß. Sie hätte Angst vor den Wachen. Je länger ich darüber nachdachte, umso mehr wuchs meine Überzeugung, dass meine Mutter jetzt gerade dort stand und auf die feiernde Menge starrte. Etwas anderes war nicht denkbar. Sie konnte nicht in ihrem Bett liegen und erwarten, dass die Grenze auch in den nächsten Tagen oder sogar für immer offen blieb. Nein, es war nicht ihre Art, eine Chance zu verschlafen. Sie war da draußen im Dunkeln, rief unsere Namen und reckte den Hals, um besser zu sehen. Vielleicht hoffte sie, dass Oma und Opa uns rüberbrachten, um sie noch am selben Abend zu sehen.

Ich glaubte nicht daran, dass die Grenze offen bleiben würde. Wenn dieser Strom ein paar Tage oder sogar Wochen anhielte, dann wäre unser Land leer. Niemand wäre mehr da, um die Busse zu fahren, die Straßen zu fegen, niemand würde uns in der Schule unterrichten, niemand uns grüne Orangen und magere Hühnchen verkaufen. Ich versuchte, mir unser Viertel ohne Menschen vorzustellen, völlig verlassen, die Kohleneimer achtlos im Rinnstein liegen gelassen, die Milch wurde in den Läden sauer, die Pakete nicht zugestellt, die Häuser kalt und still. Das war unmöglich. Viel wahrscheinlicher war es, dass sie den ersten Andrang von Leuten durchlassen, dann die Grenze wieder schließen und mit den Übergebliebenen vernünftig reden würden.

In der Schule hatten wir uns eine Rede von Walter Ulbricht angehört, dem Staatsratsvorsitzenden während des Mauerbaus. Das war genau das, was er vorausgesagt hatte. Er hatte den Arbeitern, die die Mauer gebaut hatten, gedankt, und dann hatte er vorausgesagt, dass sich nach einiger Aufregung und Gejammer im Westen alles wieder normalisieren würde: »Das Leben geht seinen ruhigen Gang.«

Genau, nach dieser eigenartigen und lauten Nacht würde das Leben in seine üblichen, ruhigen Bahnen zurückfinden. Alles andere wäre unmöglich. Aber bevor das passierte, bevor sie die Grenze wieder zumachten, musste ich meine Mutter sehen.

So leise ich konnte, glitt ich vom Sofa, zog einen Pulli über meinen Schlafanzug, zog Socken und Schuhe und einen dicken Mantel und zur Sicherheit noch eine Mütze an, griff mir einen Schlüsselbund, schlüpfte zur Tür hinaus und drückte sie sanft zurück ins Schloss.

»Unfassbar, dass jemand ein Kind mitgenommen hat«, sagte ein langhaariger Mann mit Schnurrbart, der eine fransige Wolltasche mit einem Hirsch darauf schwang. Erstaunt sah er mich an. »Bist du nicht ein bisschen jung für die Revolution?«

»Pssst.« Sein Freund blickte sich um. »Man weiß nie, wer zuhört.«

»Was? Kapierst du nicht? Die Mauer ist gefallen! Wir können jetzt sagen, was wir wollen!« Der Langhaarige rannte vorneweg, und sein besorgter Freund kam kaum mit. Sie kamen mir irgendwie bekannt vor, vielleicht weil viele der Studenten in Prenzlauer Berg lange Haare hatten und mit diesen fransigen Hirschtaschen herumliefen. Ich folgte ihnen.

Zwischen so vielen Erwachsenen festzustecken, machte mir Angst. Alle um mich herum sangen und brüllten und jauchzten. Leute traten mir auf die Füße, ich bekam ihre Handtaschen ins Gesicht, und sie schubsten mich herum, ohne es auch nur zu bemerken. Ich kämpfte mich durch die Menge, bis ich die beiden Studenten wieder fand. Wir standen auf der Bornholmer Straße, da wo die Tram immer einen Schlenker um die Brücke herum machte. Vor uns lagen der Grenzübergang und der Wachturm. Der Vorsichtigere von den beiden stand da und starrte auf den Übergang, auf die Leute, die hindurchströmten. Ein Trabi hupte und hupte. Leute schwenkten Fahnen und Banner. Die Grenzscheinwerfer streiften über mein Gesicht und blendeten mich, und für einen Augenblick war ich weit weg auf einer ungarischen Wiese. Ich streckte meinen Arm und griff nach dem Riemen der Hirschtasche und hielt mich daran fest.

»Hey!« Der Langhaarige, mutiger als sein Freund, hatte sich zuversichtlich auf den geöffneten Grenzdurchgang zubewegt. Er zog an seiner Tasche. »Du schon wieder! Wo ist deine Mami?«

»Auf der anderen Seite.« Ich fing an zu weinen. »Sie ist auf der anderen Seite, sie ist in Westberlin.«

»Scheiße. Solltest du nicht zu Hause sein? Pass auf, geh nach Hause, und bestimmt wird sie morgen gefunden.«

»Nein! Sie ist *jetzt* da! Ich will sie jetzt sehen.«

»O Mann. Ich kann jetzt nicht …« Er sah sich nach seinem vorsichtigen Freund um. Aber der Freund war verschwunden. Von hinten wurden wir immer weiter in die Menge geschoben.

»Na gut.« Er nahm meine Hand und zog mich mit, durch den Grenzübergang hindurch, auf die Brücke. Hier hatten sie den Mann erschossen, der durch die Gärten geflohen war. Hier standen sonst die Wachen mit ihren Gewehren. Wo waren die? Ich sah nur normale Leute – lachende, weinende, jubelnde normale Leute. Die Brücke war breiter als gedacht, um uns herum überall Menschen – ein breiter Fluss, der nach Westen floss. Ich hatte keine Angst mehr. An der Hand hielt ich meinen Freund wider Willen. Er war stark und groß, wie mein Vater. Und dann schien es mir, dass es tatsächlich mein Vater war, der mich hinüberbrachte, dass seine liebe warme Hand mich führte, dass es nichts zu fürchten gab.

Als wir drüben ankamen, verdichtete sich die Menge. Manche blieben stehen, um den Boden unter ihren Füßen zu fühlen, den Moment festzuhalten. Ein Mann stieß mir unwissentlich seinen Ellenbogen ins Gesicht, und ich schnappte nach Luft, eingeklemmt und festgedrückt zwischen diesen ganzen behäbigen, großen Körpern. Ich wurde zur einen Seite gerissen und mein Freund zur anderen, und unsere Hände trennten sich. Der dicke Mantelstoff einer Frau überdeckte mein Gesicht. Ich konnte kaum atmen, kämpfte mich durch die Menge und tauchte in einem kleinen Zwischenraum neben einer Straßenlaterne wieder auf. Über mir öffnete sich ein Fenster, und ich fühlte ein Paar Hände, das mich hochhob und mich auf das Fensterbrett setzte.

»Pass auf, Mädchen! Du wärst da unten fast zerdrückt worden!« Eine Frau ungefähr in Omas Alter hielt mich auf dem Fensterbrett fest und lächelte mich an. Eine Westberlinerin. »Am besten bleibst du hier sitzen und winkst, damit deine Familie dich sehen kann.«

»Ich muss meine Mutter finden«, sagte ich.

»Kannst du sie sehen? Wie sieht sie denn aus?« Die westdeutsche Oma blickte suchend durch die Menge.

»Sie hat lange braune Haare …« Mir fiel ein, dass sie ihre Haare abgeschnitten haben könnte. Sie könnte sie sogar blondiert haben. »Und eine Brille.«

»Gut. Dann halten wir mal Ausschau. Und immer winken, nicht vergessen zu winken.«

Ich winkte. In meiner Verwirrung suchte ich die Gesichter ab, die von der Brücke herkamen. Dann fiel mir der Fehler auf, und ich drehte mich herum, nach Westen.

»Von da wird sie nicht kommen, mein Kind«, sagte die Frau sanft. Sie hatte graue Locken und trug ein Nachthemd.

»Doch, sie kommt bestimmt von da. Sie ist schon in Westberlin«, sagte ich. Und da sah ich sie. Meine Mutter stand in einem Hauseingang auf der anderen Straßenseite. Sie achtete nicht auf die Menschen, die sich an ihr vorbeischoben. Sie stand einfach da und starrte geradeaus, als könnte sie ihren Augen nicht trauen.

»Mama!« Ich rief, so laut ich konnte. Meine Mutter zuckte zusammen und blickte sich um, panisch und ängstlich, und dann sah sie mich. Sie bahnte sich einen Weg über die Straße, mitten durch die Menge hindurch, wurde vor und zurück geworfen, und als sie auf meiner Seite ankam, sprang ich ihr in die Arme.

—

Die freundliche Wessi-Oma ließ uns in ihr Wohnzimmer. Es war nicht viel anders als unser eigenes. Sie hatte einen großen Fernseher und ein teuer aussehendes Telefon, aber sonst hätten die Möbel auch von meiner Oma sein können: breite Sofas mit Rosendekor, ein Schaukelstuhl, ein Wollkorb und halb fertig gestrickte Socken.

Mama hielt mich auf dem Schoß in ihren Armen. Sie küsste mein Gesicht, strich mir durchs Haar, küsste wieder mein Gesicht, und wir beide weinten, und die Wessi-Oma weinte mit. Ich rollte mich zusammen wie ein Baby, und Mama wiegte mich hin und her.

»Entschuldige, mein Püppchen«, sagte sie schließlich, setzte mich ab und schüttelte die Arme aus. »Ich bin ganz schwach. Wo ist Oma? Und Tobi?«

»Zu Hause.« Ich erklärte ihr, was ich getan hatte, wie

ich mich über die Grenze geschlichen hatte, wie ich dem Mann mit der Hirschtasche gefolgt war. Während ich redete, wurde Mama sehr blass. Sie zog mich wieder auf ihren Schoß, und mir fiel auf, wie schmal sie war. Ihr Gesicht war hager, ihre Haare waren von grauen Strähnen durchzogen. Sie hatte einen nervösen Tick, ein Zucken im Kinn. Ihre Hände waren rau und dickhäutig mit Schwielen an den Fingern.

»Du bist *ganz allein* rübergegangen?« Sie erschauerte.

»Die Soldaten sind weg.«

»Was, wenn die Russen ihre Panzer geschickt hätten? Das darfst du nie wieder tun, Ella, hörst du? Nie wieder!«

Und dann sahen wir uns an und lachten, denn der Gedanke, dass so eine Nacht sich wiederholen könnte, schien lächerlich.

Die Wessi-Oma ging in ihre Küche und kam mit einer Flasche Wein, einem Glas Saft und einem Tablett voller belegter Brote wieder zurück.

»Ich dachte mir, wir sollten das ein bisschen feiern. Da draußen drehen sie jedenfalls durch.« Sie erhob ihr Glas. »Ihr könnt mich Lilo nennen.«

»Regine«, sagte meine Mutter und erhob auch ihr Glas.

»Du kannst mich Ella nennen«, sagte ich und erhob mein Glas, und die beiden lächelten, als hätte ich etwas Lustiges gesagt.

Wir guckten nach draußen. Westdeutsche mischten sich unter die Neuankömmlinge. Fernsehteams mit großen Kameras drängelten sich dazwischen. Schokolade und Bier wurde herumgereicht. Meine Mutter fing wieder an zu weinen. Lilo sagte, sie wohne seit zwanzig Jahren in dieser Wohnung und hätte niemals gedacht, dass dieser Tag kommen würde. Ihr Berlin endlich wieder vereint.

Meine Mutter wischte sich die Tränen weg. »Du kennst unsere Regierung nicht. So leicht werden die nicht nachgeben. Die haben noch einen Trumpf im Ärmel.«

»Kann ich jetzt bei dir bleiben?«, fragte ich sie.

»Ja. Nein.« Sie rieb sich die Stirn. »Ich weiß es nicht. Ich glaube, wir müssen erst mal abwarten, Ellachen.«

»Warum?«

»Weil – weil – weil wir nicht wissen, ob sie sonst Oma und Opa irgendetwas Böses tun … und Tobi.«

Sie wurde still, und ich wusste, dass sie an Heiko dachte.

Lilo schlug vor, dass wir zu Hause anriefen, um Bescheid zu sagen, dass es mir gut ging.

Mama schüttelte den Kopf. »Meine Mutter hat kein Telefon mehr. Nach meiner Festnahme haben sie ihr die Leitung gekappt.«

Der Lärmpegel draußen stieg an. Man hörte jetzt Musik und das Geräusch zersplitternder Flaschen; die Leute tanzten und lagen sich in den Armen. Mama kämmte wieder mit ihren Fingern durch mein Haar. Das hatte sie nie getan, als wir noch alle zusammen gewesen waren. Es war ein bisschen merkwürdig, als wäre sie eine etwas andere Mutter, aber es war auch schön.

»Ich werde dich zurückbringen«, sagte sie. »Wir bleiben noch ein bisschen hier, und dann muss ich dich zurückbringen.«

Lilo wickelte sich in ihr Nachthemd. »Ich kann euch begleiten. Ich habe keine Angst vor denen. Wenn man uns verhaftet, dann gibt das einen internationalen Zwischenfall.«

»Ich glaube, das ist bereits ein internationaler Zwischenfall«, sagte meine Mutter und wies mit dem Kopf auf die Menschenmenge draußen. Sie trank ihren Wein aus.

»Das ist wirklich reizend von dir, aber wir schaffen das schon.«

»Augenblick.« Lilo verschwand wieder in der Küche und kehrte mit einer Plastetüte voller Geschenke zurück: Schokoladentafeln, Cornflakes, Pakete mit Zucker und Kaffee, ein Glas Himbeermarmelade und, eigenartigerweise, ein Häkeldeckchen.

»Das Deckchen habe ich selbst gemacht!« Sie gab mir die Tüte mit einem erwartungsvollen Lächeln. Ich dankte ihr, fühlte mich aber etwas beschämt. Wir hatten Essen zu Hause. Wir brauchten keine Spenden. Aber Tobi würde sich immerhin über die Schokolade freuen.

—

Wie eine Kriegerin bewegte sich meine Mutter auf die Brücke zu, fest und heldenhaft, unaufhaltsam. So hatte ich sie noch nie gesehen und würde es auch nie wieder tun.

Als wir am Grenzübergang ankamen, verlangsamte sie ihren Schritt, und ihre Hand zuckte leicht. Wachen waren keine zu sehen. Vielleicht standen zu viele Menschen zwischen ihnen und uns. Sie ging mit mir durch die Bornholmer Straße und bis zu uns nach Hause. Sie guckte nicht nach rechts oder links.

Vor unserer Haustür sagte sie: »Jetzt schlüpf so leise, wie du kannst, wieder rein. Hoffentlich schlafen alle. Und morgen, wenn sie dich fragen, dann sagst du … sag ihnen einfach die Wahrheit. Erzähl ihnen, was du gemacht hast. Und richte allen liebe Grüße aus von mir und sag ihnen, dass ich sie ganz bald sehen möchte, wenn möglich, gleich morgen. Sag Oma, dass sie dich rüberbringen soll, wenn die Grenze noch geöffnet ist; und wenn sie partout nicht will, dann frag Opa Horst.«

»Willst du nicht mit reinkommen und Hallo sagen?«

Sie schüttelte den Kopf. »Ich kann dieses Haus nicht betreten. Eigentlich kann ich diese Straße nicht betreten. Ich bin fertig mit diesem Land. Geh jetzt rein, mein Schatz.«

Sie blieb noch stehen, während ich die Tür öffnete, dann drehte sie sich um und rannte davon, als würde sie gejagt.

Nach dieser Nacht veränderte sich wieder alles. Tobi und ich besuchten zusammen unsere Mutter. Opa Horst brachte uns am nächsten Tag nach Westberlin. Er holte sich in einer Bank sein Begrüßungsgeld ab und stellte sich sogar mit uns in die Schlange bei McDonald's, wo man Hamburger umsonst bekam, wenn man seinen ostdeutschen Pass vorzeigte; dazu kaufte er uns noch zwei Becher Coca-Cola.

Das Getränk war nichts wirklich Besonderes, eigentlich nur süßes Prickelwasser, allerdings mit einem angenehm dunklen Geschmack, wie nach verbranntem Karamell. Der Hamburger sah aus wie eine normale Bulette im Brötchen. Aber nach dem ersten Bissen fand ich es ganz anders als eine Bulette und auch ziemlich lecker, dicht und herzhaft mit der Süße von Tomatenketchup. Als ich die Gewürzgurke in der Mitte erreichte, wich meine Zunge zurück vor der plötzlichen labberigen Säuerlichkeit. Ich wollte Opa nicht verärgern und aß weiter, ohne mich zu beschweren. Dann blickte ich auf und sah, wie sich Opas Nase kräuselte, und wusste, dass auch er jetzt das Gürkchen erreicht hatte. Genau wie ich kaute er tapfer weiter.

»Igitt!«, schrie Tobi. Er öffnete den Mund und spuckte einen grünen Brei in seine Hand. Opa schimpfte, er wollte nicht, dass die Angestellten bei McDonald's uns für undankbar hielten.

»Du mochtest es auch nicht«, sagte ich zu Opa.

»Aber ich hab's nicht ausgespuckt.« Er legte seine Arme um uns. »Und denkt dran, was wir abgemacht haben zu den Hamburgern. Kein Wort davon zu Oma.«

—

Meine Mutter ging mit uns ins KaDeWe und kaufte uns neue Anziehsachen, Tüten über Tüten mit gut sitzender Kleidung. Ich konnte es nicht fassen, wie viele Sachen es dort gab: wie viele Lippenstifte in wie vielen Farben, wie viele Parfüms, Schuhe, Spielsachen. Überall waren Ostdeutsche, die mit ihrem Begrüßungsgeld von der westdeutschen Regierung einkauften. Später sagte Oma, das sei die Strategie der Wessis zur Beschleunigung der Übernahme: Macht die Leute süchtig nach Plunder und Christbaumkugeln. »Glasperlen« nannte sie die Geschenke. »Seht nur, wie sie mit ihren Glasperlen ankommen, bereit, unser Land zu übernehmen.«

Die Bürgersteige in Prenzlauer Berg füllten sich mit altem Spielzeug: handgenähte Lumpenpuppen, Schaukelpferde aus alten Stühlen, kleine holzgeschnitzte Eisenbahnen. Keiner wollte das alte Gerümpel noch haben. Auf Betten und Regalen saßen jetzt stolz die neuen Spielzeuge: Barbiepuppen, Superhelden, bunte Plasteeisenbahnen.

Auch Kinderbücher und Brettspiele stapelten sich auf den Straßen: *Erika die Elektrikerin; Wir bauen ein Kinderhaus; Kolya, der tapfere Soldat. Unsere Fibel*, mit der ich lesen und schreiben gelernt hatte, wurde als *Meine Fibel* neu verlegt. Verschwunden waren die alten Illustrationen, die Flaggen unserer Bruderländer, die Panzer und Gewehre. Verschwunden war die Geschichte vom Soldaten Heinz und seiner Schwester Helga.

Es stellte sich heraus, dass man uns die Dinge nicht richtig beigebracht hatte; wir waren zu fixiert auf die Gruppe gewesen und zu wenig auf die individuelle Person, und mit diesen neuen Büchern sollte dieser Fehler jetzt rasch berichtigt werden. Erstaunlich, wie zügig die Änderungen passierten, wie schnell Gewehre zu Blumen wurden und Soldaten zu kleinen Mädchen mit Zöpfen. Und genauso schnell waren auch die neuen Schulbücher wieder veraltet. *Meine Fibel* überdauerte nicht mal ein Jahr. Oma hatte recht gehabt, unser Land wurde nicht bloß reformiert. Es ging nicht bloß darum, ein paar Begriffe und Bilder in den Büchern zu ersetzen – nein, das ganze Land galt als derart gescheitert, dass man es lieber gleich vollständig verschrottete.

Die Deutsche Demokratische Republik verschwand, und wir wurden zu einem Teil von Westdeutschland, der Bundesrepublik, die nunmehr das einzige Deutschland bildete.

Oma und ihre Genossen und Genossinnen waren nicht die Einzigen, die damit zu kämpfen hatten. Die Hunde in unserem Viertel waren von den Veränderungen ihres Territoriums schwerwiegend verwirrt. Ihre Herrchen und Frauchen wollten jetzt im Mauerpark spazieren, durch den Wedding flanieren, ihren Radius ein wenig ausdehnen. Ab und zu vergaßen sie vielleicht, dass eine gesperrte Straße nun geöffnet war, dass es jetzt einen kürzeren Weg zu dem Ziel gab, das man vorher nur mit einem Umweg erreichen konnte. Es dauerte eine Weile, bis wir uns daran gewöhnt hatten, bis wir unseren inneren Stadtplan angepasst hatten, aber die meisten schafften es schließlich dann doch. Nur die Hunde beachteten weiterhin die alten Grenzen. Einmal beobachtete ich Frau Pietsch dabei, wie sie versuchte, ihren kleinen Kläffer eine Straße entlangzuzerren, während der sich festkrallte und komplett verweigerte. »Komm«, rief sie. »Komm, komm.« Sinnlos. Er wollte nicht nach links, wo er sonst immer rechts abgebogen war. Sie gab nach und ließ ihn auf seiner vertrauten Strecke in sicherer Distanz von der Phantommauer weiterlaufen.

Apropos Frau Pietsch – unsere Nachbarn und Freunde, die uns nach dem Tod meines Vaters diskret aus dem Weg gegangen waren, die so getan hatten, als sähen sie mich nicht, wenn wir in derselben Schlange anstanden, die nicht mehr bei uns klingelten, um nach Salz oder Butter zu fragen – diese Leute beteuerten mir nun, wie sehr sie uns bedauert hätten und wie sie im Herzen immer auf unserer Seite gewesen wären.

»Es gab welche, die haben sehr schlecht über deine Familie geredet«, erklärte mir die kecke Frau Minsky in ihrem engen Rock und der engen Bluse mit herausgestrecktem Hintern eines Tages. »Aber ich habe euch immer verteidigt.«

Mit einem undeutlichen Ausdruck von Rechtschaffenheit strich sie ihre Bluse glatt und sah mich erwartungsvoll an. Sie wollte wohl, dass ich mich bedankte oder so was, oder ihr bestätigte, dass sie ein guter Mensch war. Ich wusste nicht, was ich sagen sollte, und starrte sie wortlos an, bis sie meinte, jetzt müsse sie aber mal wieder nach ihrem Broiler sehen, Herr Minsky sei sehr wählerisch mit dem Essen.

Die Einzige, bei der sich nichts veränderte, war wieder Frau Rachmann, die geehrte Übersetzerin. In ihrem schmutzigen Nachthemd schlurfte sie über die Straße und bemerkte weder die Coca-Cola-Kisten noch die großen

Mercedes. War ihr alles egal. Sie wurde sanft aufgegriffen und zurück in ihre Wohnung geführt. Lächelte mich an. Lächelte den Himmel an. War ihr alles vollkommen egal.

—

An den ersten Tagen brach Mama jedes Mal, wenn sie uns sah, in Tränen aus. Sie konnte nicht fassen, wie sehr wir gewachsen waren. Während der folgenden Monate blieb sie etwas unsicher im Umgang mit uns, kannte unsere Bedürfnisse und Gewohnheiten nicht. Wir zogen von Prenzlauer Berg um in ihre winzige Wohnung im Wedding. Sie hatte keine Stelle als Dozentin gefunden und arbeitete als Putzfrau. Bei unserem neuen Zusammenleben bemerkten wir ihre merkwürdigen Abneigungen, ihr Zittern, ihre Angst vor kleinen geschlossenen Räumen, vor lauten Männerstimmen, vor Kellerräumen.

—

Oma gab nach und kam rüber nach Westberlin, denn meine Mutter weigerte sich standhaft, nach Prenzlauer Berg zu gehen. Ihr Wiedersehen war nicht ganz einfach. Oma wollte meiner Mutter sofort erklären, dass sie eine bessere Arbeit finden müsse, wobei ihr die westdeutsche Regierung doch bestimmt behilflich wäre.

»Die Wessis haben schon fünfzigtausend D-Mark für mich hingelegt«, sagte meine Mutter. »Damit war ich ein echter ostdeutscher Exportschlager. Ich glaube also nicht, dass ich noch mehr erwarten kann. Ich glaube nicht, dass sie noch mehr Geld aus demselben Fenster werfen wollen.«

»Es geht hier nicht um Vergangenes«, erwiderte meine Großmutter, als hätte nicht sie selbst damit angefangen.

Ich kam auf eine Weddinger Schule und begegnete zum ersten Mal in meinem Leben türkischen Kindern. Jeder erkannte mich gleich als Ossi, sogar in meinen neuen Westklamotten. Im Sport war ich besser als die meisten anderen, obwohl ich früher als hoffnungsloser Fall gegolten hatte, und das rettete mich wahrscheinlich davor, gnadenlos schikaniert zu werden.

Nach und nach gewöhnte ich mich an dieses neue Leben, ein Leben, in dem meine Mutter Putzfrau und mein Vater bei einem tragischen Unfall gestorben war. Und dann, kurz nach der Wiedervereinigung, rief Mama uns zusammen und erklärte, sie habe gute Nachrichten. Ein berühmtes Institut für Kunstgeschichte an einer großen Universität in London hatte ein Stipendienprogramm für ostdeutsche Akademiker aufgestellt. Sie hatte sich beworben, und diesmal war ihre Gefangenschaft kein Nachteil, sondern ein Vorteil gewesen. Da drüben *mochten* sie Dissidenten. Man hatte ihr sogar zusätzliche Mittel angeboten, um uns beide mitzunehmen.

»Was ist mit Heiko?«, fragte ich.

»Das ist schwierig«, sagte meine Mutter. »Ich setze alles daran, ihn zu finden. Aber ich glaube nicht, dass es weiterhilft, hier als Putzfrau festzusitzen. Wenn ich eine angesehenere Stellung hätte, mir einen Namen machen kann, vielleicht sogar international, dann wäre es vielleicht einfacher.«

Sie erklärte, dass die beiden Deutschland einen Vertrag für ihre Wiedervereinigung ausgehandelt hätten. Die vier Siegermächte aus dem Zweiten Weltkrieg – Frankreich, Großbritannien, die Sowjetunion und die USA – waren an den Verhandlungen beteiligt. Man hatte dabei über große Dinge gesprochen, über die Grenzen des wiedervereinigten

Deutschland, über die Waffen, die es haben dürfte, über den Abzug der sowjetischen Truppen. Aber über kleinere Dinge wie den Status sehr kleiner Kinder, die ihren Eltern vom Staat weggenommen worden waren – über diese Dinge hatte man nicht verhandelt.

Wie es aussah, war niemand dazu verpflichtet, uns unseren Heiko zurückzugeben.

Schlimmer noch, wahrscheinlich war er von einer anderen Familie adoptiert worden. Deren Anspruch stand jetzt gegen unseren, und sie würden gewinnen, weil wir kein Recht darauf hatten, ihn zurückzubekommen; ostdeutsche Dissidenten hatten keinen Anspruch darauf, ihre Kinder zurückzubekommen. Die Adoptionen waren unter DDR-Recht legitim und blieben daher gültig.

Und überhaupt, wer würde meiner Mutter schon Gehör schenken? Wen interessierte die Meinung einer Frau, deren letzte größere Veröffentlichung die Rolle der Expressionisten in der Geschichte des Klassenkampfs behandelt hatte? Sie war eine alleinerziehende Mutter, eine Putzfrau; ihre Bücher über Kunst waren so überholt wie *Unsere Fibel*. Sie hatte keinen rechtlichen Anspruch auf Heiko, und die einzige andere Möglichkeit, um Druck auszuüben, läge in öffentlichen Stellungnahmen und Zeitungsartikeln, in Petitionen und Büchern. Dieser Weg war aktuell nicht vielversprechend, denn sie war ein Niemand. Wenn sie es aber schaffen würde, sich in dieser neuen Welt einen Status zu erarbeiten, wenn sie zum Beispiel eine renommierte Universität im Rücken hätte – dann könnte das, vielleicht, helfen.

»Wie fändet ihr es, nach London zu ziehen?«, fragte meine Mutter.

Ich wusste nicht, was ich dazu sagen sollte. Sie hatte mich noch nie in irgendwelche wichtigen Entscheidungen einbezogen. Ein neues Gefühl von Reife und Verantwortung überkam mich.

Instinktiv wollte ich natürlich bleiben, weil wir dann näher bei Heiko waren. Aber wenn ich darüber nachdachte, dann wurde mir klar, dass ich nicht einmal wusste, wo Heiko überhaupt war. Er könnte überall in Ostdeutschland sein – nahe der polnischen Grenze oder sonst wo. Er könnte von Russen adoptiert worden sein: Das kam vor – es wurde nicht laut darüber geredet, aber es kam vor. Nahe dran sein oder nicht war gar nicht die entscheidende Frage. Die Frage war, wie wir ihn wieder zurückbekommen könnten. Und dass es sowohl in West- als auch in Ostberlin nützlich war, einen eindrucksvollen Titel und eine eindrucksvolle Stelle zu haben, das hatte ich bereits verstanden.

Trotzdem fragte ich: »Kannst du wirklich keine Arbeit in Berlin bekommen?«

Ich dachte an Oma und Opa und wie sehr ich sie vermissen würde.

»Es geht nicht nur darum, Ella. Ich fühle mich hier nicht mehr wohl. Ich habe immer dieses Gefühl des Eingesperrtseins, diese Angst, dass ich morgens aufwache und sie haben die Mauer wieder hochgezogen. Es geht mir nicht so blendend, und es wird nicht besser. Ich glaube, hier in Berlin kann ich mich nicht davon erholen. Hier erinnert mich alles an euren Vater, alles erinnert mich an Heiko, alles erinnert mich an früher. Ich möchte dich damit nicht belasten, aber das ist die Lage.«

Ich nickte. Ich verstand.

»Meinst du, in London wird es dir besser gehen?«, fragte ich.

Sie überlegte. »Nun, ich habe noch nie außerhalb von Deutschland gelebt, deshalb weiß ich es nicht so genau. Wir müssten alle Englisch lernen, was mir schwerer fallen wird als dir und Tobi, weil ich älter bin.« Dann hielt sie kurz inne, überlegte wieder und fuhr fort: »Ja, ich glaube, du und Tobi, ihr werdet schnell zu Engländern werden.«

»Aber nicht zu sehr«, sagte ich besorgt, denn Heiko, wo immer er auch war, würde ja Deutscher bleiben.

»Nicht zu sehr Engländer«, stimmte sie zu. »Aber um deine Frage zu beantworten – es wird ein Abenteuer. Ich kann nicht versprechen, dass es gut wird. Vielleicht gefällt es uns nicht in London. Es ist nur so, dass wir es nicht wissen werden, wenn wir es nicht versuchen. Und wer weiß, vielleicht gefällt es uns auch so gut, dass wir für immer dort bleiben.«

»Und Heiko kommt dann dazu?«

»Natürlich wird er das. Im Moment ist alles noch sehr chaotisch, aber so wird es nicht bleiben. Wir werden weiter um ihn kämpfen, und irgendwann müssen sie all diese Kinder zurückgeben. Ihr werdet sehen, er wird schneller wieder bei uns sein, als ihr gucken könnt.«

»Dann sollten wir gehen«, sagte ich. Und fragte mich, wie das Leben in London wohl sein würde – wo wir dann wohnen, was wir essen und wie es sich anfühlen würde, eine andere Sprache zu sprechen und eine andere Person zu werden, ein englisches Mädchen.

AARON

Berlin 2010

Es war Aarons letzter Praktikumstag. Bernd hatte Sekt und Brezeln besorgt. Die anderen Praktikanten versammelten sich um seinen Tisch und gratulierten ihm zu seiner Arbeit an den Dienststellenräumungen und den Metallarbeitern. Mehrere der angestellten Wissenschaftler hatten bereits Interesse an den Metallarbeitern angemeldet, es gab dazu ein laufendes Projekt über informelle Aktionen von DDR-Industriearbeitern.

Auch Bernd hatte ein neues Projekt – eine große Ausstellung zur Überwachung von Künstlern.

»Das wird super«, sagte er. »Wir haben einen Videokünstler und alles Mögliche dabei, Interviews, Filme, Gemälde, Archivfunde. *Die Stasi und die Künstler* – das ist erst mal der Arbeitstitel. Wir überlegen uns noch etwas Spannenderes, etwas Kreativeres. Im Visier: *Künstler im Blick der Stasi.* Das ist ganz gut, oder? *Selbstporträt beim Verhör.* So was in die Richtung.«

Aaron nahm sich noch eine Brezel. »*Geständnis mit blauen Pferden?*«

»Gefällt mir! Aber was bedeuten die blauen Pferde?«

»Keine Ahnung. Ging mir grad durch den Sinn. Vergiss es.«

»Nein, das gefällt mir echt. Ich finde mal raus, ob einer

der DDR-Künstler blaue Pferde gemalt hat. Könnte ja hinhauen.«

Bernd tippte den Titel in sein Handy. Später hielt er noch eine kleine Abschiedsrede, in der er Aarons Leistungen in Versform zusammenfasste.

Auch Dr. Licht hielt eine Rede.

»Die alten Griechen«, sagte Licht in seiner behäbigen Art, »glaubten, dass die Seelen der Toten vor dem Übertritt ins nächste Leben aus der Lethe trinken mussten, dem Fluss des Vergessens, der durch die Unterwelt fließt. Erst wenn sie ihr vergangenes Leben vergessen hatten, konnten sie in ein neues eintreten. Aber hier trinken wir nicht aus der Lethe, wir halten uns sogar extra davon fern. Wir haben uns dem Gegenteil verschrieben, der *a-letheia,* Aletheia – dem Nichtvergessen – was auch das griechische Wort für Wahrheit ist. Wahrheit ist das Gegenteil von Vergessen und das Gegenteil von Verschweigen. Es ist ein Zustand, in dem alles bekannt ist, alles erinnert, alles ans Licht gebracht und offengelegt wird, und das ist der Zustand, den wir hier anstreben. Auf Aletheia!«

»Auf Aletheia!« Alle erhoben ihre Gläser.

Wie angenehm das sanfte, dunkle Wasser der Lethe sein musste, dachte Aaron. Tauche hinein, lass das Wasser deine faltige Haut kühlen, all deine Fehler wegwaschen, alles Bedauern, das gesammelte Scheitern deines kleinen Lebens. Es war eine wunderschöne Vorstellung, viel einladender als das kalte, helle, brutale Licht der Aletheia. Der Akt des Vergessens hatte etwas Weiches und Sanftes. Dennoch erhob er sein Glas zusammen mit den anderen und dankte Licht für sein Vertrauen und seine Unterstützung.

»Sie können jederzeit wieder bei uns anfangen.« Licht hob sein Glas noch einmal. »Kommen Sie und bewerben

Sie sich um eine Stelle. Wir suchen immer gute Wissenschaftler.«

»Danke schön.« Auch Aaron hob noch einmal sein Glas. »Es war wirklich faszinierend, aber ich bin wohl nicht unbedingt für diesen Job geschaffen. Ich kann mich nicht gut abgrenzen.«

»Das kann ich auch nicht«, sagte Licht. »Ich verstehe das gut. Das ist sehr schwer, nicht wahr?«

Bernd überreichte ihm ein Sammelgeschenk der Abteilung, ein gerahmtes Schwarz-Weiß-Foto von der Stasizentrale, wie sie gerade von Demonstranten gestürmt wurde, mit überall herumfliegenden Tonbändern und geschredderten Akten. Aaron verschlug es fast die Sprache, so überrascht war er von dieser Welle der Wärme und des Wohlwollens. Dann zogen sie weiter in die Bar mit den Cocktails in diesen albernen Teetassen, und erst in den frühen Morgenstunden stakste Aaron zurück nach Hause.

In der Küche erwartete ihn ein in Frischhaltefolie gewickelter Kuchen, eine riesige Rüblitorte, dekoriert mit dickem Zuckerguss und Marzipankarotten und mit einer Karte von seinen Mitbewohnern.

Hallo, Aaron! Hoffentlich hattest du einen schönen LETZTEN ARBEITSTAG! *Jetzt bist du frei! Komm doch morgen zu unserer Performance, wenn du Lust hast, wir machen einen Drahtseiltanz im Tiergarten. Petra & Cem*

Herrje, das kam unerwartet. Hatten sie sich alle abgesprochen mit diesen Liebesbekundungen? Aaron aß eine der Marzipankarotten, dann etwas Zuckerguss, dann ein Stück vom Kuchen, und dann ging er schlafen.

—

Schwer verkatert versuchte Aaron am nächsten Tag, sein Zimmer aufzuräumen. Er warf überflüssige Kopien der Valentin-Papiere weg, Schnipsel von Tesafilm, verbrauchte Textmarker. Langsam kehrte das Zimmer wieder in seinen ursprünglichen spärlichen Zustand zurück – der blanke Holzboden, das Bett, der Glastisch.

Auf dem Tisch lag die Seite zum *Kind Ella Valentin*. Verdammt. Er rieb sich übers Gesicht.

Als er einen Ausflug ins Bad riskierte – er musste sich dabei an den Wänden entlangtasten – begegnete er Petra und Cem, die gerade aufbrechen wollten. Sie trugen beide die gleichen grauen Haremshosen und schwarze T-Shirts. Er bedankte sich für den Kuchen und entschuldigte sein voraussichtliches Verpassen ihrer Performance. Sie lachten.

»Im Badezimmerschrank liegt ein volles Päckchen Aspirin«, sagte Cem.

Petra wies ihn auf eine halb volle Flasche Rotwein auf dem Küchentisch hin. »Vergiss das Aspirin. Trink noch ein Glas.«

»Ich wusste nicht, dass ihr Seiltanz macht.«

»Haben wir dir erzählt!« Petra lächelte und schüttelte den Kopf. »Wir haben dir sogar angeboten mitzumachen, aber du hattest nur diesen leeren Blick und bist dann wieder zu deinem Konfetti verschwunden.«

»Hast du es alles zusammengebastelt bekommen?«, fragte Cem.

»Ja. Ja, hab ich«, stammelte Aaron, verwundert, dass sie darüber Bescheid wussten. Der ganze Aufwand, wofür? Hätte er mal lieber Seiltanzen gelernt.

Später, bei einem weiteren Stück Kuchen und einem

starken Kaffee, überlegte Aaron, welche Möglichkeiten ihm blieben.

Unmöglich könnte er sich noch einmal ins Archiv schleichen, um die Seite zurück in die Akte zu schmuggeln; seinen Sicherheitsausweis hatte er schon abgegeben. Die Frage war, ob er sie behalten sollte in der Hoffnung, sie bei anderer Gelegenheit zurückzugeben, oder ob er sie Ella aushändigen sollte, was er wahrscheinlich schon längst hätte tun sollen.

Er kannte den Text schon fast auswendig:

INFORMATION
Das Folgende wurde uns durch IM Erna mitgeteilt:

Das Kind Ella Valentin, geb. 4.2.1979, bringt regelmäßig Objekte (Spielsachen, Malhefte, illustrierte Bücher, Malstifte) aus dem kapitalistischen Ausland (Bundesrepublik Deutschland) mit in seine Grundschule, die Clara-Zetkin-Schule in Berlin-Prenzlauer Berg.

Von IM Erna nach der Schulstunde zur Herkunft dieser Gegenstände befragt, teilte das Kind mit, es handele sich um Geschenke von »Freunden der Familie« im Westen. Die Familie des Kindes wohnt in unmittelbarer Nähe zur Grenze, direkt am Grenzübergang Bornholmer Straße / Bösebrücke. Das Kind wirkte ungewöhnlich interessiert an diesem Grenzübergang. Auch ließ es ein ungewöhnlich starkes Interesse an Vorfall

4091/5 (versuchte Flucht eines DDR-Bürgers) an der Bösebrücke erkennen.

Bei anderer Gelegenheit hörte IM Erna, wie das Kind seinen Freunden davon erzählte, dass seine Mutter oft Künstlerzusammenkünfte und Ausstellungen in der Umgebung besuche. Auf Nachfrage offenbarte das Kind, dass diese Treffen auf Dachböden und in privaten Räumlichkeiten stattfanden. Daraus lässt sich folgern, dass die Mutter sich in der nicht regulierten Kunstszene bewegt.

Die Eltern des Kindes sind beide Kunsthistoriker.

Die Mutter des Kindes ist Regine Valentin, geb. 6.1.1947, angestellt als Dozentin für Kunstgeschichte an der Humboldt-Universität, Pass Nr. –

Der Vater des Kindes ist Jochen Valentin, geb. 21.11.1944, angestellt als Professor für Kunstgeschichte an der Humboldt-Universität, Pass Nr. –

Die Situation weist Ähnlichkeiten zum kürzlich registrierten Fall von Professor Heiner Laut, einem Kunsthistoriker in Leipzig, auf, der seine Position nutzte, um Geschäfte mit ausländischen Käufern einzufädeln, und schließlich während einer Forschungsreise flüchtete (Bericht 676/5).

Möglicherweise sind die »Freunde der Familie«, die das Kind Ella Valentin erwähnte, westdeutsche Kunstexperten oder Händler.

Wenn dies zutrifft, verkaufen Regine und Jochen Valentin möglicherweise Kunstwerke nach Westberlin, möglicherweise um sich eine Devisenreserve aufzubauen. In Verbindung mit dem großen Interesse des Kindes an der Grenze, möglicherweise ausgelöst durch Gespräche zwischen seinen Eltern, deutet sich die Vermutung an, dass sich die Familie auf eine Republikflucht vorbereitet.

Mit Blick auf diese Beweislage empfehle ich, Jochen und Regine Valentin zum zentralen Überwachungsregister hinzuzufügen. Angesichts des beruflichen Ansehens des Ehepaars sollten diese nicht zur Befragung vorgeladen werden, bevor nicht ausreichende Beweise vorliegen.

Einheit 7

Leutnant –

Aaron schnitt sich noch ein Stück vom Rüblikuchen ab. Es wäre ein Leichtes, die Seite zu entsorgen; Papier war nicht aus Stein. Aber selbst wenn er das täte, wäre sie weiterhin in seinem Kopf, und sie da rauszubekommen wäre noch viel schwieriger. Und war es nicht auch etwas bevormundend, davon auszugehen, dass Ella ohne diese Information über ihr vergangenes Leben besser dran wäre? Sie vertraute ihm, sie würde von ihm erwarten, dass er ihr dieses Papier zeigte. Was, wenn sie eher achselzuckend darüber hinwegging, weil sie zu Recht keine Schuld empfand, als Kind ein Spielzeug mit in die Schule gebracht zu haben? Er leckte sich den Zuckerguss von den Fingern. Zu viel Kuchen. Ihm war schlecht. Vielleicht lag es aber auch noch am Alkohol.

Das Problem war, dass Ella sich damit quälen würde. Die Sache nicht mit der gebotenen Distanz und aus der richtigen Perspektive betrachten würde. Es war schwierig. Und mit diesem Kopf könnte er vorläufig auch nicht darüber entscheiden.

III

EIN DAUERHAFTERES HINDERNIS

ELLA

HEIMKEHR

Berlin 2010

Es war ein sonniger Nachmittag, und Aaron und ich spazierten am Landwehrkanal entlang, vorbei an Cafés, in denen die Leute im Schatten hoher Bäume Apfelschorle tranken. Im Vergleich zu London war Berlin so weitläufig, als hätte sich jemand die Stadt gegriffen und sie gedehnt wie einen Teig.

»Ich wäre froh, wenn jemand eines meiner Werke anspucken würde«, sagte ich. »Das wäre wenigstens eine Reaktion.«

»Mir wäre stille Ablehnung lieber.« Aaron zog seine Jacke aus und warf sie sich über die Schulter. »Oder falsches Lob. Falsches Lob ist total unterbewertet.«

»Es geht um die instinktive physische Reaktion, und dabei ist es fast egal, ob sie positiv oder negativ ausfällt. Eine starke Reaktion ist an sich positiv.«

»Nicht für die Putzfrau.« Er blieb stehen und warf eine Münze in den Hut eines Straßenmusikanten, der Pachelbels Kanon in D-Dur spielte. Aaron war der einzige mir bekannte Mensch, der Straßenmusikern immer etwas gab. Einen Moment lang blieben wir zusammen dort stehen und hörten der Musik zu.

»Als die Expressionisten ihre allererste Ausstellung in einer Münchener Galerie hatten, mussten sie ihre Bilder jeden Abend, nachdem das Publikum gegangen war, abwischen«, sagte ich. »Jeden Abend.«

»Und du meinst, das gefiel denen?«

»Ich meine, dass ihnen klar wurde, dass sie da an etwas Großem dran waren.«

Wir gingen weiter.

»Ich habe seit Ewigkeiten nichts mehr gemacht«, fuhr ich fort. »Ich dachte immer, schuld daran ist der Kunstmarkt. Meine Arbeiten hätten keinen Erfolg, weil sie nicht den angesagten Trends von Wagnis und *Wall Power* und so was hinterherliefen. Aber ehrlich gesagt waren sie wohl einfach nicht besonders gut.«

»Wall Power?«

»Wie Galeristen so reden. Wenn ein Kunstwerk so bezwingend ist, dass es einen ganz in Beschlag nimmt, sobald man den Raum betritt.«

»Was wäre das Schlimmste, das passieren könnte, wenn du wieder etwas machst?«

»Es könnte scheiße sein?«

»Verstehe.«

Wir lachten, und plötzlich erschien mir der Gedanke daran, wieder Kunst zu machen, nicht mehr so beängstigend. Es hatte schon immer schlechte Kunst gegeben. Es würde immer wieder schlechte Kunst geben. Warum sollte man zu dieser speziellen kreativen Tradition nicht etwas beitragen?

Wir setzten uns an den Kanal. Wir sahen einen Radfahrer mit einem Anhänger voller Kinder und einen Mann mit einem Schwein an der Leine. Das Wasser glitzerte in der Sonne. Um uns herum aßen Leute in kurzen Hosen und

T-Shirts ihr Eis, das sie an einem Wagen an der Straßenecke gekauft hatten. Man hatte den Eindruck, dass ganz Berlin freihatte.

Ich fing an, eine Melodie zu summen, die ich von Oma kannte, und zu meiner Überraschung kannte Aaron das Lied und stimmte mit ein: »In einer kleinen Konditorei, da saßen wir zwei, bei Kuchen und Tee …«

Als er aufhörte, fragte ich ihn: »Hast du das von deiner Berliner Oma gelernt?«

»Ha, nein, die hört lieber Chopin. Nächsten Monat kommt sie nach Berlin, hab ich das schon erzählt? Der Direktor vom Berliner Zoo macht eine Privatführung mit ihr. Als Kind war sie ein großer Zoofan.«

»Das ist schön. Ich nehme an, der Direktor wird ihr dieses Angebot nicht einfach so aus heiterem Himmel geschickt haben?«

»Vielleicht habe ich ihn ein bisschen dazu ermutigt.« Er sagte es mit einem süßen Anflug von Stolz. Es erinnerte mich an den Abend, als wir in dieser Kneipe in Mitte saßen und er mir von seiner Arbeit an dieser Akte erzählte. Er bringt gern Dinge in Ordnung, dachte ich.

Er öffnete zwei Flaschen Bier und reichte mir eine davon. Ich nahm einen Schluck.

»Morgen treffe ich Kuboweit.«

»Morgen? Hast du mit ihm gesprochen?«

»Nein. Das war nämlich genau das Problem mit Frau Jankowitz und Frau Benedikt und sogar mit deinem geschätzten Dr. Licht. Ich habe mich nach ihren Erwartungen gerichtet. Sie hatten eine frühe Vorwarnung, und danach mussten sie sich nur noch ihre Version der Geschichte zurechtlegen und dann dabei bleiben.«

Er hüstelte. »Du meinst, sie waren nicht ehrlich mit dir?«

»Nicht unbedingt. Aber sie waren auf Linie, sozusagen. Sie wussten schon vorher, was sie sagen wollten. Sie hatten sich darauf vorbereitet.«

Aarons Gesicht war immer offen, wie ein Bildschirm, auf dem seine Gefühle gezeigt wurden. Im Moment sah man dort eine entschiedene Verschlagenheit.

»Was ist los?«

»Nichts, gar nichts.« Er hüstelte wieder. »Möchtest du, dass ich mitkomme?«

»Vielen Dank, aber es ist wohl besser, wenn ich ihm allein gegenübertrete.«

Tatsächlich fürchtete ich das Treffen mit Kuboweit. Nicht weil ich ihn für gefährlich hielt, sondern weil er mir vielleicht Dinge verraten könnte, ohne die mein Leben einfacher war. Auch Aaron schien etwas zu fürchten, als würde er etwas vor mir zurückhalten.

»Spuck es aus, was denkst du gerade?«

»Nichts«, wiederholte er. »Vielleicht mache ich mir einfach ein bisschen Sorgen um dich. Was, wenn er dir die Tür vor der Nase zuschlägt?«

»Daran habe ich auch schon gedacht«, sagte ich. »Ich werde ihm erzählen, dass ich eine Umfrage mache. Und wenn wir dann da sitzen und er sich sicher fühlt, dann sage ich ihm, wer ich bin.«

»Eine Umfrage.« Aaron schien nicht überzeugt.

»Na ja, irgend so was in der Art. Ich entscheide das spontan.«

Wir tranken unser Bier aus, und ich holte uns Eis vom Wagen.

KUBOWEIT WOHNTE IN MARZAHN, einem von Plattenbauten geprägten Bezirk am östlichen Stadtrand. Die Straßen hießen nach kommunistischen Widerstandskämpfern und russischen Raumfahrern: Martha-Arendsee-Straße, Allee der Kosmonauten. Die Atmosphäre erinnerte mich an das Berlin meiner Kindheit. Frauen mit müden Dauerwellen standen rauchend vor Kneipen mit Vorhängen in den Fenstern und Namen wie »Imma uff«. Die Supermärkte priesen Erdbeeren und Spargel an, aber die Leute kauften sich Vorräte an Bier und Zigaretten. Niemand lächelte mich an. Niemand wünschte mir einen schönen Tag. Ich fühlte mich ganz zu Hause.

Ich ließ die Plattenbauten hinter mir und wechselte in einen ruhigeren Teil der Gegend, wo weiße Einfamilienhäuser mit roten Ziegeldächern ihre perfekten Vorgärten präsentierten. Hier waren die Straßen nach Apfelsorten benannt: Jonathanweg, Hornetweg, Kaiserkronenweg. Und die Häuser und Gärten waren tatsächlich ein bisschen wie Äpfel – gesund, hübsch und blank. Ich kam an aufwendig zur Schau gestellten Windmühlen aus Plaste, Vogeltränken und Gartenzwergen vorbei oder Kombinationen aus alldem: am Rand einer Vogeltränke in Windmühlenform sitzende Gartenzwerge.

Kuboweits Haus sah genauso aus wie die anderen auch, die gleiche Vogeltränke, das gleiche Ziegeldach. Ein Fußabtreter in Katzenform. Ein furchteinflößenderes Haus wäre mir lieber gewesen, aber es war ein normales Haus, und der Mann, der darin wohnte, war wahrscheinlich ein ganz normaler Mann, der sich nur verschwommen daran erinnern konnte (wenn überhaupt), was er 1987 gemacht hatte.

Als ich klingelte, wurde ich von einer grauen Sicherheitskamera über mir mit einem leisen Surren in den Fokus genommen. Die Tür öffnete sich, und ein stämmiger kleiner Mann um die sechzig in einem Zopfmusterpulli und grauen Cordhosen trat auf die Fußmatte heraus.

»Kuboweit.« Er streckte seine Hand aus. »Und Sie müssen Ella sein. Ich habe Sie bereits erwartet.«

Sprachlos starrte ich ihn an.

»Sie sehen Ihrer Mutter sehr ähnlich«, sagte er. Er griff meine Hand und schüttelte sie.

—

Einigermaßen perplex folgte ich ihm in ein Zimmer im hinteren Teil des Hauses. Der Raum war mit einem Tisch, einem Sofa und einer Glasvitrine voller Figuren aus Meissener Porzellan spärlich möbliert. Auf dem Fensterbrett verstaubte eine trostlose Zimmerpflanze. Vom Korridor her war das Ticken einer Uhr zu hören.

»Wasser?« Er öffnete eine Flasche Selters. Ich dachte an Frau Jankowitz und ihre Plätzchen. Vielleicht handelte es sich dabei um eine erprobte Technik, man bot den Menschen Essen und Trinken an, damit sie ihre Feindseligkeit vergaßen. Sehr langsam und sorgfältig schraubte er den Verschluss wieder zu und stellte die Flasche zurück in einen Getränkeschrank neben seinem Tisch.

»Ihre Mutter hat mich vor ein paar Jahren besucht«, sagte er. »Mein Beileid zu Ihrem Verlust.«

Ich wollte ihn schon fragen, woher er das alles wusste, doch dann wurde mir klar, dass er genau das von mir erwartete. Nein, diesen Triumph wollte ich ihm nicht gönnen. Er reichte mir das Glas, und ich erhaschte seinen Geruch. Nicht Privileg, natürlich nicht, das wurde ja auch gar nicht mehr hergestellt. Ein leichter, moderner Duft.

Ich betrachtete Kuboweits Gesicht und versuchte, den jüngeren, stärkeren Mann darin zu erkennen, der meine Mutter verhört hatte. Glattere Haut, volleres Haar. Eine kantige Brille. Vielleicht ein militärischer Seitenscheitel. In grauer Stasiuniform, wie man sie in einigen Secondhandläden angeboten bekam – mit goldenen geflochtenen Schulterklappen, einem Hammer-und-Sichel-Abzeichen, einer breiten grauen Kappe, einem braunen Ledergürtel. Er hätte eine unverbrüchliche Autorität ausgestrahlt, nicht nur persönlich, sondern die Autorität eines ganzen Staates.

Und wenn wir damit fertig sind, dann wird es keinen Winkel Ihres Denkens mehr geben, den wir nicht kennen. Wir werden zu Hause sein in Ihrem Denken, wir werden nie mehr weggehen.

Mit offener Neugier blickte er mich an. »Sie sind viel ruhiger, als ich dachte. Ihre Mutter war nicht so ruhig. Ich hatte Sie nicht so gelassen erwartet.«

»Ich wüsste nicht, wie ich sonst sein sollte«, sagte ich und fühlte mich eigenartig beschämt, als hätte er einen entscheidenden Charakterfehler bei mir erkannt.

»Nein, das wüssten Sie wohl nicht.« Er betrachtete mein Gesicht. Seine Stimme war angenehm, tief und ohne Hast. Diese Stimme war die einzige, die meine Mutter während ihrer Monate in Einzelhaft hörte, als noch nicht einmal die Wärterinnen mit ihr sprechen durften. Er hatte sie gequält, er hatte seinen Charme spielen lassen. Er hatte von ihren kleinen Lieblingen berichtet, Ella, Tobi und Heiko, und was sie so trieben. Wie der kleine Heiko von seinen Betreuern zwangsernährt wurde.

Kuboweit lehnte sich an seinen Tisch. »Setzen Sie sich doch.«

»Ich stehe lieber.«

»Wie Sie wollen. Wenigstens sind Sie durch die Vordertür hereingekommen. Ihre Mutter kam über den Gartenzaun geklettert. Ich saß gerade mit meiner Frau draußen beim Essen. Das war vollkommen unnötig, es gab nichts, was ich ihr hätte sagen können, das sie nicht schon wusste.«

»Hat sie …«, setzte ich an.

»Ich werde Ihnen dasselbe sagen müssen wie ihr auch schon. Ich habe keine Ahnung, wo Ihr Bruder ist.« Er nahm einen Schluck Wasser.

»Sie *müssen* das wissen. Sie haben ihr schließlich erzählt, dass wir alle ihr weggenommen werden würden.«

Er prustete. »Da haben Sie jetzt wohl die Akte zusammengeklebt, ja? Auch eine Art, seine Zeit zu verbringen. Ist Licht noch da?«

Ich nickte und traute mich nicht, danach zu fragen, woher sie sich kannten. Licht, der seine Tür stets offen hielt, so wie meine Mutter. Der unter der Dusche stand, als sie kamen, um ihn zu verhaften. Der mit Sicherheit immer noch darauf hoffte, eines Tages auch seine eigene Akte zu finden.

Kuboweit fuhr fort. »Armer Mann. Er wird wohl noch in dreißig Jahren da sitzen, mit einer Sauerstoffmaske, und nachts geschredderte Akten durchforsten. Wussten Sie, dass er das tatsächlich tut, dort übernachten? Er schließt sich in der Lagerhalle ein, wenn alle anderen schon nach

Hause gegangen sind, und dann wühlt er in den Papiersäcken herum. Und ich dachte immer, *unsere* Arbeit sei öde gewesen.«

Öde. Konnte er nicht wenigstens ein bisschen Reue zeigen? Ich dachte an Katia mit ihrem kleinen Jungen hinter der Rückbank, wo es nach Benzin stank. Wie sie noch nicht einmal zu ihm hinrannte, als man ihn aus dem Auto herauszog; wie sie in ihrer Wohnung darauf wartete, abgeholt zu werden.

Männer wie Kuboweit hatten unser Leben bestimmt; wir hatten ihnen gehorcht, selbst wenn sie nicht in unserer Nähe waren. Und immer noch gehorchten wir ihnen; wir behielten diesen Instinkt, bloß nicht aufzufallen, bloß keine unerwünschte Aufmerksamkeit zu erwecken, bloß nicht die falschen Fragen zu stellen. Es war diese angenehme Stimme, die meine Mutter hörte, wenn sie nachts aufschrie, wenn sie aus dem Bett fiel, wenn sie ins Bett nässte und dann am Morgen die Matratze abziehen musste und uns erklärte, sie hätte Saft ausgekippt, weil sie sich so schämte.

Scham war eines der edelsten menschlichen Gefühle, dachte ich. Ein wirklich wichtiges Gefühl. Dass ich mich jetzt hier schämte – für unser Versagen, Heiko zu behalten, für meine Angst, für unsere ganzen peinlichen Geheimnisse –, sollte eine Quelle der Kraft sein, nicht der Schwäche.

»Sie haben meine Mutter terrorisiert.« Ich spürte, wie meine Stimme bebte, aber ich hielt mich. »Sie haben ihr unterstellt, dass sie uns umbringen wollte. Sie haben sie erniedrigt. Sie haben unsere Familie zerstört, Sie haben uns komplett zerstört. Sie haben unser Leben zerstört, unser Zuhause, Sie haben alles zerstört, was wir hatten.«

»Ich bitte Sie!« Er schüttelte den Kopf. »Ihre Mutter hat

ihre eigenen Kinder betäubt. Sie wollen das vielleicht nicht wahrhaben, aber sie hätte euch alle töten können.«

»Sie haben meinen Bruder weggenommen und ihr gesagt, dass sie die anderen auch wegnehmen würden, wenn sie sich nicht benimmt.«

»Ich habe ihn nicht weggenommen. Sie hat ihn zur Adoption freigegeben, als sie schon längst in einem anderen Gefängnis war. Damit hatte ich nichts zu schaffen.«

»Sie haben auch nichts unternommen, um es zu verhindern.«

»Das lag außerhalb meiner Möglichkeiten, aber selbst wenn es anders gewesen wäre – die Adoption war letztendlich das Beste für den Jungen.«

»Wie das? Wie um Himmels willen konnte es das Beste für ihn sein?«

»Weil Ihr Bruder so die Möglichkeit bekam, in einem ordentlichen Zuhause aufzuwachsen.«

»Wir *hatten* ein ordentliches Zuhause.«

»Ein ordentliches Zuhause? Natürlich, ein wunderbares Zuhause. Was für vorbildliche Bürger Sie alle waren. Und nach der Wiedervereinigung hattet ihr alle endlich Oberwasser. Hat Ihre Mutter Ihnen mal erzählt, was ihre Freunde da so getrieben haben? Mir wurden Fäkalien ans Fenster geworfen. Mein Hund wurde vergiftet. Mein Sohn wurde in der Schule verprügelt, meine Tochter festgehalten und ihre Haare abgeschnitten. Im Internet machen noch immer Listen die Runde, miese kleine Anleitungen zur Selbstjustiz, die meiner ganzen Verwandtschaft das Leben zur Hölle gemacht haben. Es gibt nämlich nicht viele Familien mit dem Namen Kuboweit.«

Leichte Hitze stieg mir ins Gesicht. »Damit habe ich nichts zu tun. Ich komme wegen meines Bruders.«

»Und wie ich bereits sagte ...«

»Sie müssen wissen, wo er hingebracht wurde.«

»Nein.« Er trank sein Glas leer und goss sich Wasser nach.

Ich versuchte es mit einer anderen Strategie: »Das ist hier Ihre Chance, um ein paar Dinge wiedergutzumachen, sehen Sie es mal so.«

»Um was wiedergutzumachen? Ich habe meinem Land gedient, ich habe dabei geholfen, Kriminalität zu bekämpfen, ich habe unsere loyalen Bürger geschützt. Ich muss mich für gar nichts entschuldigen.« Er lächelte. »Und Sie, Fräulein Valentin? Sie waren doch bei den Jungpionieren, richtig? *Wir Jungpioniere lieben unsere Deutsche Demokratische Republik*. Wann genau, meinen Sie, hätten Sie damit begonnen, sich aufzulehnen? Während des Studiums? Oder später, als Sie Arbeit hatten? Eine Familie? Hätten Sie all das riskiert?«

»Meine Eltern haben das getan.«

»Und sind Sie Ihnen dafür dankbar?«

»Sie hatten gute Absichten.« Ich hätte gern überzeugender geklungen.

»Ja, gute Absichten.« Er nickte zufrieden. »Ich hatte auch gute Absichten.«

»Ich gehe nicht weg, bevor Sie es mir sagen. Solange bleibe ich hier. Ich bin hier, wenn Ihre Frau nach Hause kommt. Wenn Ihr Sohn zu Besuch kommt, Ihre Tochter, Ihre Freunde. Wenn Sie mich rauswerfen, dann komme ich zurück. Ich niste mich ein in Ihr Leben.«

»Ach, hören Sie auf.«

»Sagen Sie mir, wo er ist.«

Er lächelte. »Na gut, natürlich weiß ich, wo Ihr Bruder ist. Und das wusste auch Ihre Mutter – das überrascht Sie jetzt, was? Sind Sie sicher, dass ich weiterreden soll? Ja? Schließlich wollen Sie ja alles wissen, alles, oder nicht? Alles wollt ihr immer wissen, alles, alles, alles. Und ihr denkt, wenn ihr erst mal alles wisst, dann – dann was? Dann findet ihr Frieden? Dann habt ihr uns einen Kopf kürzer gemacht? Na gut, na gut! Sie wollen wissen, was ich Ihrer Mutter gesagt habe. Nun, ich habe ihr von der Familie erzählt, die Ihren Bruder adoptiert hat.«

»Meine Mutter wusste, wo Heiko ist?«

»Ja. Und sie hat sich dafür entschieden, die Dinge ruhen zu lassen. Das haben Sie nicht erwartet, was? Ihre Mutter hätte sich mit Ihrem Bruder in Verbindung setzen können, aber sie hat sich dagegen entschieden.«

»Warum?«

»Weil sie ihn gesehen hat. Ich habe sie zu ihm gebracht. Seine Mutter – seine Adoptivmutter, wenn Sie es so nennen wollen – hatte vor ein paar Jahren einen Herzinfarkt. Sie ist jetzt in einem Pflegeheim. Er besucht sie, sooft er kann; offenbar ist er ein wundervoller Sohn. Er geht davon aus, dass seine leiblichen Eltern bei einem Unfall gestorben sind, und nebenbei gesagt hat er nie auch nur eine Nacht in einem Kinderheim verbracht, er wurde von diesem herzlichen Paar aufgenommen und dann adoptiert, aber hat das Ihre Mutter interessiert? Nein, sie hat weiterhin darauf bestanden, ihn zu sehen. Also bin ich mit Ihrer Mutter dort hingefahren, wir haben uns in den Park gesetzt, in dem sie immer zusammen spazieren gingen – ich hatte mich erkundigt, ich kannte ihre Gewohnheiten. Wir brauchten ein paar Versuche, aber beim dritten oder vierten Mal haben wir sie entdeckt. Die Mutter sitzt jetzt im Rollstuhl; Ihr Bruder schob sie, sie plauderten über etwas und lachten, und der Vater war auch dabei. Die Mutter war natürlich eine von uns …«

»Was meinen Sie damit, eine von Ihnen?«

»Na, sie hat in irgendeinem Ministerium gearbeitet. Sie waren zuverlässige Parteimitglieder, sonst hätten sie auch gar kein Kind adoptieren können. Das habe ich Ihrer Mutter gesagt. Schließlich wollte sie ja alles wissen, nicht wahr? Ich sagte, dass sie keinen Juniordissidenten erwarten könnte. Dass Ihr Bruder zur alten Garde hielt. Ich hatte meine Quellen. Jedenfalls bestand sie darauf, ihn zu sehen, aber als wir sie endlich entdeckt hatten, wurde sie plötzlich sehr still. Sie hat sie einfach eine Weile beobachtet. Ich nehme an, dass sie das noch ein paarmal getan hat, aber schließlich hat sie mich angerufen – sie sagte, sie habe es sich anders überlegt, sie wollte sich ihm nicht zu erkennen geben. Sie wollte ihm nichts sagen, und sie hat mich gebeten, auch niemandem sonst davon zu erzählen.«

»Hat sie gesagt, warum?«

»Wollen Sie es wissen?«

Ich nickte.

»Sie sagte, er sehe so glücklich aus. Sie sagte, er sehe so viel glücklicher aus als ihre anderen Kinder, die Kinder, die sie selbst großgezogen hatte.« Er sah mich an. »Es tut mir leid, Fräulein Valentin. Aber Sie hatten gesagt, dass Sie es wissen wollten.«

»Das hat sie nicht gesagt. Das kann sie nicht gesagt haben.«

»Doch, das hat sie.«

»Er sah so glücklich aus«, wiederholte ich tonlos. »Er *ist* glücklich.«

»Ja, es scheint sich wirklich um eine innig verbundene und zufriedene Familie zu handeln.« Er klang nun etwas sanfter. »Bevor Sie Ihrer Mutter jetzt Vorwürfe machen, sollten Sie bedenken …«

»Ich mache ihr keine Vorwürfe.« Meine Hände zitterten. »Natürlich mache ich ihr keinerlei Vorwürfe.«

Er sah glücklich aus. So viel glücklicher als ihre eigenen Kinder. So hatte unsere Mutter uns wahrgenommen, so hatte sie ihren Einfluss auf uns eingeschätzt. Als hätte sie uns angesteckt. Als ob sie Heiko vor diesem enttäuschenden Schicksal schützen würde, wenn sie sich von ihm fernhielt.

»Wenn Sie mich fragen, hat Ihre Mutter sich sehr nobel verhalten, sehr selbstlos, sehr …«

»Ich habe Sie nicht gefragt«, sagte ich. »Und es ist mir egal, wie Sie das beurteilen.«

»Natürlich.« Er faltete die Hände. Ich wandte mich um und verließ das Haus. Draußen schien es kühler geworden zu sein.

»Fräulein Valentin.«

Ich blickte zurück. Mit einer Hand am Türrahmen stand er unter der grauen Überwachungskamera. »Es gibt durchaus einige Dinge … Ich habe Ihrer Mutter erklärt, dass … als sie hierherkam, habe ich ihr gesagt, dass es einige Dinge gibt, von denen man sich wünscht, dass man sie anders gehandhabt hätte. Aber gilt das nicht für uns alle?«

In dieser Nacht wälzte ich mich im Bett herum. Ich öffnete das Fenster und atmete die kalte Nachtluft ein, dann holte ich mir ein Glas Wasser aus der Küche und trank es in einem Zug, hellwach und gleichzeitig so müde, dass ich mich kaum auf den Beinen halten konnte. Ich las das Protokoll, das ich herausgenommen hatte, um mich selbst daran zu erinnern, warum ich Heiko finden musste. Die Drohung des Vernehmungsbeamten, ihn mit Zwang zu ernähren. *Kuboweits* Drohung. Während er die ganze Zeit wusste, dass es eine Lüge war, dass er nicht einmal im Kinderheim war; er war bei Pflegeeltern – liebevollen Pflegeeltern.

Ich legte mich wieder hin und starrte die Decke an. Ich schloss die Augen und dachte an die blauen Pferde.

Es war einmal eine Frau, die lebte … irgendwo … mit ihren drei Kindern … Aber der Zauberer entführte sie … und die Großmutter kam und tötete den Zauberer und rettete sie alle drei. Und sie lebten … glücklich bis ans Ende ihrer Tage. In ihrer Berliner Wohnung. Mit einer Badewanne.

So war es nicht gelaufen. Es war viel komplizierter. Heiko war von einem liebevollen Paar aufgenommen worden, und sie waren ihm ans Herz gewachsen. Sie hatten ihn aufgezogen wie ihren eigenen Sohn. Er wuchs und gedieh unter ihrer Zuwendung.

Er sah so glücklich aus.

Kuboweit war ein Lügner. Dass Heiko glücklicher aussah als wir anderen: Jetzt, wo ich es bedachte, klang es nicht sehr überzeugend. Ich war vielleicht eine Enttäuschung, aber nicht Tobi. Er war ein erfolgreicher Landschaftsarchitekt, der manch angesagten Baumfarn gepflanzt hatte. Mama war immer so stolz auf ihn gewesen. Und auf mich war sie auch stolz gewesen, das wusste ich. Kuboweit hatte in seinem Leben so viel gelogen, dass er gar nicht wusste, wie man die Wahrheit sagte. Vielleicht log er nicht mal bewusst; vielleicht war sachliche Faktentreue für ihn zur Unmöglichkeit geworden. Normalerweise ergriff ich jede Möglichkeit, mich selbst schlechtzumachen, einen weiteren Grund zu finden, warum mein Leben wert- und bedeutungslos war, aber diesmal dachte ich: Nein.

Ich dachte: Mama hat sich nicht deshalb dazu entschlossen, keinen Kontakt zu Heiko herzustellen, weil er glücklicher aussah als wir, sondern weil er glücklich aussah. Das reichte aus.

Und ich dachte auch: Das mit dem glücklicher aussehen als wir hat Kuboweit sich ausgedacht, damit ich mich von Heiko fernhalte. Er hat immer noch die alten Tricks drauf. Das macht es einfacher für ihn. Alle schön voneinander getrennt halten, bloß keinen Staub aufwirbeln.

Und dann dachte ich: Er sagte, die Adoptiveltern seien – wie waren seine Worte – aus der alten Garde. Also Ex-Stasi. Aber was, wenn das gar nicht stimmte? Was, wenn sie einfach nur freundliche Menschen waren, denen man gesagt hatte, Heiko sei ein Waisenkind? Dann hätte Kuboweit doch schließlich ein Problem. Wenn er sie all die Jahre gekannt und ihnen niemals die Wahrheit gesagt hätte.

Ich dachte: Ich bin froh darüber, dass sie ihn aufgenommen haben. Ich bin froh, dass sie ihm Liebe geschenkt haben und Geborgenheit und ein Zuhause.

Und schließlich dachte ich: Kuboweit ist so ein Arschloch.

Ich schlief ein und wachte in den frühen Morgenstunden wieder auf.

Es blieb die Frage, wie ich mich zu Heiko verhalten sollte.

Wäre es richtig, ihn aus seinem behaglichen Zuhause zu zerren, ihn an eine Wiese in Ungarn zu erinnern, an Schüsse in der Dunkelheit, an einen toten Mann und eine inhaftierte Frau? Die Gedanken vermischten sich und verschwammen in meinem müden Kopf, die Pferde, der kleine Junge, mein toter Vater im Gras, der Geruch von Gras, der Geruch von Erde, der Geruch von Metall, wie sich die Brust meines Vaters hebt und senkt, die klebrige Nässe an meinen Fingerspitzen, der Grenzsoldat mit dem Kindergesicht. Die blassen kleinen Jungen, die aus dem Wald herauskommen, Hand in Hand.

Ich war mir nicht sicher, ob ich das gesehen hatte oder ob es sich nur um eine Vorstellung handelte, aber ich hatte dieses klare Bild von Tobi und Heiko vor Augen, wie sie händehaltend näher kommen. Wie sie sich gegenseitig Mut machten, sich gegenseitig vorantrieben. Und dann hatte ich das Gefühl, dass es meine eigene Hand wäre, die eine dieser kleinen Hände hielt. Es war ein starker körperlicher Eindruck von der Hand eines kleinen Jungen in meiner, eine klebrige, feuchte, warme kleine Hand. Ich umklammerte sie und hielt sie ganz fest.

Ich schlief wieder ein.

Am Morgen wachte ich mit heißem, schwerem Kopf und Gliederschmerzen auf. Das Laken war nass von

Schweiß. Ich fühlte mich so wie auf diesem Rückflug aus Ungarn: Dass all dies ein Albtraum war, dass ich irgendetwas unternehmen musste, um ihn zu beenden, dass ich dafür sorgen musste, dass es nicht schlimmer wird. Aber ich hatte es bereits verschlimmert – alles, was ich getan hatte, hatte die Lage immer nur verschlimmert. Ich konnte nicht dem Beispiel meiner Mutter folgen, ich konnte diese Hand nicht loslassen.

Ich dachte: Hier ging es nie um Heiko, bei dieser ganzen Suche ging es niemals um ihn, es ging um mich und mein Bedürfnis, nicht loszulassen; und ich wusste, dass das schlecht war und egoistisch. Das nasse Laken klebte an meiner Haut. Das Beste wäre, aufzustehen und zu duschen – einen kühlen, klaren Kopf kriegen –, aber mein Körper wollte nicht so, wie ich es wollte.

»Meine Mutter wollte nicht, dass ich nach Heiko suche.«

Aaron und ich saßen wieder am Kanal, diesmal in einem Café. Es war ein kühler Tag, und der Kellner brachte uns zu unseren Getränken und Sandwiches noch Decken mit raus.

»Tobi habe ich noch nichts erzählt«, fuhr ich fort, »aber das werde ich noch. Ich musste ihr versprechen, nicht nach ihm zu suchen. Sie wollte nicht, dass ich den Namen des Verräters herausfinde.«

Aaron sah aus, als hätte er in eine schlechte Essiggurke gebissen.

»Ist irgendwas?«, fragte ich.

»Warum fragst du?« Er biss in sein Sandwich.

»Du verschweigst mir etwas.«

»Nein! Natürlich nicht.« Er lächelte, aber schief und gequält, als hätte er Zahnschmerzen.

»Was ich sagen wollte, ich habe die Wahl zwischen Pest und Cholera. Folge ich dem Wunsch meiner Mutter und gebe meinen Bruder auf oder nehme ich doch Kontakt auf – und verstoße damit nicht nur gegen ihren Willen, sondern mache sein Leben womöglich schlechter, als es vorher war?«

»Ist das dein eigenes Dilemma oder eines, das Kuboweit dir suggeriert hat?«

»Guter Punkt. Weißt du, das Merkwürdigste war, dass ich ihm während des Gesprächs tatsächlich geglaubt habe. Ich hab ihm geglaubt! Obwohl er mich dabei ein Dutzend Mal angelogen hat. ›Ich weiß nicht, wo er ist, wirklich nicht. Ach ja, weiß ich ja doch.‹«

»Er ist eben ein Profi. In jedem Fall erscheint es mir höchst unwahrscheinlich, dass deine Mutter ihrem ehemaligen Stasipeiniger erklärt hätte, dass ihr entführtes Kind glücklicher aussähe als die anderen. So was würde niemand sagen.«

»Meine Mutter war sonderbar. Das muss ich zugeben. Sie war ziemlich sonderbar. Und ich vermute, dass es irgendeine Version davon gibt, in der sie etwas gesagt hat, was Kuboweit dann so interpretiert hat.«

Darüber dachte Aaron eine Weile nach. Ich biss nun auch in mein Sandwich – Ziegenkäse und Rucola – und dachte daran, dass in meiner Kindheit nichts davon existiert hatte, weder so ein Käse noch Rucola noch das handgemachte Mehrkorn-Sauerteigbrot. Es war aber sehr lecker.

»Ich glaube, auf Kuboweit kannst du pfeifen«, sagte er in dem sicheren und entschiedenen Ton, in dem er sonst über seine Arbeit im Archiv redete. »Die Hinweise, die er dir gegeben hat, Adresse und so weiter, kannst du verwenden, den Rest kannst du vergessen. Völlig irrelevant. Möge sein Name aus der Geschichte gelöscht werden.«

»Okay. Ich lasse seinen Namen vom Wind verwehen. Erledigt. Bleibt noch die Tatsache, dass meine Mutter dagegen war.«

»Aber du hast gesagt, dass sie ihre Meinung oft änderte. Und außerdem bist du nicht deine Mutter, du bist du. Diese Entscheidung konnte sie gar nicht für dich treffen.«

»Meinst du, ich sollte Heiko kontaktieren?«

»Was ich meine, ist egal. Ich bin weder seine Schwester noch sein Bruder. Was willst *du* denn, Ella?«

Das war eine gute Frage, eine exzellente Frage. Ich brauchte noch einen Bissen von meinem Sandwich, bevor ich in der Lage war, sie zu beantworten.

»Ich möchte ihn treffen. Ich möchte, dass er weiß, dass ich ihn liebe und ihn vermisst habe und wünschte, ich hätte ihn aufwachsen sehen und ihm eine gute große Schwester sein können. Und ich finde – ich finde, er sollte auch wissen, wie sehr unsere Eltern ihn geliebt haben und dass sie alles, was sie getan haben, getan haben, weil sie an eine bessere Zukunft geglaubt haben.«

»Dann solltest du genau das tun.«

»Unabhängig davon, ob das zu seinem Besten ist?«

»Es ist müßig, darüber zu spekulieren, was sein Bestes wäre. Wenn er dich nicht treffen will, dann wird er es dir sagen, oder?«

Das klang alles so einfach und vernünftig. Ich blickte raus auf den Landwehrkanal, der braun war und hoch stand vom Regen der Nacht. Er erinnerte mich an den Fluss bei mir zu Hause. Zu Hause! London war also zu Hause. Berlin war aber auch zu Hause. Vielleicht konnte man zwei Heimatstädte haben, vielleicht konnte man zwei wirkliche Familien haben, vielleicht ging es nicht um Entweder-oder.

Ich aß mein Sandwich auf und wischte mir die Hände an einer Serviette ab.

»Und jetzt du. Welches Geheimnis verschweigst du mir?«

»Was für ein Geheimnis?«

»Lüg nicht. Du bist ein sehr schlechter Lügner.«

»Hast du schon mal von einem antiken griechischen Fluss namens Lethe gehört?«

»Nein, und ich würde lieber etwas darüber hören, was du versteckst.«

»Okay. Es gibt da etwas.« Er seufzte. »Ich weiß nicht, was ich damit machen soll. Es ist … also, es ist das hier.«

Er öffnete seine Tasche, entnahm ihr einen zusammengeklebten Brief und legte ihn auf den Tisch, als würde er ihn mir nicht direkt geben wollen. Ich musste ihn ein paarmal lesen, um überhaupt zu erfassen, was das war.

IM Erna …

Das Kind Ella Valentin, geb. 4.2.1979, bringt regelmäßig Objekte aus dem kapitalistischen Ausland mit in seine Grundschule …

Die Mutter des Kindes ist Regine Valentin …

Der Vater des Kindes ist Jochen Valentin …

… empfehle ich, Jochen und Regine Valentin zum zentralen Überwachungsregister hinzuzufügen …

Ich lachte erbittert. Meine Mutter hatte recht gehabt. Heiko war besser dran ohne uns, ohne mich. Wir waren durch und durch verdorben, die gesamte Familie Valentin – wir waren wie morsches Holz, das auseinanderfiel, sobald man es anhob. Wir waren unglücklich, wir waren enttäuschend, wir waren Versager, und ich, nun, ich war eine Verräterin. Eine kindliche Verräterin! Meine Puppe, meine Bücher, meine Angeberei. Mein unendliches Bedürfnis nach Selbstdarstellung. Was für ein unerträgliches Gör ich gewesen war. Warum konnte ich nicht einmal meine Klappe halten? Warum hatte ich nicht meine blöden Spielsachen zu Hause gelassen?

Was IM Erna anging – es könnte jeder meiner Lehrer

und Lehrerinnen gewesen sein. Klare Kandidaten gäbe es genug, diejenigen, die endlos von Gemeinschaft und Solidarität und der großen Güte der Partei palavert hatten. Der Lehrer, der uns Lieder aus der spanischen Revolution beibrachte, oder die Lehrerin, bei der wir eine riesige gemeinschaftliche Geburtstagskarte für Margot Honecker schreiben mussten mit all unseren Handabdrücken drauf. Meine Gedanken blieben bei Frau Obst hängen, meiner Kunstlehrerin. Sie war an dem Morgen dabei gewesen, als Sandy und ich über den Mann an der Bösebrücke geredet hatten. Sie hatte mich nach meiner westdeutschen Puppe gefragt. Und nach Ungarn hatte sie mich gemieden – weil sie von mir enttäuscht war, wie ich damals dachte; aber vielleicht war es aus Schuldgefühl gewesen.

Frau Obst mit ihren baumelnden Ohrringen und ihren eigentümlichen Aufgabenstellungen. Das traf mich härter als erwartet. Ich hatte ihren Unterricht immer gemocht. Sie war nett zu mir gewesen. Ich wollte sie nicht hassen. Davon abgesehen war Frau Obst nur eine Lehrerin, die einen Bericht über ein paar fremde Leute verfasst hatte. Ich war diejenige, die ihre eigene Familie betrogen hatte.

»Nach IM Erna kannst du im Archiv suchen«, sagte Aaron. »Wahrscheinlich haben sie da ihren richtigen Namen.«

»Nein, das will ich nicht. Ich glaube, ich weiß es. Und ich will nicht in diesem Lesezimmer stehen und denken, ah, ja, okay, es war also wirklich Frau Obst. Weißt du, was ich meine?«

»Ich weiß, was du meinst.«

»Wenigstens hat Oma uns nicht verraten«, sagte ich.

»Du warst es auch nicht.«

»Natürlich war ich das. Du weißt ja nicht, wie ich so war. Ich war eine einzige Plage. Lies doch nur: *Das Kind Ella*

Valentin, Starinformantin seiner eigenen Eltern.« Das Paar am Nebentisch stoppte das Gespräch und sah zu uns rüber, und ich sprach leiser. »Was ich meine, ich wusste, dass es falsch war, aber ich habe es trotzdem gemacht.«

»Du hast eine Puppe mit in die Schule genommen. Wenn jemand daraus ein Verbrechen macht, dann ist diese Person schuld, nicht du.«

»Aber alle haben mir gesagt, dass ich mein westdeutsches Spielzeug zu Hause lassen muss – alle. Meine Eltern, meine Großeltern. Wir waren ja nicht dumm, Aaron. Wir waren ganz gut im Bilde, wir wussten, was los war, sogar die Kinder.«

»Wie alt warst du, acht? Niemand würde dir irgendeine Schuld geben, und ganz sicher nicht deine Eltern.«

»Richtig, das würden sie nicht, sie würden sich stattdessen selbst die Schuld geben.«

»Genau, also tu auch du es nicht und gib dir keine Schuld. Guck mal, hier steht, diese ganze Kunstsache war ihnen vorher schon verdächtig. Sie hätten deine Eltern früher oder später sowieso beobachtet; du hättest daran nichts ändern können.«

»Es geht nicht um Schuld, nicht so richtig. Es ist eher … Diese Akten haben so etwas Mieses und Ekelhaftes, und jetzt ist diese Ekelhaftigkeit ein Teil von mir. War es vielleicht immer.«

»Ich hätte es dir nicht zeigen sollen.«

»Ich bin froh, dass du es getan hast. Besser, ich war es als Oma.«

Aaron schüttelte den Kopf. »Worauf es ankommt, ist, dass du Heiko sehen wirst. Das ist viel wichtiger als irgendeine Akte von vor tausend Jahren.«

»Ich bin mir noch nicht sicher, ob ich ihn sehen möchte.«

Ich steckte den Brief zurück in den Umschlag und packte ihn in meine Tasche. Wir zahlten, verließen das Café, überquerten den Kanal. Ich hatte das Bedürfnis zu gehen, ein körperliches Gefühl des Zurücklassens zu erleben.

»Es tut mir leid, dass ich dich da mit reingezogen habe«, sagte ich. »Es wird immer schlimmer, oder?«

»Nein.« Aaron legte seine Hand auf meinen Arm. Wir blieben stehen. »Das ist jetzt alles, Ella. Mehr gibt es nicht, verstehst du? Das Schlimmstmögliche, das, wovor du dich immer gefürchtet hast, das ist jetzt offengelegt.«

»Warum sollte Heiko jemanden wie mich überhaupt kennenlernen wollen?«

»Weil du die einzige Schwester bist, die er hat.«

»Ich hatte gehofft, du würdest sagen, weil ich so wunderbar bin.« Ich hob einen Zweig auf und brach ihn durch. »Ich würde wohl nicht gerade Spaß und Stimmung in sein Leben bringen.«

»Du hast Spaß und Stimmung in mein Leben gebracht.« Er hüstelte. »Na ja, okay, Spaß ist vielleicht das falsche Wort, aber …«

»Nein, Spaß finde ich gut, können wir dabei bleiben?«

»Es ist schöner, eine Schwester zu haben, als keine Schwester zu haben, das wollte ich ausdrücken.«

»Es ist schöner, eine Schwester zu haben, als keine Schwester zu haben«, wiederholte ich. Es klang ermutigend, triftig. Heiko hatte eine Mutter, eine Adoptivmutter, die er liebte. Aber er hatte keine Adoptivschwester. Ich nahm niemandem etwas weg, ich verdrängte niemanden aus seiner Position. Ich war einfach bloß seine Schwester.

»Jedenfalls, wenn ich ihn treffe und alles komplett schiefläuft …«

»… was nicht passieren wird …«

»… wenn es schiefläuft, dann nehme ich wohl einfach den nächsten Flug zurück.«

Wir setzten uns auf eine Bank.

»Und wenn es gut läuft mit Heiko«, fragte Aaron vorsichtig, »dann bleibst du?«

»Jedenfalls noch ein bisschen, glaube ich. In der Künstlerresidenz, wo ich wohne, haben sie mir einen Job angeboten, nichts Besonderes, aber ich könnte davon leben, und es gefällt mir dort. Seit Ewigkeiten habe ich keine Schnecke mehr gesehen, und ich muss sagen, dass ich sie nicht vermisse.« Ich zögerte. »Und ich arbeite an etwas.«

»Das ist ja toll!« Er strahlte vor Freude, und sein Enthusiasmus berührte mich.

»Du hast es noch nicht gesehen.«

»Ist doch egal, es ist super, dass du was machst.«

»Ich zeig es dir, wenn es fertig ist. Also, wenn es dich interessiert.« Plötzlich fühlte ich mich unsicher. »Es wäre schön, wenn wir in Kontakt bleiben, oder?«

»Klar – wenn du noch irgendwelche Hilfe mit den Akten brauchst …«

»Nein, nicht wegen der Akten.« Eine Weile schwiegen wir, und dann nahm ich seine Hand, denn wir waren beide eher schüchtern, und jemand musste einen Anfang machen.

Ich rief Tobi an, und er meinte, ich sollte Heiko zuerst allein treffen. Es war rührend. Mein kleiner Bruder schickte mich vor, um die Lage zu erkunden. Er versteckte sich hinter seiner großen Schwester.

Trotz Tobis Rückendeckung brauchte ich mehrere Tage, um ausreichend Mut zu finden. Mehrmals hatte ich das Handy schon in der Hand, mein Daumen schwebte über dem Display, dann legte ich es wieder zurück. Und als ich endlich anrief, war es eigenartig unwirklich. Später konnte ich mich nicht mehr an den genauen Ablauf erinnern. Wer was gesagt hatte und wie. Es blieben nur Fragmente:

»Ella?« In einem tastenden, fragenden, neugierigen Ton, als probierte er den Klang aus, als rührte es an eine verblasste Erinnerung. *Eia! Eia!*

Er sprach ein breites, erdiges Berlinerisch. Ganz hier verwurzelt.

Er sagte: »Ja, da wohne ich jetzt. Lange Geschichte.«

Ich hielt meine Fragen zurück. Du lebst wieder hier? Also erinnerst du dich an uns? Woran erinnerst du dich? An den Geruch von verbrannten Pfannkuchen? Die westdeutschen Windeln? Wie Mama Oma anschreit? Dein Bienen-Kuscheltier? Den Wald in Ungarn?

Hast du uns vermisst?

Auch etwas, wonach ich nicht fragte.

Einmal knisterte es in der Leitung, und ich hatte fürchterliche Angst, ihn zu verlieren.

Gegen Ende sagte er vorsichtig: »Ich würde dich gern kennenlernen.«

Aber wir kennen uns doch, wollte ich sagen, tat es aber nicht. Ich bin deine Schwester. Wir sind keine Fremden. Wir sind Familie.

Hinterher musste ich dem Drang widerstehen, ihn gleich wieder anzurufen. Ich wollte mehr von dieser Stimme hören, mich darin versenken, mich an sie gewöhnen, bis sie wieder die Stimme meines Bruders wurde. Nicht die Stimme eines Fremden, sondern eine, die zu Mama, Papa, Tobi und mir gehörte. Vielleicht tat Heiko gerade etwas Ähnliches, starrte auf sein Handy und versuchte, sich die Gestalt vorzustellen, die zu dieser unbekannten deutsch-englischen Stimme gehörte, versuchte, eine Verbindung dazu zu finden.

Ich würde dich gern kennenlernen.

—

Ich war früh dran. Ich ging um den Block, einmal, zweimal, dreimal, dann betrat ich einen antiquarischen Buchladen. Solche Buchläden hatte ich seit meiner Ankunft in Berlin gemieden – klein, gemütlich, mit einem ironisch gemeinten Lenin-Druck an der Wand und einer gut sortierten Abteilung für Kunstgeschichte. Ich überflog die Regale nach Sachbüchern, nach Geschichte, nach Kunstgeschichte, nach V für Valentin.

Das war sie. *Expressionismus und Klassenkampf* von Regine Valentin. Ihr regimefreundliches Buch aus den Siebzigern, in dem sie die Expressionisten als dekadente Faulenzer beschrieb, die schließlich von wirklich revolutionären Künstlern mit größeren Zielen abgelöst wurden.

Es war ein hübsches orangefarbenes Taschenbuch, Titel und der Name meiner Mutter waren in Schwarz gedruckt, die Schrift die typische DDR-Version von Garamond, entwickelt vom VEB Typoart. Es ist noch immer die schönste Garamond, die es gibt; ja, ein paar Dinge von Bestand haben wir durchaus geschaffen. Ich blätterte durch das Buch. Unter den Fußnoten fand ich eine Referenz zu meinem Vater, einen kleinen ehelichen Gruß von Kunsthistorikerin zu Kunsthistoriker:

1) Siehe auch: Valentin, Jochen. Die Avantgarde im Spiegel der Zeiten. Aufbau Verlag, 1975.

Regine und Jochen Valentin. Zwei Menschen aus sehr unterschiedlichen Familienverhältnissen, die ihre Lebensgeschichten miteinander verbunden und drei Fußnoten hinterlassen haben: die Ella-Fußnote, die Tobi-Fußnote und die Heiko-Fußnote.

2) Siehe auch: Valentin, Ella. Ich habe für diese Rückkehr lange gebraucht, Mama, aber guck, jetzt bin ich hier. Berlin, 2010.

Ich glitt mit dem Finger über die Buchrücken. Zu meinem Erstaunen fand ich ein weiteres Buch von meiner Mutter. Es war ein bisschen falsch einsortiert, wie es da zwischen Volcker und Voss klemmte. Es war mir völlig unbekannt; nie hatte ich von diesem Titel gehört oder gesehen.

Noch lange nicht nahe genug: Das Vermächtnis der Avantgarde im geteilten Deutschland. Von Regine Valentin.

Ich zog es heraus und öffnete den Deckel, suchte im Impressum nach der Auflage und dem Datum der Veröffentlichung. Es war 1994 erschienen! Da waren wir schon in London gewesen. Ich war fünfzehn. Ich hatte keine Ahnung, dass sie damals an einem Buch arbeitete; ich hatte keine Ahnung, dass sie Kontakt zu einem Berliner Verlag hatte. Warum hatte sie es nie erwähnt? Dachte sie, wir würden es ihr übel nehmen, ihr zum Vorwurf machen, dass sie Heiko vergaß, dass sie an ihrer Karriere arbeitete?

Ich schloss die Augen und erinnerte mich an einen Geruch. Es war der Geruch von verregnetem englischem Sommer – von Pflaumenkuchen, Farbe und Gras –, und wir alle saßen auf einer Decke im nassen Gras und aßen Kuchen, während meine Mutter Buchseiten markierte. Vielleicht hatte sie ein Buch erwähnt. Vielleicht hatte es mich einfach nicht interessiert. Vielleicht interessierte mich, was es zum Abendessen gab und wer den Geschirrspüler ausräumen musste. Ich sah mich um, und da stand sie, den Kopf geneigt, um mit ihrem angestrengten, konzentrierten Blick die Titel auf den Buchrücken zu lesen. Dann war sie verschwunden. Ich lehnte mich gegen die Wand und riss dabei ein paar Bücher aus dem Regal, musste mich bücken, um sie wieder aufzuheben. Die Frau hinter dem Ladentisch kam herbei, um mir zu helfen.

»Sie haben Glück, das hier ist immer schnell weg«, sagte sie und zeigte auf *Noch lange nicht nahe genug.*

»Ach ja?«

»Es ist ein tolles Buch, auch weil die Leute sich für ihre persönliche Geschichte interessieren. Sie war nämlich im Gefängnis. Sie hat das ganze Buch in ihrem Kopf verfasst und dann zu Papier gebracht, als sie wieder draußen war.«

»Ich wusste, dass sie im Gefängnis war«, sagte ich. »Aber von dem Buch wusste ich nichts.«

Ich kaufte *Noch lange nicht nahe genug* und ging dann noch einmal zurück zu dem anderen, früheren Buch *Expressionismus und Klassenkampf.* Ich las die Einleitung. Der letzte Absatz ging so:

> In den 1950er-Jahren gingen einige dieser ostdeutschen Künstler nach Westdeutschland, angelockt vom Versprechen auf Reichtum und Wohlstand. Doch die meisten blieben und stürzten sich in die Aufgabe, ein neues Land zu errichten. Sie strömten in die volkseigenen landwirtschaftlichen Betriebe und die Fabriken und verzichteten auf ein komfortables Dasein zugunsten der tiefen Überzeugung, dass all ihre Opfer sich am Ende auszahlen werden.

»Das hier nehme ich auch noch.«

All ihre Opfer werden sich am Ende auszahlen. War es so, Mama? Hat sich am Ende alles ausgezahlt?

—

Ich hatte immer noch eine halbe Stunde Zeit, aber ich konnte einfach nicht mehr warten. Ich stopfte die Bücher meiner Mutter in meinen Gabardinemantel und machte mich auf zu unserer alten Straße. Das Viertel gehörte wieder mir, die veraltete Karte in meinem Kopf war von einer neuen überschrieben. Die Kinder mit den gelben Schutzhelmen, die Restaurants mit den Mezze-Tellern, selbst die englischen und australischen Bedienungen waren mir mittlerweile fast so vertraut wie die Menschen und die Orientierungspunkte von früher. Mit seiner Umgebung konnte man schnell verschmelzen, wenn man es zuließ.

Das war sie, unsere alte Haustür. Es war allerdings keine

alte Haustür: Sie war neu und kadmiumgelb gestrichen. Das ganze Haus hatte sich verjüngt. Die Fassade war restauriert, die Fenster ausgetauscht. Die Einschusslöcher von 1945 waren verschlossen und übermalt.

Es war schon ein Schreck gewesen, als Heiko mir seine Adresse nannte. Er wohnte jetzt in dem Gebäude, in dem wir aufgewachsen waren; nicht dieselbe Wohnung, nicht mal derselbe Flügel, aber doch dasselbe Haus. Was ich ihn fragen wollte, war: *Bist du dorthin zurückgezogen, damit wir dich finden?* Aber das hatte ich mich nicht getraut, nicht am Telefon. Ich hatte Angst davor, etwas Falsches zu sagen, ihn zu verschrecken.

Heikos Name stand ganz unten links auf dem Messingschild mit den Klingelknöpfen. Das Messingschild war neu, die Klingelanlage war neu. Die Bewohner waren neu, ihre Gewohnheiten waren neu. Niemand in diesem Haus badete seine Kinder noch in einer Küchenschublade. Niemand hängte eine russische Fellmütze oder einen Gabardinemantel an die Haken neben der Tür. Niemand schälte Kartoffeln mit einer Hand. Niemand erzählte von den Wintern im KZ. Niemand machte schaumige Eierkuchen mit Kirschen. Niemand verteidigte herunterfallende Balkons. Niemand tauschte Schlehenwodka gegen Autoteile. Niemand seufzte und sagte, es sei harte Arbeit gewesen, ein Land aus dem Nichts aufzubauen, aber seht doch nur, was wir schon alles geschafft haben. Niemand in diesem Haus erwartete mich hinter einer der Türen mit zur Umarmung weit ausgebreiteten Armen. Nein, das stimmte nicht. Jemand erwartete mich in diesem Haus, hinter einer dieser Türen, und vielleicht waren seine Arme weit ausgebreitet oder vielleicht nicht, aber er war da und erwartete mich.

—

Ich drückte den Klingelknopf. Hinter einem der Fenster im Erdgeschoss bewegten sich die Vorhänge, dünne weiße Gazevorhänge. Ich erhaschte einen Blick in ein Zimmer mit Bücherregalen und einem Gemälde an der Wand, dann schloss sich der Vorhang wieder. Unmöglich konnte es dasselbe Bild sein – nein, das Bild in meiner Erinnerung war größer als die Spannbreite meiner Arme, überwältigend fast, drei große Pferde, wie sie sich gegen den Sturm stemmen, mit eingezogenen Hinterbeinen und gebogenen Hälsen, tröstlich und bedrohlich zugleich; und das Bild an der Wand dieser Erdgeschosswohnung war kaum größer als eine Fußmatte; die Pferde darauf schienen sanft, und es gab keine Anzeichen von Sturm. Ich wollte gerade noch einmal klingeln, als der Summer ertönte. Ich drückte die Tür auf. Wie leicht es als Erwachsene war, eine große Tür aufzumachen. Früher musste ich mit der Schulter dagegendrücken. Diese Tür, die doch nicht diese Tür war. Im Hausflur roch es nach Seife und Kohl. Gleich würde Frau Rachmann auf mich zugeschlurft kommen und mich mit ihrer Papierhand berühren, und von oben würde ich hören, wie meine Mutter zu mir herunterrief, ich solle noch einen Eimer Kohle mit hochbringen.

»Komm rein«, sagte eine Stimme. »Ich bin hier.«

NACHWORT

In den Neunzigerjahren verbrachte ich einmal zwei Wochen in einer Wohnung in Prenzlauer Berg, von der mir vor allem ein Detail in Erinnerung geblieben ist: Statt eines Badezimmers gab es dort eine ausziehbare Badewanne, die wie eine riesige Schublade unter der Küchenzeile verstaut war. Ich hatte schon immer eine Schwäche für solche pfiffigen und doch auch irgendwie völlig unpraktischen Erfindungen, und als ich mir Jahre später Ellas Wohnung vorstellte, kam mir auch so eine Badewanne in den Sinn. Aber sie sah anders aus und fühlte sich anders an, denn sie war ja Ellas Wanne, nicht meine. Sie war zum Beispiel viel größer und schwerer als meine Wanne damals in Prenzlauer Berg, zumindest aus Sicht der kleinen Ella.

Mit vielen Gegenständen und Schauplätzen in *Unser geteilter Sommer* ist es wie mit dieser Badewanne. Es gibt oder gab sie vielleicht in gewisser Form wirklich, aber dann auch wieder nicht. Das ist bei Romanen sicher nicht ungewöhnlich, aber in diesem Fall könnte es eventuell zu Missverständnissen führen, denen ich hier kurz vorbeugen möchte.

Da ist zum Beispiel das Stasi-Unterlagen-Archiv, bei dem Aaron arbeitet. Es gibt in Berlin zwar ein echtes Stasi-

Unterlagen-Archiv, aber die Mitarbeitenden dort sind meiner Erfahrung nach ausgesprochen gewissenhaft und professionell. Außer der mühseligen Kleinarbeit an zerschredderten Akten haben sie mit den Archivarinnen und Archivaren in diesem Roman absolut nichts gemeinsam; schon die Organisation, Struktur und Inneneinrichtung des Roman-Archivs sind Fiktion. Auch die anderen Figuren und individuellen Handlungsstränge sind frei erfunden.

Trotz solcher Verfremdungen und Fantasiesprünge habe ich versucht, den historischen Rahmen zu wahren, denn das, was Ella und ihrer Familie in der DDR nach ihrem Fluchtversuch passiert, ist Menschen so oder ähnlich auch in Wirklichkeit passiert. Dieser Teil ist wahr: Familien wurden wirklich zerrissen, Kinder wurden ihren Eltern wirklich weggenommen, und die entstandenen Brüche verheilten auch in Wirklichkeit nur sehr schwer oder nie.

Wer mehr über diese Zeit und die Konsequenzen der Überwachung erfahren möchte, dem empfehle ich die Ausstellungen und Publikationen des echten Stasi-Unterlagen-Archivs in Berlin und der Gedenkstätte Berlin-Hohenschönhausen. Die Arbeit dieser und anderer Institutionen ermöglicht es uns allen, die nahe Vergangenheit besser zu verstehen und auf unsere Art zu verarbeiten. Ich bin dafür sehr dankbar.

DANKSAGUNG

ICH DANKE MEINER Lektorin Tabea Horst bei List/Ullstein, die dieses Buch mit Begeisterung, Hingabe und Unmengen kreativer Energie betreut hat. Sie hat die perfekte Übersetzerin für *Unser geteilter Sommer* gefunden: die Berliner Schriftstellerin Ulrike Sterblich, die mit viel literarischem Feingefühl einen wunderschönen deutschen Text erschaffen hat, der sich so liest, als hätte Ella ihre Geschichte schon immer auf Deutsch erzählt. Mein Dank gilt auch den Mitarbeitenden bei Ullstein und meinen Agenten Mark »Stan« Stanton und Pina von Prellwitz, die sich für dieses Buch unermüdlich eingesetzt haben. Mathis Hardach hat mich bei Übersetzungsfragen sehr hilfsbereit beraten. Außerdem danke ich dem Deutschen Akademischen Austauschdienst, dessen großzügige Unterstützung meine Recherchen in Berlin ermöglicht hat.

Ich habe diesen Roman ursprünglich auf Englisch geschrieben, da ich in London wohne und Englisch über die Jahre zu meiner Alltagssprache geworden ist. Es berührt mich sehr, dass *Unser geteilter Sommer* nun in Deutschland erscheint und dass so viele Menschen an der Heimkehr mitgewirkt haben. Ohne sie wäre diese Reise nicht möglich gewesen.

Mein ganz besonderer Dank gebührt Dan und Aaron, meiner kleinen Londoner Familie. Sie zeigen mir immer wieder, wie schön ein Leben zwischen zwei Sprachen und Kulturen trotz aller Herausforderungen sein kann. Ihre Liebe und ihr Vertrauen geben mir jeden Tag Kraft.

Besuchen Sie uns im Internet:
www.ullstein.de

Wir verpflichten uns zu Nachhaltigkeit
- Klimaneutrales Produkt
- Papiere aus nachhaltiger Waldwirtschaft
- ullstein.de/nachhaltigkeit

MIX
Papier
FSC FSC® C014496

Das englische Original erschien 2019
unter dem Titel *Confession with Blue Horses*
bei Head of Zeus.

List ist ein Verlag
der Ullstein Buchverlage GmbH

ISBN: 978-3-471-36047-7

Gesetzt aus der Albertina MT Pro
Satz: Pinkuin Satz und Datentechnik, Berlin
Druck und Bindearbeiten: GGP Media GmbH, Pößneck